Abducted by a Prince
by Olivia Drake

赤い靴に導かれて

オリヴィア・ドレイク
宮前やよい[訳]

ライムブックス

ABDUCTED BY A PRINCE
by Olivia Drake

赤い靴に導かれて

主要登場人物

エリー（エロイーズ）・ストラットハム……家庭教師兼付き添い役《シャペロン》
ダミアン・バーク……賭博クラブの経営者
レディ・ミルフォード……ロンドン社交界の花形
ウォルト・ストラットハム……エリーのいとこ。グリーヴズ子爵
ベアトリス・ストラットハム……エリーのいとこ
バジル・ストラットハム……エリーの伯父。ペニントン伯爵
ペニントン伯爵夫人……エリーの祖母。ペニントン伯爵の母
レディ・アン……ペニントン伯爵の義妹
フィン・マクナブ……ダミアンの使用人
ミセス・マクナブ……ダミアンの使用人。フィンの妻

1

「とんだ茶番だ」グリーヴズ子爵ウォルト・ストラットハムは言った。「ゲームのやり直しを要求する。今すぐにだ」

「その件については、ふたりだけで話そう」クラブの廊下にいた紳士たちが、すでにこちらへ興味深げな視線を向けている。そう気づいたダミアン・バークは、激怒したウォルトをすばやく自分の書斎へ連れていき、扉を閉めた。

広々とした室内には、ペルシア絨毯《じゅうたん》と鉤爪《かぎづめ》足の机が配されている。どちらも最高級品だ。今日のように遅い時間になると、背の高い窓からは、暗い夜空を背景に街の灯《あか》りが点々と浮かびあがって見える。机の背後にある本棚から漂ってくるのは、革表紙の書物のにおいだ。反対側の壁にある暖炉には火がくべられ、二月の肌寒さを和らげている。

内装にもふんだんに金をかけてあった。ダミアンが時間と労力をかけて集めた、上質な装飾品ばかりだ。なんの苦労もせずに親から財産を相続するイートン校の同窓生たちとは対照的に、ダミアンは何もないところからの出発だった。まさに自分の才覚だけを頼りに財を築いてきた。最初は賭博、次に船舶と不動産への慎重な投資、そしてこのクラブを所有するに至ったのだ。

断固たる決意とともに、ダミアンはロンドンにある流行の最先端の区画に賭博クラブ〈悪魔の巣窟〉を開いた。ここでは、貴族たちのポケットからダミアンの金庫へと、おもしろいように金が流れこんでくる。お高くとまった貴族たちから屋敷への出入りを禁じられても、今やダミアンは自分のクラブで彼らにそのつけを払わせることができるのだ。

特にこの男には、たっぷりとつけを払ってもらう。

ダミアンは暖炉脇にある二脚の椅子の前を素通りして机まで行くと、ポケットから茶色い革の小袋を取りだし、机の上に投げた。小袋は磨かれた象牙の表面に勢いよく当たり、チャリンという音を立てた。

ウォルトが小袋をにらみつける。無理もない。今やウォルトの負けは、父親であるペニントン伯爵から年に四度もらえる小遣いの五年分にまでふくれあがっている。伯爵はしみったれた守銭奴として有名だ。おまけに、次の社交シーズンに娘をデビューさせる費用がかかるため、浪費家の長男ウォルトの借金を肩代わりするとは思えなかった。

どう考えてもウォルトの将来は暗い。このままだと、債権者たちに追いかけまわされるはめになるだろう。伯爵の跡取り息子という身分さえも、今のウォルトを救うことはできない。彼に残された選択肢はただひとつ、ダミアンが今から提示する条件を即座にのむほかない。

とはいえ、まずはこの勝利をじっくりと味わおう。

ダミアンはゆっくりと時間をかけて小袋を開けた。もちろん、わざとだ。そうでもしないかぎり、ウォルトの神経を逆なですることはできないだろう。ウォルトは学生時代から何ひとつ変わっていない。上流階級の生まれならではの傲慢さを身につけている。ただし、赤毛からのぞくウォルトのハシバミ色の目には、かすかな動揺が感じられた。ダミアンは何年もかけて、相手の行動様式からその人物の考えを読みとる能力を習得した。たとえばほんのかすかな顔の引きつりや、コツコツと机を叩く指の動き、あるいはつりあげられた眉。すべて相手が緊張したり、神経質になったりしている証拠だ。誰かと駆け引きをする場合、この能力が大いに役立つのは言うまでもない。

今夜はそれを存分に発揮し、獲物を追いつめてみせる。何しろ、この瞬間が来るのを一五年も待ったのだ。しかも、短気ですぐにかっとなっていた学生時代とは違い、今では自制心を働かせ、冷静な表情を保つことができる。

ダミアンは机の上にあった小皿に、小袋の中身をぶちまけた。小さくて丸いゲーム用のコインだ。それから、机の上にコインを一枚ずつ積み重ねはじめた。本当なら、こんなことをする必要はない。カードゲームで自分が勝った金額は正確に覚えている。これはウォルトの神経をさらに逆なでするための作戦だ。

「さあ、借金を清算してもらおうか」ダミアンは言った。「ペンと紙ならここにある。わたしを受取人にした銀行為替手形を書いてくれ」

だが、そう言われても、ウォルトは机の端に置かれた羽根ペンとインク壺《つぼ》に手を伸ばそうとはせず、軽蔑するように顎をあげたままだった。「よくもそんなことを！　もしおまえが紳士なら、もう一度チャンスを与えるべきじゃないか」

「残念ながら、そんな約束はしていない。全額が勝者のものになるという決まりだったはずだ」

「いや、それはただ——」

「わたしをいいカモだと思ったからだろう？」そう、イートン校にいたときと同じように。当時ダミアンは年齢のわりに小柄な少年で、クラスで完全に浮いた存在だった。良家の出身で数多くの特権に恵まれた生徒たちばかりがいるなか、ひとりだけ給費生として入学したからだ。

ウォルトが深緑色をした上着の襟をきつくつかんだ。

「ここはおまえのクラブだろう。何かカードに小細工したんだ」

ダミアンは思わず苦笑いした。まったく、ウォルトはいつもこうだ。自分の責任をすぐに他人になすりつけようとする。それも、自分より身分が下の相手に。もしわたしがウォルトと同じ貴族だったら、こんな侮辱的な言葉は口にしなかったはずだ。いわれのない非難に、思わずこぶしを握りしめる。できるものなら、ウォルトを殴りつけてやりたい。とはいえ、暴力に訴えても目的が達成できないことは百も承知だ。

「カードを配ったのはきみだ」ダミアンは反論した。「もしいかさまがあったとしたら、それはきみのせいに違いない」

「たわ言を！　おまえがカードに何か仕組んだんだろう？」

「きみはゲームの前にカードを確認したじゃないか。とにかく、言い訳はたくさんだ」ダミアンは紙とペンをウォルトのほうへ押しやった。「さあ、書いてくれ」

ウォルトは体の重心を片方の足からもう片方の足に移し、ふてくされた様子で言った。

「そんなものを書いても無駄だ。口座にはそれだけの金がないんだから」

やれやれ、やっと一歩前進だ。どうやらウォルトは、カードゲームでいかさまがあったと言い張るのをあきらめたらしい。この分だと、じきにウォルトも気づくだろう。わたしが金品を巻きあげるのにはなんの興味も持っていないことに。

少なくとも、ウォルトの金が目当てではない。

ダミアンは机の背後にある椅子までゆっくりと歩いた。

「ならば、お父上に借金すればいい」

「できるわけない！　父は賭事が大嫌いなんだぞ」

「ほう？　それなら、本当に窮地に立っているんだな」

ウォルトは羽根ペンを握ると、銀製のインク壺にペン先を浸した。「必要なら、借用証書を書く」歯を食いしばりながら言葉を継ぐ。「それで許してくれ」

「いいや、許すわけにはいかない。ここではっきりさせておこう。今週中に全額払ってくれ」

「そんな！」ウォルトはペンを放りだした。白い紙にインクの黒いしみが飛び散る。「あの怪しげな金貸したちに魂を売れというのか？　考え直してくれよ！」

ダミアンは椅子に座ると、顎の下で指先を合わせた。さあ、いよいよこのときが来た。長年、心のなかでくすぶっていた疑問に答えが出る瞬間だ。

「金を返せないというなら、別の方法を考えてもいい」

「どうすればいいんだ？　教えてくれ」

ウォルトの声に必死さとかすかな希望を感じとり、ダミアンはほくそ笑んだ。「きみはわたしの大切なものを持っている。それを返してくれたら、借金を帳消しにしよう」

ウォルトが眉をひそめた。「おまえの大切なもの？　ばかな。イートン校を卒業したのは一〇年以上前だ。それ以来、ほとんど会ってなかったじゃないか」

「きみに奪われたのは学生時代だ。少し頭を働かせれば、すぐにあの出来事を思いだせるだろう」

ダミアンにとっては忘れたくても忘れられない出来事だ。遠い昔の記憶は脳裏にこびりついている。貧しい孤児だったわたしは、ほかの同級生たちにからかわれ、いじめられていた。もしこれほど悲惨な生い立ちでなければ、良家の少年たちから仲間はずれにされることもなく、あんなつらい思いもせずにすんだのかもしれない。でも当時も今も、わたしの生まれは謎に包まれたままだ……。

ロンドンの貧民街サザークにあるちっぽけな家で、ダミアンを育ててくれたのはミムジーという名の既婚女性だった。ミセス・ミムズはダミアンに正しい話し方と勉強を教えてくれた。幼かったにもかかわらず、ダミアンが自分はほかの少年たちとは違うと感じていたのはそのせいだろう。近所を駆けまわっている、教育を受けていない薄汚れた少年たちにはなじめなかった。"あなたのお父様は王家の血を引いてるんですよ" ミムジーはときどきそんなことを言い、王子がドラゴンを退治する物語を聞かせてくれるたびにこう締めくくった。"あなたもこの王子のように、常に勇敢で高潔な人でなければなりません" 大きくなるにつれ、ダミアンは一度も会ったことのない父親についてひんぱんに尋ねるようになった。ただし聞きだせたのは、自分がミムジーに預けられたのは身の安全を守るためだということだけだった。

ダミアンがあまりしつこく尋ねると、ミムジーは決まって困った顔をする。そう気づいてから、ダミアンは父親についての質問を控えるようになった。もっと知りたいのは山々だが、ミムジーを悩ませたくはない。結局、自分にはミムジーしかいないのだから。

ある日、ダミアンはミムジーと一緒にウィンザー行きの郵便馬車に乗って、イートン校へたどりついた。続いて風通しの悪い部屋に座って、長い時間試験を受けさせられた。作文を書いたり、何ページにも及ぶ数学の問題を解いたりした。そのあと、ツタのからまる建物でミムジーが校長と面接しているあいだ、表にある石造りの階段に座り、おしゃべりしながら歩み去る上級生たちをぼんやり眺めていた。制服姿の彼らはみな、とてもまぶしくて近寄りがたく見え、どうしても自分のみすぼらしい格好を意識せずにはいられなかった。ようやく戻ってきたミムジーから告げられたのは、この寄宿学校の生徒としてダミアンの入学が認められたという事実だ。見知らぬ人たちのなかにひとり置いていかれるのはいやだと激しく抵抗したものの、ミムジーは頑として譲らなかった。

立ち去る間際、ミムジーはダミアンの首に金の鎖をかけた。先にぶらさがっていたのは、小さな鉄製の鍵だ。「いつもシャツの下に隠しておくんですよ」ミムジーは言葉を継いだ。「これを渡す瞬間をずっと待ってたんです、わたしの小さな王子様。赤ちゃんだったあなたを引きとったとき、おくるみに入ってたものなんです」

すっかり鍵に魅了され、ダミアンはためつすがめつした。

「これは父さんのもの？　この鍵が合う錠はどこにあるの？」

「いつかすべてがわかるときが来るでしょう。詳しい事情は手紙にしたためられているはずです。でも、そのときまで、この鍵を守らなくてはいけません。決して他人に見せてはだめですよ。どうか勉学に励んで、立派な学生さんになってくださいね」涙ながらにダミアンを抱擁し、休暇には必ず帰っていらっしゃいと言うと、ミムジーは学校の正門から出ていった。

そして、二度と戻らなかった。

もうすぐクリスマスというとき、校長からミセス・ミムズが突然病死したと聞かされた。なんともそっけない伝え方だった。ダミアンにとって、ミムジーは母親同然の存在だったのに、気遣いはみじんも感じられなかった。

その日、ダミアンは授業をさぼった。泣いているところを誰にも見られたくなかったのだ。給費生というだけでもいじめられているのに、さらに〝鼻水を垂らした泣き虫〟とからかわれるのはごめんだ。回廊の壁にもたれて座り、シャクナゲしか咲いていない殺風景な草地を眺めていると、丈の短い上着に寒風が吹きつけ、身を切られる思いがした。それでも袖口で何度も涙を拭きながら、深い悲しみをどうにかやりすごそうとした。

襟芯の入ったシャツのなかに手を入れて鍵を取りだし、指先でなぞってみる。一方の端には鍵の歯が三つついており、もう一方の端には繊細な渦巻きの模様が施されたなかに小さな王冠が刻みこまれていた。

ミムジー亡き今、ダミアンを過去に結びつける手がかりはその鍵だけだった。けれどもミムジーは、鍵について詳しい説明をしてくれなかった。王冠はぼくが王家の血を引く者だという証拠なのだろうか？　そうだと信じたかった。本当は王子だったらどんなにいいだろう。ほかの同級生もうらやましそうなまなざしを向けてくるに違いない。もしかするとこの鍵は、どこかの城にある宝物でいっぱいの部屋の鍵かもしれない。

ずらりと並んだ金の王冠やたくさんの宝石類を想像するだけで、なんだかわくわくしてくる。だが、そのとき別の考えがふと頭に浮かんだ。ぼくの父親である王様はとらわれていて、息子が助けに来てくれるのを待ちわびているのかもしれない……。

ふいに足音が聞こえ、ダミアンは現実の世界に引き戻された。鍵を手に握りしめて、はっと身をこわばらせる。

ずうたいの大きな取り巻きふたりを従え、現れたのはウォルト・ストラットハムだ。入学以来、ダミアンをいじめている連中にほかならない。「おい、おまえ、ネックレスなんかつけてるのか？　本当は男の格好をした女なんだろ？」

ほかのふたりが声を立てて笑いだす。そのうちのひとりは、小股で歩く女のまねをしはじめた。ダミアンはその様子を横目で見ながら、あわてて鍵をシャツのなかへ隠そうとした。だが、残念ながら遅すぎた。

ウォルトが金色の鎖を乱暴に引っ張った。「よこせ」

ダミアンは体が宙に浮くほど立て続けに殴られたり蹴られたりした。なんとしても大切な鍵を守りたい一心で、体を踏ん張ってありったけの力で応戦する。ダミアンのこぶしが鼻をとらえた瞬間、ウォルトはあとずさった。鼻血をぽたぽたと垂らしながら。

逃げだす絶好の機会だったのに、激しい怒りがミムジーを失った悲しみに取って代わり、ダミアンは野獣のように暴れだした。ほかのふたりに向かって突進し、何発かパンチをお見舞いする。だが、やがてふたりは力を取り戻して反撃をはじめた。そして岩だらけの地面にダミアンの体を押さえつけ、ようやくおとなしくさせた。

生々しい怒りにとらわれたダミアンは無意識に叫んでいた。「放せ！　ぼくは王子だ！　ぼくの父さんは王様なんだ。おまえたちは首をはねられるぞ！」

一瞬の沈黙のあと、三人はあざけるように大声で笑いだした。「王様だって？」ひとりがからかう。「おまえには父親だっていないじゃないか」

鼻血を流しながら、ウォルトが歯をむきだしてせせら笑った。「おまえは薄汚れた父なし子だ」金の鎖を引っ張り、鍵を握りしめてつけ加える。「おまえの父親は悪魔に違いない。今日からおまえをそう呼んでやるよ。悪魔の王子ってな」

「おい、バーク、はっきり言え。ぼくはどうすればいいんだ？」

ウォルトの声で、ダミアンは現実に引き戻された。そうだ、わたしは今、自分が経営する賭博クラブの書斎で椅子に座り、長年の宿敵と相対しているところだった。今やウォルトは、体の両脇でこぶしをきつく握りしめて立ち尽くしている。ハシバミ色の瞳は怒りに燃え、一刻も早くゲームの借金を返済する方法を聞かせろと言いたげな様子だ。

明らかに、ウォルトはあの出来事を覚えていないのだろう。たしかにウォルトとは数えきれないほど衝突してきた。ただし、それはわたしの体が大きくなって、どんな相手にも負けない強靭《きょうじん》さを身につける前の話だ。

「一年生のとき、きみはわたしから鍵を奪った」ダミアンは硬い口調で答えた。「ふたりの同級生と一緒になって、きみが回廊の裏でわたしを殴りつけたときだ」

「鍵？」一瞬何かに気づいたような表情を浮かべたものの、ウォルトはすぐに目を細め、身構えた顔つきになった。「ずっと前になくしたつまらないものと引き換えに、ゲームの借金を帳消しにするっていうのか？　狂気の沙汰だな」

「なんと言われてもいい。鍵を返すんだ」

「おいおい、一五年も前の話だろう？　思いだせというほうが無理だ。ぼくのことだ、きっとごみ箱に捨ててしまったに違いない」

「いいや、きみはあのときそうは言っていなかった。鍵は絶対に見つけられない場所に隠したと言って、さんざんわたしをいたぶったじゃないか」

「そうだったかな？　だが、それがどこであれ、もう覚えてない」

そう話しながら、ウォルトが目をそらした。相手の目をまっすぐに見ないで答えるのは、何かをごまかしている証拠だ。

ダミアンはみぞおちがねじれた。間違いない。ウォルトは嘘をついている。鍵の隠し場所を覚えているのだ。

「ならば、きみはなんとしてもその場所を思いださなければならないな。ゲームの借金をなかったことにするには、鍵を返すしかないんだから」

ウォルトがいらだった視線を向けてきた。「なぜその鍵が必要なんだ？　どこかの金庫の鍵なのか？　まあ、当時からおまえが盗んだ品々を金庫に隠してたとしても、別に驚きはしないけれどね」

ダミアンは怒りを覚えたものの、表面上は冷静さを保った。

「とにかく、鍵を捜しだすんだ。明日の夕方まで時間の猶予をやる」

「もっと時間がかかるかもしれない」ウォルトが狡猾《こうかつ》そうな目をダミアンに向けた。

「ごまかそうなどとは考えるなよ。あの鍵のことは細部に至るまでよく覚えている。偽物を持ってきても、すぐに見破るぞ」ダミアンはわざと言葉を切り、一瞬間を空けた。「もしこの取り引きがうまくいかなければ、別の方法できみから借金を回収する。きみにとって好ましくないやり方でね」

「どういう意味だ？」

ダミアンは冷たい笑みを浮かべた。「きみにはデビュー前の妹がいるだろう？　純真無垢《むく》な箱入り娘ほど、突然現れたさっそうとした男にのぼせあがってしまうものだ」

ウォルトが真っ青になった。そばかすが浮きでて見える。

「よせ！　ベアトリスには近づくな！」

「それなら言うとおりにしろ。鍵を返すんだ」

ウォルトは憤懣《ふんまん》やる方ない様子で胸をふくらませ、鼻孔を広げると、机にこぶしを叩きつけた。きれいに積み重ねられたゲームのコインがカタカタと音を立てる。「この庶子め！　紳士みたいななりをしてても、所詮おまえは卑しい身分のろくでなしだ！」

ウォルトはきびすを返して扉を大きく開け、書斎から出ていった。

庶子。

ダミアンは椅子から立ちあがると、窓辺まで歩き、夜空を見あげた。その言葉を聞くたびに、心に切ない痛みを覚える。わたしの祖先はどんな人々だったのだろう？　自分の生まれた背景を知りたい。何もわからない空白状態を埋めたい。心の奥底でいつもそんな燃える思いを抱えてきた。自分が本当は何者なのか知りたい。自分自身のためだけではなく、リリーのためにも。

ダミアンは胸が締めつけられた。娘のリリーはまだ六歳だ。だが、いつかは一度も会ったことのない祖父母について尋ねてくるだろう。祖父母が誰なのか、どこの出身なのか、なぜダミアンを捨てたのかを知りたがるに違いない。ミムジーは、すべての事情は手紙に書かれていると言っていた。おそらくはわたしの両親からの手紙だろう。けれどもミムジーが死んでしまった以上、手紙を捜す手がかりは何ひとつない。ミムジーと暮らした家に戻って彼女の持ち物を調べてみたが、そんな手紙は見つからなかった。わたしの過去を探る手がかりは完全に途絶えてしまった。

あの鍵以外は。

背後で足音が聞こえた。窓ガラスに映ったのは、背が低くてがに股の使用人フィン・マクナブだ。壁に取りつけられた燭台《しょくだい》からもれる灯りに、書斎へ入ってきたフィンの丸い禿《は》げ頭が浮かびあがる。フィンはかつてイートン校で用務員として働いており、ダミアンが学校内で唯一心を許せる存在だった。ダミアンが自分の秘密を明かしているのは、フィンと彼の妻だけだ。

とはいえ、今はひとりでいたかった。ダミアンは振り返り、そっけない口調で言った。

「まさか聞き耳を立てていたんじゃないだろうな」

フィンが歯をむきだしにしてにやりとした。「そうかもしれません。ただし、すべて聞こえたわけじゃありませんがね」きついスコットランド訛《なま》りで言う。「子爵は鍵のありかを思いだしたんですか？」

「いいや。だが、やつは鍵のありかを知っている。絶対に」

「だったら、明日持ってくるでしょうか？」

「そうするしかないからな」

フィンがぼさぼさの眉をひそめた。「こんなことは言いたくないんですが、ああいう身分の高い男はいつも優位に立ちたがるもんです。何かたくらんだりしてないでしょうか？」

「今回だけは違う」ダミアンは言葉を切ると、決意を新たにした。いざとなったら、例の大胆な計画を実行に移すまでだ。「もしウォルトが鍵を返さないなら、やつの妹を誘拐してやる。身代金代わりに鍵を要求するんだ」

2

玄関広間の階段をのぼっていく従僕を見送りながら、ミス・エロイーズ・ストラットハムは控えの間の扉のところに立ち尽くしていた。今さらながら、責任の重大さを痛感せずにはいられない。ひんやりとした空気に身を震わせ、外套《がいとう》を使用人に預けなければよかったと後悔した。そもそも、なぜわたしはこの屋敷にいるの？　どうしてこんな訪問を許してしまったのだろう？

それは、いとこのレディ・ベアトリス・ストラットハムに不意を突かれたから。ベアトリスときたら、いきなり御者に馬車をとめるよう命じたのだ。わたしに反論する隙さえ与えずに。

従僕が階上に姿を消すと、エリーはいとこのベアトリスのほうを向いた。どこもかしこも洗練されている室内を歩きまわり、美術品に目を走らせているいとこに話しかける。「わたしたち、やっぱりここへ来るべきではなかったのよ。こんなふうに押しかけるなんて、厚かましいにもほどがあるわ」

ベアトリスはテーブルの上にある雪花石膏《せっこう》の皿から目をあげた。レースの縁飾りがついた淡い青のドレス姿のベアトリスは、さながら王女のように見える。子山羊革《キッド》の手袋をはめた手をひらひらさせた。

「お説教はうんざりだわ、エリー。わたしたちはここに来た。ただそれだけよ」

「でも一度も会ったことのない相手にいきなり面会を申しでるなんて、非常識すぎるわ。しかも、相手は社交界の重鎮と言われるレディなのよ。そのうえ、あなたはまだ花嫁学校を卒業してもいないのに」

「あら、わたしはあと数週間で社交界にデビューするわ」ベアトリスは金縁の鏡に映る自分の姿に見入った。帽子を脱いでテーブルに置き、赤みがかった金髪を整える。「社交シーズン中に出会うなかで最高の相手と結ばれたいの。レディ・ミルフォードにお願いすれば、きっと助けてくださるはずだわ」

いとこが青い瞳をきらめかせるのを見て、エリーは憂鬱な気分になった。なんだか厄介な事態になりそうだ。そうでなくても、ベアトリスはわがままで貪欲《どんよく》だ。何かが欲しいと思うと、どんな手段を使ってでも手に入れようとする。両親を亡くし、伯父であるペニントン伯爵の屋敷で暮らすようになって以来、エリーにとってベアトリスは常に頭痛の種だった。

「もし今日の訪問のことが知れたら、伯爵はお怒りになるわ」エリーは警告した。「あなたのお父様がマナーや礼節に厳しいのはわかっているでしょう？　あなたはまだ一七歳ですもの。もしかすると、伯爵はあなたのデビューを来年に延期するかもしれない」

ベアトリスが甲高い声で笑った。「ばかなことを言わないで。お父様はわたしに弱いんだから。それに、お父様は今〈ホワイツ〉に出かけているわ。あと数時間は帰らないはずよ」

明らかにこの言い争いにうんざりした様子で、部屋の隅にある台座のほうへ向かった。「ねえ、こんなすてきな中国の花瓶を見たことがある？　レディ・ミルフォードは本当にすばらしい審美眼の持ち主なのね」

エリーは扉の脇にある緑色の大理石の柱のそばに立ったままだった。できるものなら今すぐこの屋敷から逃げだして待たせてある馬車に乗りこみ、ベアトリスに自分の愚かさを思い知らせてやりたい。けれども残念ながら、そんなことをする勇気はなかった。伯父のバジルがわたしに求めているのは、母親のいないベアトリスの面倒をよく見ることなのだから。

もう何年も、エリーは祖母の身の回りの世話をこなしながら、三人のいとこのうち、年下のふたりであるセドリックとベアトリスの家庭教師を務めてきた。それもこれも、ペニントン伯爵の重荷になりたくない一心からだ。伯爵が弟であるエリーの亡き父親の負債を清算するはめになった事実は、片時も忘れたことがない。それゆえ、エリーはこうして伯爵の屋敷で働くことで恩を返している。セドリックが寄宿学校に入学した今、エリーに残された最後の仕事は、ベアトリスをつつがなく社交界へデビューさせることだった。

ただし、社交界を代表する貴婦人レディ・ミルフォードの屋敷に押しかけて一方的に身勝手な請願をすることが、ベアトリスのためになるとは思えなかった。たった一度でも軽薄な行動や思慮を欠いた発言をすれば、ベアトリスは愚かな娘として社交界から追放されてしまうかもしれない。そんなことになれば、当然お目付役であるエリーも責任を問われるだろう。

さらに悪いことに、仮にベアトリスのデビューが来年に延期になれば、エリー自身の将来の予定も先延ばしせざるを得なくなる。このまま永遠に、伯爵家で伯父の慈悲にすがって生きていきたくはない。二六歳になったエリーの計画とは、自立した生活を送り、誰にも内緒にしている秘密の夢を追いかけることだ。

そのとき、従僕が階段をおりてきてエリーの前を素通りし、ベアトリスに深々とお辞儀をした。「奥様がお会いになりたいとおっしゃっています。どうぞこちらへ」

レディ・ミルフォードが面会を断ってくれればいいのにというエリーのかすかな希望はみごとに打ち砕かれた。

あきらめたエリーはしぶしぶふたりのあとから階段をのぼっていった。従僕はエリーのことなどまるで気にかけていない様子だ。とはいえ、そういう扱いには慣れている。みすぼらしい格好のせいで、いつも身分の低い女性として見られてしまうのだ。だが、むしろ誰からも注目されないほうが居心地がよかった。目立たないようにしていれば、周囲の人たちの表情や態度をじっくり観察できた。その記憶を頭に刻みこんでおけば、のちのち役立てられる。

そういう観察をエリーが何に役立てているのか、知る人は誰もいなかった。もちろん、今後も誰かに教えるつもりはない。実は、毎晩自分の寝室に戻ると、いろいろな観察結果をもとに秘密の計画を着々と進めている。けれども適切なときが来るまで、その計画は伯爵家の人々にも明かすつもりはなかった。

そう、ベアトリスが婚約し、結婚するまでは。

階段のいちばん上まで来ると、エリーは自分に言い聞かせた。くよくよしてはだめ。この面会はベアトリスにとって実りあるものになるかもしれない。レディ・ミルフォードは、これまで貴族同士の縁談をいくつもまとめあげていることで有名なのだから。

エリーは必死に頭を働かせ、レディ・ミルフォードにまつわる噂を思いだそうとした。誰もが畏怖と尊敬の念をこめて、レディ・ミルフォードの話をする。伝説的な美貌の持ち主である彼女は、王家の人々や首相とも懇意にしていると聞く。また噂によれば、かつては乱心王ジョージ三世の息子の愛人だったらしい。

いやがうえにも好奇心をかきたてられてしまう。衝撃的な過去があるにもかかわらず、今レディ・ミルフォードは最高位の貴族たちからも尊敬されている。いったいどうやって数々の噂話をはねのけてきたのか、エリーには見当もつかなかった。けれども、ひとつだけたしかなことがある。レディ・ミルフォードはわたしなんかよりもはるかに波乱万丈な人生を送っているということだ。

エリーたちは豪奢《ごうしゃ》な廊下を進み、居間へ通された。ピンク色と黄色という淡い色調でまとめられた、いかにも居心地のよさそうな部屋だ。窓辺にある金箔《きんぱく》張りの椅子にひとりの女性が腰かけて、本を読んでいた。冬の日差しのなかに、美しく結いあげた黒髪と濃い赤紫色のドレスが浮かびあがっている。

レディ・ミルフォードが噂以上の美貌の持ち主であることに、エリーはすぐさま気づいた。高い顔にしわがないうえ、体つきもほっそりとしており、何歳なのかさっぱりわからない。高い頬骨といい、魅惑的な顔立ちといい、まさに古典的な美人だ。この人の絵を描いてみたいと、エリーは心から思わずにいられなかった。

従僕がふたりの名前を高らかに呼ぶと、レディ・ミルフォードは読みかけの本を置いて立ちあがった。

彼女はしなやかな動きで近づいてきて、エリーたちを出迎えた。貴族的な顔立ちは近寄りがたさを醸しだしているが、唇にはかすかに笑みが浮かんでいる。

レディ・ミルフォードはいぶかしく思っているに違いない。いったいなぜ一面識もないふたりが突然訪ねてきて、午後のひとときを邪魔しようとしているのかを。そう考えて、エリーは不安になった。ベアトリスとは違い、レディ・ミルフォードには知性が備わっている。そんな大人の女性が、まだ学校も卒業していない小娘にやすやすと言いくるめられるはずがない。

だがベアトリスは不安などいっこうに感じていない様子で、かわいらしくお辞儀をしてみせた。「奥様、お目にかかれて光栄です。突然訪問したわたしを厚かましいと思わないでくださいね」

「正直言うと、興味津々なの」レディ・ミルフォードは低い声で言った。「さあ、ふたりとも座って。こんな寒い日ですもの、暖を取ってちょうだい」

レディ・ミルフォードはふたりを暖炉までいざなった。手彫りの白い大理石の炉棚の下で、火が勢いよく燃えている。ベアトリスは中央にある長椅子に腰かけると、エリーを見て目を細めた。あの表情はよく知っているわ、とエリーは心のなかでひとりごちた。ベアトリスは警告しているのだ。どこかに座っておとなしくしていなさいと。

エリーはベアトリスの尊大な態度にいらだちを覚えた。けれども、今そんなことを指摘すれば言い合いになり、今日の訪問自体が台なしになってしまう。エリーは唇を引き結ぶと、壁沿いにある椅子に腰をおろした。この位置からなら、話しているふたりの様子を観察できる。もしベアトリスが問題を起こしそうになったら、即座に会話に割って入るつもりだった。

「あなたはペニントンのお嬢様でしょう」ベアトリスの反対側にある椅子に座りながら、レディ・ミルフォードが言った。「その赤みがかった金髪を見間違うはずがないわ。とても美しいし、目立つ色ね」

エリーはふいに嫉妬を覚えた。わたしだって、人目を引くストラットハムの髪の色を受け継いでいる。けれども残念ながら、わたしの髪は金色というよりも鳶《とび》色に近い。おまけに、湿気が多い日には髪がうねってカールしてしまう。それにもっと若い頃は、ベアトリスの透けるように白い肌がうらやましくてしかたがなかった。だってわたしときたら、鼻にそばかすがあるんですもの。

ベアトリスが美しい髪に手をやった。「この髪の色が不利に働かなければいいんですけど。なかには、赤毛の女性にはまるで関心がない男性もいると聞きます。でも、わたしは絶対にデビューした最初の年に婚約まで漕《こ》ぎつけたいんです」

エリーは心のなかでうめいた。まったく、ベアトリスは慎み深さというものを忘れてしまうときがある。目がきらりと光ったことから察するに、レディ・ミルフォードは、この訪問の目的を瞬時に悟ったに違いない。

「ええ、わかるわ。育ちのいい若いレディたちにとっては、それが究極のゴールですもの」

「同意してくださってうれしいです、奥様」天使のように甘い声で言うと、ベアトリスは手袋をはめた手を膝の上で重ねた。「間違いなく、今からの数週間はデビューの準備で目が回るような忙しさになるはずです。ドレスの仮縫いやダンスの稽古、それにきちんとした作法も身につけなければなりません。だけど、女性なら不安にならずにはいられないと思うんです。そういう努力が勝利に結びつくのか……それとも求婚の申しこみがひとつもなくて敗北に終わるのか」

「あら、安心なさい。男性があなたみたいな純粋な女性を放っておくはずがないわ。あなたならなんの苦もなく求婚まで漕ぎつけられるでしょう」

ベアトリスは顎を引き、謙遜するふりをした。「奥様はお優しい方ですね。それでも、今シーズンは大勢の女性がデビューすると聞いています。わたし、みんなのなかに埋もれてしまうのではないかと心配なんです。だから奥様に助けていただけたらと思って、今日ここへ来ました」

レディ・ミルフォードが美しい眉をつりあげた。「まさか、お父様があなたの結婚持参金を出し渋っているんじゃないでしょうね？　なんなら、わたしからペニントンにひと言言っておきましょうか？」

れたくない――」

「いいえ、奥様！　そんなことはありません。それにわたしがここに来たことは、父に知ら
　そのとき、従僕が紅茶をのせたトレイを運んできた。ありがたいことに、ベアトリスは使用人の前では口をつぐむだけの思慮を持っていた。

　レディ・ミルフォードは立ちあがると、三客の磁器製カップに紅茶を注《つ》いだ。女主人の手間を省くべく、エリーも立ちあがって自分のカップを取りに進みでた。

　近くで見ると、レディ・ミルフォードが目をみはるような美貌の持ち主だとわかった。なんて美しい瞳だろう。スミレ色の目が黒く濃いまつげに縁取られている。しかも、目尻にかすかなしわがあるだけだ。時空を超えた気品のある美しさを目の当たりにして、エリーはレディ・ミルフォードがいったいいくつなのだろうと思わずにいられなかった。

　そのとき、自分がレディ・ミルフォードから熱心に見つめられていることに気づいた。エリーが着ているカージー織りのウールのドレスはぶかぶかで、どんよりとした灰色をしており、おまけに長袖で襟ぐりも詰まっている。でも、怖《お》じ気《け》づいていてはだめだ。ベアトリスのクジャクのごとき華やかな美しさの前では、わたしなど地味なスズメに見えて当然だ。何も恥ずかしがる必要はない。

「あなたもストラットハム家の方ね」レディ・ミルフォードがエリーに話しかけた。「伯爵の亡き弟さんのお嬢様でしょう？」

「はい。レディ・ベアトリスとわたしはいとこ同士なんです」ベアトリスが眉をひそめてい

るのに気づき、エリーはあわててつけ加えた。「では、失礼します、奥様」

背を向けると、エリーは壁際の椅子へとふたたび戻った。ふたりの会話を邪魔しないほうがいい。自分が注目されていないと、ベアトリスはすぐに不機嫌になってしまう。家に戻る馬車のなかで、ベアトリスにふくれっ面を見せつけられるのは耐えられない。

カップから伝わってくるあたたかさが、凍えた指に心地よかった。紅茶をひと口味わうと、エリーはレディ・ミルフォードがまたベアトリスの正面にある椅子に座るのを見守った。

「さて」レディ・ミルフォードが口を開く。「ほかの女性たちに先んじたいという話だったわね。でも、さっきも言ったとおり、あなたのようなかわいらしい女性は、大勢の求婚者の心を射止めるはずよ」

「まあ、だけど、大勢である必要はないんです。わたしの胸の内を聞いていただけますか、奥様？」相手の同意も待たずに、ベアトリスはティーカップをおろし、秘密を打ち明けるかのように前かがみになった。「わたしが惹かれている男性はたったひとりしかいません。きっと、奥様も彼をご存じのはず。エイルウィン公爵なんです」

エリーは心底驚愕《きょうがく》したものの、どうにか驚きを押し隠した。まさかベアトリスが将来の夫候補をひとりに絞りこんでいたなんて。ここ数カ月というもの、ベアトリスは祖母とともに何時間もかけて、結婚相手としてふさわしい男性の品定めをしていた。『デブレット貴族年鑑』を参考に、金銭問題を抱えていない貴族男性が誰かを徹底的に調べあげたのだ。そんなふたりのやりとりに飽き飽きしていたため、エリーはベアトリスたちの話を適当に聞き流しながら、自分の夢の計画についてあれこれと思いをめぐらせていた。

「エイルウィンですって？」レディ・ミルフォードが考えこんだ様子で言った。「たしかに、わたしは彼の亡くなったお父様と親しかったわ。けれど、今の公爵は社交的な集まりには顔を出さない方よ。人づき合いを避けているわ。それに言っておくけれど、エイルウィンは結婚にこれっぽっちも関心を持っていないのよ」

「ええ、そう聞いています」ベアトリスは悲しげにため息をついた。「公爵様はほとんどエイルウィン・ハウスにこもって、古代エジプトの遺物を研究なさっているとか。きっと、ひどく寂しい人生を送っていらっしゃるはずです。公爵様も一緒に過ごす妻を必要とされているのではと考えずにはいられないんです」

レディ・ミルフォードが紅茶をひと口すすった。どうやらこの話に興味を持った様子だ。

「若い女性というのは、往々にして謎めいた男性に惹かれるものよ。恋愛に夢を抱いているから、ついそういう男性が愛を求めているに違いないと考えてしまうの。でもね、そういうロマンチックな空想はあくまで空想にすぎない。現実と一致することはまずないわ。エイルウィンはあなたと二〇歳近くも年が離れているし、考古学にしか興味がないのよ。もっと年の近い相手を探したほうがいいと思うけれど」

「ええ、奥様のおっしゃるとおりかもしれません。でも、公爵様に一度もお会いしていないのに、どうしてそう言えるでしょう？」ベアトリスは困った顔で下唇を突きだした。父親におねだりをするときによく見せる表情だ。「もしかすると、わたしなら公爵様に愛されたかもしれない。一生そんな思いを引きずりながら生きていきたくはないんです。どうかわたしを助けていただけないでしょうか？」

レディ・ミルフォードがかぶりを振った。「残念だけれど、できないわ」決然としているけれども優しい声で言葉を継ぐ。「エイルウィンとはほとんど面識がないの。わたしは彼を説得できる立場にないのよ」

「でも、もし……もし奥様がごく内輪のパーティを開けばどうなるでしょう？　貴族全員が招待してほしいと思うに違いありません。女主人として、わたしたちふたりをそのパーティに招待してくだされば、少なくとも公爵様にお会いすることはできます」ベアトリスは胸の前で両手を握りしめた。「ああ、どうかお願いです、奥様。断らないでください。奥様だけが頼りなんです」

もう我慢の限界だ、とエリーは思った。ベアトリスの態度は大胆すぎる。いいえ、大胆なんてものじゃない。みっともなくて恥ずべき態度だわ！　ベアトリスの厚かましい態度を目の当たりにして、レディ・ミルフォードもさぞあきれているに違いない。

エリーはテーブルにティーカップを置くと、足早に長椅子へ近づいた。

「ベアトリス、これ以上長居しては奥様に悪いわ。さあ、そろそろおいとましましょう」

ベアトリスはむっとした表情でエリーを一瞥《いちべつ》した。「いいえ、まだよ。レディ・ミルフォードとわたしは打ち解けた会話を楽しんでいるところなんだから」

エリーはレディ・ミルフォードを見た。「本当に申し訳ありません、奥様。わたしたちにはまだ用事が残っております。早くすませないと、家での夕食に間に合わなくなりそうなんです」

「用事ですって？」ベアトリスが尋ねる。小さくて形のいい鼻にしわを寄せ、てこでも動かないと言いたげだ。「なんの話？」

「帰りの馬車のなかで説明するわ。さあ、すぐに失礼しなければ。奥様にご挨拶しましょう」

ベアトリスがぶつぶつと文句を言っているあいだも、エリーはレディ・ミルフォードの視線がベアトリスではなく、自分に向けられているのを意識していた。何か考えこむように、ほっそりとした眉を物問いたげにひそめている。

エリーは顔を赤らめずにいられなかった。きっとレディ・ミルフォードは、ベアトリスのはしたない振る舞いをわたしのせいだと考えているのだ。結局、ベアトリスに適切な振る舞いを教えるのは、家庭教師であるわたしの責任なのだから。

「ミス・ストラットハム」レディ・ミルフォードがエリーに話しかけた。「少し待ってもらえるかしら？　あなたの役に立つものを持ってくるわ。ここで待っていてちょうだい」

エリーは驚きのあまり口をぽかんと開けて、レディ・ミルフォードが居間から出ていくのを見送った。わたしの役に立つもの？　どういう意味だろう？

ペチコートの音を立てながら、ベアトリスが気取った足取りで近づいてきた。両手を腰に当て、不機嫌な表情を浮かべている。赤みがかった金色の巻き毛に縁取られた、せっかくのかわいい顔が台なしだ。「どうして邪魔したの？　もう少しでレディ・ミルフォードに助けてもらえそうだったのに。おまけに、あなたがレディ・ミルフォードから贈り物をもらうなんて」

「間違いなく、マナーに関する小冊子よ」エリーは答えた。「レディ・ミルフォードは、わたしがあなたの教育を怠ったと思ったんだわ」

考えれば考えるほど、そうに違いないという気がしてくる。責務を怠ったと思われるのは本当に悔しい。けれども、この状況ならそう思われてもしかたがないだろう。屈辱的ではあるが、マナーについての本を渡されたらありがたく受けとらなければ。

ベアトリスが不満げに下唇を突きだした。

「わたしが無作法な振る舞いをしたというの？」

「ええ、そうよ」エリーは指を折りながら、ベアトリスの不品行を数えあげた。「まず、あなたは自分の結婚計画がうまくいくよう、レディ・ミルフォードの優しさを利用しようとした。それからこともあろうに、彼女に時間と費用を負担させてパーティを開くよう要求した。しかも、招待客として誰を呼ぶかにまで口出ししたのよ」

「でも、すばらしい計画でしょう？」ベアトリスが反論する。「そうでもしなければ、わたしは公爵夫人にはなれないわ。ほかに結婚相手としてふさわしい公爵がいないんですもの！」

「それなら、侯爵か伯爵に目を向けなさい。それに爵位ではなくて、相手の人となりを見るようにしないと。誰を選ぶにせよ、結婚したら一生その人と過ごすことになるんだから」

「結婚の望みのないオールドミスにとっては、爵位なんてどうでもいいんでしょうね。でも、わたしは違うわ。高い爵位を持つ相手と結婚して、社交界の羨望の的になりたいの」

結婚の望みのないオールドミス。ベアトリスの何気ないひと言に、エリーはいたく傷ついた。そんな自分に驚かずにはいられない。わたしもかつては愛と結婚を夢見ていた。だけど、そういう女らしい夢を心の奥深くにしまいこんだのはもう何年も前のことだ。自分のように貧しくて平凡な女に求婚する男性はひとりもいないという厳しい現実を突きつけられたからだ。それ以来、父の借金を払ってくれた恩を返すべく、伯父一家のために精いっぱい働いてきた。

でも、一生伯父の家で奴隷のごとくこき使われるつもりはない。誰にも話していないけれども、わたしには胸躍る計画がある。自立した生活を送るための大胆な計画が――。

居間の扉が開いて、エリーは現実に引き戻された。レディ・ミルフォードが青いベルベットの手提げ袋を手に部屋へ入ってきた。袋に手を入れて、何かを取りだす。窓から差しこむ冬の午後の日差しを浴びて、それがきらりと光った。

エリーは驚きに目をしばたたいた。靴？　見るからに上等な仕立ての、炎のように赤い色をした、サテン地のハイヒールだ。クリスタルビーズの繊細な飾りと、優美な留め金がついている。

レディ・ミルフォードは靴をエリーに手渡した。「若い頃、気に入って履いていた靴なの。きっとあなたに合うはずよ、ミス・ストラットハム」

エリーは無意識のうちに靴に指をすべらせていた。てっきりマナーの小冊子を渡されるものと思っていただけに、なおさら驚かずにはいられない。今まで生きてきて、こんなに美しい品――しかも実生活にはまるで役立たないもの――を見たことはない。「ありがとうございます、奥様。でも……残念ながら、わたしにはこの靴を履いて出かける機会がありません。家庭教師にはあまりに贅沢《ぜいたく》すぎる靴です」

「あなたもベアトリスと一緒に社交界の催しには参加するんでしょう？　舞踏会やパーティで踊るための靴が必要なはずよ」

「ほとんどのレディたちとは違って、わたしのドレスは本当に地味なんです。この靴に合うものは一枚も――」

「エリーはわたしの付き添い役《シャペロン》だから、ダンスは踊らないんです」ベアトリスが会話に割りこんできた。物欲しそうな目で靴をちらりと見て、言葉を継ぐ。「それに、エリーよりもわたしの足のほうが細いんです。わたしのほうが奥様の靴にぴったりだと思います」

レディ・ミルフォードが謎めいた微笑を浮かべた。「本当に？　それなら座ってちょうだい。この靴があなたに合うかどうか試してみましょう」

3

しばらくして、レディ・ミルフォードの屋敷から出てきたエリーは、みすぼらしい茶色の外套の下に青いベルベットの手提げ袋をしっかりと抱えていた。あのあと、ベアトリスは靴を試してみたものの、つま先が痛いと悲鳴をあげ、すぐに靴を脱ぎ捨てたのだ。

はじめは固辞したけれども、レディ・ミルフォードにぜひにとすすめられて、エリーも試しに履いてみた。するとどうだろう。靴はぴったりだった。いったいどうして？　自分でもいまだにわからない。信じられないことに、ベアトリスとはドレスのサイズは同じだけれど、足のサイズはわたしのほうが大きいはずなのに。

まるで狐につままれたようだ。とはいえ、胸に抱えた美しい靴のことを思うと、静かな喜びが水のごとくあふれてくる。ストッキングをはいた足のつま先をサテン地のハイヒールに差し入れた瞬間、めまいがするような幸福感を覚えずにはいられなかった。自分の抱える問題がすべて消えてしまったかのようだった。許されるなら、この靴を履いて家に帰りたかったが、そんな愚かな振る舞いはやめておきなさいという理性の声に従った。

やわらかな袋のなかに大事にしまってはいるものの、エリーは手袋をはめた指先で、ハイヒールの華奢《きやしや》なデザインやクリスタルビーズの飾りを確かめずにはいられなかった。これほど美しい品を持ったのは、いつ以来だろう？　お父様が亡くなって以来、一度もない。思えば、お父様はわたしにいろいろな贈り物をしてくれた。けれども亡くなったあとは、伯父が借金返済の足しにと、めぼしいものをすべて売り払ってしまったのだ。

でも、今はそんな悲しいことを思いだしたくない。それにふくれっ面をしているベアトリスの顔も見たくない。青緑色の外套姿のベアトリスは、両手をアーミン毛皮のマフに突っこみ、早足で黒塗りの一頭立て四輪馬車へと向かっている。馬車の扉に金色で刻されているのは、ペニントン家の紋章だ。

このままベアトリスを放っておけば、厄介なことになる。帰る道すがら、ベアトリスからいわれのない非難を受け続けるはめになるだろう。それでもなお、いとこが不機嫌なのは、レディ・ミルフォードのハイヒールが合わなかったせいだとは思えない。結局のところ、ベアトリスは靴棚にあふれんばかりの美しい靴を持っているのだから。

ベアトリスの機嫌が悪いのは、自分の結婚計画が失敗したからに違いない。ずっと甘やかされて育ってきたベアトリスは、レディ・ミルフォードも自分の思いどおりになると考えていたのだろう。さあ、今からベアトリスをなだめすかして、機嫌を直してもらわなければ。それはそれで大変で、あまり気乗りはしないけれど。

深緑色のお仕着せを着た従僕が、勢いよく馬車の扉を開けた。ところがベアトリスは馬車に乗ろうとはせず、いきなり立ちどまった。あとに続いていたエリーは、あわやベアトリスにぶつかりそうになった。

　ベアトリスは屋敷が立ち並ぶ街路の先、馬車や荷馬車が行き交う石畳の小道を眺めている。まるで魔法の杖をひと振りしたかのように、一瞬にして不機嫌な顔が蠱惑《こわく》的な笑みを浮かべた顔に変わった。

「まあ、すてき！」バラ香水の香りを漂わせながら、ベアトリスがエリーを押しのけた。「ここで待っていて。あなたがいると、何もかもが台なしになってしまうから」

　体の向きを変えたエリーは、立派な牝馬《ひんば》にまたがった紳士が近づいてくるのに気づいた。完璧な装いだ。ダブルの青い上着の喉元に、白の首巻き《クラヴァット》を合わせている。近づいてくるにつれ、エリーにもようやく紳士が誰だかわかった。どこか少年っぽい外見には見覚えがある。あれはペニントン伯爵の友人の息子に違いない。

　紳士は手綱を引いて馬をとめると、黒い山高帽を脱ぎ、金髪の頭を傾けた。「これは驚きだな。本当にレディ・ベアトリス・ストラットハムかい？　こんな寒い冬の日にきみに出会えるとは、なんとうれしいことだろう」

　歩道の縁石に立ちながら、ベアトリスは顔をあげ、作り笑いを浮かべた。

「まあ、ローランド卿。あなたもどなたかを訪問されるところですか？」

「ああ。だが、あまり気が進まない訪問でね。だから、そこに立っているきみの姿を見たとき、空から天使が舞い降りたかと思ったんだよ」

　ベアトリスが少女らしいくすくす笑いをもらす。ふたりがとりとめもない会話を交わしているあいだ、エリーは馬車の開かれた扉の脇にじっと立っていた。身を切るような寒風が頰を刺し、外套の下では指がかじかんでいる。できることなら今すぐ馬車に乗りこんで、あたたかい毛布にくるまりたい。

とはいえ、残念ながら、わたしにはいとこのお目付役という仕事がある。社交界にデビューする前の娘は、公の場で紳士と戯れている姿など見られてはならない。

そうはいっても、数分くらいなら問題ないだろう。特に、この偶然の出会いでベアトリスの機嫌が直るならなおさらだ。うまくいけば、年が倍も離れたエイルウィン公爵との結婚計画を忘れてくれるかもしれない。侯爵の次男であるローランド卿は、ベアトリスと年が三つしか離れていない。結婚相手としては、公爵よりもはるかに理想的だ。

ふたりを見つめながら、エリーはぼんやりと自分のドレスについて考えはじめた。舞踏会用のドレスを縫うために、リネン生地を買う必要がある。なけなしの貯金を考えると痛い出費だけれど、あの美しい靴に時代遅れの安物のドレスを合わせたくはない。

きっとレディ・ミルフォードみたいな女性は、あの贈り物がどれほど非実用的かに気づかないのだろう。それが残念でもあり、切なくもある。

それにしても、なぜわたしははじめて知りあった人から施しを受けたのかしら？　以前なら、たとえ親族からでもおさがりをもらうと、プライドがひどく傷つけられたものなのに。美しい靴に心を奪われてしまったから？　でも、それだけではない気がする。たぶん、レディ・ミルフォードの態度に恩着せがましさが感じられなかったからだ。本当に心からこの靴をわたしに受けとってほしいと思っているふうだった。そんな優しい態度を目の当たりにして、にべもなく断ることなどできなかった。

風にのってベアトリスの甲高い笑い声が聞こえてくる。いきいきとした様子でおしゃべりに興じるベアトリスを前にして、ローランド卿も馬から身を乗りだし、彼女の言葉をひと言も聞き逃すまいとしている様子だ。ありがたいことに、こんな肌寒い午後ゆえ、あたりを散歩している貴族は見当たらない。風が吹きすさぶなか、重い足取りで歩道を行き来しているのは使用人か作業員だけのようだ。

そのとき、少し離れた場所にとめてある四輪馬車《フエートン》に気づいた。屋根がなく、御者席に男がひとり座っているのが見えた。

葦毛《あしげ》の二頭の馬が足を踏み鳴らし、白い息を吐いている。男が手袋をはめた手で手綱を少しだけ動かすと、馬はすぐにおとなしくなった。見知らぬ男は全身黒ずくめだった。帽子も、帽子からはみだしている髪も、厚手の外套もだ。その姿はまるで得体の知れない獣のようだった。顔の下半分はスカーフで覆われている。でも、それは寒さよけというよりも変装のためではないかという、奇妙な印象を受けた。

男は熱心にベアトリスを見つめている。

その瞬間、エリーは肌が粟立《あわだ》った。だけど、きっと寒さのせいだ。あの男性は誰か知り合いを待っているに違いない。ベアトリスを見ていたのも、単なる好奇心からだろう。

それでもやはり、そろそろベアトリスに話をやめさせたほうがいい。近隣の窓から誰かがこっそり、あのふたりをのぞき見ているかもしれない。ひとたび噂になるだけで、あの娘はひどくふしだらだという烙印《らくいん》を押され、評判が台なしになってしまう。

そのときローランド卿が帽子を軽く持ちあげ、ベアトリスに別れの挨拶をした。ローランド卿が立ち去ると、喜びに頬を染めたベアトリスがようやく馬車のほうへ戻ってきて、エリーとともに乗りこんだ。ガタガタと音を立てて馬車がメイフェアを通り過ぎるあいだ、ベアトリスはローランド卿がいかにすばらしいマナーの持ち主かをとうとうと語り、自分がデビューする舞踏会ではぜひ踊ってほしいと請われたのだと打ち明けた。

エリーはくつろいだ気分で、ときおり適当に相槌《あいづち》を打ちながら、いとこの話を聞いていた。それにしても、ベアトリスはなんて移り気なのだろう。ハンサムな青年と言葉を交わしただけで、これほど簡単に夢中になってしまうなんて。レディ・ミルフォードは正しいのかもしれない。ひとたび同世代の男性から求婚される喜びを知れば、ベアトリスも引きこもっている公爵と結婚する計画をあきらめるに違いない。

馬車がハノーヴァー・スクエアにあるペニントン・ハウスの前にゆっくりととまる頃には、エリーはある結論に達していた。わたしは売れ残りのオールドミスでよかった。将来の夫になる男性を探すべく、大勢の男性の気を引かなければならないなんて、考えただけでもぞっとする。わたしには結婚よりも、はるかに大事な計画があるのだから。

従僕が馬車の扉を開けると、ベアトリスが先に降りた。青緑色の外套をひるがえして振り向き、エリーに言う。「あら！　マフを忘れてしまったわ。エリー、捜してきて」

白いアーミン毛皮のマフは馬車の床に落ちていた。かがんでマフに手を伸ばした瞬間、反対側の窓から見えた動きがエリーの注意を引いた。一台のフェートンが通りをゆっくりと通り過ぎていく。御者席には、全身黒ずくめの男性が座っていた。

エリーは思わず目を見開いた。日に焼けた肌に厳しい表情。どこかで見た気がする。男の顔の下半分は黒いスカーフで覆われており、目深にかぶった帽子のつばの下からのぞいているのは、緑がかった灰色の目だ。男は屋敷へ歩いていくベアトリスを食い入るように見つめている。

ふいにエリーは気づいた。あれはレディ・ミルフォードの屋敷の外で、ベアトリスを見つめていたのと同じ男だ。

レディ・ミルフォードもまた、ある一点を熱心に見つめていた。

訪問者たちが出ていったあと、レディ・ミルフォードはすぐさま屋敷の正面にある応接室へと向かい、窓辺に立ってレースのカーテン越しに通りを見おろした。青緑色の外套を着たレディ・ベアトリスが、恥知らずにもローランド卿といちゃついているのが見えた。

だが、あんなわがままで頭の空っぽな小娘になど興味はない。関心があるのは、馬車の脇にじっと立っている、みすぼらしい身なりをした女性のほうだ。

まったく、ペニントンはなんてひどい男だろう。伯爵にとって、ミス・エロイーズ・ストラットハムは浪費家だった実の弟の娘、つまりは姪だ。それなのに社交界デビューはおろか、持参金も、結婚の機会も与えずに放っておくなんて。あの様子から推察するに、エリーは使用人のような扱いしか受けていないのだろう。

そんな不公平なことがあっていいものだろうか。自分の若い頃を思いだし、レディ・ミルフォードは胸を痛めた。かつてクラリッサ・レンと呼ばれ、ヨークシャーの荒野に立つマナーハウスで、未亡人となった継母と義姉ふたりとともに暮らしていたときだ。あの頃は本当につらかった。父親が亡くなると、継母は法律を巧みに操り、父の最初の結婚は無効であり、クラリッサは庶子だと主張した。そして父の遺産や高価な衣類や宝石類をすべて奪いとったあげく、クラリッサにはみすぼらしい格好しかさせなかったのだ。料理や掃除はもちろん、その他の雑用もすべてさせられ、使用人同然の暮らしだった。絶望の淵に立たされて、厨房の暖炉前で亡き父を思いだしながらすすり泣いていたとき、裏口を叩く音がした。

扉の外に立っていたのは、物乞いに来た年老いたロマの女だった。継母の怒りを買うのが怖くて追い返そうかと考えたものの、そうするのも忍びなく、自分のわずかな食事を分け与えた。しわだらけの老女はお礼にとサテンでできた赤い靴をくれた。〝この靴があなたを真実の愛に導いてくれる〟という謎めいた言葉とともに……。

かすかな笑みを浮かべながら、レディ・ミルフォードはそれから現在に至るまでの長い人生を振り返った。まずロンドンに出てきてミルフォード伯爵と結婚し、彼の妻として社会的地位と富を手にした。とはいえ、わたしがロマの言葉の本当の意味に気づいたのは、未亡人となって英国王の息子と激しい恋に落ちたときだ。状況が許さず、結婚こそできなかったが、フレデリック王子とは長いあいだ、人目を忍ぶ関係を続けた。やがて王子が亡くなると、これと見込んだ若い女性たちが幸せになれるよう、チャンスを作ることで気を紛らしてきた。

レディ・ミルフォードは、先ほど赤い靴を渡したばかりの女性を見おろした。ミス・エロイーズ・ストラットハム。どうしようもなく愛情を求めている女性だ。とはいえ、今回は彼女にぴったりの男性が誰なのかわからない。思えば、こういう状況ははじめてだ。今までは、赤い靴を渡した女性に適した男性がわかっていたのに……。

そのときレディ・ミルフォードは、ストラットハムの馬車の背後にとめてあるフェートンに気づいた。二頭の葦毛の馬が休みなく足を踏み鳴らしている。だが男は手綱をほんのわずかに動かしただけで、馬をなだめた。

男は全身黒ずくめで、紳士のように見える。とはいえ、なぜ家人不在の邸宅の前で馬車をとめているのだろう？　あの屋敷の所有者は冬のバカンスで領地へ出かけているはずなのに。それにもっと奇妙なことに、男はレディ・ベアトリスをじっと見つめている。いったい何者かしら？

レディ・ベアトリスがローランド卿に手を振り、ミス・エロイーズ・ストラットハムと一緒に馬車へ乗りこんだ。彼女たちの馬車が石畳の通りを進みはじめると、フェートンに乗った男があとを追うように出発した。

衝動的にレディ・ミルフォードはレースのカーテンを開け、窓ガラスを強く叩いた。だが御者席の男が見あげた瞬間、すばやく体を引いて隠れた。一瞬見えたのは、男の緑がかった灰色の目と、男らしくハンサムな顔立ちだ。

男の顔には見覚えがあった。でも、いったいなぜ彼が、レディ・ベアトリスに関心を寄せているのだろう？　ただの偶然かしら？　レディ・ミルフォードはしばし立ち尽くし、頭をめぐらせた。それから暖炉のほうへ行って、ベルの紐を引っ張った。

しばらくすると、威厳のある白髪の執事ハーグローヴが応接室にやってきた。気品ある物腰で進みでてお辞儀をし、女主人が口を開くのを待つ。いつもながらレディ・ミルフォードは、ハーグローヴに感心せずにはいられなかった。彼は無駄なおしゃべりをいっさいしない。社交界については知らないことなどない、まさに生き字引のような存在なのに。

「ダミアン・バークという男性のことを知っているかしら？」レディ・ミルフォードは尋ねた。

ハーグローヴはしばらく考えてから答えた。「はい、奥様。ミスター・バークは七年前の不適切な行為のせいで、社交界を追放されています。今は〈悪魔の巣窟〉という賭博クラブを経営しているはずです」

「たった今、彼がレディ・ベアトリス・ストラットハムの馬車のあとをつけているのを見たの。ダミアン・バークに関して、洗いざらい調べてちょうだい。なんだか不可解なことが起きている気がするのよ。それが何か見きわめなければならないわ」

「すぐに調査いたします、奥様」

応接室から出ていく執事を見ながら、レディ・ミルフォードは心のなかでつぶやいた。これでいい。ハーグローヴには信頼に足る密偵たちの組織網がある。誰にも気づかれないよう、彼らに諜報《ちょうほう》活動をさせるだろう。わたしはこうして待っていればいいだけだ。そう、三〇年近く守り続けてきた秘密について、じっくり思案しながら。

4

「ねえ、お父様、思うんだけど」夕食のテーブルで、皿にのった豆料理をフォークの先で寄せながら、ベアトリスは横に座る父親に話しかけた。「あと少しで、わたしは社交界にデビューするわ。人生でいちばん大切な夜よ。でも、心配なの。わたしのデビューのための舞踏会が……ぱっとしなかったらどうしようって」

ビーフステーキを味わっていたペニントン伯爵は、しかめっ面をして顔をあげた。紫色の血管が浮きでているとがった鼻に、白いものがまじった鳶色の髪。伯爵のでっぷりした顔つきを見るたびに、エリーは美術館で見たヘンリー八世（晩年に肥満で健康を害したイングランド王）の肖像画を思いださずにはいられない。

「ぱっとしないだと？」伯爵が尋ねる。「おまえのデビューのための舞踏会にこれ以上何かを望むというなら、うちは間違いなく破産だ！」

「まあ、お父様、そんなにいらいらしないで。ただ、不安なの。わたしのパーティが、ほかの子たちのパーティと変わりばえしないんじゃないかって」

澄みきった青い瞳と輝く白肌を持つベアトリスは純粋そのものに見えるが、その声はどこか媚《こび》を含んでいた。テーブルについていたほかの四人も、父と娘のやりとりに興味津々だった。

ベアトリスの向かい側にいるのが、エリーにとって年長のいとこであるウォルト――グリーヴズ子爵だ。ワインの飲みすぎのせいで目に生気がなく、椅子にだらしなく座っている。エリーの向かい側には、伯爵の亡き妻の妹で、いつもおずおずとしているレディ・アンが腰かけていた。リネンがかけられたテーブルのもう一方の端には、エリーやいとこたちの祖母に当たるペニントン伯爵夫人が座っていた。

「何を言うの、ベアトリス」伯爵夫人が口をはさんだ。顔はしわだらけで、茶色の目は落ちくぼんでいる。「落ち度があるはずないじゃないの。お父様はあなたのためならお金に糸目をつけないわ。温室のバラ、最高の腕前を持つ料理人、それに最高級のシャンパンを用意しているのよ」

ベアトリスは顎を引き、少女らしい慎み深さを見せた。「本当に感謝しているのよ、おばあ様。でもデビューする子たちは全員、バラとシャンパンを用意しているわ。わかるでしょう？　彼女たちと似たり寄ったりのパーティを開いていて、どうやって目立てというの？　何か特別なことをしないと、社交シーズン中に婚約まで漕ぎつけられないわ」

ウォルトが妹に向かってゴブレットを掲げた。「それならおまえのために、外国から取り寄せた金箔張りの玉座を用意してやるよ。噂になること間違いなしだ」

ベアトリスは鼻にしわを寄せ、ウォルトをにらんだ。「もっとまじめに考えて。お兄様ったら、きっとねたんでいるのね。お父様がお兄様の名前でパーティを催したことが一度もないから」

「紳士はタッターソールの市場で売られる馬みたいに、着飾った自分を見せびらかす必要などない。むしろ、ぼくらは買いたいと思う牝馬を選ぶ側なんだ」

「よくもそんなことを！　わたしを馬にたとえるなんて！　ねえ、お父様。ウォルトに失礼な発言はよせと注意してちょうだい」

ペニントン伯爵は口いっぱいに肉を頰張りながら、長男を非難するように低いうめき声をもらした。

伯爵夫人がフォークで皿を軽く叩いた。「いいかげんになさい！　くだらないことで口げんかするなんて、ふたりとも子どもみたいだわ。それに、ちゃんと座りなさい、ウォルト」ウォルトがしぶしぶ従うのを見て、伯爵夫人はきびきびした口調で続けた。「さあ、ベアトリス、あなたのアイデアを聞かせてちょうだい。舞踏会をこんなふうにしたいという考えがあるんでしょう？」

「異国情緒たっぷりの演出をしたらどうかと思っているの、おばあ様。エジプトをテーマに舞踏室を飾りつけたらいいんじゃないかしら」

「エジプトですって！」エリーは思わず口走った。エイルウィン公爵がエジプトの遺物を研究していることを思いだし、ふいにベアトリスの魂胆に気づいた。

ベアトリスはずるそうな目でエリーを一瞥した。「ええ、ヤシの木とかピラミッドとか、そういう感じよ。どんな飾りつけがいいか、自分で調べてみるつもりなの」

「おまえが調べ物をするだって？」ウォルトはばかにしたように言うと、身振りで従僕にワインのお代わりを注ぐよう伝えた。「図書館の本の借り方を知ってるかどうかも怪しいのに？」

「実はエジプトに詳しい方に相談して、内装について助言してもらおうと思っているの」ベアトリスがちゃめっけたっぷりに言った。「大英博物館の学者を訪ねるつもりよ。もちろん、エリーが付き添ってくれるわ」

ベアトリスは本気で大英博物館へ行きたがっているわけではないのだろう。きっとこの計画を言い訳にして、ずうずうしくもエイルウィン公爵の屋敷を訪ねようとしているに違いない。「見知らぬ方を訪問するのは適切とは言えないわ」エリーは言った。「古代エジプトに関する本はわたしが借りてくるから、それを参考にすればいいでしょう」

「あら、だめよ！」ベアトリスが即答した。「古くてかび臭い本なんか読むよりも、詳しい方とじかに会って話を聞きたいの」

「わたしは反対ですよ」伯爵夫人がきっぱりと言った。「今回ばかりはエロイーズが正しいわ。年若いレディが見知らぬ相手を訪ねるなど言語道断よ。本を参考にするよう、あなたからも言って聞かせてちょうだい、バジル」

伯爵がうなずいた。「ご心配はベアトリスにじゅうぶん伝わっていると思いますよ、母上」下唇を突きだしているベアトリスを見て、赤ら顔をほころばせながら言う。「そんなにがっかりしなくていい、ベアトリス。おまえのためなら金は惜しまない。舞踏室の内装はおまえが気に入るようにしなさい。エジプト風もいいだろう」

「ありがとう、お父様」父には太陽のような笑みを向けたものの、ベアトリスは憎々しげにエリーをちらりと見た。白いリネンのナプキンで口元を拭き、ふたたび口を開く。「ところで見知らぬ方を訪問するといえば、わたしとエリーは今日、レディ・ミルフォードを訪問したの」

突然の発言に驚きが広がった。伯爵はフォークを取り落とし、ウォルトは眉をつりあげ、レディ・アンははっと息をのんだ。静けさのなかで聞こえるのは、デザートを用意するために従僕が食事の皿をさげる音だけだ。

「レディ・ミルフォードですって?」伯爵夫人が尋ねた。しかめっ面をしているせいで、顔のしわがさらに深くなっている。「でも、ベアトリス、あなたは彼女とは一面識もないでしょう。まだ学校も終えていない若いレディが訪問するだなんて、あるまじきことですよ」

「あら、エリーがいいと言ったんですもの。結局レディ・ミルフォードは社交界の花形だし、彼女に認められればわたしのデビューのためになるって」

その場にいる全員からいっせいに見つめられ、エリーは首から顔まで真っ赤になった。どうしよう。みんなはわたしを非難しているんだわ。お目付役のはずなのに、なぜベアトリスにそんな無作法なまねを許したのかと。でも、ここで反論しても無駄なのはわかっている。みんながわたしの言葉に注意を払うとは思えない。

まったく、平気でこんな嘘をつくなんて、ベアトリスはなんてずる賢いんだろう！

伯爵夫人がエリーをにらみつけた。「どうしてそんな軽はずみな振る舞いをしたのか、ちゃんと説明してちょうだい。あんな影響力のあるレディのところへベアトリスを行かせるなんて！　ああ、取り返しのつかない事態になっていなければいいけれど」

「大丈夫です。何事もなく訪問を終えました」エリーはあわてて言った。「実際、レディ・ミルフォードはこれ以上ないほど親切にしてくださって――」

「ええ、エリーに施しまでしてくださったのよ」ベアトリスがエリーをさえぎった。「それもお古のハイヒール。でも、エリーはうれしそうに受けとっていたわ」

テーブルクロスの下で、エリーは灰色のサージのスカートの両脇でこぶしを握りしめた。できるものならベアトリスをひっぱたいて、あのいかにも純粋そうな笑い顔を泣き顔に変えてしまいたい。でも一方でテーブルの下にもぐりこみ、非難がましい目でにらんでいる伯父と祖母の前から隠れてしまいたいとも感じている。ウォルトでさえ、興味を引かれたように薄ら笑いを浮かべていた。

伯爵夫人は息も絶え絶えに言った。「あなた、レディ・ミルフォードみたいな貴婦人から施しを受けたの？　まあ、なんてこと！　いったい彼女はわたしたちのことをどう思っているのかしら？」

「まったく聞くに堪えん」伯爵は苦々しげに言うと、頬を紅潮させて前かがみになり、エリーをにらみつけた。「ストラットハムは物乞いじゃない！　施しを受けたりすれば、わたしたちにどんな影響が及ぶか、おまえは何ひとつ考えなかったのか？　それが父親の借金を肩代わりし、おまえを屋敷に引きとって今まで育ててやった恩人に対する態度か？」

エリーは歯を食いしばった。今は指摘すべきときではない。自分が家賃や食費を補って余りある働きをしていることを。しかも無償で。

「ごめんなさい、伯父様。もう二度とあんなまねはしません」

「エリーに悪気はないと思うわ」レディ・アンが震える声で言った。「贈り物を断るほうがぶしつけですもの」

エリーは短く感謝の笑みを浮かべた。血のつながりこそないが、いかにもはかなげなレディ・アンが、この屋敷で唯一の味方に思えることがある。誕生日にわずかではあるものの小遣いをくれるのも、雑用をこなしたときに感謝の言葉をかけてくれるのも、わたしを身分の低い使用人のように扱わないのも、レディ・アンだけだ。

伯爵の怒りの矛先は義妹に向いた。「これはそんなふうに笑ってすませられる話じゃないんだ、アン。エリーが施しを受けていいのは、わたしからだけだ。ほかの人から施しを受ければ、わたしがしみったれた守銭奴だと噂されてしまうじゃないか」

レディ・アンは頬を染めると、従僕が運んできたラズベリーケーキの皿に視線を落とした。

なんて皮肉なんだろう、とエリーは思わずにはいられなかった。実際にしみったれた守銭奴の伯父が、世間からそう思われることを恐れているなんて。「レディ・ミルフォードはそんな噂を広めたりはしないはずです」伯爵の注意がレディ・アンから自分に向くように、エリーは反論した。「本当に安心してください。レディ・ミルフォードはただ、わたしがベアトリスのシャペロンを務めるときのためにと、靴をくださっただけですから」

ベアトリスが口を開いた。自分が引き起こした騒動を明らかに楽しんでいる様子だ。「それで思いだしたの。大切なエリーをみすぼらしい格好のままパーティへ連れていくことはできないわ。わたしの古いドレスでよければあげたいんだけど、エリーの年には少し若すぎるデザインじゃないかと心配なの。ねえ、おばあ様、エリーを助けてあげてくださらない？」

「まあ、なんていいとこ思いの優しい娘でしょう」伯爵夫人はベアトリスに向かってにっこりすると、笑みを消してエリーを見た。「エロイーズ、あなたは針仕事が得意でしょう？　わたしの古いドレスを仕立て直しなさい」

エリーは思わず伯爵夫人の濃いオレンジ色をしたサテン地のドレスを見た。でっぷりとした体が幾重もの生地に覆われている。だぶだぶの生地といい、吐き気をもよおしそうな色合いといい、伯爵夫人のドレスだけはもらい受けたくない。「いいえ、その必要はありません」エリーは答えた。「自分でどうにかやりくりして、生地を買います」

「何をばかなことを。あなたに最高級の生地が買えるわけがないでしょう？　みすぼらしい格好のまま、人前に出すわけにはいかないわ。特にレディ・ミルフォードから施しを受けてしまったのだから」

それならどうして、おばあ様か伯父様がわたしに新しいドレスを買ってくれないの？

そんな質問はしないほうが身のためだと、エリーにはわかっていた。父は莫大な借金を残して亡くなった。それゆえ、その娘であるわたしにかけるお金はない。もうずっと前から承知済みだ。どのみち、もうすぐこの家から出ていける。そのときまでは、どんな格好をさせられてもかまわない。必要とあらば、自分の好みではないドレスでも着てみせる。

「ありがとうございます。おばあ様の寛大なお心に感謝します」

伯爵夫人は眉をつりあげ、しわだらけの顔をさらにしわくちゃにした。「それが本心だと信じているわよ、エロイーズ。あなたが父親から悪いところを受け継いでいないことを願うわ」

エリーはふいに怒りを覚えた。自分が使用人同然の扱いを受けるのは我慢できる。けれども、次男である父を軽蔑するような言葉は許せない。「お父様にも悪いところがあったかもしれません。だけど、わたしをたっぷり愛してくれました。とてもすばらしい父親だったんです」

「あんなやつを聖人みたいに言うな」伯爵が反論する。「テオはおまえをほったらかして、賭事に興じていたんだ。ときには何日も留守にすることさえあった。あいつがいい父親であるはずがない」

「わたしはひとりだったわけではありません」エリーは言い返した。「いつも使用人がついてくれていました。だから、お父様がいなくても寂しくはなかったんです」

六歳のときに母が亡くなったため、エリーはひとりで遊ぶのに慣れていた。常にたくさんの本に囲まれて読書を楽しみ、そこからさらなる空想の翼を羽ばたかせた。気づくと、一時間くらいはあっという間に過ぎてしまって――。

「どうでもいいじゃないですか」ウォルトがうなるように言う。「エリーにはいい父親だったと思わせておいてあげましょうよ。そうしたって害はない」

ゴブレットを回しているウォルトと目が合った瞬間、エリーの背筋に冷たいものが走った。ウォルトを見ると、不安な気分になってしまうときがある。特に、今みたいにお酒を飲んでいるときはなおさらだ。階上や暗い廊下でウォルトにつかまりそうになったことも一度や二度ではない。隅に追いつめられて、手を握られたり、腰に手をかけられたりした。それも不適切なほどになれなれしく。

味方をしてくれたのは、わたしの機嫌を取るため？　そうすれば、貸しができるから？　そう考えて、エリーはぞっとした。

「害はない？」ペニントン伯爵が侮蔑の念をこめて繰り返した。「弟は財産を無駄遣いしたんだ。エロイーズにはそのことをわからせなければならない。無責任な振る舞いは断じて許さん。それにおまえもだ、ウォルト。ストラットハム家の者として、絶対に賭事は許さんぞ」

伯爵がとうとうとしゃべっているあいだ、ウォルトはこわばった笑みを浮かべていた。ウォルトはちらりと横目で父親を見たあと、不機嫌そうにゴブレットを見つめはじめた。その様子に、エリーは興味を覚えた。もしかすると伯爵の知らないところで、ウォルトは賭事に手を出しているんじゃないかしら？

そうだとしても、驚きはしない。働いていない若い貴族たちの例にもれず、ウォルトも年がら年じゅう、紳士クラブに入り浸っている。カードやサイコロのゲームの魅力にはまっても当然だろう。

けれどもエリー以外、誰もウォルトの奇妙な様子には気づいていないらしい。ベアトリスは甲高い声で伯爵に、絶対に避けなければならない、よくない習慣を持っている紳士は誰かと尋ねている。質問をきっかけに会話の流れが変わり、みんなの注意が自分からそれたことにエリーは安堵《あんど》した。これでデザートを食べるあいだ、居心地の悪い思いをせずにすむ。

とはいえ、ラズベリーケーキの味を楽しむ気分にはなれない。もう我慢の限界だ。伯父の屋敷にはいたくない。これ以上は一時間でも耐えられそうにない。でも、我慢しなければ。あと数カ月だと、エリーは必死で自分に言い聞かせた。

あと数カ月で、わたしは晴れて自由の身となるのだから。

玄関広間の時計が一〇時を打ち、エリーはようやく階上にある子ども部屋へ逃げ帰ることができた。一四歳のとき、父の急死に打ちひしがれ、はじめてペニントン・ハウスへやってきたときに与えられたのは、伯爵の次男セドリックと長女ベアトリスの寝室近くにある小部屋だった。夜はふたりを寝かしつけ、昼は勉強を教えるのがエリーの仕事になり、結果的に家庭教師という役割を押しつけられた。けれどもセドリックがイートン校へあがり、ベアトリスが階下の広々とした寝室に移っても、エリーは子ども部屋に取り残されたままだ。

ほかの人とは違い、エリーだけがきちんとした寝室を与えられていなかった。

薄暗い勉強部屋とそれに隣接した寝室には、今やエリー以外誰もいない。つまり、子ども部屋がある翼棟で寝起きしているのはエリーだけだ。とはいえ、ひとりになれるのは好都合だった。誰にも邪魔されることなく、自分の計画を着々と進められるからだ。

エリーは折り畳み式のベッドに腰をおろし、ぺちゃんこの枕にもたれると、コットンのナイトドレスの胸のところまで上掛けを引っ張りあげた。両膝を立てて、取りだしたスケッチブックを腿に置き、ベッド脇の机に置いたろうそくの揺らめく光のもとで下絵を描きはじめる。童話に登場する新たな登場人物ふたりの下絵だ。

最初に描いた気高いイメージの登場人物は、ファーリー・ゴッドマザー――長いドレスに身を包み、毛並みが美しくて優雅な雰囲気のブチ猫だ。背をまっすぐに伸ばした猫が後足に履いているのは、光り輝く美しいハイヒールだ。最終的に水彩絵の具で仕上げるときには、靴は深い赤にするつもりでいる。

賢そうな瞳と女らしい顔つき。この猫のモデルがレディ・ミルフォードだと気づく人がいるかしら?

エリーは微笑むと、巧みな筆さばきで猫に髭《ひげ》を描き足した。夜気は肌寒く、ベッドはごつごつしており、ろうそくの灯りも薄暗い。とはいえ、こうして登場人物を生みだす喜びが損なわれることはなかった。

今エリーの心を占めているのは、ファーリー・ゴッドマザーが魔法の杖をひと振りすると、眠っている王女の寝室に人間と同じ大きさのネズミが現れる場面だ。巨大なネズミは黒の厚手の上着に縁を折った帽子をかぶっている。

そう、この新たな登場人物のモデルは、レディ・ミルフォードの屋敷の外で見かけた、フェートンに乗った見知らぬ男だ。あの男はどこか不吉な雰囲気を漂わせていた気がする。そんなふうに思えたのは、わたしが気味の悪い空想を働かせたからかもしれない。実際のところ、あの人はデビュー前のレディ・ベアトリス・ストラットハムの美しさに見とれていただけなのだろう。でも、そう考えるよりも、彼がとんでもない悪党だと考えるほうがはるかに楽しい。

エリーはあの男をモチーフに、悪党ネズミという登場人物を生みだそうとしていた。自分でもどうしてだかわからない。今日はやきもきするばかりだったし、退屈な夕食をようやくすませたのだから、今すぐ眠りについて当然だろう。それなのに手が勝手に動き、新しい登場人物をスケッチブックに描きだしていく。悪党ネズミというひとくせある登場人物を思いついたことで、想像力が活発に働きだしたのかもしれない。

何枚もの水彩画は小さなベッドの足元にある収納箱のなかに隠してある。もう何年もかけてこうして絵本の手描き原稿を仕上げることを、休みない家事の気晴らしにしてきた。完成は今年の秋と決めてある。それゆえ、エリーは夜遅くまで作業に没頭していた。まぶたが落ち、指が痙攣《けいれん》して鉛筆が握れなくなるまで。

あとは、完成した絵本を出版してくれる発行人を見つけるだけだ。

突然不安に襲われ、エリーは身を震わせた。絵本を世に出すためには、わたしの物語を活字に組み、印刷し、製本するよう出版社の担当者を説得しなければならない。もし絵本が書店に並ぶまでは原稿料を払わないと言われたらどうしよう？　いいえ、もっと悪いことに、誰もわたしの絵本を買ってくれず、今までの努力がすべて水の泡と化したら？

そんなことになれば、絵本作家として働くかたわら、田舎にあるこぢんまりとした家で自由に生活するという夢が実現できなくなる。無給の使用人として、一生ペニントン・ハウスで働くはめになってしまう。考えただけで、ぞっとした。

エリーは不安を振り払った。失敗する可能性をあれこれ考えてもしかたがない。セドリックとベアトリスがまだ幼かった頃、寝る前によく絵本を読み聞かせたものだ。道徳的なお話や童謡、それに『イソップ物語』も読んだ。けれども、今わたしが構想を練っているような物語はひとつも見当たらなかった。そう、迷子になってしまった王女が勇気を振り絞り、家路を探すために冒険の旅を続ける話だ。そして旅の途中、王女は言葉を話す動物たちと仲よくなる一方、ドラゴンや人食い鬼、海の怪獣といった恐ろしい生き物と戦うことになる。

今、描いている章の対戦相手はこのネズミだ。

エリーは手をとめると、鉛筆の先でスケッチブックを軽く叩いた。悪党ネズミにはなんという名前をつけよう？　ミスター・ラットではあまりにありふれているかしら？

突然、扉を叩く音が聞こえ、エリーは飛びあがった。眉をひそめ、恐る恐る狭い寝室の扉を見つめる。ずっと空想の世界に浸っていたため、現実に戻るのに少し時間がかかった。

こんな夜中に誰かが子ども部屋を訪ねてくることなどめったにない。きっと祖母のメイドだろう。着古したドレスを届けに来たに違いない。

「どなた?」エリーは尋ねた。

「ぼくだ。ちょっといいかな?」

エリーはたちまち凍りつき、スケッチブックをきつく握りしめた。くぐもったかすれ気味の声には聞き覚えがある。ウォルトだ。

たしか夕食のあと、ウォルトはいつものように気晴らしに出かけたはずだ。いったいなぜ、こんな夜中に子ども部屋を訪ねてきたのだろう? 何かよこしまな目的があるに違いない。現にわたしは今、ナイトドレス姿でベッドにいるのだから。

しかも、上掛けの上に大切なスケッチをまき散らしたままで。

エリーはきっぱりと答えた。「ごめんなさい、ウォルト。わたし、もう寝ているの。話は明日聞かせてもらうわ」

「ばかな。きみは起きてただろう? 扉の下からろうそくの灯りがもれてるぞ」横暴にも、ウォルトはふたたび扉を叩いた。「すぐに出てくるんだ。さもないと、勝手になかへ入るぞ」

まったくもう! エリーには、ウォルトが本気だとわかっていた。三歳年上ながら、跡取りとして甘やかされてきたウォルトには、なんでも自分の思いどおりにしようとするわがままなところがある。

「わかったわ。ちょっと待って」

　エリーはベッドから飛び起きた。裸足で床板におりたとたん、氷のような冷たさに縮みあがる。それでも絵とスケッチブックを手早く集めると、収納箱へ駆け寄り、画材道具一式を黒いサージのドレスの下へ隠した。収納箱のなか、いちばん上に置いてあるのは、レディ・ミルフォードからもらった大切な靴だ。ろうそくの灯りを受けて、クリスタルビーズがきらきらと輝いている。エリーは蓋を閉めると、壁にかけてあった緑の着古したガウンにあわてて袖を通し、ベルトをしっかりと結んだ。

　室内を見まわして、武器になりそうなものを探す。けれども、ピューター製の燭台くらいしかない。エリーは燭台をつかむと、扉をわずかに開けて隙間から外をのぞいた。

手にオイルランプを持ったウォルトが廊下の壁にもたれていた。頬から鼻にかけてそばかすが浮かびあがり、大柄な少年聖歌隊員のように見える。しかし、そんな外見にだまされるエリーではない。そばかす以外、今のウォルトはどこから見ても酔っ払った放蕩者だ。ベストのいちばん上のボタンがはずれ、下腹は突きでている。赤毛はくしゃくしゃで、クラヴァットもねじ曲がり、ハシバミ色の瞳は夕食のときよりもさらにどんよりとしていた。

「何かご用？」

あろうことか、ウォルトはエリーの胸元に視線を這わせた。エリーは眉根を寄せ、ガウンの襟をかきあわせた。

「話があるんだ」ウォルトは答えた。ややろれつが回っていない。「きみの部屋で」

エリーはすばやく火のついたろうそくを掲げて、一歩踏みだしたウォルトを阻止した。

「だめよ、ウォルト。どんな話でも、今すぐここで聞かせて。こんな夜遅くに部屋に入ろうとするなんて、あまりに無作法だわ」

「きみはいつも小言ばかりだな、エリー」ウォルトは片手をあげ、エリーの体に触ろうとした。けれども、どんなに酩酊《めいてい》していても、さすがにエリーの氷のような表情には気づいたらしい。動きをとめ、指を自分の髪に差し入れた。「話があって来たんだ」

「それなら早く聞かせて。夜明け前に起きなくてはいけないの」

なんの目的でやってきたのかを思いだそうとするように、ウォルトは眉をひそめ、口を開いた。「ベアトリスを見張っていてほしいんだ。いいな？　妹が家から出ないよう、目を光らせておいてくれ……少なくとも、もういいとぼくが言うまでは」

エリーは不意を突かれた。いったいなぜウォルトはこんな奇妙なことを言いだしたのだろう？　お酒のにおいをぷんぷんさせている点から察するに、酔っ払って混乱しているのかしら？　とはいえ、ウォルトはいつになく真剣な顔をしている。「どういうこと？　今日レディ・ミルフォードを訪問したことと何か関係があるの？　わたしにそう言うよう、伯爵から命じられたの？」

「いや……ああ、そうなんだ。父上がベアトリスを懲らしめる必要があると言ってね……ほら、面識もない相手を訪ねるなんて礼儀に反するから」

ウォルトは嘘をついている。彼の態度を見て、エリーはすぐに見抜いた。ウォルトは最初否定するようにかぶりを振ったにもかかわらず、あとからうなずいた。本当のことを話すのを途中でやめ、もっと都合のいい言い訳に切り替えた証拠だ。どうしてウォルトはベアトリスを家に閉じこめておけと言うのだろう？

きっとお酒の飲みすぎで、感傷に溺れているのかもしれない。あるいは眠っていた騎士道精神を呼び覚まされて、妹がこれ以上愚かなまねをしないよう自分が守らなければという気になったのかもしれない。

いいえ、もしかすると、ベアトリスの件はここへ来るための言い訳にすぎないのかもしれない。それにかこつけて、わたしを誘惑しようとしているのかも……。

最後の可能性が正しいことを証明するように、ウォルトが急にそばに寄ってきてエリーに流し目を送った。「なんでそんなしかめっ面をしてるんだ？」なだめるような調子で言う。「ぼくがいい気持ちにしてやるよ。ほら、こうやって……」

突然ウォルトが片手をあげ、エリーの胸に触った。あろうことか、指で胸の頂をつまみ、無理やりキスしようと顔を近づけてくる。エリーが顔をそむけた瞬間、ウォルトの酒臭い息が頬にかかるのを感じた。

エリーは吐き気を覚え、無意識に行動に出た。ろうそくを突きだし、ウォルトの手首を焼いた。

ウォルトが悲鳴をあげて飛びすさった。腕を振りまわしながら言う。「このあま！　何をするんだ？」

「ここから出ていって、ウォルト。二度と戻ってこないで」

寝室の扉をぴしゃりと閉めると、エリーは鍵をかけた。ウォルトに胸を触られた瞬間の記憶がよみがえり、気分が悪くなる。心臓が早鐘を打つのを感じながら、木製の扉に耳を当て、ウォルトの足音が遠ざかっていくのを確かめた。

それでもなお、安心できなかった。用心のため、ずっしりとした収納箱を引きずってきて扉の前に置いた瞬間、エリーはようやく安堵のため息をついた。

5

翌日の午前中、ペニントン・ハウスに予期せぬ訪問者がやってきた。あまりに意外な人物だったため、エリーも昨夜のウォルトの不埒《ふらち》な行動を一瞬にして忘れてしまったほどだ。

夜ふかしをしたベアトリスはまだ四柱式ベッドに横たわり、熱いホットチョコレートを飲みながらファッション雑誌をめくっている。エリーはそのかたわらで、朝の光を浴びながら白いシュミーズの裾を繕っていた。

ベアトリスがカップをソーサーに戻した。「わからないわ。どうして今日、エイルウィン・ハウスに行ってはいけないの?」不満そうな口振りだ。「わたしがデビューする舞踏会を口実にすれば、公爵に会えるわ。エジプトというテーマに関する助言をもらいに来たと言えばいいのよ」

ベアトリスの計画は絶対に阻止しなければならない。そしてそれは自分の役割だということがエリーにはわかっていた。「その話はもうすんだはずよ。あなたのお父様は本を参考にするほうがいいというお考えだったんですもの。今日の午後に仕立屋へ行くついでに、図書館で本を借りてきましょう」

ベアトリスと一緒に外出する。そう考えた瞬間、エリーはふと不安になった。ウォルトは〝妹を懲らしめる必要がある〟と言っていたけれど、あれは本当かしら？　よくわからない。けれど、伯父の意思に逆らうようなまねだけは避けたい。そのためには伯父に直接尋ねてみるのがいちばんとはいえ、あいにく伯父は朝食後すぐに出かけてしまった。あとは、昼食までに戻ってくることを祈るしかない――。

そのとき、寝室の扉が勢いよく開いた。驚いたエリーは針で指先を刺してしまい、あわてて人差し指を口に入れた。寝室に駆けこんできたのは、マスタード色のドレス姿のペニントン伯爵夫人だ。息を切らし、大きな胸を上下させている。

伯爵夫人がパンパンと手を叩いた。

「ベアトリス！　早く起きなさい！　レディ・ミルフォードが〈青の間〉でお待ちよ！」

「レディ・ミルフォードが？　わたしに会いに来たの？」ベアトリスは雑誌を放り投げ、ベッドから飛び起きた。「おばあ様、それって本当？　だって、まだお昼にもなっていないのよ！」

「もちろん本当よ。かわいいベアトリス、きっとあなたの印象がよかったからに違いないわ。だから、レディ・ミルフォードもこんなに早く返礼訪問してきたのよ」そう言うと、伯爵夫人はエリーを見てしわだらけの顔をしかめた。「エロイーズ、淡い緑のシルクのドレスを取ってきて！　ほら、早く！　すぐに階下《した》へ来るのよ。ベアトリスと……それにあなたもね」

伯爵夫人が寝室から出ていくのと同時に、エリーは着替え室へ駆けこみ、ベアトリスのために下着を揃えた。そうするあいだも、信じられない思いでいた。いったいどうしてレディ・ミルフォードがここへやってきたのだろう？　それになぜおばあ様はベアトリスだけでなく、わたしにも階下へおりてくるよう言ったの？

　レディ・ミルフォードがベアトリスに好印象を持ったはずがない。あの日のベアトリスの行動はあまりにずうずうしすぎた。もしかすると、おばあ様の前でベアトリスに忠告をするためにやってきたのかしら？　いいえ、さらに悪いことに、ベアトリスにもっとマナーを教えこまなければならないと、わたしを叱りに来たのかもしれない……。

　けれども、思い悩んでいる暇はなかった。ベアトリスがストッキングやコルセット、ペチコート、ドレスを身につけるのを手伝わなければならなかったからだ。エリーは大あわてでベアトリスのドレスのボタンをとめ、髪をとかしてピンでとめた。しかも、気をもんだベアトリスに早く早くとせかされながら。

　ようやく髪をきちんと整え、香水をつけたベアトリスのあとに続いて、エリーも階下へおりていった。応接室では暖炉のそばで、伯爵夫人がレディ・ミルフォードをもてなしていた。そばにレディ・アンも座っていたが、こちらは誰にも気づかれたくないとばかりにレースの帽子をかぶった頭をさげ、膝の上に重ねた手に目を落としている。エリーは同情せずにいられなかった。ライラック色のシルクのドレスに黒髪を美しく結いあげたレディ・ミルフォードは、知性に満ちあふれている。あんな魅力的な女性を前にすれば、誰だって気後れして当然だ。

ベアトリスがかわいらしくお辞儀をしているあいだに、エリーは隅にある椅子にそっと腰かけた。レディ・アンと同じで、誰の注意も引きたくない。とはいえ、レディ・ミルフォードの訪問の理由を知りたくてたまらなかった。

挨拶を終えると、レディ・ミルフォードはすぐさま本題に入った。ベアトリスに向かって話しかける。「昨日のお話が楽しかったから、今日の午後、思いきってエイルウィン・ハウスを訪問することにしたの。もしおばあ様が許してくださるなら、あなたもわたしと一緒にどうかしらと思って」

ベアトリスが胸の前で手を握りしめた。「公爵様に紹介していただけるんですか？　まあ、なんてすてきなの！　ねえ、おばあ様、行ってもいいでしょう？」

伯爵夫人は一も二もなく同意した。エリーはといえば、心底驚いていた。昨日レディ・ミルフォードは、引きこもっている公爵とはほとんど面識がないと話していた。しかも、公爵に紹介してほしいというベアトリスの厚かましい計画を聞かされても、きっぱりと断っていた。それなのに、どうして考えを変えたのだろう？

そのときエリーは、レディ・ミルフォードが自分に話しかけているのに気づいた。「ミス・ストラットハム、あなたなら、ベアトリスの予定がわかるでしょう？　今日、先約はあるかしら？」

「はい。仕立屋へ仮縫いに行く約束が入っています」エリーは答えた。「ですが、もちろん約束は延期できますし――」

「もうすぐ社交シーズンがはじまるから、仕立屋に予約を入れ直すのは難しいかもしれないわね」レディ・ミルフォードがなめらかな口調で言い、エリーをじっと見つめた。スミレ色の瞳に謎めいた光をたたえながら。「あなたはレディ・ベアトリスと同じ体型でしょう？だったら、あなたが代わりに仕立屋へ行ってはどうかしら？」


「まあ、お嬢様。またご来店いただいて光栄です！」

美しい舞踏会用ドレスを身にまとったエリーが背の高い鏡の前に立った瞬間、背後から仕立屋の女主人の声がした。アシスタントの助けを借りて今、この高価なドレスを身につけたところだ。白のサテン地にふわりとした淡いピンクのチュールをあしらったデザインで、袖口はベルギーの最高級レースで縁取られている。動くたびにスカートが心地よい音を立てるのを聞きながら、エリーはうっとりした。まるでわたしが描いている童話の主人公アリアナ王女になった気分だ。冒険の旅の終わりに、王女が長いあいだ音信不通だった両親とようやく再会する場面みたいだわ。

ふと思いついて、エリーはピンクのバラを白いガーゼで巻いて花綱《はなづな》を作り、高く結いあげた頭の上にのせた。間に合わせの花冠だ。振り向くと、試着室にでっぷりと太った女主人が入ってくるのが見えた。精いっぱいの愛想笑いを浮かべている。はじめての体験に、エリーは愉快な気分になった。女主人はわたしをベアトリスと間違えているのだろう。よもや、いつもは隅の椅子に座っている、さえないシャペロンだとは思っていないに違いない。

エリーは花冠を頭から取った。「こんにちは、ミセス・ピーブルズ。わたしはレディ・ベアトリスのいとこ、ミス・ストラットハムです」

女主人は媚《こ》びへつらう態度をやめ、値踏みするような目でエリーを見つめると、顔を引きつらせた。「あらあら！　もっと早く気づくべきでした。あなたの髪はレディ・ベアトリスより少し濃い色なんですね。でも、なぜレディ・ベアトリスはお見えにならないんです？」

「急な予定が入ってしまったんです。だから、わたしが代わりに来ました」

それにしても、考えれば考えるほど奇妙な話だ。レディ・ミルフォードが突然ベアトリスを誘ってエイルウィン公爵を訪ねるなんて。もっと奇妙なのは、ベアトリスの代わりにわたしが仕立屋に行けばいいと、レディ・ミルフォードが言いだしたことだ。しかも仕立屋に行くときは、ベアトリスからドレスと青緑色の外套を借りて着るよう言い張った。おまけにペニントン伯爵の姪なのだから、これから公の場に出るときにはもう少ししゃれた格好をさせたほうがいいと、言葉巧みにペニントン伯爵夫人を説得までしてくれた。

わたしの童話に出てくるファーリー・ゴッドマザーのように、レディ・ミルフォードもいい人に違いない。とはいえレディ・ミルフォードに言われたからといって、わたしがドレスを新調してもらえるかどうかは疑問だ。魔法の杖をもってしても、あの伯爵の財布の紐をゆるめることはできないだろう。

ミセス・ピーブルズがエリーの袖のレースをきちんと整えた。「さあ！　今日はドレスの裾の最後の手直しをしなければならないんです。レディ・ベアトリスの靴のヒールは、あなたのと同じ高さですか？」

レディ・ミルフォードの忠告により、エリーはあの赤い靴を履いていた。こんなにはき心地のいい靴ははじめてだ。やわらかくて、足が全然痛くない。鏡の両脇につけられたランプの灯りを受け、小さなクリスタルビーズがきらりと光るのを、エリーは微笑みながら眺めた。

ミセス・ピーブルズは床にひざまずくと、ドレスの裾をつまみはじめた。ピンを口の片端に含んで作業しているが、おしゃべりはとまらなかった。「レディ・ベアトリスとサイズがほとんど変わらないんですね。まったく同じサイズに見えますわ。ただし、胸は違いますけど」

エリーは鏡に映る自分の姿に目をやった。きつい胴着《ボディス》と大きく開いた襟ぐりのせいで、胸がこぼれそうになっている。恥ずかしさのあまり、エリーは何も答えられなかった。ベアトリスよりも胸が大きいことを、いつもなんとなく気まずく思ってきた。

「こんなに女らしい体つきなのに、だぶだぶのドレスを着るなんて罪ですよ」ミセス・ピーブルズが話を続ける。「すてきな体型を活かして男性の注意を引かないと。さあ、くるっと回ってください」

エリーが言われたとおりにすると、女主人はドレスの別の部分の裾をつまみはじめた。

「だって、わたしはただのシャペロンですもの。結局、デビューをするのはわたしのいとこなんです」

「そんなばかな！　女はみんな、身だしなみに気をつけなきゃいけないんです。そうでなければ、どうやって夫をつかまえられるというんですか？」

エリーは、女主人の茶色の巻き毛をちらりと見おろした。最初の不機嫌さはどこへやら、明らかにミセス・ピーブルズは打ち解けた会話を望んでいる様子だ。エリーもこうして話している分にはかまわない。とはいえ、赤の他人に個人的な計画を打ち明けるつもりはなかった。ほとんどの人は理解してくれないだろう。一生、夫の要求に応えながら生きていくよりも、結婚しないほうが女は幸せになれるというわたしの考えを。

もちろん、わたしの頭のなかが童話のことでいっぱいだという事実も理解できないに違いない。

「本当にあなたの言うとおりですわ」エリーは巧みに質問の矛先をかわした。「もしよければ教えてください。わたしの装いのどんな点を直したらいいでしょう？　たとえばどんな色が似合うと思いますか？」

ミセス・ピーブルズが目を細めてエリーを見あげた。「あなたの顔立ちには宝石みたいな色がよく映えると思います。深い青銅色を合わせると、鳶色の髪がいっそう引き立ちますよ。それに、エメラルド色やマリンブルーもおすすめです」

それから女主人は生地やデザインに関する助言をとうとうと語りだし、エリーは結婚にまつわる話題から逃れることに成功した。ベアトリスのドレスを何着か身にまとい、すべての裾上げが終了する頃には、エリーとミセス・ピーブルズはすっかり仲よくなっていた。しかも女主人は、ヒスイ色をしたシルク生地の値段をまけてくれたのだ。

エリーは茶色い包装紙にくるまれた生地をありがたく受けとった。痛い出費だが、この生地があれば、伯爵夫人のだぶだぶのドレスを仕立て直すときに役立つ。礼を言いながら、エリーは後日必ず代金を支払いに来ると約束した。

奇跡でも起きれば、伯父が代金を支払ってくれるかもしれない。とはいえ、そんな奇跡はまず起こらないだろう。

店から出たエリーは驚いて立ちどまった。すでに空は暮れかかり、ボンド・ストリートの店の大半が閉まっている。午後のひとときがあまりに楽しかったため、時間が経つのも忘れていた。おまけに冷たい雨まで降りはじめたので、エリーはベアトリスから借りた外套のフードをかぶった。

生地の包みを片手で抱え、ハノーヴァー・スクエアまでの道を歩きだした。レディ・ミルフォードの靴を履いてきたことを後悔せずにはいられない。もちろん、足が痛いからではない。それどころか、靴はまるで宙を歩いているかのようにはき心地がよかった。ただ、空に広がる不吉な黒雲から察するに、このあと土砂降りになるだろう。そのせいでせっかくのよそ行きの靴が傷むのではないかと急に心配になったのだ。午後、屋敷を出るときには、こんな荒れ模様の天気になるとは思わなかったのに。

冷たい雨のなか、エリーは頭をかがめ、黄色いランプの灯りがともる店のショーウィンドウを足早に通り過ぎていった。屋敷までは歩いて一〇分足らずだ。それでも、通りをひっきりなしに行き交う馬車に乗れたらどんなにいいだろうと思わずにはいられない。あたたかくて豪華な車内でゆっくりくつろいでいるあいだに、馬車がわたしを屋敷へ運んでくれるのだから。

ベアトリスはもうペニントン・ハウスへ戻っているかしら？　訪問がうまくいったのかどうか、そしてベアトリスがエイルウィン公爵を魅了できたのかどうか、エリーは知りたくてたまらなかった。脳天気すぎるほど無邪気ではあるけれど、結局ベアトリスは美しい。あの青い瞳とかわいらしい顔立ちには、どんなに堅物の紳士でも心惹かれずにはいられないだろう。

ウォルトも屋敷に戻っているだろうか？

ふいに昨夜の出来事を思いだし、エリーは身震いした。今日一日、なるべく思いだすまいとしていた。胸を触るなんて、ウォルトはなんてぶしつけなんだろう。伯爵にこのことを言うべきかしら？　いいえ、ウォルトが否定するに決まっている。それに、伯父が自分の息子よりわたしの言葉を信じるとは思えない。絵本が売れてあの屋敷から出ていく日までは、ウォルトのことは極力避けたほうがいい。そうやって、自分で自分の身を守るしかないだろう。

角を曲がった瞬間、エリーは反対方向からやってきた若いメイドと思いきりぶつかった。メイドが落としたバスケットのなかから、雨に濡れた歩道いっぱいにリンゴが転がりだす。

「まあ！　本当にごめんなさい」エリーは叫ぶと、あわててかがみこみ、リンゴを拾い集めているメイドを手助けしはじめた。

通りを転がっていく一個のリンゴを追いかけていたエリーは、すぐそばにとめてあった黒塗りの馬車から男がおりてきたのに気づいた。厚手の外套を着こみ、帽子のつばは折れていて、顔がよく見えない。

リンゴをつかんだエリーはうずくまったまま凍りついた。わたしの思い違いかしら？　ベアトリスを見つめていた見知らぬ男にそっくりだけれど……？

男に一瞥された瞬間、エリーの心臓が跳ねた。そうよ、あの男だわ。贅肉のないすらりとした体つきを見間違うはずはない。次の瞬間、男は大股で灯りのついた店の前まで行き、扉を開けてなかへ入っていった。

エリーはぶるりと身を震わせた。寒さのせいではない。ゆっくりと立ちあがって、最後のリンゴをメイドに手渡した。メイドにお礼を言われて笑みを返したけれども、心は波立ったままだった。早く家にたどりつきたい一心で、エリーは角を曲がり、脇道を急いだ。手袋をはめてはいるものの、すっかり冷えきった手で生地の包みを抱えながら。

それにしてもわからない。またしてもあの男を見かけたのは偶然が重なったせい？　だとしたら恐ろしい。それに、なぜ男は一瞬わたしをじっと見たのだろう？　もちろん、レディ・ミルフォードを訪問したときにベアトリスが着ていた青緑色の外套を、わたしが身につけていたからだ。もしかして、わたしをベアトリスと間違えたんじゃないかしら？

エリーはなんとか自分に言い聞かせようとした。なんでもない状況を大げさに考えているだけだ。現に、男はわたしを脅すような態度は取らなかった。わたしは奇想天外な物語を作るのが好きだから、きっと最悪の筋書きを考えてしまったんだわ。ただそれだけよ。

店の背後にある暗い裏通りを通り過ぎた瞬間、視界の隅で何かが動いた。目にもとまらぬすばやい動きだ。暗闇からいきなり黒い影が現れた。

こちらめがけてまっすぐにやってくる。

エリーはっと息をのんで悲鳴をあげようとしたが、その前に男につかまってしまった。手で口をふさがれ、息ができない。男はまるで人形を扱うかのごとく軽々と、エリーを脇道から裏通りの暗がりへ引きずりこんだ。

足元に生地の包みが落ちる。取り乱したエリーは必死にもがき、相手を蹴飛ばそうとした。けれども男は腕に力をこめてエリーの動きを封じ、壁に押しつけて顔に布を近づけてきた。

ひどく甘いにおいがする。エリーは息をとめ、布から顔をそむけようとした。とたんに足の力が抜け、やがて何もわからなくなった。

6

エリーは難破船から放りだされ、波間を漂っていた。

目の前に広がるのは一面真っ暗な果てしない海だ。定期的に押し寄せる波に揺られながら耳を澄ますと、小さな波音が聞こえた。ときどき、とぎれとぎれに人の声も聞こえる。けれども、あまりに小さい声で、何を言っているのかはわからない。それでも全身がしびれるような倦怠感《けんたい》をはねのけて、なんとか助けを求めようとする。しかし、唇からもれるのは小さなうめきだけだ。

誰かの手が伸びてきて、エリーの口にカップをあてがい、中身を飲ませた。このまま、ふたたび暗い海に戻っていくのだろうか。

だが次の瞬間、そうでないことに気づいた。一面暗かった世界が少し明るくなっている。背中の下に感じるのは、あたたかくてふかふかした感触だ。もう波に揺られている感じはしない。まぶたを閉じていても、レモン色の光が差しているのがわかる。

またしても声が聞こえた。低い男性の声だ。どうやらふたりいるらしい。ひどくだるいものの、エリーは必死に言葉を聞きとろうとした。

〝レディ……〟〝失われた鍵……〟〝身代金……〟〝伯爵……〟

ひとりはスコットランド訛りがある。もうひとりは冷静できびきびとした上流階級の話し方だ。まるですぐそばに立っているかのように、ふたりの話がよく聞こえる。しだいに、エリーは会話を聞きとれるようになった。とはいえ頭がもうろうとしていて、意味まではわからない。

「さえない娘っ子ですね」

「たしかに。遠くからだと、きれいに見えたのに」

エリーは重いまぶたをなんとか開けようとした。まぶしい光が見え、まばたきをすると、おぼつかない視界のなかで黒いぼんやりとした点がしだいにひとつのシルエットになった。

黒髪の男が前かがみになり、エリーを見おろしていた。

まるで彫刻のような顔だ。無駄がいっさいない。彫刻家が心の赴くまま大理石に鑿《のみ》を振るい、できあがった最高傑作であるかのようだ。高い頬骨、鼻筋の通った鼻、四角い顎。なかでも驚きなのは、浅黒い肌とは対照的な緑がかった灰色の目だ。どうすれば、このなんとも言えない瞳の色を絵の具で表現できるだろう？

その瞬間、ふいに記憶がよみがえった。彼のことを知っている。通りで見かけた見知らぬ男。ベアトリスを見つめていた男。路地裏から突然現れ、わたしを襲った男だ。

とてつもない恐怖に襲われ、エリーは男を突き飛ばそうとした。けれども、両手が動かない。毛布の下におさまったままだ。まるで生まれたての小猫のように、全身にまったく力が入らなかった。ベッドに寝かされていると気づいた瞬間、エリーの恐怖はさらにかきたてられた。必死に体を動かし、重い毛布をはねのけて逃げようとする。

「あっちへ行って！」叫んだつもりなのに、小さな声しか出なかった。「行かないと……大声を出すわよ」

男は背筋を伸ばし、うしろへさがった。とはいえ、ほんの一歩だけだ。上等な仕立ての濃灰色の上着と銀色のベストを着ている。男は両手を腰に当ててエリーを見おろし、しかめっ面をした。「落ち着くんだ、レディ・ベアトリス。きみを傷つけるつもりはない。おとなしくさえしていれば」

ベアトリス？　男の言葉を聞いて、エリーは混乱した。はっきりしない頭でなんとか考えようとする。この男はわたしのいとこを誘拐したつもりなの？　どうやらそうらしい。それならば、間違えたことを理解させなくては。

でも、まずは自分の守りを固めたい。身を守る武器がひとつもないままベッドに横たわっているのはひどく不安だし、心細すぎる。ありったけの力を振り絞って、エリーは肘をついて起きあがろうとした。けれども、体はぴくりとも動かない。全身を襲う疲労感に、なすべもなく息を切らす。

驚いたことに、心配そうな顔をした女性がベッド脇に近寄り、力を貸してくれた。優しい青い目をした年老いた使用人だ。彼女の助けのおかげで、エリーは枕の山にもたれ、差しだされたカップの水を飲むことができた。頭がずきずきして、吐き気がする。しかし、今はそんなことを気にしているときではない。まずは現状を把握しなければ。

エリーが座っているのは天蓋付きの古い四柱式ベッドだった。夜の隙間風を避けるために、深緑色のカーテンがついている。張りめぐらされた石造りの壁は湾曲しており、窓は細長く、家具は重々しい昔風のデザインだ。

まるで、貴族の人質を閉じこめておく独房のようだ。

女性の使用人は急ぎ足で扉の脇へ戻り、がに股で禿げ頭の男の隣に立った。きっとあの男が、さっき会話していたひとりに違いない。だが使用人がいるとわかっても、エリーは少しも安心できなかった。

エリーは誘拐犯に視線を戻した。大理石の彫刻のように微動だにしない。両手を腰に当てた尊大な姿勢のままベッド脇に立ちはだかり、こちらをじっと見つめている。唇を引き結んだ仏頂面は、いっこうに和らぐ気配がない。

「あなたはとんでもない間違いを犯しているわ」エリーは言った。

男が唇をゆがめ、見下すような笑みを浮かべた。「きみがそう言うのも無理はない。さあ、自己紹介させてくれ。わたしの名前はダミアン・バーク。お目にかかれてうれしいよ」

ロンドンの社交パーティでもあるまいし、自己紹介をするなんてばかげている。しかも相手は誘拐犯なのに。けれども次の瞬間、その名前が引っかかった。ダミアン・バーク。どこかで聞いたことがある。

ぼんやりとした記憶がふいに浮かびあがった。たしか六年か七年前、祖母の寝室で刺繡《ししゅう》をしていたときのことだ。ウォルトが突然駆けこんできて、興奮した様子で旧友の醜聞を話しはじめた。ダミアン・バークという悪党が、貧しいレディとベッドにいるところを見つかり、社交界から追放されたというのだ。

〝悪魔の王子ももはやこれまでだな〟ウォルトは上機嫌だった。〝やつはもといた下層社会に戻ったんだ〟

伯爵夫人もうなずいて相槌を打った。〝ダミアン・バークは貞淑なレディの背筋を凍らせる、とんでもない悪党だわ〟

でも今、こうして男の無表情な顔つきを見ながら、エリーが感じていたのは体の震えではなかった。怒りだ。まったく、この男はどういう神経をしているのだろう。よこしまな目的のために、なんの罪もないレディを誘拐するなんて。まさに悪魔の王子だわ！

エリーは膝をきつくつかんだ。「わたしはちっともうれしくなんかないわ。あなただってうれしくないはずよ。わたしはレディ・ベアトリスではなく、いとこのミス・エロイーズ・ストラットハムなんですもの。あなたは別人を誘拐したの」

ダミアンは薄笑いを浮かべると、感心したようにエリーを見つめた。「なんと賢い女性だろう。だがあいにく、ぼくはあのさえない修道女のような女ときみが一緒にいるところを何度も見ているんだ。きみがあの女のわけがない。あの女は少なくとも、きみより二〇歳は年上のはずだ」

「さえない修道女のような女？　二〇歳は年上？　なんてことを言うの！」

「おまけに、きみは最高級の装いをしているじゃないか。あの靴だけでも、使用人の一年分の給金に相当するはずだ」

衣服はいとこからの借り物だ。そう説明しようとした瞬間、エリーは気づいた。ドレスも靴も身につけていない。今わたしが着ているのは、上質なローン地のナイトドレスだ。それに毛布の感触がわかるということは、どう考えても裸足なのだろう。

憤慨するあまり、エリーはこわばった口調で尋ねた。

「わたしの衣類はどこなの？　それに靴はどうしたの？」

「時が来れば返すよ。しばらくは、ミセス・マクナブがきみの世話をする」緑がかった灰色の瞳をきらりと光らせ、ダミアンがつけ加えた。「実際、航海中も彼女がきみの世話をしたんだ」

エリーは扉の脇に待機している優しそうな使用人をちらりと見ると、ダミアンに視線を戻した。「航海中？」

「ああ。出港してからすでに三日が過ぎている。きみをロンドンから遠ざける必要があったからね。そういうわけで、ここで助けを呼んでも誰も来ない」

エリーは混乱する頭で、なんとか事態を理解しようとした。あれからもう三日も経ってしまったというの？　なんてこと。きっとあの男はわたしにアヘンチンキを嗅がせたに違いない。だからこんなに頭が痛いし、全身がだるいんだわ。そう考えれば、寝ているあいだずっと揺れているように感じたことも、波音が聞こえたことも説明がつく。とぎれとぎれの記憶のなか、誰かが食事をさせてくれたり、おまるを持ってきてくれたりしたのも覚えている。それに誰かの話し声が聞こえたのも……。

エリーは震えあがるほどの恐怖を感じた。ああ、神様、お助けください。わたしは三日間も行方不明のままなのです。最初の夜、仕立屋から屋敷に戻ってこなかったことで、家の人たちはわたしの失踪に気づいたはずです。きっと今も、わたしを捜しているに違いありません……。

「ここはどこ？」エリーは叫んだ。「わたしをどこへ連れてきたのよ？」

「心配しなくて大丈夫だ。ここがどこかなんて、どうでもいい。きみはただくつろいで、ここでの時間を楽しめばいいんだ。休暇を楽しむ気分でね」

ダミアンはベッドから離れると、赤々と火が燃えている巨大な石造りの暖炉近くで立ちどまった。炉棚に片方の腕をかけてポーズを取る。背が高く、肩幅もあり、がっしりとした体つきだ。圧倒的な威圧感を放つダミアンを前に、エリーはすっかり怖じ気づいていた。

いったい、わたしをどうするつもり？

あれこれ考えるのをやめ、押し寄せてくる恐怖と怒りを必死にこらえようとした。

「誘拐されているのに、楽しめというの？　あなたは頭がどうかしているに違いないわ」

「きみに不自由はさせない。いつもどおりの快適な生活を続けてもらうつもりだ。どんな贅沢な望みにも応じよう。もちろん、使用人ふたりもきみのために待機させておく」

「わたしはレディ・ベアトリスじゃないの」エリーは繰り返した。「どうかわかって。あなたは誘拐する相手を間違ったのよ。すぐにわたしを解放して」

「あいにく、それはできない。きみを解放するつもりはない。きみの兄さんがわたしの要求に応えるまではね」

「兄さん？　わたしに兄はいないわ」

ダミアンが険しい顔でエリーを見た。窓から差しこむ弱い陽光を浴び、顔の陰影がくっきりと浮かびあがる。「見え透いた言い訳はもうたくさんだ、レディ・ベアトリス。いいかげん聞き飽きたよ。ウォルトが身代金を届けに来るまで、きみにはここにいてもらう。ロンドンを発《た》つ前に、ウォルトには手紙でそう知らせておいた」

身代金。

その言葉を聞き、エリーは少しだけ安堵した。よかった。ダミアン・バークの目的は、わたしをベッドへ引きずりこむことではなかったのね。それにわたしを女相続人だと思いこんで、無理やり結婚を迫るためでもなかったんだわ。

わたしの身柄と引き換えにお金が欲しかっただけ。

そう考えたとたん、エリーは心が重くなった。つまりわたしの運命は、あの頼りにならないウォルトの手に握られているのだ。でも、ウォルトに要求額が支払えるとは思えない。年四回のお小遣いでどうにか暮らしてはいるけれど、いつもお金がないと愚痴をこぼしているんですもの。ウォルトは身代金を出すよう、伯爵に頼んでくれるかしら？

仮にそうなった場合の伯爵の反応を想像して、エリーは絶望的な気分になった。ただでさえ伯父は、わたしに給金を払わないほど財布の紐が固い。そんな伯父がこの悪党からわたしを取り戻すために身代金を出すとは思えない。特にこれほど長いあいだ行方知れずで、すでにわたしの評判が汚れてしまった今となっては……。

「身代金をいくら要求したの？」エリーは尋ねた。「言っておくけど、ウォルトはいつも金欠状態なの。それに彼の父親にお金を出させるつもりなら、あなたの計画は失敗よ。だって、わたしは伯爵の娘ではないんですもの。わたしのためには一ペンスたりとも払うはずがないわ」

ダミアンが目を細めた。怒った顔つきでベッドへつかつかと歩み寄り、人差し指をエリーに突きつける。「身代金の心配をするのはこのわたしだ。きみじゃない。わたしがきみに望むのは、髪をとかしつけて、食事をきちんととること、ただそれだけだ、レディ・ベアトリス。わたしをけむに巻こうとするのはよせ！」

そう言うとダミアンは向きを変えて大股で部屋から出て、重々しいオーク材の扉を乱暴に閉めた。

扉の脇に待機していた男とミセス・マクナブが、早口で何かささやきあっている。結局、男のほうがダミアンのあとを追い、ミセス・マクナブは早足でベッドに近寄った。「旦那様《レアード》ときたら、あんなに怒ることないのに。おかわいそうに、さぞショックを受けてるでしょう。自分の家からこんな形で引き離されて」

レアード。スコットランド人特有の言い方だ。エリーはその言葉でぴんときた。

「ここはどこ？　もしかして……スコットランドなの？」

ミセス・マクナブは唇をすぼめた。「お許しください。それは言ってはいけないことになってるんです。でも、否定はしません。さあ、お手洗いに案内しましょう」

ミセス・マクナブはエリーがベッドから起きる手助けをすると、間仕切りのうしろへ案内し、用を足すまでエリーをひとりきりにしてくれた。そのあいだも、エリーはミセス・マクナブから聞いたことを考えずにいられなかった。船でやってきたというなら、ここは海に面した場所なのかしら？　まさか、エジンバラ？　それとも、イングランドとの国境に近い場所なの？

エリーが間仕切りの外へ出ると、ミセス・マクナブは背の高い衣装簞笥《だんす》の引き出しを開け、作業をしていた。「お願い」エリーは言った。「せめて、ここの場所の名前だけでも教えてもらえないかしら？」

ミセス・マクナブが用心深い表情でエリーを見た。

「お城です。そこまでしか教えられません」

お城？

エリーは室内を見まわした。石造りの壁が円形にぐるりとめぐらされている。ここは城の塔に違いない。悲惨な状況にもかかわらず、エリーは興味を覚えずにはいられなかった。本でなら、こういった城の絵を見たことがあった。それに想像をふくらませて、自分で絵を描いたこともある。しかし、実際に城へ足を踏み入れた経験は、今まで一度もなかった。

外の様子が見たくなり、木製のスツールを窓の近くに引き寄せた。がっかりしたことに、細長い切りこみは窓の高い部分についているため、流れる雲しか見えない。太陽の位置から察するに、今は午後の遅い時間のようだ。

扉を叩く音がして、男の使用人が入ってきた。湯が入った巨大な手桶《ておけ》を持っている。「フィン、こっちだよ」小振りな銅製の浴槽を暖炉のほうへ引きずりながら、ミセス・マクナブが声をかける。フィンは空のバスタブへ湯をすべて空けると、禿げ頭をひょいと動かしてエリーにお辞儀をし、ふたたび部屋から出ていった。

エリーはオーク材の扉をにらみつけた。ダミアン・バークはわたしの身柄をふたりの使用人に預けたらしい。悪魔の王子はどこへ行ったのだろう？　きっとネズミみたいにこそこそと、暗い通路を走りまわっているに違いない。

ダミアン・バークは、わたしが逃げだすとは考えていないのかしら？　もしかして、城じゅうに護衛を置いて見張らせているの？　あるいは、たとえミセス・マクナブが背を向けていても、社交界デビュー間近の小娘には逃げだす勇気もないだろうとたかをくくっているのかもしれない。

エリーは逃げるという選択肢について考えてみた。たしか使用人はふたりとも、扉に鍵をかけなかった。今こそ逃げだすチャンスかもしれない。ミセス・マクナブは背を向けて、衣装簞笥の整理に夢中になっているのだから。

ミセス・マクナブから目を離さないまま、エリーは忍び足で扉まで近づいた。幸い絨毯が敷いてあるので、足音は聞こえない。けれどもエリーが冷たい金属製の取っ手に手をかけた瞬間、ミセス・マクナブが肩越しに振り返り、フリルのついた白い帽子をかぶった頭を振りながら舌打ちした。

「ナイトドレス姿で裸足なのに、いったいどこへ行こうっていうんです？　外は強い北風が吹いてます。すぐに寒さで死んでしまいますよ。さあ、こっちへ来て、このミセス・マクナブにあなたの髪をとかさせてください」

もしミセス・マクナブが金切り声をあげたり、脅しつけてきたりしたら、エリーも扉を開けて一目散に逃げだしていただろう。けれどもミセス・マクナブの母親のような態度を目の当たりにして、エリーは自分の場当たりな計画の愚かしさを痛感させられた。逃げたとしても、いったいどこへ行けばいいのだろう？　薄いナイトドレスだけの姿で、こんな田舎の不毛な土地をさまようなんてばかげている。今は二月だ。あっという間に凍死してしまうだろう。

ミセス・マクナブはエリーを化粧台の前へ連れていった。

「さあ、座って。お風呂の前に、そのもつれた髪をなんとかしないと」

エリーはスツールに腰かけ、しみのついた古い鏡を見て、驚きのあまり言葉を失った。悪魔の王子が髪をとかしつけろと言ったのも無理はない。ふだんならきちんと結いあげているはずの髪が、今は鳥の巣のようになっている。湿った海風のせいで、鳶色の髪はほつれて首のまわりにまつわりつき、目の下にはくまができている。それに頬が青白くなっており、そばかすがいっそう目立って見えた。

ミセス・マクナブは象牙の櫛《くし》を手に取ると、もつれた髪を解きほぐす作業に取りかかった。エリーは自分でも指で髪のからまりをほどきながら、しだいに腹立たしさを感じはじめた。ダミアン・バーク。あんな無作法な人がいるかしら。紳士のような装いをしているけれど、態度は傲慢で尊大そのものだ。それに、わたしを――というか、ベアトリスの家庭教師としてのわたしを――さえない修道女呼ばわりした。さらに悪いことに、わたしをベアトリスより二〇歳も年上だと考えていたのだ。本当は九歳しか離れていないのに。

ダミアンの言葉に傷つき、鏡に映る自分の姿を眺めた。わたしはそんなに魅力がないのかしら？　あの悪党の目には、明らかにそう映っているらしい。けれども、喜ぶべきなのかもしれない。少なくとも、彼から不用意な関心を持たれる心配はないのだから。

そういえば、わたしが眠っているあいだも、あの男はわたしについて何か言っていた。そう、〝遠くからだと、きれいに見えたのに〟と。

エリーは髪のもつれを乱暴に引っ張った。なんて愚かで浅はかな男！　もちろん、ベアトリスは非の打ちどころのない美人だ。だからこそ、自分はベアトリスとは別人だというわたしの話を信じるべきなのに。たしかな証拠が目の前にあるにもかかわらず、自分の間違いを認めようとしないなんて。

とはいえ結局はダミアン・バークも、身代金を奪えないという事実を受け入れざるを得ないだろう。ただし、そうなるまでには数週間ほど必要かもしれない。彼が現実を理解するまで待つなんてうんざりだ。

フィンがまたしても湯の入った手桶を運び、部屋から出ていった。ミセス・マクナブが暖炉のそばへ間仕切りを動かしてくれたおかげで、エリーは人目を気にせず入浴できた。熱い湯に身を沈め、とろけるような心地よさを味わう。ゆったりとした気分で、ライラックの香りがする石鹸《せっけん》で体と髪をていねいに洗い、全身の汚れをすべて落とした。

入浴が終わったエリーに、ミセス・マクナブがリネンのタオルと、ルビー色のシルクのナイトドレスを手渡した。ナイトドレスは長袖で、腰のあたりが締まったデザインだ。

「これはわたしのものではないわ」エリーは抵抗した。

「旦那様から、あなたに必要なものをすべて買うよう命じられたんです。ほら、こんなにたくさんあるんですよ」ミセス・マクナブが特大の衣装簞笥を顎で示した。開かれた扉から見えているのは、数えきれないほどたくさんの美しいドレスだ。

悪魔の王子からは何ひとつ受けとりたくない。見知らぬ男から与えられた衣類を身につけるなんて、レディにあるまじきことだ。でも、ほかに選択肢はない。

結局、エリーはミセス・マクナブの助けを借りてナイトドレスをまとうと、暖炉のそばに腰をおろし、濡れた巻き毛を櫛ですきはじめた。けれども、ミセス・マクナブが夕食を持ってくるために部屋から出ていった瞬間、スツールからすばやく立ちあがり、室内をくまなく調べはじめた。ファッション雑誌が数冊とトランプひと組、刺繡道具、それにいかにも女性が好きそうなゴシック小説が数冊ある。こっそり扉を開けて様子をうかがうと、壁に取りつけられたたいまつの灯りに照らされて、石造りの螺旋《らせん》階段が見えた。階段は弧を描きながら階下へ続いている。

できることなら逃げだしてしまいたい。でも、今はそのときではないだろう。悪魔の王子が廊下をうろついているかもしれない。みんなが寝静まる深夜まで待ったほうがいい。

ダミアン・バークは練りに練った計画で、まんまと誘拐に成功した。でも、さすがの悪魔の王子も夢にも思っていないだろう。わたしが彼を出し抜こうとしているなんて。

7

真夜中、エリーは忍び足で寝室を出た。階段の吹き抜けに立ったとたん、骨身にしみる寒さに襲われた。フードのついた外套を着こんできて本当によかった。衣装簞笥のなかで見つけたブーツはきつくて足が痛いけれど、今はそんなことを気にしている暇はない。

夕食のあと、エリーはベッドで本を読みながら、ずっと起きているつもりでいた。けれどもどうしようもない疲労感に襲われ、気づくと眠りこんでいた。目を覚ましたのはつい数分前だ。暖炉に燃えさしが残るだけで、室内は暗かった。

問題は、今が何時かわからないことだ。真夜中かもしれないし、夜明け前かもしれない。もし夜明け前なら、急がなければならない。できるだけ距離を稼ぎ、ダミアン・バークから遠ざからなければ。

長いスカートで急な螺旋階段をおりるには、最大限の集中力が必要だ。壁に取りつけられたたいまつはすでに消えている。手に持った燭台の灯りを頼りにするほかない。しかも冷たい風が吹きつけてくるため、炎が消えないよう、手袋をはめた片方の手を燭台にかざさなければならない。

神様、どうかろうそくの火が消えませんように。もし消えようものなら、真っ暗な城のなかで迷子になってしまう。迷宮で道を見失い、やがて朽ち果て、骸骨となって発見されるかもしれない……。

エリーはよけいな考えを頭のなかから追いだそうとした。あれこれ妄想をふくらませている場合ではない。まさに正真正銘の試練に直面しているのだから。今、何より大切なのは、悪魔の王子と出くわさないよう細心の注意を払うことだ。

夕食時、チーズとソーセージ、焼きたての堅焼きパンを食べながら、エリーはミセス・マクナブから城の様子をそれとなく聞きだした。ただの好奇心から尋ねているかのように、目を大きく見開いて無邪気に質問した。厨房はどこにあるの？　廏舎《きゅうしゃ》はどこ？　守衛詰め所は？　城にはほかに誰か住んでいるの？　雇い主の部屋はどこにあるの……？

夕食を終える頃には、頭のなかで城のだいたいの見取り図ができあがっていた。城の造りはそれほど複雑ではないようだ。わたしがいるのは、四隅に建てられた塔のうちのひとつらしい。城の中心には石造りの要塞があるという。首尾よく中庭を見つけられれば、月光を頼りに守衛詰め所にたどりつけるかもしれない。

とはいえ、城門の落とし格子はどうやって開ければいいのだろう？　それに、もし跳ね橋をおろす必要があったら？　どうすればいいのかわからない。それでも、きっと出口はあるはずだ。自分の童話に出てくるアリアナ王女のように知恵を働かせ、賢明な行動を取らなければ。

塔のいちばん下までおりると、閉ざされた扉が現れた。鉄製の錠がつけられているのを見て、エリーは落胆した。わたしの寝室に鍵がかかっていなかったのはこのせい？　この扉に鍵がかかっているからなの？

希望は一瞬にして打ち砕かれた。そんな！　嘘でしょう？　ここにむざむざ幽閉されるわけにはいかないのに。

エリーは絶望しながらも床に燭台を置き、錠に両手をかけた。あまりに暗すぎて鍵穴が見えない。この扉は外側から鍵がかけられているのかしら？　それとも頑丈なかんぬきがかけられているの？　もしそうなら、万事休すだ。逃亡計画は失敗に終わる。

いじりまわしていると錠があっけなくはずれ、安堵のあまり、エリーは思わず笑いだした。薄暗い階段の吹き抜けに、笑い声がうつろに響く。ああ、よかった。鍵はかけられていなかったんだわ。

だが次の瞬間、予期せぬ事態が起きた。重い扉を押し開けた瞬間、冷気がどっと入りこみ、ろうそくの灯りが消えてしまったのだ。

たちまちあたりは漆黒の闇となった。恐怖のあまり、エリーはなすすべもなく立ち尽くした。恐ろしくて一歩も動けない。ひとたび塔の外へ出れば、そこは未知の世界だ。暗闇の先に、何が待ち構えているかわからない。

悪魔の王子が待ち構えているかもしれない。

エリーははっと息をのんで考えた。もう一度螺旋階段をのぼって、暖炉の燃えさしでろうそくの火をつけてこようかしら？　それともあたたかなベッドにもぐりこんで眠ってしまうのはどう？

でもアリアナ王女なら、小さな炎を失ったくらいで引きさがると思う？

いいえ。エリーは深呼吸をした。せっかくここまで来たのだから、もう後戻りはできない。役に立たなくなったろうそくをあきらめ、エリーは重い扉を肩で押し開けはじめた。やがて蝶番《ちょうつがい》が大きな音を立て、扉が完全に開いた。その瞬間、エリーの顔に冷たい風が吹きつけた。どうやら風はこの先のどこかから吹いているようだ。きっと外へ通じる出入口があるのだろう。

希望にすがり、両腕を伸ばして手探りしながら、思いきって暗闇のなかへ足を踏みだした。両手の指先に触れたのは、どっしりとした石造りの壁だ。わたしは今、どこかの通路にいるのかしら？　きっとそうに違いない。ここはまるで墓場みたいな重苦しい雰囲気が漂っているけれど。

目がしだいに慣れてくると、前方に何かが見えてきた。大きなアーチ道だ。そちらの方向へ進むにつれて、さらに冷たい突風にさらされた。エリーは外套の前をかきあわせながら、身も凍る寒さにひたすら耐え続けた。

出入口までたどりつき、そっと外をのぞいてみる。ほっとしたことに、夜空を背景に広がる城の銃眼付きの要塞が見えた。月は出ていない。灰色の巨大な雲のあいだから、わずかな星がまたたいているだけだ。それでも夜空の薄明かりのおかげで、ぼんやりとではあるがあたりの景色が見える。

エリーは目を凝らして中庭を見つめた。中央には四角くて背の高い要塞がそびえたっている。黒々とした姿がいかにも不気味だ。ミセス・マクナブによれば、悪魔の王子はこの巨大な要塞で寝泊まりしているらしい。

もちろんミセス・マクナブは、この城がゴシック建築であることを明かさなかった。ただエリーを励ますように言っただけだ。〝旦那様は要塞にいらっしゃいます。ぶっきらぼうな態度を取ってますが、正義感の強い立派な方です。だから何も心配する必要はないですよ〟

正義感の強い立派な方ですって？　いったいどこが？　レディを誘拐して身代金をせしめようとする極悪人じゃないの！

吹き荒れる風の轟音《ごうおん》にまじり、リズミカルな波音も聞こえる。ということは、城はやはり海岸沿いに建てられているのだろう。

出入口から出る前に、エリーはがらんとした中庭に注意深く目を走らせた。暗がりのなか、何か怪しい動きがないかしら？　大丈夫。しんと静まり返っている。ダミアン・バークはどこにいるのだろう？　運がよければ、ベッドですやすやと眠っているかもしれない。デビュー間近の甘やかされた小娘が、よもや逃げだすはずはないとたかをくくって。

たしかに、ベアトリスなら取り乱してめそめそ泣くばかりで、こんな大胆な逃亡計画など考えもしないだろう。真夜中に快適な部屋を抜けだして、寒くて薄暗い城のなかを手探りで歩く。そう考えただけで、ぞっとしたに違いない。

でも、わたしは違う。

隣接する外壁沿いに守衛詰め所があるのがおぼろげに見えた。中庭を横切ってまっすぐ詰め所へ行くこともできるが、エリーはあえて壁沿いに遠まわりする行き方を選んだ。そうすれば壁の陰に隠れ、移動している姿を誰かに見られることもない。ダミアン・バーク、あるいはフィンが近くに隠れている可能性もある。足早に移動するあいだも、容赦ない強風が吹きつけてきてつらかった。エリーは外套のフードをかぶり、顎の下で紐をきつく結んだ。

どうやら嵐になりそうだ。エリーは気力が萎えるのを感じた。嵐になれば、城を出たあとすぐに避難できる場所を見つけなければならない。近隣にある村の納屋に身を潜めればいいだろう。うまくいけば、親切な小作人の温情にすがることができて、一泊させてもらえるかもしれない。

とうとう正門にたどりついたものの、落とし格子はぴたりと閉じられていた。ここでは波音がさらに近く聞こえることにエリーは気づいた。案の定、鉄製の格子越しに、はるか遠くにある海の輝きが見えた。

エリーは行きつ戻りつしながら、巨大な城門の落とし格子をじっと見つめた。取っ手も錠も見当たらない。さて、どうしよう？　落とし格子を引きあげる方法があるはずだ。隣接する小部屋に何か仕掛けが隠されているのかしら？

壁沿いにあるひとつの扉をじっと観察したあと、エリーは思いきって開けてみた。けれども、扉の奥に広がっていたのは部屋ではなかった。驚いたことに、ごく狭い通路だ。向こう側に開口部がぼんやりと見えている。ここは直感を信じるしかない。エリーは通路に入り、小走りで駆け抜けた。信じられないことに、城の外へ出られた。

やったわ。強い高揚感を覚え、エリーは思わずダンスのステップを踏んだ。けれども突風にさらされた瞬間、われに返った。少しでも先に進まなくては。天気がこれ以上悪くなる前に。

もし追っ手がいるとすれば、わたしが正門の前に延びている泥道を進んだと考えるだろう。そう考えて、あえて別の方向に向かっている、岩がごろごろしている坂道を下ることにした。歩調を落とさざるを得なくなったものの、少なくとも行く手を塀に阻まれることはなかった。たぶん、城が海を見おろす断崖絶壁に立っているからだろう。

エリーは何度もつまずきながら、険しい坂道を下っていった。ブーツはきついし、道もほとんど見えない。おまけに海からの凍えるような突風が、肌にナイフのごとく突き刺さる。それでもできるだけ遠くへ逃げたい一心で、必死に坂道をおり続けた。こうして海岸線に沿って下っていけば、やがて内地へ戻る道にぶつかるはずだ。そんな漠然とした計画に従いながら。

とうとう道が平らになり、ずいぶんと進みやすくなった。かすかな星明かりの下、右手に見えるのは海のきらめきだ。波がごつごつした岩に当たって砕け、泡を立てている。左手には、断崖の上に不気味にそびえたつ城が見えた。

寒さが骨の髄までしみ渡り、エリーは外套のなかで身を縮めた。体の熱を奪われないよう背を丸めながら、岩だらけの海岸沿いをひたすら急ぐ。朝になってわたしがいないことに気づいたら、ダミアン・バークはどんなに驚くだろう。そう想像をふくらませて自分を励まそうとする。きっと悪魔の王子は大声で怒鳴り散らすに違いない。自分の卑劣な計画が頓挫したことに激怒しながら。

とはいえ、身代金が届かないのだから、どのみち彼の計画は頓挫していただろう。もしそうなったら、悪魔の王子はわたしをどうするつもりだったのかしら？

その先は考えたくない。

ぶるりと身を震わせると、エリーは石だらけの砂の上を進んでいった。頬にかかる塩っぽいしぶきも気にせず、ひたすら突き進む。城から少しでも離れなければならない。

けれども、どれくらい離れたか確かめようと振り返った瞬間、がっかりした。城はまだすぐ近くに見える。あせったエリーは歩調を速め、小石につまずきながらも、海岸線に沿って先を急いだ。ドレスの裾が湿って重い。突風に足を取られて、何度もつまずきそうになる。

重い足取りで長いあいだ歩き続けたあと、エリーは正面左手に巨大な岩があるのに気づいた。その岩の脇を走る泥道が、岩だらけの海岸の端で突然ぷっつりととぎれている。どこから延びている道なのだろう？　確認しようとした瞬間、信じられない光景を目の当たりにして急に立ちどまった。

うねうねと上へと向かう泥道は、城の落とし格子門があった場所へ通じる険しい坂道に続いていた。つまり、わたしは最初の場所に戻ってきたことになる。

どうしてこんなことが？

エリーは目をしばたたき、まつげについた塩っぽい水しぶきを振り払った。これは幻覚に違いない。歩きだしてから一時間は経っている。暗がりのなかで方向感覚を失ってしまったのかしら？

いいえ、それでは理屈に合わない。だって、ずっと海岸線は右手にあったんですもの。間違いなく。

そのとき、巨大な岩の背後で何かが動いた。夜空の下、巨大な獣の姿が不気味に浮かびあがる。黄泉《よみ》の国から来た生き物であるかのように、エリーに向かって飛びかかってきた。

衝撃のあまり、エリーは動けずにいた。心臓が早鐘を打っている。悲鳴をあげたものの、突風にあえなくかき消された。

逃げだした次の瞬間、不気味な生き物の前脚がエリーの肩につかみかかった。漆黒の闇のなか、生き物の姿が浮かびあがる。

ダミアン・バーク。悪魔の王子。

「ひどい嵐だ」強風のなか、ダミアンが叫ぶ。「こんな夜に海岸の散歩とは物好きだな」

愕然とするあまり、エリーはダミアンを見あげることしかできなかった。先ほどまでの恐怖がたちまち安堵に代わり、すぐに激しい怒りが取って代わった。何よ、こんなことをさせたのはあなたじゃない！　エリーはダミアンの手を振りほどき、うしろにさがった。足元の石にぶつかって、危うく倒れそうになる。「てっきり寝ていると思ったのに！」

「きみがこっそり抜けだして、中庭をこそこそ移動するところを窓から見ていなければ、ぐっすり眠れていただろう。それにしても、きみが一周し終えるのをここで待っているのはかなり寒かったよ」

「一周？」

「ここは島なんだ。きみももう気づいたとは思うが」波が砕け散る音がするなか、ダミアンがあざけるような笑みを浮かべた。

島……！　エリーは呆然とした。どうりで、いくら歩いても城から離れられなかったわけだ。どうあがいても、ここから逃げだせない運命だった。地下牢にとらわれた囚人のように。わたしをさんざん苦しめたあげく、この男は厚かましくも、わたしをあざ笑いにやってきたんだわ。

激しい怒りにとらわれたエリーはダミアンに飛びかかり、両のこぶしで硬い胸を叩きはじめた。「この化け物！　ネズミみたいに忌まわしい悪党！　あなたなんか大嫌い！」

エリーの両の腕をすぐにつかんだダミアンは、ののしり言葉を低くつぶやくと、エリーの体をひねり、彼女の胸を巨大な岩に押しつけた。エリーは冷たい巨岩と大柄なダミアンの体にはさまれてしまった。

手首をつかまれているため、もうパンチを繰りだすことはできない。しかもダミアンが腿をエリーの腿の裏側にぴたりと押しつけて体重をかけてくるため、動くこともままならない。それでもなお、エリーは必死にダミアンから逃れようとした。息を切らして身をよじっても、ダミアンの筋肉質の体はびくともしない。どんなに抵抗しても無駄だとわかり、エリーはようやくおとなしくなった。

呼吸が落ち着くにつれ、悔しいことに、エリーはダミアンを意識しはじめた。顔には身も凍る強風が吹きつけているが、悪魔の王子の大きな体が背中に重なっているせいで、体はあたたかい。それにピリッと鼻をかすめるダミアンの香りがあたりに漂っている。こんなに男性に近づいたのははじめてだ。なんだかひどく刺激的で……スキャンダラスで……それなりに妙に気分が高揚している。

いいえ、みぞおちがうずいているのは不安のせいだ。反撃こそしてこなかったものの、この男を信用してはだめ。一瞬たりとも。

ダミアンはさらに前かがみになり、エリーの耳元にあたたかな息を吹きかけながら言った。

「ネズミみたいに忌まわしい悪党?」

彼のおもしろがるような調子に、エリーはかっとなった。

「あなたにぴったりの表現だわ。それとも悪魔の王子と呼ばれるほうがいい?」

ダミアンが低くうなった。「ウォルトがその名前を教えたんだな。いつだ?」

「いつだっていいでしょう?　さあ、早く手を離して」

ダミアンはエリーを解放しようとしなかった。

「まずは、きみが子どもじみたかんしゃくを起こさないかどうか確かめてからだ」

エリーはまたしても怒りに血が煮えたぎり、ダミアンの手から逃れようとした。「子どもじみたかんしゃくですって？　薬を嗅がされて三日間も眠らされたあげく、監禁された相手に素直に従えというほうが無理な話でしょう？」

「お嬢さん《マイ・レディ》、行儀よくしてほしいんだ。さもないと、寝室に幽閉せざるを得ない」

エリーは反論の言葉をのみこんだ。今はダミアンを非難するよりも、彼の誤解を正すほうがはるかに大事だ。「わたしを〝マイ・レディ〟と呼ぶのはやめて。わたしはレディ・ベアトリスじゃないの。ミス・ストラットハムよ。ミス・エリー……エロイーズ・ストラットハムなの」

「やれやれ、またその話か」

「ええ。だって本当のことですもの。ベアトリスはわたしのいとこなのよ」エリーはもどかしくなって横を向くと、肩越しにダミアンをにらみつけた。暗闇のなかでも、彼の険しい顔がぼんやりと見える。「ベアトリスの髪は赤みがかった金色だけど、わたしのは鳶色なの。それにベアトリスの瞳は青だけど、わたしのは茶色よ。ベアトリスの肌は透き通ったクリーム色で、わたしにはそばかすがある。あなたが言ったとおり、わたしは美人じゃない。美人なのはいとこのベアトリスのほうよ！」

薄暗いせいで、ダミアンの表情はよく見えない。けれどもエリーには、手首を押さえつけている彼の手が一瞬こわばったのがわかった。疑念にとらわれ、ダミアンは体を硬くしている。わたしの話を信じてくれたのだろうか？　エリーにはわからなかった。

ふいにダミアンが体を離し、一歩さがった。「ついてくるんだ」明らかに不機嫌そうな声だ。「ここでは満足に話もできない。なかで話そう」

そう言うと、城へ続く泥道を戻りはじめた。

海岸にひとり残されたエリーはぶるりと身を震わせた。ダミアンが体を離したせいで、体の熱が一気に奪われていく。それにしても、愛玩犬にするかのように一方的に命令されたのが許せない。特に、相手が姑息《こそく》なネズミみたいな、忌むべき男なのだからなおさらだ。

一瞬、エリーは考えこんだ。このまま海に身を投げてしまおうかしら？　黒々とした海で溺れ死んだら、悪魔の王子に一矢報いることができるかもしれない。でも、そうなると、童話は未完のままだ。長年、音信不通だったアリアナ女王と、王族である両親の感動の再会も描けない。それに田舎の小さな家で自由に暮らしながら、自分の夢を追求することもできなくなる。

エリーは歯を食いしばり、城へ向かう岩だらけの坂道をのぼりはじめた。わたしには大切な人生計画がある。それをダミアン・バークなんかに台なしにされてたまるものですか。なんとしても彼に納得してもらわなければ。わたしがベアトリスではないことを。

8

誘拐する女を間違えてしまったのだろうか？

要塞へ通じる扉を力ずくで開けようとしながら、ダミアンは扉にこぶしを叩きつけたい衝動を必死でこらえていた。城の錠はすべて、海からの湿気のせいで錆《さ》び、形が崩れている。鉄製の取っ手を思いきり引っ張ると、ようやく重々しくきしりながら、取っ手が持ちあがった。

開け放したままの扉のところで立ちどまり、振り返ってうしろをにらみつけた。フードをかぶった女があとから続き、暗い中庭を横切っている。嵐はいよいよ勢いを増しており、強烈な突風にあおられて、女は何度かよろめいた。けれどもダミアンは、彼女のもとへ駆け寄って助けてやりたいという衝動を抑えこんだ。そんなことをしても、あの小娘はわたしの頭にかじりついて抵抗するに決まっている。

くそっ、あの女はレディ・ベアトリス・ストラットハムでなければならない。自分がそんな致命的な間違いを犯したなどと認めたくない。ここ数日間、ウォルトの妹を尾行し続けた。そしてあのいまいましい仕立屋の外で何時間も待たされたあげく、やっと女をつかまえて意識を失わせ、船に乗せたのだ。そして信用できる船員に高速のスクーナー船を操縦させて、この島にたどりついた。腕に抱いた意識不明の女に関する質問はいっさいさせないままで。

完璧に誘拐をやりとおせたと、ひとりほくそ笑んでいた。

だが結局、思っていたほど完璧ではなかったのかもしれない。もし彼女の話が本当だとすれば、とんでもないことだ。

昨日の午後、塔にある寝室で女が目覚めたときは、彼女の言うことになど耳を貸さなかった。自分を解放させるために、女が嘘をついていると思ったからだ。たしかに、遠くからわたしが見張っていた美しい少女に比べると、誘拐してきた女はごくふつうの器量に見えた。だが、それは彼女を間近で見たことがないせいだと思っていた。それにどう考えても、誘拐した女が、あのさえない不格好なドレスを着た中年の家庭教師には思えない。あんなほっそりした体つきをしているわけがない。

けれども女はつい先ほど、いとこと自分の身体的な特徴の違いを説明してみせた。髪の色、瞳の色、そして肌の色。あのとき、彼女の声に揺るぎない真実を感じた。〝あなたが言ったとおり、わたしは美人じゃない。美人なのはいとこのベアトリスのほうよ！〟

ふいにダミアンはみぞおちがねじれるような恐怖を感じた。なぜそんなへまをしでかしてしまったのだろう？　もし目の前にいるこの厄介な女が、レディ・ベアトリスのオールドミスのいとこだとしたら――自分でも薄々そうではないかと思いはじめている――奪われた鍵をウォルトから取り返す計画そのものが無に帰してしまうかもしれない。

ダミアンが待っていると、ようやく女は扉へたどりついた。暗闇で顔はよく見えないものの、彼女がわたしを忌み嫌っているのは態度を見れば明らかだ。扉のところで一歩さがって女を先に要塞へ入れたとき、彼女はスカートの裾をつまみ、ドレスがわたしに触れないようにした。

その瞬間、海から吹きつける冷気のなか、ふわりとライラックの香りが漂った。先ほど、巨大な岩に女を押しつけたときに鼻腔《びこう》をくすぐったのと同じ香りだ。

くそっ。どうしてこんなに全身がかっと熱くなるんだ？　女の正体が誰であれ、彼女とベッドをともにしている自分を想像するなんて愚の骨頂じゃないか。わたしから自由になろうと身をよじったときの、女の体のしなやかな動きを思いだすなんてばかげている。それに丸みを帯びた胸が、この体をかすめた瞬間を思い返すのも。わたしがすべきは彼女を誘惑することじゃない。

そう自分に言い聞かせると、ダミアンは扉を乱暴に閉めた。ふたりが立っているのは、石造りの壁で囲まれた薄暗い大広間だ。錆びた盾とぼろぼろのタペストリーが飾られている。灯りはテーブルに置かれたオイルランプと、暖炉の燃えさしのみだ。

「こっちだ」

ダミアンは大股で巨大な暖炉の前へ行き、火床に数本の薪《まき》をくべた。それから火かき棒を手に取ると、炎の勢いが強くなるよう火床をかきまぜた。たちまち炎が燃えあがり、無数の火の粉が飛び散りだす。振り返ると暗闇のなか、女はダミアンが手にした火かき棒をじっと見つめていた。

なんてことだ。彼女は、わたしにこれで痛めつけられると考えているのか？

ダミアンはいらだちながら火かき棒をもとの位置に立てかけると、暖炉脇にある木製の長椅子を身振りで示した。「さあ、座るといい」そっけなく言う。「寒いだろう」

だが、女は立ったままだ。「ミセス・マクナブはどこ？」

「寝ている。当然だろう。今は真夜中だ」

「あなたとふたりだけでここにいるわけにはいかないわ」

「きみが別人だとしつこく言い張るから、ちょっと質問したいと思ってね、ミス・ストラッ、ト、ハ、ム。ここがいやだというなら、きみの寝室で質問することになるが？」

彼女は唇をすぼめると、暖炉に近いほうの長椅子の隅に腰をおろした。「しつこく言い張ってなんかいないわ。そろそろあなたは、レディ・ベアトリスがまだロンドンにいるという事実を受け入れてもいい頃よ」

女が手袋をはめた両手を炎にかざした瞬間、青緑色のフードが脱げ、豊かな巻き毛がこぼれ落ちた。暖炉の光を浴びて赤々と輝いている。数時間前に目覚めたときよりもやや顔色が悪いものの、ようやく頬に赤みが戻ってきていた。鼻のまわりに散らばる薄いそばかすのせいで、ひどく純粋無垢な印象だ。率直な物言いをする口やかましい女にはとても見えない。

ダミアンは大股で荒削りなオーク材のテーブルの前まで行くと、デカンタの栓を開け、ピューター製のゴブレットに中身をなみなみと注いだ。ふだんから、細部にまでじゅうぶんな注意を払うことにかけては自信があった。ちょっとした顔の表情から相手の気持ちを読みとる能力があればこそ、一財を築きあげ、賭博クラブの経営者にまでのしあがったのだ。

ところがレディ・ベアトリスの場合、遠くからしか観察できなかった。彼女にそばかすはあっただろうか？

ダミアンは記憶のなかのベアトリスの顔を思い起こした。そういえば、肌の色はクリーム色だった気がする。たしかに髪も赤みがかった金髪で、目の前にいる女の髪より色が淡かった。それに古典的なイングランド人女性の顔つきをしていた点から考えると、瞳は青に違いない。

今、わたしを非難がましく見つめている、茶色の瞳とはまるで違う。

致命的な間違いを犯してしまったという現実に、ダミアンは打ちのめされた。目の前に座っている女は、本当にミス・エロイーズ・ストラットハムなのだ。エリー——たしか自分をそう呼んでいた。なんてことだ！　どうして純粋無垢な一七歳の少女と、口の悪いオールドミスを間違えてしまったんだ？

明らかに服装のせいだ。レディ・ベアトリスの家庭教師はいつも流行遅れの服を着ており、今まで注意を払ったことさえない。それなのに、どうして彼女がレディ・ベアトリスの格好をしている？　ダミアンは腹立たしくてならなかった。

大股で前に進みでると、ピューターのゴブレットをミス・ストラットハムの手に押しつけた。「もしきみが家庭教師なら、仕立屋に出かけるとき、どうしてレディ・ベアトリスのドレスを着ていた？　なぜ彼女のふりをしたんだ？」

「ベアトリスのふりなんかしていないわ！　わたしに自分のドレスと外套を着せたのはベアトリスよ。すべてはレディ・ミルフォードの思いつきなの」ミス・ストラットハムは毒ニンジンを見るような目つきでゴブレットの中身を見おろした。「これはいったい何？」

「ブランデーだ。それで、どうしてレディ・ミルフォードはそんなことを思いついたんだ？」

ダミアンはレディ・ミルフォードを覚えていた。美しい女性だった。まだ社交界の出入りを禁じられていなかった若かりし頃のことだ。イートン校で入学当初からいじめられた経験を踏まえて、その後ダミアンは同級生のなかでも特に恵まれた貴族たち、それも向こう見ずな性格の者たちと交流するようになった。そのほうが得だと気づいたのだ。学校を卒業する頃には、貴族でないにもかかわらず、上流階級のパーティに招かれるようになっていた。そのときにはすでにカードで勝つすべを会得していたため、紳士らしい装いにかかる服飾費を稼ぐなど朝飯前だった。

レディ・ミルフォードは貴族のなかでも最上級の集団に属していたものの、ダミアンもときおり顔を合わせる機会があった。いつも礼儀正しい態度で接してくれてはいたが、レディ・ミルフォードが抜け目のないスミレ色の瞳で自分を見つめ、人となりを判断していることには気づいていた。なかでも特に忘れられない瞬間がある。思いだすだけで、胸を刺されたかのような痛みが走る。そう、舞踏会の最中、レディ・ミルフォードに脇へ連れていかれ、あまりヴェロニカに夢中になるなと警告されたあのとき……。

ダミアンは忌まわしい記憶を振り払った。今は過去の過ちを思い返している暇などない。レディ・ミルフォードは社交界の重鎮だが、おせっかいな女性でもある。数日前、レディ・ミルフォードの屋敷から出てきたレディ・ベアトリスの馬車を尾行しようとしたとき、屋敷の階上から窓を強く叩く音が聞こえた。無意識に見あげると、カーテンが揺れているだけだった。だが、あれはレディ・ミルフォードのしわざに違いない。わたしの顔を確かめたかったのだろう。

レディ・ミルフォードはわたしを覚えていただろうか？　答えは謎のままだ。

ミス・ストラットハムがブランデーをひと口飲み、しかめっ面をした。「レディ・ミルフォードはただ助言してくれただけよ。ペニントン・ハウスに来て、午後の訪問を一緒にしようとベアトリスを誘った。だからベアトリスの代わりに、わたしが約束の時間に仕立屋へ行ったの。あの日はベアトリスのドレスの仮縫いをしなければならなくて、ベアトリスと体型が同じわたしならちょうどいいから」

「うまい言い訳だな」

ミス・ストラットハムが軽蔑した表情でダミアンを見つめた。「批判されるべきはあなたのほうでしょう？　あなたは通りでわたしを誘拐して、無理やりこんなところへ連れてきた。わたしといとこの区別もつかないなんて、いつもそんなに不注意なの？」

「不注意？」

「なぜわたしが馬車に乗っていないのか、従僕を待たせていないのか、一度も考えなかったの？　夕方なのにシャペロンも連れずに、たったひとりで歩いて帰るなんておかしいとは思わなかったの？」

ダミアンはこぶしを握りしめた。もちろん、おかしいと思った。だがそれはレディ・ベアトリスが世間知らずでうぶだからだと自分を納得させたのだ。こんな絶好のチャンスを逃す手はないと考えた。だから行動に打ってでて、レディ・ベアトリスをさらったのだ。

いや、ミス・エリー・ストラットハムをさらったと言うべきか。

ダミアンは足音も荒くテーブルに戻ると、自分の分のブランデーを注ぎ、一気に飲み干した。だが残念ながら、焼けつくような喉越しでさえも、プライドを傷つけられた心の痛手を癒やしてはくれなかった。「ペニントン・ハウスはすぐそばだ。レディ・ベアトリスが歩いて帰ってもおかしくはない。それにレディ・ベアトリスは、使用人を待たせたくないと考えるような控えめで謙虚な女性なのかと考えたんだ」

ミス・ストラットハムは一瞬ダミアンを見つめてから、大声で笑いだした。陽気な笑い声がたちまち大広間に響き渡る。石造りの壁に反響し、冷え冷えとした空気が消えて、あたりが少しあたたかくなったかに感じられた。

「控えめで謙虚？　あなたは本当にベアトリスのことを何も知らないのね」

ミス・ストラットハムの茶色の瞳がトパーズ色に輝くさまを目の当たりにし、ダミアンは驚いてその場に立ち尽くした。顔全体がいきいきとして、敵意むきだしだった先ほどに比べると、ずいぶん若くてかわいらしく見える。

なんという変わりようだ。どうして彼女のことを、レディ・ベアトリスより二〇歳も年上だなどと考えていたのだろう？　ほんのわずかしか年が離れていないに違いない。

いったいミス・ストラットハムはいくつなんだ？

だが、そんなのはどうでもいい。彼女がわたしのことをあざ笑っている今は特に。

「レディ・ベアトリスがどんな性格か、きみのほうがわたしより詳しく知っていて当然だろう？」ダミアンは硬い口調で言った。「わたしは彼女に会ったことが一度もないんだから」

ミス・ストラットハムは前かがみになると、ダミアンをじっと見つめた。

「でも、あなたはレディ・ミルフォードの屋敷の近くに馬車をとめて、ベアトリスを見ていたでしょう？　だからてっきり、ベアトリスが控えめで謙虚とはほど遠い女性だということを知っていると思ったの。彼女がローランド卿といちゃついていたのに気づかなかった？」

もちろん、気づいていた。けれどもダミアンの目には、あのときのレディ・ベアトリスの態度はごく自然に見えた。いかにも花嫁学校卒業を目前に控えた少女といった感じだった。

レディ・ベアトリスのとらえ方が、自分とミス・ストラットハムでは大きく異なっていたのは驚きだ。だが、ダミアンはそれとは別の理由で衝撃を受けていた。

「きみはわたしに気づいていたのか？」

「ええ。黒い外套に帽子姿のあなたはとても不気味に見えた。それにあのあともあなたは尾行を続けて、ベアトリスが家に入るまでじっと見ていたでしょう？」ミス・ストラットハムが目を細め、ゴブレット越しにダミアンを見つめた。「あなたには何か不吉なものを感じていたの。わたしの勘が当たったわね」

目立たないよう尾行していたつもりなのに。ダミアンはミス・ストラットハムを軽く見ていた自分を呪った。なんてことだ。今やこの女は、予想をはるかに超えた危険きわまりない存在になりつつある。わたしの計画も頓挫しかねない。

ダミアンはそっけなく言った。「だから次の日、きみはいとこのドレスを着て、彼女の代わりに仕立屋へ行ったんだな？　わたしからレディ・ベアトリスを守るために、わざと彼女のふりをしたんだろう？」

ミス・ストラットハムはまばたきをすると、かぶりを振った。「違うわ。さっきも言ったとおり、わたしは仮縫いのために出かけたの。それに予定が急に変わらなかったとしても、ベアトリスを連れて外には出かけなかったと思うわ。だって……」

「だって？」

ミス・ストラットハムが突然困った表情になった。暖炉の火を見つめたあと、ふたたびダミアンに目をやって口を開く。「あの日の前の晩、ウォルトがわたしの部屋にやってきて、しばらくベアトリスを家から出すなと言ったの。ウォルトはわたしの伯父、つまり伯爵が自分の許しもなしにレディ・ミルフォードを訪問したベアトリスに罰を与えるため、外出禁止にしたと言った。でもそのとき、ウォルトが嘘をついているように思えたの」ダミアンの目をまっすぐ見て言葉を継いだ。「今なら、なぜウォルトがあんなことを言ったのか、よくわかるわ。彼はあなたを警戒していたのよ。あなたが妹に危害を加えようとしていることを知っていたんだわ」

「危害を加える気などなかった」ダミアンは反論した。「ウォルトが身代金を払うまで、一時的に妹の身柄を拘束しようとしただけだ。やつが身代金をよこしたら、レディ・ベアトリスを屋敷へ帰すつもりだった。そうすれば、誰に気づかれることもない」

「わたしの祖母と伯父が、ベアトリスが消えたことに気づかないとでも思ったの？　それに使用人たちが噂話を広めないとでも？　ベアトリスがいなくなったら、ほんの数時間で社交界じゅうの噂になったはずよ。あなたがベアトリスを誘惑しようとしまいと、彼女の評判は台なしになっていたに違いないわ。まだデビューもしないうちから！」

ダミアンはわき起こる罪悪感を無視した。「ばかな。社交シーズンはまだはじまってもいない。だから社交界で、レディ・ベアトリスが姿を消したことに気づく者などいないはずだ。それにロンドンを発つ前、ウォルトには彼女の評判を守るための指示を出しておいた。妹が病気の友人を看病するためにロンドンを離れたという作り話をするようにとね。頭が空っぽでなければ、ウォルトは言われたとおりにしているはずだ。きみのために」

ミス・ストラットハムは音を立ててゴブレットを長椅子に置いた。「頭が空っぽなのはウォルトじゃなくてあなたよ。そんなばかげた言い訳、誰も信じるはずがないわ。あなたは自分のポケットをお金でいっぱいにするためだけに、若いレディの評判を危険にさらそうとしたのよ！」

事情を何も知らないミス・ストラットハムに非難されて、ダミアンは悔しさのあまり、つい言い返さずにいられなかった。「金のためにやったんじゃない。盗まれたものをウォルトから奪い返すためだ。先週も、盗んだものを返すチャンスをウォルトに与えたが、やつは断った。だから、返さざるを得ない状況に追いこもうとしたんだ」

「盗んだもの？　ウォルトは何を盗んだの？」

ダミアンは暗闇のなかを行きつ戻りつした。詳しい話はなるべくしないほうがいい。この口やかましい女に、過去をあれこれ詮索されたくない。「そんなのはどうでもいい。ところで教えてほしいんだが、きみとウォルトはどれくらい仲がいいんだ？　当然、やつはきみを救わなければと考えているんだろうな？」

ミス・ストラットハムは開きかけた唇を引き結び、目を伏せた。暖炉の火灯りに、いかにも不安そうな顔が照らしだされる。その表情を見て、ダミアンは勝利への希望が急速に消えていくのを感じた。

ミス・ストラットハムがふたたびダミアンを見たとき、彼女は冬の海のごとく荒涼とした表情を浮かべていた。「ウォルトはわたしのいとこよ。でも、仲がいいとは言えないわ。彼が身代金と引き換えにわたしを取り戻そうとするかどうか、正直言ってわからない。すべては、その品物の価値で決まるはずよ。あなたが返すよう求めているのは、とても高価なものなの？」

そのとき、ダミアンは気づいた。どうやらミス・エリー・ストラットハムは、ペニントン伯爵家でさほど大事にされていないらしい。おそらく使用人としてはあの家族の役に立っていたのだろうが、だからといって彼らがミス・ストラットハムを価値ある存在と認めているとは思えなかった。そして明らかに、ミス・ストラットハムもそのことに気づいている。

いまいましいウォルトめ！　小ずるいあの男のことだから、いとこを見捨てようとするかもしれない。ならば、伯爵はどうだ？　もし自分からは何もしないつもりなら、ウォルトはミス・ストラットハムが誘拐されたと父親に話さざるを得なくなる。だが、ペニントン伯爵は礼節に厳しいことで有名だ。ミス・ストラットハムのことをすでに体面が汚されたと考え、自分たちから切り離そうとするかもしれない。そう、かわいい娘のレディ・ベアトリスをスキャンダルに巻きこまないために。

ダミアンは髪に指を差し入れた。もし誰も迎えに来なかったら、この女をどうすればいい？　考えるのに時間が必要だ。とりあえず今は、彼女には真実を教えておいたほうがいいだろう。

「盗まれたのは鍵だ。ウォルトにとってはなんの価値もない。だが、わたしにとってはとても価値あるものだ」

ミス・ストラットハムがぼんやりとダミアンを見た。沈黙のなか、聞こえるのは暖炉で火がはぜる音と、扉に吹きつける風の音だけだ。次の瞬間、ミス・ストラットハムは突然立ちあがると、信じられないとばかりに尋ねた。「たかが鍵のためにわたしを誘拐したの？」

「ただの鍵じゃない。子どもの頃に与えられた鍵なんだ」ダミアンは答えた。自分の複雑な事情について話すつもりはさらさらなかった。赤ん坊のときに置き去りにされ、ミムジーに育てられたことも、その鍵が顔も知らない両親に通じる唯一の手がかりであることも。自分の過去を知りたい。知りたくてたまらない。だが、そんな切なる欲求は誰にも理解できないだろう。しかも、過去を知りたいのは自分のためだけじゃない。

リリーのためでもある。

鎧《よろい》で固めたはずの心が、ふと折れそうになる。リリーには、かつてのわたしみたいな思いをさせたくない。与えられるものはすべて、惜しみなく与えるつもりだ。先祖にまつわる知識も含めて。

だが、そういう自分の気持ちを、わざわざ声高に言う気はない。特にミス・エリー・ストラットハムの前ではなおさらだ。弱みにつけこまれるだけだろう。

ダミアンは言葉を継いだ。「それに自分のものを盗まれたまま、おとなしくしているつもりはない」

「でも、あなたは伯爵家からベアトリスを盗もうとしたわ」

「ああ。ウォルトに鍵を返させるためなら、どんなことでもする」

ミス・ストラットハムが眉をひそめて唇を引き結ぶ。厳格な家庭教師のような表情だ。

「それはなんの鍵なの？　宝物庫の鍵？　そんな古い鍵にこだわるのはなぜなの？」

「悪意を感じたからだ。わたしが大切にしていることを知りながら、ウォルトは鍵を奪った」ダミアンは一歩ミス・ストラットハムに近づいた。「きみだってウォルトのことをよく知っているだろう？　やつが尊敬すべき紳士とは言えないことに気づいているはずだ」

ミス・ストラットハムは一瞬目を大きく見開き、暗い表情を浮かべた。だが次の瞬間、ぴしゃりと言った。「それをいうなら、あなたがでしょう？　どう考えても尊敬すべき紳士とは言えないわ」

ミス・ストラットハムの皮肉にも気づかないまま、ダミアンはめまぐるしく考えた。先ほど彼女の顔によぎった暗い表情はなんだろう？　ウォルトはミス・ストラットハムに手を出そうとしているのか？　いとこに無理やり関係を迫っているのか？　面倒を見ているのをいいことに、貧しい女性を自分の言いなりにしようとしているんじゃないだろうか？

わたしには関係のないことだ。ダミアンは自分にそう言い聞かせた。ミス・ストラットハムの私生活は、わたしの目的とはなんの関わりもない。ただし、自分が優位に立つための情報を引きだせるなら、話は別だ。

「もしかすると、きみは鍵を見たことがあるんじゃないのか？」ダミアンはさりげない口調で尋ねた。「とても珍しい形なんだ。一方の端に鍵の歯が三つついていて、もう一方の端には、渦巻き模様の中心に王冠が刻みこまれている。ペニントン・ハウスのウォルトの部屋に置いてあるかもしれない」

ミス・ストラットハムは頬を紅潮させて腕組みすると、ダミアンをにらみつけた。「言っておくけど、わたしはウォルトの寝室には一歩も足を踏み入れたことがないの。もちろん、彼の持ち物をあさったこともないわ」

ミス・ストラットハムの過剰反応を見て、ダミアンは考えた。やはり彼女はウォルトにつけこまれているのだろうか？　それとも、ただわたしが憎らしいだけなのだろうか？「許してほしい。きみを侮辱する気はなかった。ただ、何かの用事でウォルトの部屋を訪ねたことがあるんじゃないかと思っただけだ。もしやつが鍵を自分の部屋に置いていたら――」

「もしそうだとしても、わたしは一度も見たことがないわ。でも、こうするのはどう？　わたしを今すぐロンドンに返してほしいの。そうしたら、あなたの鍵を捜してあげるわ」

無表情を保ってはいたものの、ダミアンは、瞳に決然とした光をたたえているミス・ストラットハムに感心せずにいられなかった。しゃくに障るが、この女の勇気はたいしたものだ。こんな状況に置かれたら、たいていの女は涙に暮れるしかないだろう。

とはいえ、この女はわたしを警察に突きだすかもしれない。もし彼女がレディ・ベアトリスならば、わたしの身は安全だ。娘の純潔を奪われたからと、伯爵がわたしを警察へ突きだすこともないだろう。だが使用人同然のいとことなると、話が変わってくる。

「きみを信用しろというのか？　いったいなぜだ？」

「鍵を取り戻すための方法がそれしかないからよ」ミス・ストラットハムが厳しい声で答えた。「率直に言わせてもらえば、ウォルトがロンドンでの楽しい生活を中断してまで、鍵を返しに来るとは思えないわ。妹のためなら、そうしたでしょう。でも、わたしのためにはそこまでしないはずよ。あなたも認めたほうがいいと思うの。そのほうが、ここで届かない鍵を何週間もじっと待っているより、ずっと賢明だわ」

彼女の言うことはもっともだ。だがダミアンは自分の計画の失敗が悔しくてたまらず、今ここでそれを認めたくなかった。いらだちのあまり、頭をのけぞらせ、うなり声をあげたい衝動に駆られた。そう、要塞の外で吹き荒れる強風のように。

ダミアンはテーブルからオイルランプをつかむと、ミス・ストラットハムのほうへ突きだした。「嵐がひどくなる前に、塔へ戻るんだ。返事は明日の朝にする」

9

エリーは薄暗い寝室で目覚めた。窓に叩きつける雨音が聞こえている。空気はぴんと張りつめたように冷たいが、毛布のなかはあたたかい。頭上にある天蓋と背の高い寝台の支柱にかけられた深緑色のベルベット生地を見つめ、ふと考える。どうして子ども部屋の狭いベッドではないのだろう？

あくびをし、肘をついて起きあがると、石造りの曲がり壁を見て目をしばたたいた。ぼやけていた視界がしだいに晴れ、やがて暖炉前にいる、フリルのついた白い帽子をかぶった肉付きのいい女性に目がとまった。かがみこんで、火をかき起こしている。たちまち昨夜の出来事が脳裏によみがえった。一瞬とはいえ、どうして忘れてしまったのだろう？　悪魔の王子の城に監禁されてしまったことを。

「ミセス・マクナブ、おはよう」

年老いた使用人は肩越しにエリーのほうをちらりと見て、にやりとした。「もうお昼ですよ。こんなに長いあいだ眠ってるなんて、さぞすてきな夢を見てたんでしょうね」

「お昼？」その言葉で、エリーは完全に目が覚めた。伯爵家では日々の家事をこなすため、夜明け前に起きるのがふつうだった。でも、ここでわたしがすべきことはほとんどない。絶対にやり遂げなければならない仕事は、ただひとつだけだ。

ダミアン・バークを説得して、解放してもらうこと。

エリーは重い上掛けをはねのけ、ベッドから抜けだした。素足に触れる床の冷たさも気にせず、衣装箪笥に駆け寄ると両開きの扉を開け、一着のドレスを取りだした。

ミセス・マクナブが急いで脇へやってくると、青いシルクのドレスをエリーから奪った。

「お嬢様、こんな寒い日にはあたたかくしてないと。何をそんなにあわててるんです？」

「あなたの雇い主と話さなければならないの。今日、ロンドンへ帰ることになるかもしれない」

悪魔の王子がそう約束したわけではない。とはいえ、エリーは楽観的な見通しを持っていた。昨日の夜、取り引きしようと持ちかけたとき、彼はわたしをにらみつけて、はっきりした返事はしなかった。でも、結局はわたしの意見に同意するはずだ。そうせざるを得ないのだから。そう、悪魔の王子もいいかげん認めるべきだ。誘拐に失敗したことも、この城でぐずぐずしていてもしかたがないことも。

ミセス・マクナブが疑わしげな表情を浮かべた。「ロンドンへ帰る？　どうしてです？　外はひどい嵐ですよ。こんな天気の日に船を出すのは頭がどうかした者だけです」

ミセス・マクナブの正しさを裏づけるかのように、一陣の強風が煙突から吹きこみ、暖炉の火を揺らした。見あげると、びしょ濡れの細長い窓から重苦しい灰色の雲が見えた。

「そうなの？　本当はそんなにひどいお天気じゃないんでしょう？」

「いいえ、ひどい天気です。そんな格好をしてたら、すぐに風邪を引いてしまいますよ、お嬢様。お湯の入った水差しを持ってきたので、わたしがいちばんあたたかいペチコートを探してるあいだに顔を洗ってください」

ミセス・マクナブはエリーの肩にやわらかなクリーム色のショールをかけると、促すように洗面台のほうへそっと体を押した。まるで母親がするような助言に、エリーも素直に従った。洗顔を終える頃には、ミセス・マクナブはベッドの上に衣類を並べ終えており、それからエリーが着替え終わるまではあっという間だった。

髪を整えるために化粧台へ腰をおろしたエリーは、楕円形《だえん》の姿見に映る暗緑色のドレス姿のレディを見て驚いた。こんなに優雅で美しいドレスが着られるなんて、なんだか不思議だ。それに、うれしくてわくわくする。とはいえ、襟ぐりが深くくれたデザインのせいで、胸が露出しすぎている気がして落ち着かない。エリーはショールで胸が隠れるようにした。

ダミアン・バークが社交界から締めだされたのは、無垢なレディを誘惑したからだ。そんな悪党なら、ためらいもなく、か弱い女性たちを欲求のはけ口にするに決まっている。もちろん、わたしに対してはそういう気にならないだろう。

〝遠くからだと、きれいに見えたのに……〟

薬でもうろうとした状態から目覚めた瞬間、最初に耳にしたダミアン・バークの言葉だ。明らかに、悪魔の王子は美しい女性が好みなのだろう。わたしにとってはありがたい。悪名高いろくでなしに手出しされる心配をしなくてすむのだから。

ふいに、ダミアン・バークの体の感触が鮮やかによみがえった。昨夜、激しく抵抗するわたしをとめようと、巨大な岩に押しつけられたときに感じた大きくて力強い体。背中に押しつけられた胸は鉄板のように硬く、脚もオーク材の柱のように太くどっしりとしていた。今まで生きてきたなかで、あれほど動揺したことはない。彼の筋肉質の体を思いだすと、今もへなへなとくずおれそうになる。よく心に刻みつけておいたほうがいい。悪魔の王子はわたしを簡単に征服してしまえるのだと。

ミセス・マクナブの声で、エリーはわれに返った。「さあ、火のそばに座って、早く朝食を召しあがってください。そのあいだ、わたしはひと仕事片づけてきますから」そう言うと、ミセス・マクナブはショールを巻きつけ、部屋から出ていった。

グーズベリージャムを添えたあたたかなスコーンと濃い紅茶という朝食を終えると、エリーは元気を取り戻した。さあ、これから悪魔の王子に戦いを挑まなくては。外套とブーツを身につけて、勢いよく寝室から出る。けれども次の瞬間、エリーは驚きに目を見開いた。ちょうど向かい側に別の扉があったのだ。

昨日の夜は暗すぎて、この扉に気づかなかった。興味を引かれて扉を開けたとたん、肌を刺す冷たい突風が吹きこんできた。外をのぞいてみると、城のてっぺんにある銃眼付きの胸壁が見えた。ぐるりとめぐらされた城壁のあいだには狭い通路があり、遠く離れた別の塔へと通じている。

こんな高い場所から海を見おろしてみたい。そんな衝動を覚えたものの、荒れ狂う風と吹きつける冷たい雨のせいで考え直した。海を見おろすのは、嵐がおさまってからのほうがいい。エリーは扉を閉めると、石造りの螺旋階段をおりはじめた。

階段の吹き抜けは薄暗かったが、ありがたいことに、今日はろうそくを持つ必要はなかった。ゆるやかなカーブを描く壁には等間隔で細長い切りこみが入れられ、そこから絶え間なく冷気と雨が吹きつけてくる。どっしりとした石造りにもかかわらず、どこからか波が砕け散る音と風の咆哮《ほうこう》がかすかに聞こえた。

夜のあいだに、嵐はいっそう勢いを増したらしい。エリーは不安になった。とはいえ、ロンドンへ帰るのをあきらめたわけではなかった。少し時間が経てば、嵐もおさまるだろう。運がよければあと一、二時間で、雲の合間から太陽が顔を出すかもしれない。

ロンドンで誘拐されてから、今日で四日経ったことになる。不在の時間が長引くほど、事態はますます悪くなってしまう。ウォルトはわたしがいないことをごまかすために、何か言い訳をしてくれているかしら？　もしウォルトがそうしていなかったら、悲惨な結果が待っている。ベアトリスのシャペロンには不適切という理由で、わたしはペニントン・ハウスから追いだされてしまう。

エリーはたちまち心配になった。童話はまだ完成にはほど遠い。自活するには準備不足だ。いったいどこへ行けばいいの？　評判が汚された女など、どこも雇ってはくれないだろう。わずかばかりの蓄えは、すぐに底をついてしまうに違いない。

エリーは大きく深呼吸をして、冷たく湿った空気を吸いこんだ。落ち着きを失ってはだめだ。取り乱しても、ますます状況が悪化するだけ。今はダミアン・バークを説き伏せて、この島から脱出することに意識を集中させなければ。

厳しい顔つきやぶっきらぼうな態度にもかかわらず、ダミアン・バークは理性的な男性に思える。話し方も上品だし、礼儀正しい。夜中に話をしていたときも、わたしに手をあげたり痛めつけようとしたりしなかった。それどころか、鍵を盗んだウォルトに対して、本気で腹を立てているように見えた。激怒のあまりウォルトの妹の誘拐を企てたという説明も、妙に説得力があった。

苦境に立たされているにもかかわらず、エリーはダミアン・バークの無謀な計画に興味を覚えていた。いったいなぜ、その鍵がそんなに重要なのだろう？　悪魔の王子にとって、鍵はどんな意味を持つの？　子どもの頃に与えられた鍵だと言っていたけれど、なぜ今になって取り返そうという気になったの？

ダミアン・バークの話によれば、ウォルトは悪意から鍵を盗んだのだという。あのふたりは長いあいだ反目しあっていたのかしら？　もしそうなら、どうして？　わたしはウォルトの私生活について、詳しいことはほとんど知らない。知っているのは、いつも金欠状態であることだけ。四六時中、父親の屋敷を出て独立する資金の余裕がないとこぼしている。もしかして金庫か、銀行の金庫室の鍵なのかしら？　ウォルトは賭博で作った借金を、伯爵に知られる前に返すためのお金を必要としているのでは……？

次々と疑問が頭に浮かぶなか、エリーは階段のいちばん下までおりた。なかなかはずれない錠と格闘していると、オーク材のどっしりした扉が突然開いた。はっと息をのみ、あわてであとずさる。

扉の向こうに立っていたのは、悪魔の王子だった。

エリーの心臓は早鐘を打ちはじめた。背が高く肩幅ががっしりしたダミアン・バークは、黒くて分厚い上着に磨かれた膝丈のブーツ姿で、実際よりもさらに大きく見える。帽子はかぶっておらず、黒髪が風になびき、前髪がはらりと垂れている。階段の吹き抜けの薄明かりのなか、彫りの深い顔に浮かんでいるのは敵意の表情だ。

ダミアンは緑がかった灰色の目で、エリーの全身をすばやく一瞥した。

「また逃げようというのか、ミス・ストラットハム？」

エリーは外套の襟をかきあわせた。礼儀正しくしなければならないのは百も承知だ。けれども、ダミアンのあざけるような態度に神経を逆なでされた。「いいえ、これであなたを捜す手間が省けたわ」硬い口調で言葉を継ぐ。「わたしをロンドンへ戻すという話がどうなったのか、ききに来たの」

「だめだ。そんな話にのるわけにはいかない」

そう言うと、ダミアンはエリーに背中を向け、前かがみになって扉の錠に目を据えた。エリーは思わず歯を食いしばった。なんて無礼で頭が固い男なの！　結局、悪魔の王子は、ウォルトが身代金を届けに来るのをここで待つことに決めたのだろう。この男はウォルトのことをよく知らないんだわ。エリーは苦々しい気分で考えた。ウォルトが放蕩三昧のロンドンを離れて、こんなへんぴな場所までわざわざ出向くはずがない。これほど天気が荒れているのだからなおさらだ。郵便で鍵を返送してくる可能性もなくはないけれど、そんなわずかな可能性にすがるつもりはない。ここから早く出たい。一刻も早く。

そのとき、エリーはダミアンが小さな缶を持っているのに気づいた。缶の注ぎ口を錠に向け、なかの液体を少量かけてから、ぼろ布で拭きとっている。エリーは両手を汚して作業するダミアンの様子をじっと見つめた。これは使用人にさせるべき仕事では……？

「何をしているの？」エリーは尋ねた。

「錠が錆びているから、油を差したんだ。さあ、部屋に戻ったほうがいい。今日は寒いし、湿気も多い。うろうろするには向かない日だ」そっけなく言うと、ダミアンはふたたび作業に集中した。

エリーは唇を引き結んだ。なんて傲慢な物言いだろう。自分の命令にはおとなしく従えと言いたいのね。思いきり非難してやりたいところだけれど、今のわたしにはどうしても悪魔の王子の助けが必要だ。ここはこらえて、彼の反感を買わないようにしなければならない。

「あなたも今の状況がよくわかったはずよ」エリーは冷静な声で話しかけた。「わたしがレディ・ベアトリスではない以上、ウォルトが身代金を届けに来るとは思えない。わたしを拘束しておいても意味がないと思うの」

ダミアンが不満そうにうめく。よかった、とエリーは思った。少なくとも、彼は話を聞いてくれているんだわ。

エリーは辛抱強く言葉を継いだ。「こうなったことにあなたが腹を立てているのはよくわかる。でも、起きてしまったことはどうにもならないわ。だからこそ、今は理性的になる必要があると思うの。この島に残ったままでは、あなたは鍵を取り戻せない。でも、今すぐロンドンへ返してくれたら、わたしがあなたの鍵を捜すわ」

ダミアンが何かつぶやいた。嵐にかき消されてなんと言ったのかわからないが、どうやらこちらを疑っている様子だ。

「出発は早ければ早いほどいいと思うの」エリーはまた口を開いた。「ここへは船で来たのよね。船は今どこにあるの？　近くにとめてあるのかしら？　嵐がおさまり次第、船に乗れば――」

「ここに船はない」ダミアンが肩越しに答えた。うなるような声だ。「港に戻した」

「港？　どこにあるの？」

「ここから二キロほど離れた場所だ。こんな荒れた天気だと、連絡を取るすべがない。わかったかい、ミス・ストラットハム。どんなにわめいても、ここからは出られないんだ。少なくとも当分のあいだは。それでは、失礼する」

油の缶を手にしたダミアン・バークは大股で出ていくと、エリーの面前で扉を閉めた。

エリーは啞然《あぜん》としたまま突っ立っていた。ここからは出られない？　〝少なくとも当分のあいだは〟というのはどういう意味なの？　こんなところにいつまでも閉じこめられてたまるものですか！

　昨夜とは違い、油を差したばかりの錠は簡単にはずれた。スカートの裾をつまみ、エリーは急いでダミアンのあとを追った。悪魔の王子はすでに細長い通路のかなり先を歩いている。追いつくためには、小走りにならざるを得なかった。

「待って！」エリーは叫んだ。「わたしたちを船まで連れていってくれる漕ぎ船はないの？」

　薄暗がりのなか、ダミアンが立ちどまり、軽蔑した表情でエリーをちらりと見た。

「たとえ漕ぎ船があったとしても、こんな嵐のなか、海に出るのは自殺行為だ。一分もしないうちに水浸しになってしまうだろう。あっという間に転覆して、溺れ死ぬのがおちだ」

「たかが嵐でしょう？　じきにやむはずよ」

「わたしたちがいるのは北海だ。ここの冬の嵐は数日間続くんだよ」

　数日間！　エリーは心がずしりと重くなるのを感じた。本当にここに閉じこめられてしまうの？　悪魔の王子と一緒に？　いつ出られるかもわからないまま？

　そんな運命は受け入れられない。ウォルトがわたしの不在をどう説明しているか、どうしても確かめなければ。ああ、考えただけで恐ろしい。病気の友人を看病するためにロンドンをあとにしたという作り話を、伯父が信じるはずがない。それに抜け目がない祖母も。ふたりに詰問されれば、ウォルトは一も二もなく白状してしまうだろう。実はエリーは、若いレディをそそのかして社交界から追放された悪党に誘拐されたのだと。

　今から六、七年前、ウォルトがその噂話を祖母に得意げに聞かせたとき、偶然エリーもその場にいた。伯爵夫人が悪魔の王子を手厳しく非難したのは言うまでもない。まさにその男に誘拐されたと知ったら、祖母や伯父はどう思うだろう？　エリーは気分が悪くなった。何も悪いことはしていないのに、わたしの評判は地に落ちてしまう。取り返しがつかないほどに。伯父たちはわたしとの縁を切るかもしれない。

すぐ前では、ダミアン・バークが中庭へと続くアーチ道を足早に歩いている。だが外へ出ようとはせず右に曲がり、エリーが昨夜は気づかなかった別の扉へと進んだ。

エリーはあわててダミアンのあとに続いた。そう簡単に追い払われてたまるものですか。もし、どうしてもここに閉じこめるつもりなら、ある程度詳しい事情を聞かせるのが筋でしょう？

エリーが開かれた扉を通り過ぎると、中庭からいきなり冷たい突風が吹きつけ、足を取られそうになった。身を震わせたエリーは急いでダミアンのあとを追い、暗い地下道へ入った。やがて、どっしりとしたオーク材の扉が見えてきた。ダミアンに続いて扉をくぐり抜けると、そこに広がっていたのは高い天井の部屋だった。

ダミアンが立ちどまって扉の蝶番に油を差すあいだ、エリーは周囲を見まわしてうっとりとした。ゆっくりと前に進みでると、石造りの壁に足音がこだました。部屋の両側には石造りのベンチが何列か並べられ、通路の先にある高窓に飾られているのは美しいステンドグラスだ。赤みがかったやわらかな金色の光が、ステンドグラスを通って石造りの祭壇に落ちている。エリーはかがみこみ、手袋をはめた指先で、祭壇の台座に掘られた繊細なケルトの十字架をなぞった。

「なんて美しい部屋なの」エリーは肩越しに言った。「ここは礼拝堂なのね」

「よくわかったな」

エリーはダミアンの言葉にこめられた皮肉に気づいた。通路を引き返し、ダミアンの面前で立ちどまると、頭を傾けて彼をにらみつけた。「あなたが悪魔の王子と呼ばれるのも当然だわ。あなたみたいに無礼きわまりない人に会ったのははじめてよ。それに言わせてもらえば、わたしはあなたに会いたくてここに来たわけじゃない。あなたのせいでここに閉じこめられているのよ。わたしの人生を台なしにしたんだから、せめて礼儀正しい態度で接してくれてもいいでしょう?」

ダミアンがエリーをにらみつけた。厳しい表情だ。瞳が宝石の原石のように光を放っている。やがて不満げに唇を引き結んだ。「それはすまなかった、ミス・ストラットハム。もしわたしの態度が気に食わないなら、さっさと寝室に戻ればいい」

「いいえ、あなたは質問に答える義務があるわ」

ダミアンは半ば目を閉じたまま、しばしエリーを見おろすと、扉の前にかがみこんで下の蝶番に油を差しはじめた。「質問だと?」

湿ってくしゃくしゃになった黒髪を見おろしながら、エリーは奇妙な衝動を覚えていた。手を伸ばして、指で彼の髪をすいてあげたい……。はっとわれに返り、手袋をはめた両手をきつく握りしめる。「ゆうべ、ウォルトが悪意を持って鍵を盗んだという話は聞いたわ。でも、それ以上詳しいことは何も聞かされていない。教えて、なぜウォルトはあなたに悪意を抱いているの？」

「話せば長くなる。いろいろとあってね」

「すべて話し終わるのに数日はかかるというような口振りね。それでもいいから、最初から教えて。あなたたちふたりはどこで知りあったの？」

ダミアンが用心深い目でエリーを見あげた。「イートン校の一年生のときだ。当時、わたしは体が小さくて、痩せこけていた。ウォルトにいじめられていたんだ」

エリーは頭のなかで、今のふたりを比べてみた。

「だけど、今のあなたはウォルトよりもずっと体が大きいわ」

「ああ。一年生の夏以降、急に背が伸びはじめたんだ」その言葉を裏づけるかのように、ダミアンがすっくと立ちあがった。「おかげで、ものの数分でウォルトをやっつけられるようになった。すると、あいつはわたしを痛めつけるのをやめて、今度はちょくちょくわたしの持ち物を盗むようになったんだ」

そう言うと体の向きを変え、大股で礼拝堂から出ていった。

驚くべき告白を聞いて、エリーは目を大きく見開かずにいられなかった。あわててダミアンのあとを追いかける。「待って。ウォルトがあなたから鍵を盗んだのは学生時代なの？」

「ああ」

「でも、もう一五年も経っているわ！　なぜウォルトがまだ鍵を持っていると考えたの？」

「鍵のことを尋ねたとき、やつが心当たりのありそうな顔をしたからだ。あいつは嘘をつくのが下手だからな」

　湿っぽくて寒い通路を進みながら、エリーは必死に頭をめぐらせた。

「こんなに時間が経った今になって、どうして鍵を取り戻そうと思ったの？」

「もちろん、学生時代にも鍵を取り戻そうといろいろ手を尽くした。ウォルトの持ち物のなかを捜してみたが、鍵はどこにも見当たらなかった。やつが言うには、わたしが絶対に見つけられない場所に鍵を隠したらしい。だから、機が熟するのを待とうと決めたんだ。自分が主導権を握れるようになるまで」

　ダミアンの冷たい表情を見て、エリーは寒けを覚えた。悪魔の王子は大切な鍵を奪い返すためなら、どんなことでもするつもりでいる。きっと、そうやすやすとはわたしを解放してくれないだろう。

「あなたは主導権を握ってはいないわ。だって、わたしはウォルトの妹じゃないんですもの。前にも言ったけど、ウォルトはわたしを助けようとは考えないはずよ」

「だが、きみの伯父か祖母が助けようとするはずだ。もううるさくつきまとうのはやめてくれ。さもないと、地下牢に閉じこめるぞ」

　そう言うと、悪魔の王子はアーチ型の出入口を通り過ぎ、急ぎ足で嵐の吹きすさぶ中庭へ出ていった。

10

エリーは激しく叩きつける風雨のなか、石造りのアーチ道に立ち尽くして、遠ざかる悪魔の王子を見送った。ダミアン・バークは荒れ狂う嵐をものともせず、まっすぐ突き進んでいく。土砂降りだというのに、頭をかがめようとさえしていない。大股で中庭を横切ると、鉄格子のはまった窓がある背の高い要塞へと消えていった。

侮蔑の念を覚えながら、エリーは心のなかでつぶやいた。悪魔の王子め、今日のところは隠れ家へ逃げ帰るのを許してあげるわ。それにしても、あんなにかっとなるなんて、子どもみたい。

もし嵐のせいで数日ここに閉じこめられるとすれば、またダミアン・バークに質問する機会もあるだろう。まずは、彼がなぜあれほど冷淡で無慈悲な男性になったのかを知りたい。少年時代にいじめられたから？　それとも無垢な若いレディを誘惑して、社交界から追放されてしまったから？

それに悪魔の王子はどういう家庭環境で育ったのかしら？　どうやって収入を得ているの？　この城を手に入れたいきさつは？　誰かから受け継いだのか、それとも借りているの？

そびえたつ小塔と胸壁を見あげながら、エリーはぼんやりと考えた。塔にある自分の寝室には戻りたくない。午後いっぱい、読書で時間つぶしをするのはあまりに退屈すぎる。悪天候にもかかわらず、エリーは城のなかを探検してみたくてたまらなかった。せっかくのチャンスですもの、そうしたってていいわよね？　城を詳しく観察すればするほど、細部にまでこだわった童話の挿し絵が描けそうだわ。

エリーは礼拝堂から離れ、通路を進んでいった。スケッチブックと鉛筆があればいいのに。城の通路の薄暗い雰囲気や、荒削りな石の質感、それに壁一面を絨毯のように覆っている緑の苔《こけ》の様子を紙に残しておきたい。閉ざされた扉に行き当たり、そっとなかをのぞいてみると、物置部屋だった。ぼんやりと浮かびあがった影から察するに、どうやら石弓や槍《やり》、槍の柄《え》、幅広の剣などの古い武器が雑然と置かれているようだ。

恐る恐る一本の長い剣を手に取った瞬間、エリーはあまりの重さによろめいた。一刻も早くわたしをここから解放するよう、この剣でダミアン・バークを脅すのはどうかしら？　一瞬、そんな想像をめぐらせてみる。けれども、すぐに思い直した。そんなことをしても無駄だ。嵐がおさまらないかぎり、ここからは出られない。

とはいえ剣を手にしたことで、体の内側から力がわいてくる気がした。まるで勇ましいヒーローになった気分だ。手袋をはめた両手で柄をしっかりと握りしめ、外套の裾をひるがえしながら、試しに何回か剣を宙で振ってみる。そう、わたしはアリアナ王女。部屋に侵入してきた、邪悪なネズミ王子と戦うのよ――。

王子?

とんでもない。人間の大きさをしたネズミは、最近ひらめいた空想上の生き物にすぎない。家路をめざす王女によって殺される、ただの脇役。ネズミが王子になるわけがない――ただし、魅力的なネズミなら話は別だ。

そう考えた瞬間、エリーは想像力をかきたてられた。剣を壁に立てかけ、じっくり考えはじめる。童話に新たな展開を加えるのはどうかしら? たとえば冷酷で無慈悲な王子がいて、ある日、罰として魔法使いから魔法をかけられてしまったというのはどう? 魔法を解く方法はただひとつ、王子みずからが愛の大切さを証明すること。それなのに、いくら努力しても王子は魔法を解くことができない。なぜなら巨大なネズミの姿を見たとたん、人々は悲鳴をあげたり、殺そうとしたりしてしまうから。それでもなお、ネズミ王子はあきらめない。アリアナ王女のハートを射止めてみせると心に決め、彼女の部屋に忍びこんだ人食い鬼を退治しに駆けつける……。

物置部屋の扉を閉め、エリーは思わず笑みを浮かべた。ふたたび通路を進みながら心のなかでつぶやく。ダミアン・バークは知る由もない。わたしの童話の新たな登場人物のモデルが自分だということを。しかも、その登場人物を自分の思いどおりに動かすのに、わたしがこれほどの喜びを覚えていることも。

現実の世界も思いどおりに動かせたらいいのに。でも残念ながら、彼はいつだって無愛想な悪党のままだ。それに本という虚構の世界から一歩外に出れば、ネズミはただのネズミにすぎない。

別の塔の入口にたどりついたエリーは、近くに誰かいないかと呼びかけてみた。けれども、声は階段の吹き抜けにうつろに響くだけだ。見あげると、石造りの螺旋階段はところどころ崩れている。塔のてっぺんまでのぼるのはあきらめた。

これほどひどい嵐でなければ、胸壁まであがって、眼下に広がる海の景色を楽しめたのに。ダミアン・バークの話によれば、港はここからほんの二キロしか離れていないという。それなら土砂降りの雨のなかでも、陸地がちらりと見えるかもしれない。

悪魔の王子が言っていた地下牢を見たいと思い、エリーはさらに進んだ。けれど、あちこち探したものの、石造りの床のどこにも落とし戸は見当たらないし、地下へ通じる階段もない。たぶん、地下牢に通じる入口は要塞のなかにあるのだろう。もしそうなら、地下牢を探す冒険はしばしお預けになる。さすがに、悪魔の王子の根城である要塞を探検する勇気はない。

時間の感覚がなくなるほどうろうろしたあげく、長い廊下の端にある扉を開けた瞬間、エリーはようやく人の気配を感じた。少し開かれた扉から、おいしそうなにおいが漂ってくる。

エリーはなかをのぞいてみた。オイルランプに照らしだされているのは、居心地のよさそうな厨房だ。食器棚には陶器の皿がずらりと並び、隅にある開かれた戸棚には食料品が保管されている。一方の壁に備えつけられた巨大な暖炉の前にミセス・マクナブが立ち、火にかけた鋳鉄製の深鍋の中身をかきまぜていた。飾りけのない長テーブルで食事をとっているのはフィンという男性だ。ランプの灯りに禿げ頭が照らしだされている。

フィンはエリーに気づくとあわてて袖口で口元をぬぐい、長椅子から飛びあがった。腰を曲げて、昔風のお辞儀をする。「お嬢様！　何かご用ですか？」

木製のさじを手にしたミセス・マクナブが振り返る。「お嬢様！　ずっと心配してたんですよ。あなたが海に落ちたんじゃないかと旦那様に尋ねてきてほしいと、フィンに言ってたところなんです」

エリーは暖炉の火が恋しくて、思わず前に進みでた。寒さのあまり、体の感覚がほとんどない。指先はかじかみ、きついブーツのせいでつま先も痛かった。「城のなかを探検していただけなの。今の今まで、体が冷えきっていたことに気づかなかったわ」

「まあ、なんてこと」ミセス・マクナブが舌打ちした。「骨の髄まで冷えこんでしまったみたいですね。さあ、ここへ座ってください。何かあたたかいものを持ってきます」

エリーがテーブルに座ると、すぐにミセス・マクナブが紅茶を用意してくれた。あたたかな紅茶のカップを両手ではさみ、暖を取ってようやくひと息つく。フィンがボウルを持って立ちあがり、暖炉のそばへ移ったのを見て、エリーは声をかけた。

「ここにいてちょうだい。あなたの席を奪うつもりはないの」

「いや、わしがお嬢様と一緒の席につくなんて許されることじゃありません」

「そんなことはないわ。そこはあなたの席なんですもの」向かい側の席に戻ったフィンに、エリーは言った。「それはそうと、ミスター・バークから聞いたかもしれないけれど、わたしはレディ・ベアトリスではないの。いとこのミス・エロイーズ・ストラットハムよ。あなたたちの主人は、別人を誘拐してしまったの」

フィンはミセス・マクナブとちらりと視線を交わすと、驚いたようにぼさぼさの眉をつりあげた。しわだらけの顔をくしゃくしゃにして言う。「昨日、お嬢様がそう言ってるのを聞きました。でも、あのときは本当かどうかわからなかったんです。だけど、本当だったんですね。今日の旦那様が追いつめられたアナグマみたいに不機嫌なのも当然です」

ミセス・マクナブがフィンの隣に腰かけ、エプロンで顔をあおいだ。「きっと聖アンデレのご加護だよ！　これは旦那様に対する教えなんです。そんな不道徳な計画が成功するはずないって、わたしは旦那様に注意したんですよ。そうだよね、フィン？」

「ああ、そのとおりさ」フィンはミセス・マクナブの丸々としたピンク色の頬に軽くキスをした。「おまえが怒るとどれほど恐ろしいか、いちばんよく知ってるのはこのわしだ」

今度はエリーが驚く番だった。「あなたたちは夫婦なの？　でも、姓が違うわ」

「わしはフィン・マクナブといいます。フィンは姓じゃなくて、名前ですよ。旦那様がわしらのことをお嬢様に話さなかったのも当然です。何しろ、髭が生えはじめる前から、よけいなことはいっさいしゃべらない方だったんですから」

エリーは好奇心をかきたてられ、カップを両手で持ったまま身を乗りだした。

「ということは、あなたはミスター・バークの家族のために働いていたの？」

「いいや、旦那様には家族がいません。わしが旦那様と会ったのはイートン校です。そこで用務員をしてたんですよ。あの頃、旦那様は友だちがひとりもいない、かわいそうな少年でした」

家族も友だちもいない、かわいそうな少年？　エリーは心のなかで、少年時代のダミアン・バークを想像してみた。くしゃくしゃの黒髪の、不機嫌そうな顔つきをした少年。ウォルトにいじめられていたとはいえ、小さな頃から悪魔の王子は怒りっぽかったのだろう。だから、ほかの同級生たちからも疎んじられていたに違いない。

「彼はどういう子どもだったの？　今みたいに冷酷で気難しかったのかしら？」

「旦那様は冷酷なんかじゃありません」ミセス・マクナブが反論した。「辛辣になるときもあるけど、人を傷つけたりはしない方です」

「まあしかたない」フィンが相槌を打つ。「若いレディは見たままを真実だと考えるもんさ」

「ミスター・バークがわたしのいとこのグリーヴズ子爵、つまりウォルトを嫌っているのは知っているの。ふたりはイートン校の同窓生だったみたい。あなたはウォルトのことを覚えている？」

「ええ、もちろんです」フィンがうなずいた。「赤毛の大柄な子どもで、いつも取り巻き連中と一緒にいました」

「取り巻き連中？」

フィンはためらったあと、ピューター製のスプーンでボウルの中身をかきまぜた。「あなたのいとこのことを悪く言いたくはないですが、あまり評判がよくありませんでした。取り巻き連中と一緒に、いつも体の小さな子をいじめてたんです」

ダミアン・バークの話と重なる。エリーはもっと詳しいことを知りたくなった。

「あなたの雇い主はウォルトに鍵を盗まれたと言っていたわ。本当なの？」

「ええ。そのとき、はじめてわしは旦那様と出会ったんです」

「それなら、あなたは目撃者なのね？」エリーは熱をこめて言った。「もしよければ、そのときの話を詳しく聞かせてもらえないかしら？」

フィンは真顔でエリーを見つめてうなずいた。「はい、仰せのままに。ある冬の日の午後、わしは悪者たち数人が回廊の裏で、ひどいことをしてるのを見たんです。やつらはけたたましく騒ぎたてて大きな笑い声をあげ、すっかり有頂天になってました。やつらが立ち去ったあと、わしがすぐに様子を見に駆けつけると、旦那様がいたんです。唇から血を流し、制服もぼろぼろで、ひどい有様でした」フィンはにやりとした。「当時からすでに、旦那様は誇り高い方でした。だから、そんな姿を誰にも見られたくなかったし、助けを求めたりもしたくなかったに違いありません。一緒に来るよう言ったんですが、手足をじたばた動かして、頑として首を縦に振ろうとはしませんでした。だからしかたなく、耳を引っ張って厨房まで引きずっていったんです」

ミセス・マクナブが立ちあがって深鍋の中身をかきまぜ、テーブルへ戻ってくるなり口を開いた。「あのときの旦那様の姿ときたら！　わたしが制服の破れを繕ってるあいだに、フィンは旦那様の顔を洗って傷の手当てをしたんです。校長に見つかるわけにはいきませんでした。もし見つかれば、かわいそうな旦那様が退学になってしまうからです」

エリーは同情せずにはいられなかった。大昔のその出来事は、ダミアン・バークにとってみじめで悲しい体験だったのだろう。とはいえ、今の悪魔の王子の非道な態度を許すわけにはいかない。「攻撃されたのなら、先生にそう報告すればよかったのよ。そうすれば、ウォルトたちだっていじめるのをやめたはずだわ」

フィンが首を大きく横に振った。「いいや、お嬢様。校長が旦那様の話に耳を貸すはずがありません。いじめてたのは、旦那様よりはるかに身分の高い貴族の子どもたちだったんですから」

「どうして？　爵位を継ぐ長男でなかったとしても、イートン校に入学できたということは、ミスター・バークも由緒正しい家の出身だったんでしょう？」

フィンはためらうと、ミセス・マクナブと視線を交わした。「お嬢様になら話しても大丈夫」ミセス・マクナブが言った。「問題ないはずだよ」

フィンは口を開いた。「若いときの旦那様は、同級生のようには恵まれてなかったんです。給費生だったんですよ」

エリーは心底驚いた。イートン校のような名門校が、貧しい少年の入学を許可していたとは知らなかった。でも、それより驚きなのは、ダミアン・バークが高貴な生まれではなかったことだ。イートン校は貴族以外の少年の入学は認めないはずなのに。「ミスター・バークは孤児で家族がいないと言っていたわね。でも、誰かしら身寄りはあったに違いないわ。学校に彼を連れてきたのは誰だったの?」

「後見人です」ミセス・マクナブが答えた。テーブルに木製のトレイをふたつ置き、ナイフやフォークをのせはじめる。「名前はなんていったかね、フィン?」

「記憶に間違いなければ、たしかミセス・ミムズという名前だったと思う。だが、そのあとすぐ、あの世に旅立ってしまったんだ」フィンは立ちあがると、空になった自分のボウルを流しに運び、肩越しにつけ加えた。「実際、ミセス・ミムズの死を知らされた日に、旦那様はあなたのいとこから鍵を盗まれたんです。旦那様が回廊の裏にいたのは、きっと泣いてるところをほかの同級生たちに見られたくなかったからに違いありません」

エリーは先ほどよりも強い同情を覚えずにいられなかった。最愛の人を亡くしたときの悲しみは痛いほどよくわかる。父が亡くなったとき、わたしは一四歳だった。欠点もあったけれど、父のわたしに対する愛情を疑ったことは一度もない。今でもときどき、父がこの世にいないと思うと、切なくてたまらなくなる。父の冗談に笑ったり、父のパイプのにおいを嗅いだり、額にしてくれるおやすみのキスを感じたりすることは、もう二度とできない。

とはいえ、不幸な体験をしている子どもは大勢いる。けれども彼らは成長しても、通りでいきなり女性を誘拐するような悪党にはなっていない。

「その鍵は、ミスター・バークが子どものときに与えられたものだと聞いているわ」エリーは尋ねた。「鍵を与えたのが誰か、あなたは知っているの?」

フィンが肩をすくめた。

「おくるみのなかに入ってたと聞いてます。きっと、母親じゃないでしょうか」

「彼の両親はどんな人なの？　名前は？」

「わしにもわかりません。旦那様にもです」フィンが答える。「たぶん旦那様は、鍵が両親を捜す唯一の手がかりになると考えてるんだと思います」

両親の身元を知らないとすれば、ダミアン・バークは庶子として生まれ落ちたのだろう。そうとしか考えられない。望まれない子どもを宿して田舎への移住を余儀なくされ、生まれた赤ん坊を乳母に預ける。そんな女性の噂を聞いたことがある。なんて不思議な話だろう。いっさい説明がなく、ただ鍵だけが悪魔の王子に与えられていたなんて。

もちろんそう聞かされても、わたしの気持ちは変わらない。ダミアン・バークは、わたしの意思を無視して監禁を続ける残酷なろくでなしだ。自分がわたしの人生を台なしにしていることなど、これっぽっちも気づいていない。今回のことで、伯父たちはわたしが貞操を奪われたと考えるに違いないのに。

ミセス・マクナブがさじで、ふたつのボウルにおいしそうなシチューをよそった。ふたつのトレイにそれぞれボウルをのせ、堅焼きパンとバターを添えると、最後にリネンの布をかけた。

「フィン」ミセス・マクナブが命じる。「旦那様のおなかがペコペコになる前に、これを持ってっておくれ。あと、忘れずに帽子をかぶるんだよ」

フィンは真っ赤な帽子を禿げ頭にのせ、外套を身につけると、ひとつのトレイに節くれだった指をかけながら言った。「幸運を祈っててくれよ」にやりとしながら妻に語りかける。「夕食が遅れたと、わしが旦那様に怒鳴りつけられないように」

エリーはフィンのために扉を開けた、彼はウインクして廊下へ出ていった。エリーが振り返ると、ミセス・マクナブがでっぷりとした体に房のついたショールを巻きつけていた。

「お嬢様もさぞおなかが減ったでしょう。さあ、このトレイを塔まで運びますからね」

塔にある寝室よりも、このあたたかい厨房で食べたい。そう伝えようとしたエリーは突然あることを思いつき、ミセス・マクナブよりも先にトレイを手にした。「ありがとう。でも、わたしの世話は焼いてくれなくていいのよ。家でも自分のことは自分でしているの」

「お嬢様、それはいけません――」

「大丈夫、ここはロンドンではないんですもの。礼儀作法に縛られる必要はないわ」ミセス・マクナブに向かってにっこりし、ふた言三言添えたあと、エリーはようやくトレイを持って厨房から出た。

けれども塔にある寝室へは戻らず、通路を進んで外へ通じる扉にたどりついた。激しい雨のなか、頭をさげてひたすら先を急いだ。めざすは要塞。そう、悪魔の王子の根城だ。

11

　フィンがトレイから布を取り払った瞬間、テーブルのもう一方の端に座っていたダミアンのところにまで、ビーフシチューのおいしそうなにおいが漂ってきた。腹が鳴るのを感じながら、帳簿を閉じる。人里離れたこの場所で時間をつぶすために、ここ数時間は、ロンドンから持ってきた会計帳簿を見直していたのだ。フィンが食事の用意を整えている場所へ移動すると、ダミアンは長椅子に腰をおろした。

「ずいぶん時間がかかったな」ダミアンはピューター製のスプーンを手に取り、シチューをすくった。「食材を調達しに、はるばるエジンバラまで行っていたのか？」

「まさか。あのとらわれたレディと話をしてただけです」

　ダミアンはたちまち疑わしげな表情を浮かべ、口に持っていきかけたスプーンをとめた。

「彼女が厨房に来たのか？　いったいなぜ？」

「きっと話し相手が欲しかったんでしょう。実際、わしらも楽しくて、長いこと話しこんでしまいました。もし彼女が本当のレディなら、使用人の部屋にわざわざやってきたりはしないでしょうけどね」

うれしそうに青い目を細めるフィンを見て、ダミアンは唇を引き結んだ。けれども、口を閉じていては食事はできない。それゆえ、なんとか口を開き、シチューを食べはじめた。ミス・エリー・ストラットハムのことは話したくない。それに、別の女を誘拐してしまった自分の愚かな間違いについても。「なんの話をしたんだ？」

「とりとめもないことです。彼女がいちばん知りたがったのは……」

いったいフィンは何をぺらぺらとしゃべったんだ？　ダミアンが聞きだそうとした瞬間、扉が突然開いた。吹きこんできた冷気に、暖炉の炎が小刻みに揺れる。小走りで大広間に駆けこんできたのは、まさにダミアンの不機嫌の原因となっている人物だった。

ミス・エリー・ストラットハム。まるで溺れかけた猫のようないでたちだ。青緑色の外套のフードが脱げ、雨に濡れた鳶色の髪がむきだしになっている。トレイを手にしたミス・ストラットハムが扉を閉めるのに苦戦しているのを見て、がに股のフィンがあわてて助けに駆けつけた。

フィンは重い木製の扉を閉めると、ミス・ストラットハムからトレイを受けとった。

「お嬢様、言ってくだされば、わしが運びましたのに」

「ありがとう、フィン。でも大丈夫、ちゃんと自分で運べたから」

どう見ても、ミス・ストラットハムの姿は〝大丈夫〟からはほど遠い。突風にあおられ、高い位置でまとめた髪が幾筋もほつれて顔のまわりを覆っている。雨に濡れた頬は、寒さのせいでピンク色だ。ミス・ストラットハムは大広間を進むと手袋と外套を脱ぎ、火のそばにある椅子に濡れた衣類をかけた。

次の瞬間、外套の下にはおっていたショールがはらりと床に落ちた。ショールを拾おうとミス・ストラットハムが石造りの床にかがみこんだ瞬間、ダミアンの視線は彼女のボディスの胸元に釘《くぎ》づけになった。広く開いた襟ぐりから、ふたつの胸のふくらみがこぼれそうになっている。暗緑色のドレスがなめらかな肌の色をいっそう引きたてていた。

ダミアンは心を奪われ、食事の手をとめた。いつもぶかぶかのドレスを着ているレディ・ベアトリスのシャペロンが、まさかこんな豊満な胸の持ち主だったとは。

ダミアンに見つめられているのに気づいたミス・ストラットハムが目を細め、頬を染めた。うしろを向くと、クリーム色のショールを肩に巻きつけて、みごとな胸を隠してしまった。ミス・ストラットハムは髪をなでつけ、テーブルまで来て、フィンが食事の盛りつけをしている場所に座った。ちょうどダミアンの向かい側の席だ。

椅子に腰かけると、ミス・ストラットハムはダミアンに微笑みかけた。ロンドンにある邸宅の応接室に招かれたかのような優雅な笑みだ。「わたしもご一緒してかまわないわよね、ミスター・バーク？　ひとりきりの食事は退屈ですもの」

暖炉の火灯りのなか、ミス・ストラットハムの茶色の瞳がトパーズ色に輝いている。その目でまっすぐ見つめられた瞬間、ダミアンはいきなり腹部を殴られたかのような衝撃を覚えた。何度なでつけても、鳶色の髪はうねって顔のまわりを覆っている。まるでベッドから起きてきたばかりの女だ。干からびたオールドミスというよりはむしろ、愛人のように見える。

自分がシチューをすくったスプーンを持ったままなのに気づき、ダミアンは低い声で答えた。「ああ、好きにすればいい」

スプーンを口に運びながら、自分に言い聞かせた。食事に集中するんだ。ミス・ストラットハムではなく。

フィンが二客のゴブレットにワインを注ぎ、ワインのボトルをテーブルに置いた。「お申しつけのとおり、最高級のブルゴーニュ・ワインです。お代わりされるときのために、わしは火のそばで待機してます」

ミス・ストラットハムとふたりきりになるのはごめんだ、とダミアンは思った。彼女はわたしの聖域に侵入してきたばかりか、マナーにのっとった紳士らしい会話を強要している。なんとも不愉快だ。だが、使用人の助けを借りるのもおもしろくない。特に、フィンが明らかに聞き耳を立てているのだからなおさらだ。

「さがっていい。自分たちでする。皿はあとで片づければいい」

「ですが、レディとふたりきりになるのは不適切です」

「ロンドンのゴシップ誌の記者に気づかれなければ大丈夫だ。さあ、さがってくれ」

フィンはがっかりした表情を浮かべ、重い足取りで扉へと向かうと、呼び戻されるのを期待するかのように最後にもう一度振り返った。ダミアンはフィンをにらみつけ、彼が嵐のなかに出ていくのをじっと見守った。シチューはすばらしく美味で、ジャガイモやニンジンや肉がたくさん入っていた。あたたかいシチューで空腹が満たされるにつれ、ダミアンの不機嫌の虫も徐々におさまってきた。

向かい側の席では、ミス・ストラットハムがシチューを食べている。たいていのレディはパンくずをついばむカナリアのように、ほんの少しの量しか口にしないものだ。だが、彼女は違う。いかにもおいしそうにぱくぱくと食べ続け、手をとめるのは、パンにバターをたっぷりと塗るときだけだ。

食事を終えるまで、とうとうミス・ストラットハムはひと言も話さなかった。ふたりしてシチューの味を堪能している最中、聞こえていたのは暖炉の薪がはぜる音と、食器が触れあう音、それに風のうなる音だけだ。

ミス・ストラットハムが突然話しかけてきた。「ききたいことがあるの」

ダミアンはミス・ストラットハムをじろりと見た。厨房でフィンと彼女は、いったい何を〝長いこと話しこんで〟いたのだろう？「なんだ？」

「島に城を建てるのは奇妙に思えるの。中世に、領主が領地を守るために建てるのはわかるけれど、こんな小さな島で何を守るためにこの城は造られたというの？」

「妻だ」

「なんですって？」

ダミアンはボウルから最後のシチューをすくって口に入れたあと、ワインをゆっくりと飲み下した。「そういう伝説があるんだ。ある領主が若くて美しい妻をめとったが、妻は不貞を働いた。領主は自分の家臣と妻がベッドで一緒にいるところを見つけ、裏切り者の家臣をその場で殺した。そしてこの城を建てて、妻を一生監禁したんだ。彼女が老いさらばえて歯の抜けた老女となり、やがて死に至るまで」

ミス・ストラットハムが目を大きく見開いた瞬間、ダミアンは心のなかでつぶやいた。そういう顔をすると、ずいぶん幼く見える。いったいミス・ストラットハムは何歳なのだろう？　目元にも口元にもしわが寄っていないことから察するに、二〇代半ばだろうか？　目の前のミス・ストラットハムはといえば、はるか上にある鉄格子がはめられた窓を見あげ、午後遅くの鉛色の空をぼんやりと眺めている。おそらく、こんな石造りの建物に一生幽閉されるのはどんな気持ちなのかと想像しているのだろう。

距離を置こうと決めていたにもかかわらず、ダミアンはミス・ストラットハムの表情を見つめずにはいられなかった。いいや、ミス・ストラットハムがそんなロマンチックな夢想家であるはずがない。彼女の態度はあまりに無遠慮だし、物言いはとげとげしい。しかも、その目は何も見逃さない。

ミス・ストラットハムはダミアンに視線を戻すと、指先でゆっくりとゴブレットの脚をたどった。「それは本当の話だと思う？」

ダミアンは肩をすくめた。「前の所有者から聞かされたんだ」

「ということは、この城はあなたのものなのね？」

「ああ」

ミス・ストラットハムが小さく首をかしげた。「でも、どうしてこんな荒れ果てた城を買ったの？　ベアトリスの身柄を拘束するために、わざと人里離れたへんぴな場所を選んだの？」

　ダミアンはワインのボトルを手に取ると、ふたり分のゴブレットを満たした。「どうしても知りたいなら教えるが、わたしはここを買ったんじゃない。数年前、ゲームで勝って、この城と島を手に入れたんだ」

　たちまちミス・ストラットハムは表情をこわばらせた。椅子の背にもたれ、冷たい目でダミアンを見ながら言う。「気づくべきだったわ。あなたは賭博師なのね」

「いいや、もっと悪い。賭博クラブを所有しているんだ」信じられないという表情になったミス・ストラットハムを見つめ、ダミアンは心のなかでひとりごちた。いいぞ。このほうがずっとやりやすい。ミス・ストラットハムには、厳しい家庭教師のように非難がましい目つきをしていてほしい。「きみも名前くらいは聞いたことがあるだろう。〈悪魔の巣窟〉という店だ」

　ミス・ストラットハムは目をみはると、突然小さく笑ってダミアンを驚かせた。「〈悪魔の巣窟〉ですって？　わたしがこの城を見て考えたのと、まったく同じ名前だわ！　ねえ、教えて、あなたはどうして悪魔の王子と呼ばれるようになったの？」

　ダミアンはにわかに緊張した。彼女は知っているのだろうか？　フィンが話してしまったのか？　昔、わたしがミムジーから、王家の血を引く王子だと言われたことを。それが本当かどうか、確かめようとしているのか？　ふん、その手にのるものか。「はるか昔の学生時代の話だ」そっけなく答える。「それ以外は何も覚えていない」

本当は鮮やかに覚えている。鮮やかすぎるほどに。もうずいぶん前、ウォルトと取り巻き連中にいじめられ、絶望のあまり、わたしは愚かなことを口走ってしまったのだ。


生々しい怒りにとらわれたダミアンは無意識に叫んでいた。「放せ！　ぼくは王子だ！　ぼくの父さんは王様なんだ。おまえたちは首をはねられるぞ！」

一瞬の沈黙のあと、三人はあざけるように大声で笑いだした。「王様だって？」ひとりがからかう。「おまえには父親だっていないじゃないか」

鼻血を流しながら、ウォルトが歯をむきだしてせせら笑った。「おまえは薄汚れた父なし子だ」金の鎖を引っ張り、鍵を握りしめてつけ加える。「おまえの父親は悪魔に違いない。今日からおまえをそう呼んでやるよ。悪魔の王子ってな」


ダミアンは、ミス・ストラットハムがじっと自分を見つめているのに気づいた。物問いたげなまなざしだ。何も覚えていないというわたしの言葉を信じていないかのように。ここはわざと無礼な態度を取り、会話を切りあげるほかないだろう。耳障りな音を立てて長椅子を引きながら、ダミアンはそっけなく言った。「消灯前に、まだしなければならない仕事がある。ミス・ストラットハム、悪いがお引きとり願いたい。今すぐに」

ゴブレットを手に取ると、ダミアンはテーブルのもう一方の端に移り、腰をおろして帳簿を広げた。けれども、ずらりと並んだ数字に目をやるものの、少しも頭に入ってこない。どうしてもミス・エリー・ストラットハムを意識せずにはいられない。

視界の隅で、ミス・ストラットハムがワインをひと口すすり、長椅子から優雅に立ちあがるのが見えた。視線をさげ、スカートについた少量のパンくずを床に落とすと、暖炉のそばの椅子にかけてあった外套のほうへと向かいはじめる。ところが突然体の向きを変え、結局つかつかとこちらに歩み寄ってきた。

ミス・ストラットハムはテーブルの脇で立ちどまった。彼女に気づかないふりをしてやろうか？　一瞬そんな子どもじみた衝動に駆られたが、ダミアンはしぶしぶミス・ストラットハムを見あげた。「まだ何かあるのか？」

「紙と鉛筆を貸してもらえないかしら？」ミス・ストラットハムが尋ねる。「スケッチブックがあれば理想的なんだけれど」

「なぜだ？」

「どうやらまだしばらくのあいだ、わたしはここに閉じこめられそうだわ。有無を言わさずわたしを連れてきたんだから、せめて気晴らしのための道具を貸して」

「ミセス・マクナブがきみの部屋に本を用意しておいたはずだ」

「さすがに一日じゅう読書をしたいとは思わないわ。それより絵が描きたいの」

ダミアンはありったけの凄《すご》みをきかせてミス・ストラットハムをにらみつけた。だが、いくらにらみつけてもミス・ストラットハムは動じず、両手を腰に当てて立ちはだかっている。

まるでいたずらをした少年がごめんなさいと言いだすのを待つ、家庭教師のように。決然とした表情から察するに、必要とあらば、あと一時間でもわたしをにらみつけているだろう。

さらに悪いのは、ミス・ストラットハムの言い分が正しいことだ。彼女にはなんの落ち度もない。ここに連れてきてくれと、彼女が頼んだわけではない。ミス・ストラットハムをとらえたのは、このわたしだ。それも、気晴らしになるようなものをほとんど用意しないままで。

これ以上とやかく言われないためには、要求に応えるのがいちばんだろう。

「ここで待っていてくれ」

ダミアンは立ちあがると、がらんとした空間に足音を響かせて要塞のなかを横切った。隅にある低くて狭い階段をのぼり、てっぺんにある部屋へと入る。ここ数日、自分の寝室として使っている部屋だ。それからしばらくして、ふたたび階下へおりた。

手にしているのは、鉛筆と大きな革張りの帳面だ。まっさらな帳面は、投資の計画を練るために使おうと考えていた。だが、帳面と引き換えに平和と静けさを取り戻せるなら安いものだ。「さあ、これを持って部屋に戻るんだ」

そう言うと、ダミアンはまた腰をおろし、帳簿を見つめた。

けれども、こちらの言葉に素直に従うようなミス・ストラットハムではなかった。テーブルを回りこんでやってくると、長椅子の端にちょこんと腰かけた。それもダミアンのすぐ隣に。ふいにライラックの香りに鼻腔をくすぐられ、ダミアンは分別を欠いた衝動に襲われた。

彼女の豊満な胸に顔をうずめて、ライラックの香りを思いきり吸いこみたい……。

ミス・ストラットハムは、わたしがやむにやまれぬ衝動に駆られているとは気づいていないらしい。ありがたいことに。

帳面を開くと、ミス・ストラットハムは最初のページに鉛筆を置いた。「ここから出ていく前に、盗まれた鍵の絵を描いてもらえないかしら？　もしかすると記憶が呼び覚まされて、何か思いだすかもしれないわ」

ダミアンは眉をひそめた。なぜわたしを手助けしようとするんだ？　何か魂胆があるに違いない。海が荒れ狂っていてもロンドンまで返してほしいと、わたしを説き伏せようとしているのかもしれない。「わたしは絵が下手なんだ」

「ざっとしたスケッチでいいの。描いてみて」

大広間から即刻消え去ってほしい。ミス・ストラットハムも、彼女の女らしい香りも。そうすれば、わたしもまた仕事に集中できるだろう。そう考えたダミアンは鉛筆を手に取り、慣れない手つきで鍵の絵を描きはじめた。一方の端に三つの歯、もう一方の端に円に囲まれた王冠を描く。王冠が曲がってしまったため、指先を湿らせて消そうとすると、不鮮明なしみがついてしまった。これではまるで、六歳になる娘のリリーのお絵かきだ。

「こんなのはばかげている」ダミアンはつぶやくと、帳面を乱暴に閉じ、鉛筆を放りだした。鉛筆はテーブルの反対側へ転がっていった。

ミス・ストラットハムは立ちあがって鉛筆を取ろうとしたものの、届かなかった。石造りの床を転がっていく鉛筆を追いかけ、暖炉の前で拾いあげた。それからテーブルに戻り、ふたたびダミアンの向かい側に座って口を開いた。「見せてちょうだい」そう言うと、帳面を手に取った。

ダミアンの絵を見た瞬間、ミス・ストラットハムがほんの少し唇をゆがめた。だが、下手な絵を笑われても、ダミアンはいっこうに気にならなかった。ミス・ストラットハムの姿に目が釘づけだったからだ。

ショールがまたしてもゆるみ、一方の肩から垂れさがっていた。ドレスの大きく開いた襟ぐりから豊かな胸がのぞいている。だが、ミス・ストラットハムはまったく気づいていないらしい。テーブルに置いた帳面をしばらく見つめたあと、かがみこんで手にした鉛筆で何か描きはじめた。

ダミアンは目の前にある完璧な胸の谷間に見入った。たちまち全身が燃えあがり、頭のなかが妄想でいっぱいになる。ミス・ストラットハムを抱き寄せてキスの雨を降らせ、階上に連れていき、服を脱がして全裸の彼女を愛撫する。そして数時間、ふたりしてベッドで情熱的なひとときを過ごすのだ。ここにはふたりしかいない。彼女を誘惑しても、誰にも知られることはない……。

そんなことを考えた自分にいらだちながら、ダミアンは立ちあがって大股で暖炉の前まで行くと、新たに薪をくべた。おい、いったい何を考えている？　ミス・ストラットハムはれっきとしたレディだ。娼婦《しょうふ》ではない。さんざん快楽にふけったあと、あっさり捨てることとなどできない相手だ。

純粋なレディを誘惑するとどんなひどい目に遭うかは、じゅうぶんわかっているだろう？

ダミアンは火かき棒を手に取ると、新しい薪に火がつくまで、炉のなかを勢いよくかきまぜ続けた。誘拐したことで、わたしはすでにミス・ストラットハムの評判を傷つけたも同然だ。はっきり言って、今彼女が置かれている状況は悲惨としか言いようがない。これがレディ・ベアトリスなら、話も違っていただろう。あのウォルトも妹を助けなければという気になったはずだ。レディ・ベアトリスと引き換えに鍵を返したに違いない。そうなるはずだった。

だがミス・ストラットハムのために、ウォルトが鍵を返してくるかどうかは疑わしい。そのことについて話したとき、彼女もそう言っていた。ミス・ストラットハムには内緒だが、わたし自身、彼女をロンドンへ帰したくてうずうずしている。そして、こんな茶番は一刻も早く忘れたい。くそっ、もしいまいましい海が嵐で荒れていなければ……。

「ほかに特徴はないの？」

ミス・ストラットハムの声で現実に引き戻され、ダミアンははじかれたように振り向いた。火かき棒を手にしたまま、ぼんやりと彼女を見つめる。「なんだって？」

「鍵よ」鉛筆で顎を軽く叩きながら、ミス・ストラットハムは視線をダミアンから絵に戻した。「王冠のほかに特徴はなかったの？　これだけだと、あまりに飾り気がないように思えるんだけれど」

ダミアンは記憶を呼び起こそうとした。「円のまわりに、細かくうねる模様があった。渦巻き模様というんだろうか。こんな感じだ」うまく伝えるべく、指先で宙に描いてみせた。

ミス・ストラットハムがテーブルに置いた帳面に向かってふたたびかがみこんだ。彼女のほっそりとした首筋を目の当たりにして、ダミアンはまたしても見入らずにいられなかった。暖炉の火灯りのなか、ほつれた鳶色の巻き毛がきらきらと輝いている。きっちりと結いあげた髪からピンを引き抜いたら、ミス・エリー・ストラットハムはどんな顔をするだろう？

わたしに鉛筆を突きたてるに違いない。

ダミアンはしかめっ面をしながら、火かき棒を立てかけた。ミス・エリー・ストラットハムはレディらしい礼儀正しさを保ってはいるものの、火のような激しい気性の持ち主だ。昨夜、海岸でわたしに襲いかかってきたときの様子が忘れられない。激怒するあまり、こぶしを振りあげ、わたしの胸を叩いてきた。そのせいで、巨大な岩にミス・ストラットハムの体を押しつけざるを得なくなった。そのあいだも彼女はわたしの体の下で必死に身をよじらせ、身もだえして……。

「こんな感じかしら？」

ミス・ストラットハムが帳面をダミアンに差しだした。ダミアンは彼女のほうに近づいて、首を傾けて開かれたページを火灯りにかざした。次の瞬間、驚きに口をぽかんと開けた。

ダミアンの描いた大ざっぱな下絵をもとに、ミス・ストラットハムは鍵を完璧に再現していた。一方の端には鍵の歯が三つついており、もう一方の端には繊細な渦巻き模様のなかに王冠が刻みこまれている。ミス・ストラットハムが陰影をつけたおかげで、鍵の絵はいっそう立体感あふれる仕上がりとなっていた。手を伸ばせばつかめそうだ。

「きみは鍵を見たことがあるんだな」ダミアンは非難した。

ミス・ストラットハムがかすかに微笑み、かぶりを振った。

「いいえ、残念ながらないわ。あなたの言ったとおりに描いただけよ」

彼女は本当のことを言っている。ためらいを見せず、まっすぐにこちらを見ているのは、嘘をついていない証拠だ。ミス・ストラットハムの意外な才能に、ダミアンは興味を覚えた。

「きみは絵の才能があるんだな。ふだんはどんなものを描いているんだ？　人物画？　それとも風景画？　あるいは静物画か？」

ミス・ストラットハムは視線をそらし、暖炉を見つめた。

「いろいろなものを少しずつ描いているわ。単なる……趣味だから」

彼女がそっとこちらを盗み見たのに気づき、ダミアンはさらに興味をかきたてられた。絵の才能について言及されると、ミス・エリー・ストラットハムは明らかにまごついた様子を見せた。単に褒められて謙遜しているだけなのか、あるいは何か隠しているのだろうか？

ミス・ストラットハムは帳面を受けとると、話題を変えた。「鍵といえば」指でスケッチをたどりながら、言葉を継ぐ。「フィンから聞いたの。鍵は赤ちゃんだったあなたのおくるみのなかに入っていたもので、あなたのご両親を捜す手がかりはこの鍵しかないって」

ダミアンは体をこわばらせた。まったく、フィンのおしゃべりめ。

「よけいなことを。フィンの言うことなど気にしなくていい」

「でも、あなたはイートン校に入学しているわ。昨年、いとこのセドリックがイートン校に入学したときに知ったんだけれど、あの学校は良家の子息しか受け入れない。入学を許可した人は、あなたが高貴な生まれだと知っていたんじゃないかしら？」

ダミアンも同じことを何度も考えた。成年に達してから、イートン校に問いあわせたこともある。また以前住んでいたサザークへ赴き、隣人たちに何か知らないかと尋ねたこともある。一度など私立探偵を雇って、亡くなったミムジーに知り合いがいなかったか、死後ミムジーがどうなったか、そのなかに自分の出生について記された手紙がなかったかどうかまで調べさせた。

だが、結局何もわからずじまいだった。なんの手がかりも得られなかった。あたかもダミアンが何もないところから生まれてきたかのように。

とはいえ、いくらはっきりしなくても、自分にだって過去はあるはずだ。間違いなく、わたしを生みだした父親と母親がいる。でも、両親は長いあいだ身元を隠し続けているのだ。

このわたしから。

そう考えたとたん、ダミアンは生々しい欲求不満を覚えた。顔に感情が出て、ミス・ストラットハムに気づかれたのではないかと心配になる。ありったけの意志の力で、どうにか声を平静に保ちながら答えた。「きみの助けには感謝する、ミス・ストラットハム。だが、わたしの私生活上のことは、きみにはなんの関係もない」

ミス・ストラットハムは長椅子に座ったまま、批判的なまなざしをダミアンに向けた。「関係ないとは言わせないわ。だって、あなたはその鍵を取り戻すためにわたしを誘拐したんですもの。学校の校長は本当に何も知らないの？　よく調べれば、あなたの授業料を支払った人がわかるんじゃ――」

「手がかりはいっさいなかった」ダミアンは吐き捨てるように言うと、暖炉の前まで移動した。「そういうことをわたしが調べなかったとでも思っているのか？　わたしにとって、鍵は最後の手がかりなんだ。なんとしても取り戻す。たとえどんな代償を払うはめになっても」

ミス・ストラットハムは唇をすぼめると、帳面からスケッチを破りとった。

「今、わたしがあなたに渡せるのは、このスケッチの鍵だけよ」

ダミアンはスケッチを手で振り払った。

「取っておいてくれ。ペニントン・ハウスで鍵を捜すときに役立つだろう」

ミス・ストラットハムが居住まいを正した。「それなら、わたしをロンドンへ帰してくれるの？　不貞を働いた妻を監禁した領主みたいに、わたしをこの城へ閉じこめておくつもりはないのね？」

彼女が茶色の目をいきいきと輝かせるのを見て、ダミアンはふいに体の緊張が解けていくのを感じた。われながら意外だが、突拍子もないミス・ストラットハムの言葉ににやりとせずにはいられない。けれどもどうにか自分を抑え、口角を持ちあげるだけにとどめた。「嵐がやんだら、すぐにここを発つつもりだ」

ミス・ストラットハムがうれしそうに立ちあがった。

「あなたが約束を守ってくれると信じているわ、ミスター・バーク」

「ああ。ただし言っておくが、強風がやむまであと一日か二日かかるだろう。スケッチをする時間がたっぷりあるに違いない」

「ええ、そうするつもりよ」

彼女が秘密めいた笑みを浮かべたのに気づき、ダミアンは興味をかきたてられた。

「何を描くつもりだ？」

「いろいろよ。わたしの想像力を刺激するものならなんでも」

ミス・ストラットハムは背を向けると青緑色の外套をはおり、首元の紐をきつく結んだ。彼女の姿を見ながら、ダミアンは心のなかでつぶやいた。ミス・エリー・ストラットハムに、これ以上会話を続ける気がないのは明らかだ。それなのに、なぜわたしは彼女についてもっと知りたいと考えているのだろう？

ダミアンは、手袋をはめているミス・ストラットハムをぼんやりと眺めた。絵の話になると、彼女は言葉を濁す。いったいなぜなんだ？　もしかするとペニントン伯爵家で、絵を描くような自由な時間を与えられていないのだろうか？　朝から晩までこき使われているのか？　伯爵家に住んでいるのだから、ミス・エリー・ストラットハムはいつも着ているぶかぶかのドレスではなく、今みたいにレディらしい装いをして当然だ。実年齢より二〇歳も上に見えたのも、あんな地味なドレスを着ていたからだろう。それに、どうして彼女は結婚していないんだ？　けちで有名な伯爵が、社交界デビューを許さなかったのだろうか？

ダミアンは歯を食いしばり、あふれる疑問をのみこんだ。ミス・ストラットハムの私生活に首を突っこんではだめだ。そんなことをすれば、彼女もわたしの私生活に首を突っこんでくる。

ミス・ストラットハムが帳面と鉛筆を手に取ると、ダミアンは彼女のために扉を開けた。とたんに顔に冷たい雨が降りかかり、衣服がはためく。ミス・エリー・ストラットハムはフードを目深にかぶると、心ここにあらずといった様子でいとまごいをし、嵐のなかへ飛びだしていった。まるでダミアンのことなど忘れてしまったかのように。

ダミアンは扉のところに立ち、強風にあおられながら去っていくミス・ストラットハムを見送った。すでに黄昏《たそがれ》どきを過ぎ、城壁に配されたアーチ道の影が長く伸びている。どこからか聞こえる波音と風の咆哮が、いっそう陰鬱な雰囲気を醸しだしていた。これでようやくひとりになれた。まさに願っていたとおりに。

それなのに、どうして奇妙な寂しさを覚えているのだろう？

いや、今感じている寂しさとミス・エリー・ストラットハムとはなんの関係もないと、ダミアンは自分に言い聞かせた。わたしは娘が恋しい。ただそれだけだ。このいまいましい島を離れて、ロンドンのわが家へ戻る日が待ち遠しい。リリーを抱きあげ、留守のあいだ、どんなふうに過ごしていたのか話を聞かせてもらおう。そして階上にある陽光がたっぷり差しこむ子ども部屋へ連れていき、リリーと紅茶を飲むのだ。

とはいうものの、扉を閉めて仕事に戻ったあともずっと、ダミアンはミス・エリー・ストラットハムの謎について考え続けていた。

12

翌日も、嵐はいっこうにおさまらなかった。塔の外では風が悲鳴のような音を響かせて吹きすさび、狭い窓には雨が激しく叩きつけている。けれども島に閉じこめられているにもかかわらず、エリーは居心地のよさを感じていた。暖炉の火は小気味よい音を立てながら燃えさかっている。朝食にはおいしいスコーンを食べた。それに何より、真っ白なページがたくさんの帳面が手元にある。

紙と鉛筆が手に入ったため、エリーは寝室で一日じゅう過ごした。淡い黄色のドレスを身にまとい、肩にふわりとショールをはおったいでたちだ。緑のブロケード織の布が垂れさがる四柱式ベッドで、枕の山にもたれ、あげた両膝の上に帳面を立てかけ、ベッド脇のテーブルにあるオイルランプの灯りの下、スケッチを楽しんでいる。

午前中いっぱいかけて仕上げたのは、童話の次章の下絵だ。魔法をかけられた王子に設定を変更したため、ネズミには風になびく肩マントを着せ、大振りなダチョウの羽根飾りがついた小粋な帽子をかぶせ、ラットワース王子という名前をつけた。アリアナ王女を人食い鬼から守るため、ラットワース王子の前足には長い幅広の剣を持たせることにした。

鼻は醜く突きでており、髭をぴくぴく動かしているものの、ラットワース王子は美しい緑がかった灰色の目の持ち主だ。少なくともロンドンに帰り、水彩絵の具を使えるようになったら、瞳の微妙な色も表現できるだろう。

エリーは考えこみながら鉛筆を唇に当てた。ありがたいことに、ダミアン・バークがとう、届かない身代金を待っていてもなんにもならないと認めてくれた。ウォルトがわたしのために、ロンドンでの快適な暮らしを中断してまでここへやってくるとは思えない。ウォルトが一生懸命になるのは自分の楽しみのためだけだ。それ以外のことで骨を折るとはとうてい考えられない。

おまけにウォルトはたぶん、わたしと顔を合わせたくないだろう。あの夜、わたしの寝室の前であんなに卑劣な振る舞いをしたのだから。エリーは胸をつかまれた瞬間を思いだして身を震わせ、すぐにその記憶を頭のなかから追いだした。

ウォルト以外の人たちはどうしているのだろう？　仕立屋はベアトリスの新しいドレスをもう届けたかしら？　残りの装身具を買うために、誰がベアトリスに付き添って仕立屋に行っているの？　寝る前に忘れずにハーブティーを飲むよう、誰かおばあ様に声をかけているかしら？　毎朝レディ・アンが刺繍を楽しんでいるあいだ、彼女に物語を読んであげているのは誰なの？

みんなはわたしがいないのを寂しがってくれているかしら？　寂しがっているとしたら、それは日々の細かな雑用をこなす者がいなくなったから？　それとも、本当にわたしを恋しく思ってくれているから？　たぶん、レディ・アンは本気で恋しがってくれているだろう。でも、ほかの人たちは、わたしがいないとわかっても涙ひとつこぼさなかったに違いない。

エリーは長いため息をついた。慣れ親しんだ以前の生活を恋しく思う一方で、今の生活を楽しんでいる自分もいる。そのことにやましさを感じた。けれどもペニントン・ハウスでは一日じゅう家事に追われ、自由な時間などなかった。こんなふうに何時間もスケッチに没頭できるなんて夢のようだ。なんだか不思議だ。イングランド一の悪名高きろくでなしにとらわれているというのに、こんなに幸せだなんて。

悪魔の王子——どういう経緯で、ダミアン・バークはそう呼ばれるようになったのだろう？　本人は覚えていないと言っていたけれど、本当とは思えない。自分について尋ねられると、悪魔の王子はことごとく質問をかわそうとした。まったく、あんなに腹の立つ男性ははじめてだ。

鉛筆を手際よく動かしながら、エリーはラットワース王子の足元に黒い膝丈のブーツを描き加えた。昨日、ダミアン・バークが履いていたのと同じブーツだ。ブーツを描くあいだもずっと、エリーは悪魔の王子の冷淡でそっけない態度について考えた。きっとダミアン・バークは別の女を誘拐してしまった自分に腹を立てているに違いない。男性というのは、他人に笑われるのが大嫌いな生き物だ。そういう痛いところをつき、本音を引きだしたかった。昨夜、ダミアン・バークと一緒に夕食をとったのも、そう考えたからだ。わたしを見れば、悪魔の王子はいやでも自分の犯した間違いを思いださざるを得なくなる。それが狙いだった。

ダミアン・バークの謎めいた過去にも大いに興味を引かれている。両親の名前さえわからないというのは、さぞ心もとない状態に違いない。欠点はあったけれど、わたしの亡き父や、わたしが幼い頃に亡くなった母との思い出はかけがえのないものだ。一方で、ダミアン・バークには家族も親類もおらず、祖先にまつわる知識さえない。

過去を探る手がかりとなるのは、盗まれた鍵だけ。

なぜウォルトは鍵を返そうとしないのだろう？　ダミアン・バークの見立てが間違っていて、ウォルトがすでに鍵を持っていない可能性はないのかしら？　もう何年も前に捨ててしまったかもしれない。

もしウォルトが鍵を持っていないとしたら……。

たしかに、ダミアン・バークが鍵を取り戻したがる理由はわかる。それでもなお、こんな強引な手に打ってでるべきではない。いくら自分の目的を達成するためとはいえ、悪魔の王子にわたしの人生をめちゃくちゃにする権利はない。

エリーは帳面を見おろすと、ページの隅にダミアン・バークの似顔絵を走り書きした。鉛筆を器用に走らせ、高い頬骨やとがった鼻、四角い顎を描き進めていく。こうして似顔絵を描いているのは、反感を覚えているからではない。しゃくに障るけれども、わたしはダミアン・バークに惹かれている。

なぜ惹かれているのかはよくわからない。彼はわたしをさらって無理やり城に幽閉した張本人だ。おまけに、賭博クラブの経営者でもある。本物のレディなら、強い嫌悪感を覚えて当然だろう。

鉛筆を握りしめると、エリーは猛烈な勢いで似顔絵を塗りつぶした。みるみるうちに鉛筆の先が丸くなっていく。ダミアン・バークのような輩《やから》は、わたしの父みたいにカードやサイコロのゲームに目がない貴族たちの弱みにつけこみ、彼らの人生が破滅しようといっこうに気にしない。なんのためらいもなく不運な紳士たちに収入以上の賭け金を使わせ、破滅に追いやる……。

そのとき、扉を叩く音がした。エリーは帳面を脇へ放り投げてベッドから飛びだすと、ストッキングをはいた足で扉に駆け寄った。冷たい空気とともに塔の寝室へ入ってきたのはミセス・マクナブだった。彼女は持ってきた蓋のついた大きなバスケットを、暖炉のそばのテーブルに置いた。

白髪まじりの髪を覆っていたショールを取りながら、ミセス・マクナブが言った。「やれやれ、本当に外はひどいお天気です！　暖炉の火が消えかけてますね。おかわいそうに、これじゃあ、ひどい風邪を引いてしまいますよ」ミセス・マクナブは暖炉に薪をくべ、火かき棒でかきまわしはじめた。

エリーは申し訳ない気分になった。考え事に熱中するあまり、火が消えかけていたのに気づかなかった。

「大丈夫よ。あたたかなベッドのなかでぬくぬくとしていたんですもの」

エリーはバスケットの蓋を開けた。たちまち室内にローストチキンや焼きたてのパン、糖蜜パイのおいしそうなにおいが漂いはじめる。その瞬間、朝食をとってから何時間も過ぎていたことに気づいた。エリーはテーブルにごちそうを並べ、自分で熱々の紅茶を注いだ。

「お昼を一緒にどうかしら？」エリーは尋ねる。

「いいえ、あなたみたいなレディと同席するわけにはいきません。それに、かわいそうなフィンの手当てをしないと。雪かきをしてる最中に転んで、頭を打ったんですよ」

驚いたエリーは顔をあげた。雪ですって？ この寝室の窓は高すぎて、流れる黒い雲しか見えない。「大丈夫なの？」

「ええ。おでこに卵ぐらいのこぶができてますけどね。それでも外で雪かきを続けようとしたら、旦那様に横になってるよう命じられたんです」ミセス・マクナブが舌打ちした。「外は雪が積もってます。今日は部屋のなかにいてくださいね、お嬢様」そう言うと、短いお辞儀をして、寝室からあわただしく出ていった。

ああ言われたものの、エリーは部屋でおとなしくしているつもりはなかった。今後の参考のために、ぜひ猛吹雪を観察しておきたい。そうでなくても雪は絵に描くのが難しい。めったにないこの機会を逃す手はないだろう。童話で、ラットワース王子とアリアナ王女が氷の国を旅するという章を作ってもいいかもしれない……。

昼食を手早くすませると、エリーはブーツを履き、外套を身につけた。帳面と鉛筆を持って、石造りの螺旋階段をおりはじめる。本当に身も凍るほどの寒さだ。塔のいちばん下までたどりつくと、エリーは短い通路を通って中庭に出た。アーチ道の下で立ちどまり、大喜びで一面の雪景色を眺める。

一夜にして、景色はすっかり変わっていた。灰色をした石造りの城は一面真っ白な雪が降り積もり、銃眼付きの胸壁も四つある塔の屋根もすべて雪で覆われ、至るところに長いつららが垂れさがっている。氷まじりの強風が顔に吹きつけ、まさに肌を刺す寒さだ。どんよりとした陰鬱な空を見あげたとき、エリーは新たな着想を得た。そうだ、邪悪な魔法使いの国をこんなふうに描けばいい。

そう思った瞬間、遠くに悪魔の王子の姿が見えた。

要塞の近くで、黒い服を着た大きな体の人物がシャベルで雪かきをし、中庭から厨房へ向かう道を作っていた。ダミアン・バークは、フィンが途中でやめざるを得なかった仕事を引き継いだのだろう。

ダミアンのいるほうへ向かいはじめたエリーは、足元がひどくすべりやすくなっているのに気づいた。雪のせいで、昨日降った雨が凍りついている。きついブーツを我慢して氷の上をゆっくりと歩きながら、外套の下で大切な帳面をしっかりと抱えこむ。そのまま引き返さなかったのは、ダミアンに話したいことがあったからだ。

背後から近づいたため、最初ダミアンはエリーに気づかなかった。うなるような風の音とシャベルで雪をかく音のせいで、近づく足音が聞こえなかったのだろう。シャベルでかいた雪のかたまりを捨てようと横を向いた瞬間、ダミアンがエリーに気づいた。動きをとめ、エリーをにらみつける。

「いったい何を――」

ダミアンが言い終わらないうちに、一陣の突風に襲われ、エリーはバランスを崩した。ブーツのつま先がすべった瞬間、右の足首に違和感を覚えた。そのまま前につんのめりそうになり、思わずはっと息をのむ。

次の瞬間、体が硬いものにぶつかった。

エリーの腰に腕を回し、しっかりと抱きとめてくれたのはダミアン・バークだった。ダミアンの厚い胸板にぶつかり、彼の上等な黒いウールの外套に頰をうずめ、なんとか事なきを得た。頭を傾けて背の高いダミアンを見あげた瞬間、エリーは胸が高鳴るのを感じた。緑がかった灰色の美しい目に見つめられ、身動きさえできない。

濃く長いまつげが、ダミアン・バークのこの世のものとは思えぬ瞳の色をいっそう引きたてている。なんだか不思議だ。男らしい顔つきなのに、こんなに美しい瞳をしているなんて。ダミアンの頰に落ちた雪が、たちまち溶けていった。猛烈な風で黒髪は乱れ、寒さのせいで耳が真っ赤になっている。

考える間もなく、エリーは手袋をはめた手を伸ばし、ダミアンの片方の耳を覆った。

「寒いでしょう？　なぜ帽子をかぶらないの？」

「帽子をかぶっても、吹き飛ばされてしまうのがおちだ」ダミアンは唇を引き結び、皮肉っぽい表情を浮かべた。「いったいここで何をしているんだ？　まったく、こんな日に外に出るなんて、どうかしている」

エリーは手を引っこめた。「あなただってここにいるじゃないの。それもじゅうぶんな防寒具も身につけないままで。常軌を逸しているのはあなたのほうよ」

うしろにさがったエリーは、ふと気づいた。帳面はしっかり抱えているけれど、さっきまで手に持っていた鉛筆がない。きっと、どこかに落としてしまったのだ。その瞬間、右の足首に鋭い痛みが走り、思わずダミアンの腕をつかんだ。

「どうしたんだ？」ダミアンが尋ねる。相変わらずぶっきらぼうで尊大な口調だ。「けがをしたのか？」

「いいえ！　鉛筆を探しているだけよ」

ダミアン・バークの腕をつかんで放さないのは、あくまで体のバランスを取るためだというふりをしながら、エリーは雪の上にかがみこんだ。けれども、鉛筆はどこにも見当たらない。気づかないうちに手からこぼれ落ちたのだから、この近くにはないかもしれない。もしかすると、風に吹き飛ばされてしまったかも……。

「ほら、ここにある」そう言うと、ダミアンが黒いブーツを履いた両足のあいだから拾いあげた。

エリーは体を起こし、ダミアンから鉛筆を受けとった。

「ありがとう。鉛筆を削らないといけないから、ペンナイフを借りたいの」

ダミアンにじっと見つめられ、エリーは全身に震えが走った。でも、これは寒さのせいではない。「ならば、なかへ入ろう」

ダミアンは腕をエリーの体に回し、ゆっくりとした足取りで、一面雪に埋もれた中庭から要塞へ戻った。そのあいだも、エリーは足を引きずらないよう注意した。ダミアン・バークには、右の足首をかばっていることを絶対に知られたくない。外に出たのをあれほど激しく非難されたのだ。もし足首を痛めたことが知れれば、悪魔の王子にさらにわたしを責めたてる口実を与えるだけだ。

とはいえ、ダミアン・バークにはそんな口実すら必要ないのかもしれない。いつも不機嫌だし、口を開けば侮辱的な言葉がいくらでも飛びだしてきそうだ。夜ベッドに横になりながら、頭のなかでそういう言葉を一覧表にしているのかもしれない。

ダミアンが扉を開け、エリーを要塞のなかへいざなった。大広間の空気は外とさほど変わらず、凍えるように寒い。とはいえ、少なくとも吹きすさぶ雪と風はしのげるし、すべりやすい地面で転ぶ危険もない。きっと、悪魔の王子はすぐにわたしの体を支えるのをやめるだろう。そんな予想に反して、ダミアンはエリーのそばから離れず、小さな背中に手を置いたまま、暖炉のそばの長椅子まで連れていった。

長椅子に座ってようやく安堵したエリーは、帳面と鉛筆を脇に置いた。背を向けたダミアンが暖炉に薪を加えて火かき棒でかきまわしている隙に、スカートの下で右足首をそっと動かしてみた。たちまちねじれるような痛みが走ってしかめっ面をしそうになり、あわてて唇を引き結んだ。

ダミアンが足音を響かせて近づいてきた。「けがをしているんだろう?」非難するように言う。「否定しても無駄だ。右足をかばっていたじゃないか」

「いいえ！　たいしたけがじゃないわ。本当になんでもないの」

「それはわたしが判断する」

エリーに反論する暇を与えず、ダミアンは彼女の前に片肘をつくと、スカートの下に手を入れて右足を持ちあげた。スカートの下から、革のショートブーツを履いたエリーの足が現れる。ダミアンはストッキングに包まれたふくらはぎをあたたかな指で包みこんだ。彼がブーツの上から足首にそっと触れるのを、エリーは呆然としながら見つめた。

「痛むか？」

「いいえ、本当に大丈夫よ。あなたはマナーというものを知らないの？　こんなふうにドレスの下に手を突っこむなんて」

エリーは身をよじって、ダミアンの手から逃れようとした。けれどもダミアンはエリーのふくらはぎを放そうとはせず、緑がかった灰色の瞳をきらめかせ、片頬で笑った。彫刻のような顔立ちに、いっそう危険な魅力が加わる。「安心してくれ。けがをしたレディにしつこく言い寄ったりはしない。ろくでなしにも、そのくらいの良心はある」

「いかにも、ろくでなしが言いそうなせりふね」

ダミアンが含み笑いを浮かべた。「言っておくが、エリー、わたしがその気になればいつでもきみを誘惑できる。そしてそのときは、きみもわたしに誘惑されたいと思っているはずだ。だが、今はそのときではない」エリーが言い返そうとする前に、ダミアンは言葉を継いだ。「くだらない反論はやめてくれ。そうすれば、もっとよく足の具合を見てやれる」

ダミアンはすばやい手つきで革紐をほどき、ブーツを脱がせた。エリーのかかとを片手で包みこんで、空いているほうの手で白いストッキングの上からさまざまな部分を優しく押さえはじめた。

エリーは両手で長椅子をきつく握りしめた。あたりはひんやりとしているにもかかわらず、全身がほてる。いったいどういう神経をしているのかしら。レディにあんな不愉快なことを言うなんて。〝わたしがその気になればいつでもきみを誘惑できる。そしてそのときは、きみもわたしに誘惑されたいと思っているはずだ〟

激怒するあまり、エリーは胸苦しさを感じた。〝誘惑されたいと思っているはずだ〟ですって？　うぬぼれもいいところだわ。わたしが悪魔の王子の腕のなかに飛びこむはずがないじゃない！　もちろん彼のような男は、みだらな女たちにすり寄られるのに慣れているのだろう。でも、わたしはそんな女じゃない。ダミアン・バークをいっさいそばへ寄せつけるものですか。

かがみこんでいるダミアンを見ながら、エリーはひとりごちた。もちろん、足首の様子を見てもらっている今は例外だ。分厚い外套の上からでも、肩幅ががっちりしているのがわかる。外套の上等な仕立てから判断するに、賭博クラブの経営でたんまり儲《もう》けているに違いない。乱れた黒髪を見おろしながら、エリーはささやいた。「なんて傲慢で自信過剰な人」

「それはわたしのことか？」

ダミアンがおもしろがっているような視線をエリーに向けた。いかにも放蕩者らしい表情を目の当たりにして、エリーは思った。この表情をスケッチに残しておきたい。ラットワース王子を描くときのために、よく覚えておかなければ。少し頭を傾けて、片頬に笑みを浮かべると、悪魔の王子の目尻にはかすかにしわが寄るのね……。

彼が答えを待っているのに気づき、エリーは不機嫌な声で言った。「ええ、そうよ。ついでに言わせてもらえば、あなたに名前で呼ばれる覚えはないわ」

ダミアンが含み笑いをした。「きみのドレスのなかに両手を突っこんでいるんだ。今さら形式張ってもしかたがないだろう」エリーの足に注意を戻しながらつけ加える。「わたしのことはダミアンと呼んでくれてかまわない。社交界のしきたりは気にしないほうなんでね」

この人はわたしを誘惑しようとしているの？　ほかの若いレディと同じように、わたしも誘惑できると考えているのかしら？　そう考えたとたん、全身がかっとなった。体の奥底から熱いものがこみあげてくる。いったいどうして？　ダミアンのことを嫌っているのに、なぜ体がこんな反応を示してしまうの？

〝ダミアン〟ですって？　だめよ、そんなふうに親しげに考えては。あまりに親密すぎる。まるで敵ではなく、友だちみたいだ。

ダミアンに足首を軽くひねられた瞬間、エリーは痛みを感じて息をのんだ。

「この悪魔！　あなたのことはそう呼ばせてもらうわ」

「そう呼ばれたのははじめてじゃない」痛みを和らげようとしてか、ダミアンがエリーの足首を親指でなでた。「少し腫れているが、くじいただけだろう。もし骨折していたら、腫れはこんなものではすまないはずだ」

「なぜわかるの？」

ダミアンがかすかににやりとした。「昔、木から落ちて足首を骨折したことがある。さあ、ねじらないように、患部を固定しておこう」

ダミアンは純白のクラヴァットをはずすと、エリーの足首に巻きつけはじめた。彼の様子を見つめながら、エリーは悪魔の王子に対する敵意が急激に薄れていくのを感じた。ダミアン——彼が笑ったときなら、そう呼べるかもしれない。だって、笑っていないときよりもずっと親しみやすく感じられるんですもの。

「木から落ちたのは何歳頃？」

「たしか七歳だったと思う。夏なのに、数週間ベッドで寝たきりの生活を送るはめになった。窓の外で遊んでいるほかの子たちがうらやましくてしかたがなかったよ」

エリーは心のなかで少年時代のダミアン・バークを想像してみた。包帯を巻いた足を枕の上にのせて悲しげな表情をした、くしゃくしゃの黒髪の少年。両親を知らずに育った、世間知らずで無邪気な男の子。「フィンから、あなたはミセス・ミムズという女性に育てられたと聞いたわ。詮索するつもりはないけれど……彼女はあなたに優しくしてくれた？　手厚く世話をしてくれたの？」

エリーの足首にクラヴァットを巻いていたダミアンが顔をあげた。「ああ、すばらしい女性だった。わたしにとっては母親のような存在だ。衣食住すべての面倒を見て、わたしが安全に暮らせるよう心を砕いてくれたんだ。当時はサザークに住んでいたが、わたしがあの貧民街で一生を過ごさずにすんだのも、ミムジーのおかげだ」

ミムジー？　ダミアンが育ての親を愛称で呼んだことに、エリーは心を動かされた。彼女は使用人だったのかしら？　それとも庶子として生まれた、高貴な血を引く赤ちゃんを養育するために雇われた、貧しいレディだったの？

「その女性はあなたの家庭教師も務めていたの？　それともイートン校へ入学する前、あなたは別の学校に通っていたの？」

ダミアンは間に合わせの包帯をそっと結んだ。「勉強は家でミムジーから教わった。住んでいたのは屋根裏部屋だったが、ミムジーはたくさん本を持っていたんだ。それに教育の一環として、ぼくを博物館や美術館や芝居に連れていってくれた。歴史の勉強という名目で、ロンドン塔やウエストミンスター寺院にも行ったんだ」足首の手当てを終えて立ちあがり、威圧するようにエリーを見おろした。「そんなふざけた教育があるかときみは思っているかもしれない。だが、ミムジーはすばらしい先生だった。必要な知識はすべて、彼女に教わったんだ」

ダミアンは語気も荒く言い放った。エリーがばかにしているのだろうと決めつけている態度だ。ダミアンを見あげた瞬間、エリーはふと気づいた。この人がいつも怖い顔をしている原因は、不遇な少年時代にあるのだ。現に今も、育ての親を悪く言う者は許さないとばかりに、とげとげしい態度を取っている。ダミアン・バークがそれほどミセス・ミムズを深く愛していることを知って、心を打たれずにはいられない。だって今の今まで、彼は人を愛することができないだろうと考えていたのだから。

「あなたにとって、ミセス・ミムズはすばらしい母親だったに違いないわ」エリーはつぶやいた。「フィンから聞いたけれど、彼女はあなたがイートン校に入学したあとすぐに亡くなってしまったんでしょう。何があったの？」

ダミアンが唇をねじ曲げ、険しい表情を浮かべた。長椅子から帳面を取って、エリーの手に押しつける。「熱病にかかってしまったんだ。ぼくは葬儀に参列することも許されなかった。埋葬場所を見つけたのも、数年経ったあとだった」

冷たい声でそっけなく答えてはいるものの、ダミアンの顎には力がこめられている。ミセス・ミムズの死は、間違いなく彼に大きな影響を及ぼしているに違いない。ミセス・ミムズが亡くなったことは記録に残されていたのかしら？　それともダミアン・バークは貧民用の共同墓地を歩きまわって、墓石を捜さなければならなかったの？　エリーは答えが知りたかった。けれどもダミアンは無言のまま、外套の内ポケットにエリーの鉛筆をすべりこませた。

「どうして鉛筆を――」

エリーが言い終える前に、ダミアンは両腕でエリーを抱きあげた。

13

エリーは無意識のうちに両手をダミアンの首に巻きつけ、必死にしがみついた。片方の手で、取り落としそうになった帳面をどうにか引っつかむ。ダミアンの肩に頬を寄せているため、すぐそばに彼の顔があった。顎にある髭の剃《そ》り跡が見えるほどだ。突然抱きかかえられた衝撃で、心臓が早鐘を打っていた。それに、なんだかめまいがする。

エリーは体をこわばらせた。「いったい何をしているの？」

ダミアンが美しい瞳をきらめかせてエリーを見おろした。「わかるだろう？　きみはけがをしている。だから、部屋まで送り届けようとしているんだ」

「すぐにおろして！　助けなんかいらない。自分のことはちゃんと自分でできるわ」

ダミアンはエリーを抱いたまま、大広間を横切った。「だが、その足では、凍った道や強風が吹きつける階段は無理だろう。きみの美しい首が折れるのは見たくないからね」

ダミアンは片方の腕で軽々とエリーを抱きかかえ、もう片方の手で扉を開けて外へ出た。荒れ狂う風のなかで、会話が途絶える。そのあいだもエリーは、ダミアンの今の言葉について考えずにはいられなかった。彼はわたしのことを本当に〝美しい〟と思っているの？　だめよ、そんな言葉に惑わされるなんて。ダミアン・バークはわたしを誘拐した張本人だ。彼にどう思われているかなんて気にしてはだめ。絶対に。

むしろ、ダミアン・バークには醜い女だと思われていたほうがいい。そのほうが、少なくとも彼に下心はないと安心できる。

エリーを抱きかかえていても、ダミアンは確固とした足取りで雪のなかを突き進んでいく。鬱々とした暗い空の下、容赦なく降りかかる冷たい雪に思わず顔をそむけた瞬間、エリーは間違いに気づいた。どうしてもダミアン・バークを男性として意識してしまう。筋肉がついた胸、がっしりしていて力強い肩、それに体に回された鉄のように硬い腕。呼吸をするたびに男らしい香りがする。

一方で、ダミアン・バークはひどく危険で謎めいた男性に思える。そんな彼の喉元に鼻をすりつけたい。唇を押し当てて、彼の肌の味わいを確かめてみたい……。エリーは唇をすぼめ、みだらな考えを頭のなかから追い払った。あの男はネズミだ。しかも、魔法をかけられたネズミの王子とは違う。ダミアン・バークは無作法きわまりない男だ。魔法が解けて、王子に変身するはずがない。

そうよ、わたしの評判がどうなるかなどまったく気にもかけず、誘拐した事実に変わりはない。たとえ、彼がミセス・ミムズを心から愛していたとしても。わたしの足首に自分のクラヴァットを包帯代わりに巻きつけ、親切にも寝室まで送り届けてくれたとしても……。

エリーは顔を伏せていたが、中庭を通り過ぎたことはすぐにわかった。外套をしつこく引っ張っていた突風がふいにやみ、あたりがさらに薄暗くなったのだ。自分の胸に当たっているダミアン・バークの胸が、規則正しく上下しているのがわかる。エリーを抱きかかえていても、彼の歩調が乱れることはなかった。ダミアンは短い通路を通り抜け、塔の螺旋階段をあがっていった。石造りの壁に足音をこだまさせながら。

やがてダミアンは肩で扉を押し開けて足で閉め、寝室の真ん中で立ちどまった。頭をうしろに傾けたエリーは、ふいにダミアンが妙に熱っぽい視線で自分を見おろしているのに気づいた。たちまちエリーは体の奥深くがうずきだした。でも、これは彼に惹かれているせいじゃない。突風のせいでこぼれかかったダミアンの前髪を見ながら、エリーは指先に力をこめた。そうしないと手を伸ばして、彼の前髪をうしろになでつけてしまいかねない。

たとえ悪魔の王子に心惹かれていたとしても、警戒を怠ってはならないと、エリーは自分にきつく言い聞かせた。忘れてはだめ。この男が悪党であり、自分の儲けのために貴族をいいように利用している賭博師であることを。

「お願いだからおろして」エリーは硬い口調で言った。「もう自分の面倒は自分で見られるわ」

ダミアンが低い声でくすりと笑った。彼のやわらかな吐息がエリーの胸にかかる。「きみがおとなしくしているという保証はどこにもない。ベッドで安静にしていると約束してくれるまで、きみを放すわけにはいかない」

「ええ、約束するわ！　今日の午前中だって、ベッドでおとなしくしていたんですもの」

ダミアンは四柱式ベッドへエリーを連れていくと、マットレスにそっと横たえた。ほっと安堵したエリーが腕の力を抜き、ダミアンから体を離したとたん、つかんでいた帳面がベッドカバーの上に落ちた。

ダミアンはすぐにはうしろにさがろうとせず、ベッドの近く——近すぎるほどの至近距離——に立つと、エリーがまとっている外套の首元の紐をほどきはじめた。外套を脱ぐ手助けをするダミアンをじっと見つめながら、エリーは心のなかでひとりごちた。近すぎるわ。それに、こんなふうに彼に覆いかぶさってこられると、ベッドに横たわっていてもひどく居心地が悪い。あわてて体を起こし、ベッドの上に座ろうとする。

エリーが手袋をはずしているあいだに、ダミアンは枕の山を作り、もたれやすいようにしてくれた。それから、エリーのブーツを脱がして床に落とした。

「今日はベッドでスケッチをするつもりなんだな？」エリーのけがをしたほうの足の下に枕をあてがいながら、ダミアンが尋ねた。

悪魔の王子に趣味である絵のことをきかれると、エリーは落ち着かない気分になった。彼にベッドを整えてもらっている今はなおさらだ。

「え……ええ。今日は絵を描いて気晴らしをするのにうってつけの日だから」

「そう聞いて、安心したよ」

ダミアンは分厚い外套を脱いで椅子の背にかけると、部屋を横切って暖炉に向かった。パチパチとはぜる音を立ててはいるものの、エリーが外へ出ているあいだに暖炉の火は小さくなっていた。ダミアンが新たに薪をくべるのを見て、エリーはふと不安になった。彼はここにずっといるつもりだろうか？

「わたしに付き添う必要はないわ。雪かきやら帳簿つけやら、あなたも忙しいでしょう」

「じきに失礼するよ」

ダミアンは椅子のそばへ行って、かけてある外套の内ポケットから鉛筆を取りだした。上着といい膝丈ズボン《ブリーチズ》といい、いかにも値の張りそうな上等な仕立てだ。ベストにも銀製のボタンがついている。けれども、そういういでたちにもかかわらず、ダミアン・バークは洗練された紳士という感じがまるでしない。大きく堂々としていて威圧感たっぷりで、ひどく危険な男に見える。ダミアンの全身から発散される男らしさに、エリーは胸を躍らせずにいられなかった。

ダミアンは鉛筆を手に取り、空いたほうの手でペンナイフを握って暖炉に近づくと、鉛筆を削りはじめた。火のなかに鉛筆の削りくずが落ちるに任せる。リズミカルで鮮やかな手つきだ。ダミアンの指を見つめながら、エリーはふくらはぎに当てられた彼の手の力強い感触を思いだした。あの指で体の別の部分に触れられたら、どんな感じがするだろう？

秘めやかな部分が熱くうずくのを感じ、エリーは赤面してダミアンから目をそらした。一瞬でもそんなみだらなことを考えてしまった自分が腹立たしい。でも今までに、これほど強烈に男性に惹かれたことはない。ふたりのいとこたちの家庭教師として子ども部屋にずっとこもっていたため、親族以外の男性と話す機会もほとんどなかった。男性といえば、日曜日の教会で見かけるか、ごくたまに公園を散歩するときにすれ違うだけ。ここ何年かのあいだに、ときどき紳士と礼儀正しい会話を楽しむことはあったけれど、わたしがペニントン伯爵の姪だとわかると、相手はすぐに関心を失ってしまう。それも当然だ。わたしには結婚持参金もないし、財産を相続する見込みもないのだから。

それゆえ、わたしは童話を創作し、挿し絵を描くことに全身全霊を傾けてきた。一日の終わりに、想像をふくらませて物語を紡ぐことが唯一の楽しみと言っていい。たくさんの仕事に追われて疲れきっても、短気なベアトリスの相手をするのにうんざりしても、伯父に嫌みを言われて傷ついても、絵を描くという秘密の趣味があればこそ、くじけずに生きてこられたのだ……。

「きみの鉛筆だ」

物思いにふけっていたエリーは、はっとわれに返った。ダミアンがベッド脇にやってきて、削りたての鉛筆をテーブルに置いている。ダミアンが近くにいるのを意識するあまり、エリーは自分の頰が赤く染まるのを感じた。なんだか息苦しい。それに、彼の目をまともに見られない。心を読まれてしまいそうだ。早くひとりにしてほしい。一刻も早く。

「ありがとう」エリーはどうにか平静を装って答えた。「もし用がないなら、もうひとりにして――」

エリーは最後まで言い終えることができなかった。ダミアンが急に身を乗りだし、ベッドカバーの上に落ちたままの帳面を手に取ったのだ。一瞬の出来事だった。ダミアンの動きがあまりにすばやかったからか、自分がぼんやりしていたからかはよくわからないが、エリーは身動きできずにいた。その合間にダミアンは近くの椅子に座り、帳面のページをめくりはじめた。

エリーはうろたえて起きあがると、あわててベッドから出た。「返して！」

ダミアンが顔をあげ、エリーをじっと見つめた。

「ベッドに入って、足をもとの位置に戻すんだ」

「すぐに帳面を返してくれれば、言うとおりにするわ！」

「どうしてだ？　何も隠す必要はないだろう？」

厚かましくもダミアンはふたたび帳面に視線を戻してページをぱらぱらとめくり、ひとつのスケッチに目をとめると、黒い眉をつりあげた。

エリーは足首の痛みもかまわずダミアンのそばへ急ぐと、革張りの帳面を引ったくり、胸に抱えこんだ。自分だけの想像の世界をダミアンに見られてしまったことで、言いようのない怒りといらだちを感じていた。歯を食いしばりながら、ダミアンに向かって叫ぶ。「ひどいわ！　わたしの許しも得ずに勝手に見るなんて」

「すまない。たしかに、見ていいかどうか最初に尋ねるべきだった」ダミアンが穏やかな口調で答える。「きみがそれほど個人的なスケッチを描いているとは思わなかったんだ」

謝罪の言葉を口にすると、軽い身のこなしで立ちあがり、エリーの腰に手をかけて、ふたたび彼女を天蓋付きのベッドに横たえた。それからいつものように有無を言わさず、エリーの体に上掛けをかけ、足首の下に枕を置いた。

ダミアンはベッド脇に立って、エリーを見おろした。「教えてほしいことがある。なぜきみは、剣を持って派手ないでたちをしたネズミの絵を描いたんだ？」

ダミアンに見つめられ、エリーは身動きできずにいた。本当なら寝返りを打って、ダミアンの鋭い視線から逃れたかった。ダミアンと反対側のベッド脇からおりて、ここから逃げだしてしまいたかった。でも、この足首では走れない。すぐにつかまってしまうだろう。

「ただのいたずら描きよ」エリーはそっけなく答えると、寝台の支柱にかけられた深緑色のカーテンに視線をさまよわせた。「さあ、もうひとりにしてもらえない？」

沈黙のなか、暖炉で薪がはぜる音と、窓ガラスを揺らす吹雪の音だけが聞こえる。ベッド脇から離れようとしない悪魔の王子を前に、エリーは困惑した。どうして突っ立ったままでいるの？　それも、こんなすぐ近くに。彼とわたしを隔てているのは、胸に抱えた帳面だけだ。

次の瞬間、エリーは気を引きしめた。きっと、悪魔の王子はわたしをばかにする気だ。無神経にも、わたしが頭のなかで生みだした登場人物をあざ笑おうとしているに違いない。もしわたしがこのまま何も言わずにいたら、悪魔の王子もあきらめて、部屋から出ていくはずだ。

ダミアンがエリーの顎に指をかけ、顔を上向かせた。「きみはここに描いている絵をもとに、物語を作っているんだろう？」エリーの瞳をのぞきこみながら、ゆっくりとした口調で言う。「ネズミ、それに冠をつけた女の子、これは王女だね？　ふたりは巨大な頭を持つ化け物と戦っている。これは巨人か何かか？」

「人食い鬼よ」うっかり答えてしまったことにいらだちながら、エリーは唇を引き結び、ダミアンの胸をにらみつけた。

頭を傾けながらダミアンが言う。「このネズミだが……スケッチのなかで気にかかる一枚がある。剣の構え方が不自然に思えるんだ。これはわざとそういうふうに描いたのか？」

「なんですって？　そんな！」あれほど口を閉ざしていようと心に決めたのに、さらにふた言も話してしまった。だめよ、会話が続けば、それだけ悪魔の王子が部屋にいる時間が長引いてしまう。

ほっとしたことに、ダミアンがベッドから離れた。けれども外套を手に取って、部屋から出ていったわけではない。ダミアンは火かき棒を取りあげ、剣のように振りかざした。片腕を体の脇にぴたりとつけたまま、ポーズを取る。

「きみのスケッチだと、ネズミはこんなふうに立っている」次の瞬間、ダミアンは腰にすばやく手を当て、片足を踏みだして火かき棒を突きだした。そこに敵がいるかのように。「こう立つべきだと思うんだ」

ダミアンの流れるような動きを目の当たりにして、エリーは全身に興奮が走った。ダミアンがどのスケッチのことを言っているのかはすぐにわかった。何かがおかしいと思いながら、懸命に仕上げた一枚だ。でも今、どこがおかしいのかがはっきりとわかった。

先ほどまでの怒りも忘れ、エリーはベッド脇のテーブルから鉛筆を取ると、帳面のまっさらなページを開いて、手早く下絵を描きはじめた。削りたての鉛筆を紙にすべらせながら、尋ねずにいられなかった。「どこで剣の使い方を習ったの？」

「フェンシングの授業でだ。昔ながらの競技だが、イートン校ではみんなが習わされた」ダミアンがすばやく腕を動かすと、火かき棒が空中でヒュッヒュッという小気味いい音を立てた。「ところで、このネズミに名前はつけたのかい？」

鉛筆を走らせていたエリーの手の動きがゆっくりになった。悪魔の王子に腹を立てていたことを思いだし、エリーはそっけなく答えた。「ラットワース王子。ちなみに、モデルはあなたよ」

ダミアンが口角を持ちあげてにやりとした。どんな女性の心をも震わせる、あまりに魅力的な笑みだ。ダミアンは火かき棒を暖炉脇に戻し、ベッドのそばへ戻ってきて帳面に手を伸ばした。「もう一度見せてほしい」

「だめよ」

「ばかな。モデルが自分だと聞かされたら、もう一度見たくなって当然だろう？」

エリーはしかたなく帳面を手渡した。ダミアンは描かれたばかりのラットワース王子のスケッチを眺め、さらにほかのページにも目を走らせた。

「このネズミは小粋で身のこなしも軽そうだし、それに熱血漢のようだ」革張りの帳面をエリーに手渡しながら言葉を継ぐ。「正直言うと、うれしいよ。これまで物語の登場人物のモデルになったことなどないからね。ラットワース王子はきみの物語のヒーローなんだろう？」

悪魔の王子はわたしを侮辱するつもりだと、エリーは苦々しく考えた。ネズミが魔法をかけられた王子であることを、ダミアン・バークに話すつもりはない。それに、ひとたび王子が名誉を回復して人間の姿に戻ったら、アリアナ王女と結婚することも。

「ラットワースは傲慢で、自分勝手で、凶暴なネズミよ。もちろん悪役に決まっているでしょう」

「だが、邪悪な人食い鬼と戦っている。悪役というよりヒーローに思えるが」ダミアンがエリーをちらりと見て、言葉を継いだ。「ラットワース王子は王女を誘拐したのか？」

「違うわ！」エリーは狼狽《ろうばい》し、心底悔やんでいた。王子のモデルがダミアン・バークだと明かさなければよかった。彼はわたしのスケッチを批判しようとしている。「物語のあらすじを教えるつもりはないわ。あなたには関係ないことよ」

ダミアンが沈んだ表情になり、じっとエリーを見つめた。表情からは、何を考えているのかわからない。凝視されて不安をかきたてられ、エリーは思わず目を伏せた。膝の上に置いた帳面を見つめて、描きかけのラットワース王子に肩マントを描き足す。

ダミアンがベッドに椅子を近づけて腰をおろし、ブーツを履いた足をベッドの枠にのせた。まだここから出ていく気はないと言いたげに。「詳しいあらすじを説明する必要はない。知りたいのはきみの創作状況だ。もしかして、ロンドンにいたときもこの物語を作っていたのか？」

鋭い質問に、エリーはいっそう不安をかきたてられた。物語を本にする計画は今まで誰にも告げず、自分の胸だけにしまってきた。けれどもダミアン・バークにその秘密を探られ、急にさらし者にされたような、心もとない気分になった。なぜ悪魔の王子はそんなことに興味を持っているのだろう？「これはただの趣味よ」エリーは嘘をついた。「自分の楽しみのために描いているだけ」

エリーの真意をはかるかのように、ダミアンが眉をひそめた。「絵に文章をつけるつもりなんだろう？　きみは子どもたちのために絵本を作ろうとしているんじゃないのか？」

エリーは冷たい笑みを浮かべた。「なぜそんなことをきくのかわからないわ。もしかして、ラットワース王子のモデルが自分だと指摘されるのを心配しているの？」

ダミアンは前かがみになり、肘を膝の上にのせた。

「ということは、やはりきみはこの物語を出版するつもりなんだな」

なんて鋭い指摘だろう。心臓がとくんと跳ねる。エリーは本心を読まれないよう、ダミアンから視線をそらした。「そんな質問に答える義理はないわ」

驚いたことに、ダミアンはベッドの端に腰かけた。彼の重みでマットレスが沈みこむ。ダミアンはエリーの手を取ると、鉛筆をきつく握っていたせいで指にできた赤いくぼみを軽くなでた。「きみがわたしを信用できない気持ちはよくわかるよ、エリー。そんなきみを責める資格はわたしにはない。だが、悪意があってこんな質問をしているわけじゃないことをわかってほしい。むしろその逆だ。きみにはすばらしい絵の才能がある。作品を通じて、きみがその才能を活かす姿を見たいんだ」

すばらしい絵の才能？

ダミアンの褒め言葉は、じわじわとエリーの心にしみこんでいった。もう長いあいだ、自分の夢を誰にも打ち明けないまま、ずっとひとりきりで絵を描いてきた。でも今こうしてダミアン・バークの瞳を見つめていると、彼を信じたくなってしまう。信じてはいけない理由をすべて忘れてしまいそうになる。重ねられたダミアンの手のぬくもり、顔に浮かぶ誠実そうな表情、すぐそばに座ってくれている安心感。それらすべてがあいまって、エリーは奇妙にもダミアンに親近感を覚えていた。身体を超越した絆のようなもので、彼と結ばれているかに感じた。たった二日しか一緒にいないのに、もう何年も前から知り合いだったような気がする。

ダミアンの腕のなかに飛びこんで、彼にキスしてほしい——そんなレディらしからぬ欲求を覚えた。でも、どう考えてもおかしい。恋愛とは無縁の人生を生きるのだと、ずっと前に覚悟を決めたはずなのに。〝わたしがその気になればいつでもきみを誘惑できる。そしてそのときは、きみもわたしに誘惑されたいと思っているはずだ〟

もしかして、ダミアン・バークは今、わたしを誘惑しようとしているの？　魅力をたっぷり振りまいて、わたしの心を惑わそうとしているの？　こんなに近くに彼がいると、何も考えられなくなる。頭がまともに働かない。

エリーは頬を染めると、手を引っこめた。

「もしもっと聞きたいなら話すわ。でも、その前に椅子に戻って」

ダミアンは言われたとおりにした。そこはかとなく漂う小粋な雰囲気は、まるでラットワース王子だ。木製の椅子に腰をおろし、両手を頭のうしろで組み、くつろいだポーズで言う。

「さあ、話を聞かせてもらおうか」

エリーは深く息を吸いこんだ。「たしかに、わたしは出版社を探しているわ。しばらく前にこの物語を作りはじめて、今は半分以上完成したところよ」しばらく口をつぐんでから、ふたたび話しだした。「でも、少なくとも一週間を無駄にするはめになってしまった。あなたのせいで」

「たとえわたしのせいだとしても、王女を守る勇敢なヒーローを思いついたじゃないか」

「悪者よ」エリーは言い張った。

ダミアンが含み笑いをした。「たぶん、ラットワース王子にはヒーローと悪者両方の要素があるのかもしれない。それで、今何ページくらい仕上がっているんだ？」

エリーはペニントン・ハウスの子ども部屋に隠してある分厚い原稿を思い浮かべた。

「今の時点で、一〇〇ページ近くあるわ」

「一〇〇ページ？　だが、子ども向けの本なんだろう？」

突然しかめっ面になったダミアンを見て、エリーは身構えた。「ええ。それのどこがいけないの？　スケッチを数枚見ただけのあなたに判断されたくないわ」

「いや、わたしが言っているのは内容ではなくて、長さのことだ。子ども、特に小さな子どもというのは、短い物語が好きだからね」

厳しい顔つきをした悪党の口から、こんな言葉が出てくるとはなんて不思議なんだろう。悪魔の王子は椅子にもたれ、ベッドの枠に片足をのせている。前髪がはらりと垂れ、いっそう魅力的だ。ダミアン・バークはいつも何に関しても、こんなに自信たっぷりなのかしら？

エリーは一笑に付した。「自分の賭博クラブで日がな一日カードやサイコロのゲームに興じているあなたに、子どもの何がわかるというの？」

ダミアンは唇をゆがめて視線をそらし、暖炉の火を見つめた。陰鬱な表情を浮かべている。どうしてだろうとエリーは不思議に思った。けれども、ふたたびエリーに視線を戻したとき、ダミアンの表情は皮肉めいた冷たいものに代わっていた。「きみの言うとおりだな。とはいえ、わたしは実業家だ。ただ忠告しようと思っただけなんだ……」いったん言葉を切り、ふたたび話し続ける。「いや、気にしないでくれ。きみにはきみの考えがあるんだろう。出版社の興味を引くためにいちばんいい方法を見つけているに違いない」

エリーは痛いところをつかれて口ごもった。たった今、ダミアン・バークの意見をはねつけたものの、商売に関してはまったく知識がない。自分の原稿を本にしてもらえるよう、出版社の見も知らない人を相手に説得することを考えただけで、怖じ気づいてしまう。それよりも、物語の創作のほうに心血を注ぎたかった。

エリーは顎を引いて上目遣いでダミアンを見つめると、素直に認めた。「実は、どうやって出版社を見つけたらいいかわからないの。先のことは全然考えていなかったから」

「まずは書店か図書館へ行って、似た種類の本を出している出版社を確認するといい」

ダミアンの論理的な答えを聞いて、エリーは自分が恥ずかしくなった。そんな簡単なことに思い至らなかったなんて。

「あなたの言うとおりね。本の扉に、出版社の住所が書いてあるはずですもの」

「ああ」ダミアンは前かがみになり、肘を膝の上にのせた。「ひとつ提案していいかな？きみの物語をいくつかに分けて、何冊かの本として売りだすのはどうだろう？」

唐突な提案を聞いて、エリーは呆然とした。「なぜ？」

「挿し絵付きの本は作るのに金がかかるはずだ。短い童話の原稿を持っていったほうが、出版社との交渉もはるかにやりやすくなる。それに一冊の本にするよりも続き物として売りだしたほうが、きみも金を稼げる」

「でも、わたしの物語はどうなるの？」エリーは叫んだ。「そんなことはできないわ。だって、今の原稿のあちこちに手を加えなければならなくなるんでしょう？」

エリーは愕然として横を向き、弧を描く石造りの壁をぼんやりと見つめた。何カ月もかけて創作してきた原稿を、大幅に改訂するなんて絶対にできない。全身がそう叫んでいる。続き物として本を出版するためには、あらすじを練り直し、細部を改稿し、新たに挿し絵を描き替えなければならない。作業には何週間もかかるだろう。もしその過程で、これまであたためてきた大切な童話がめちゃくちゃになってしまったらどうするの？

けれどもダミアンの提案どおりにしなければ、本を出版するチャンスをものにできないかもしれない。そうしたら、どうすればいい？

エリーの自信は急速にしぼんでいった。田舎にある居心地のいい家で暮らす夢が、かつてないほど遠ざかってしまったように感じられる。だけど、わたしはどうしても自活しなければならない。それも一刻も早く。一週間以上も悪党と過ごしてロンドンへ戻ったとしても、伯父たちからは歓迎されないだろう。伯父はわたしを屋敷の外へ放りだすかもしれない……。

扉を叩く大きな音に、エリーは飛びあがった。ふと見ると、ダミアンがすでにノックに応えるべく大股で移動し、扉を開けていた。

ミセス・マクナブが寝室に一歩足を踏み入れたとたん足をとめ、ダミアンをぽかんと見つめた。「旦那様！　お嬢様の寝室でいったい何をなさってるんです？」

「ミス・ストラットハムが雪道で足をくじいてしまったから、ここへ送り届けたんだ」ダミアンはミセス・マクナブからバスケットを受けとると、テーブルの上に置いた。「もうお茶の時間なのか？」

ミセス・マクナブはあわててエリーの脇へ駆け寄った。「まあ、お嬢様、おかわいそうに。旦那様、ティーカップは一客しか持ってきてません。厨房に戻って、もう一客取ってきましょうか？」

「いや、もう失礼するところだったんだ。つい長居をしてしまったみたいだから」

ダミアンは分厚い外套を手に取り、エリーに謎めいた一瞥をくれた。次の瞬間、エリーはダミアンをにらみつけた。まさか、ここにもう少しいてほしいとわたしに言わせたいの？

ダミアンが寝室から出て扉を閉めたとたん、エリーの頭に突然あることがひらめいた。たちまち憂鬱な気分が吹き飛んでいく。たぶん今のわたしが抱える問題を解決するには、こうするほかないだろう。ミセス・マクナブがテーブルの支度を整え、紅茶を注ぎ、皿にスコーンを並べているあいだも、エリーはその方法についてあれこれ考えた。ミセス・マクナブが熱々の紅茶が入ったカップをベッドまで運んできてくれたときには、エリーは快活な笑みを浮かべ、感謝の言葉を口にした。

大丈夫、わたしの将来の見通しは明るい。人生を台なしにされた代償を、悪魔の王子に支払わせる完璧な方法を思いついたのだから。

14

次の日の朝、ダミアンは頭をかがめ、入口の上にある横木をよけながら厨房へ入った。木製の流しで皿を洗っているのはミセス・マクナブだ。でっぷりとした腰にエプロンを巻きつけている。フィンはといえば、飾り気のないテーブルに腰かけ、ジャムをたっぷり塗ったスコーンを食べていた。額に赤いこぶができても、フィンの旺盛な食欲はいっこうに衰えていない様子だ。

「亜麻仁油はあるかい？」ダミアンは尋ねた。

スコーンを口いっぱいに頬張っていたフィンは肩をすくめ、助けを求めるように妻を見た。ミセス・マクナブはあわてて隅にある整理棚へ駆け寄ると、なかを引っかきまわし、すぐに茶色の小瓶を見つけだした。「旦那様は運のいい方ですね。フィンは関節が痛むとき、これをすりこんでるんです。そうじゃなきゃ、ここに亜麻仁油なんて持ってこなかったでしょう。ところで、それはいったいなんですか？」

ミセス・マクナブは横目で、ダミアンが手にしている木製の棒を見た。ダミアンが武器庫で見つけたとき、この杖は半分壊れていた。それが一時間かけて紙やすりをかけた結果、今では表面がつるつるになっている。

「ミス・ストラットハムの足首がよくなるまで、これを杖代わりにすればいいと思ってね」

フィンが白髪のまじったぼさぼさの眉をつりあげた。「ずいぶんお嬢様のことを気にかけてるんですね。きっと、お嬢様が前よりずっときれいに見えるからでしょう？」

青い目をきらりと光らせたフィンを見て、ダミアンはこの城に到着したばかりのとき、自分が言ったことを思いだした。天蓋付きのベッドのかたわらに立ち、もつれた髪にそばかす顔の誘拐した女性を見おろしながら、あの見目麗しいレディ・ベアトリスが、近くだとひどく平凡に見えることに驚いて発した言葉だ。〝遠くからだと、きれいに見えたのに〟

ミス・エリー・ストラットハムに対する自分の意見が、あのときから劇的に変わったことを認めるつもりはない。とはいえ、今では彼女の波打つ鳶色の髪やあたたかな茶色の瞳を好ましく思っている。もちろん、女らしい体の曲線や豊かな胸もだ。「彼女には快適に過ごしてもらわなければならないからな」きびきびした口調で言葉を継ぐ。「使ってもいいぼろきれはあるかな？」

ミセス・マクナブはすぐに青いコットンの布を取りだし、ダミアンに手渡した。「ちょっとフィン、人の問題に首を突っこむんじゃないよ」警告するように夫を見据えると、ミセス・マクナブはふたたび流しへ戻った。

ダミアンは布に油を垂らすと、テーブルに腰をおろして杖を磨きはじめた。「風の勢いが少し弱まってきたみたいだ」意識的に話題を変える。「明日は出発できるだろうか？」

「出発できるかもしれないし、できないかもしれません」茶色のマグカップから音を立てて紅茶を飲みながら、フィンが答えた。「ここらは、突風が一週間続くこともざらですから」

　スコットランドの沿岸地域で生まれ育ったフィンは、若い頃に体験した伝説的な大嵐の話をはじめた。まんまとフィンの気をそらすことに成功したダミアンは、杖の表面がぴかぴかになるまで磨く作業に集中した。うわの空でフィンの話を聞きながら、ときおりうなずいたり、短い相槌を打ったりする。そのあいだも頭のなかで、たったひとつのことだけを考えていた。いったい、わたしはミス・ストラットハムにどう償えばいいのだろう？

　昨日の午後、本を数冊に分けたほうがいいという提案を、ミス・ストラットハムは即座に却下した。あのとき、彼女の顔に浮かんだのは強い嫌悪の表情だった。まるで、産まれたばかりの子犬たちを殺せと命じられたかのような。今思い返せば、ミス・ストラットハムがひどくショックを受けたのも当然だ。たった数枚の絵を見ただけのわたしに、これまで大事にあたためてきた物語の構想を変えろと言われたのだから。いったい何様のつもりだと思われてもしかたがない。

　もちろん、そう提案したのはミス・ストラットハムを助けたかったからだ。彼女の絵の才能を目の当たりにして、心底驚いた。すぐに考えたのは、ミス・ストラットハムが才能を活かして収入を得るためには、どんな方法がいちばんいいかということだ。だが今では、彼女の気持ちも考えずにあんな提案をしたことを後悔している。せっかく打ち解けはじめていたのに、何もかも台なしだ。

どうにかして、仲を修復したい。

もはや否定はしない。わたしはエリー・ストラットハムとのあいだに強い絆を感じている。エリーに惹かれずにはいられない。それも肉体面だけでなく、それを超越した魅力に引きつけられている。エリーがはじめて目を覚ましたあの日から、そのことに気づいていた。もっと言えば、エリーがめそめそしたり震えたりせず、果敢にもわたしに挑みかかってきた瞬間からだ。それから会うたびに、どんどん惹かれていった。どんなに抵抗し、否定し、懸命に無視しようとしても、なすすべもなく魅了されてしまった。悔しいが、認めざるを得ない。わたしはエリーともっと一緒にいたい。そして、彼女から尊敬されたいと心から思っている。

フィンの声でダミアンはわれに返った。「求婚したとき、わしはあいつにオーク材の収納箱を作ってやったんです。長い時間かけて手で彫って、磨きをかけたんですよ」

ダミアンはフィンの禿げ頭をとがめるように一瞥した。わたしがエリーのために杖を作っているのも愛情からだと、フィンは暗に言いたいに違いない。

ところが、そうではなかったらしい。フィンはマグカップに紅茶をたっぷり注ぎ足して持ってきたミセス・マクナブをいとおしそうに見つめたままだ。「愛情のなせるわざです」ミセス・マクナブが人なつこい笑みを浮かべて言う。

「そうさ、愛情だよ！」フィンはミセス・マクナブのでっぷりした腰を引き寄せ、音を立てて唇にキスをした。

「まったくもう！」ミセス・マクナブはおどけてエプロンの隅でフィンを叩くまねをした。

「でも、わたしもあんたにひと目惚れだったんだよ」

仲睦《むつ》まじいふたりを見ながら、ダミアンは奇妙なむなしさを感じた。ばかばかしい、そんなことはあり得ないと、自分に言い聞かせる。詩人たちも女たちもひと目惚れをロマンチックな言葉でたたえるが、そんなのは一時の欲望にすぎない。マクナブ夫妻のように、ひと目惚れが献身的な愛しあう関係に発展することもあるだろう。けれども、そんな関係は自分の人生には無縁だ。現に、マクナブ夫妻のような愛情で誰かと結ばれたことは今まで一度もない。ヴェロニカとでさえもだ。

いや、ヴェロニカだからなおさらだ。

杖のざらざらした部分を磨きこむことで、ダミアンはしかめっ面をどうにかごまかした。ダミアンは当時、年老いた伯母の話し相手《コンパニオン》を務めていたヴェロニカを誘惑できるかどうか、友人たちと賭けをした。そして、金髪で色白の美人ヴェロニカにたちまち夢中になった。にもかかわらず、結局彼女とは顔を合わせれば口論ばかりの息苦しい関係になってしまった。短くて悲劇的な結婚生活だったものの、結婚したこと自体を後悔してはいない。

ヴェロニカはわたしにリリーを授けてくれたのだから。

ダミアンは何もないところから腕一本で、巨万の富を築きあげた。けれども、自分がなし遂げたいちばんの偉業は、間違いなくリリーをこの世に生みだしたことだと考えている。社交界の詮索好きな連中のあいだで悪い噂が立たないように、リリーの存在はひた隠しにしてきた。リリーのことを知っているのは、ほんのひと握りの人々だけだ。マクナブ夫妻と信頼できるごくわずかな使用人しかいない。

これまで細心の注意を払って、私生活を守り抜いてきたのだ。

リリーのために、ダミアンは自分の生活を徹底的に管理してきた。友人や知人を自宅でもてなしたことはない。仕事に関する話は、自分が経営する賭博クラブで行うようにしている。

ヴェロニカが死んで以来、特定の女性とつきあったことは一度もない。悪名高いろくでなしとの情事を望む未亡人や不品行なレディはいくらでもいる。それでもなお、彼女たちの誰にも夢中になったことはない。これまで求めていたのは、欲望を満たすための短いひとときにすぎなかった。

そう、エリー・ストラットハムと出会うまでは。

どういうわけか、エリーといると、久しく感じたことがなかった感情をかきたてられた。もう何年も心の闇を抱えていたせいか、エリーの持つあたたかさと明るさが恋しく感じられてしかたがない。いったいなぜだ？　このままいけば、わたしはどうなってしまうんだ？未知の領域へ踏みこむようで、なんだか空恐ろしい。

きっと、自分には手の届かない存在のエリーに惹かれているだけなのだろう。何しろわたしは鍵を取り返すために、間違ってエリーを誘拐した張本人だ。そんなわたしがエリーを誘惑すれば、彼女を取り巻く状況は最悪になってしまう。ペニントンは屋敷からエリーを追いだすに違いない。そうなったら、エリーはどうすればいいんだ？

いや、もう手遅れかもしれない。エリーの不在について、ウォルトがうまい言い訳をしているとは思えない。おそらくロンドンに戻っても、エリーは伯爵家に入れてもらえないだろう。

あれこれ考えながら、ダミアンは小瓶にコルク栓をしてミセス・マクナブに返した。そのあと指を杖にすべらせ、油がしみこんでいるか、べとべとしている部分がないか確認すると、扉へ向かった。

フィンが立ちあがり、ダミアンのあとを追いかけてきた。節くれだった指で杖を示しながら言う。「わしがお嬢様に届けましょうか?」

ダミアンはよく磨きこまれた杖を握りしめた。「いや、わたしが届ける」

「本当に大丈夫ですか?」フィンの年老いた顔に抜け目ない表情が浮かんだ。声を落として続ける。「ミス・リリーの母親のときと同じ間違いは許されないんですよ」

ダミアンは胸苦しいほどの罪悪感を覚えた。フィンは本当に、わたしのことをそれほど愚かな男だと考えているのだろうか? 歯を食いしばって低い声で答える。「フィン、おまえの忠告が必要なときは、わたしからそう言う」

ダミアンはきびすを返し、足早に厨房をあとにした。がらんとした廊下に足音を響かせて外へ出る。身も凍る冷気が今はありがたかった。ダミアンはたちまち後悔に襲われた。あんなふうにとげとげしい言い方をしなければよかった。フィンはわたしにとって父親のような存在なのに。だが、フィンも理解するべきだ。わたしがもう過去にとらわれてはいないことを。それに、二度とあんな間違いは犯さないことも。

おまけに、エリーはヴェロニカじゃない。エリーの性格はヴェロニカとはまるで違う。

ダミアンは杖を持って、雪かきをして作った道を大股で進んでいった。おととい昨日に比べると、吹きつける冷たい突風もいくぶん勢いがなくなっている。どんよりとした空からは、わずかな粉雪しか舞い降りてこない。ただし、城壁の向こう側から聞こえる波の砕け散る音は、嵐がいまだに去っていないことを示していた。

広い海に漕ぎだすには、まだ波が高すぎるだろう。そう考えて、ダミアンはうれしくなった。ロンドンへ連れて帰るとエリーに約束したものの、本音を言えば、もう少し彼女と一緒に城で過ごしたい。せめて、あと一日か二日だけでも。そうすれば、昨日の午後のわだかまりを解消して、ふたたびエリーとの親しさを取り戻せるだろう。

フィンは間違っている。わたしがエリーにちょっかいを出すはずがない。わたしはもう向こう見ずな若者ではない。純真無垢なレディと男の経験が豊富な女の区別くらいつく。それに今では、欲望をこらえる自制心も持ちあわせている。

磨きこんだ杖に体重をかけ、強度を確認すると、ダミアンはアーチ型の出入口をくぐり抜けて短い廊下を通り、塔のてっぺんまで通じている螺旋階段をのぼりはじめた。そのあいだも、エリーのことが頭を離れなかった。わたしからの仲直りのための贈り物を、エリーは受けとってくれるだろうか？　それとも軽蔑しきった表情でわたしをちらりと見て、追い返そうとするだろうか？

いや、追い返されたりするものか。持てる魅力を総動員して、エリーの心をつかんでみせる。もしそれでもうまくいかなければ、ほかの方法を考えればいい。

　階段をのぼりきったところで、ダミアンはエリーの寝室の扉が少し開いているのに気づいた。いったいどうしたんだ？　こんな悪天候の日は、暖炉の前にいるのがいちばんだというのに。木製の扉を軽く叩いてみたが、なかから返事は聞こえない。

「エリー？」ダミアンは呼びかけた。

　だが、返事はなかった。ダミアンは恐る恐る部屋をのぞきこんだ。こんなところを見られたら、事態がますます悪くなってしまう。私生活を侵害されたと、エリーはわたしを非難するに違いない。ところがすばやく見渡したところ、円形の室内に人の姿はなかった。

　ただし、ベッドカバーはしわくちゃになっている。まるでたった今、起きだしたかのように。枕の山のそばには革張りの帳面が置きっ放しになっているし、暖炉の火もまだ赤々としている。エリーはつい先ほどまで、ここにいたに違いない。

　いったいどこへ行ってしまったんだ？　足首にけがをしているのに、足を引きずりながら階段をおりたのだろうか？　もしかすると、ただ行き違いになっただけかもしれない。おそらく、エリーはわたしを捜しに要塞へ向かったのだろう。たぶん、またしても鉛筆を削る必要に迫られて、なぜペンナイフを置いていかなかったのかとわたしに文句を言いに行ったのだ。

　だったら、なぜベッドで休んでいなかったのかと言い返してやる。それからエリーの体を抱きあげて、この寝室まで連れて帰ろう。ただし、今度はエリーをすぐに手放すつもりはない。もし昨日のようにエリーの瞳にも欲望の色が宿っていたら、迷わず口づける。

そう考えた瞬間、ダミアンは興奮を覚え、全身の血がたぎった。そうだ、甘くて優しいキス。荒々しいキスはしない。唇でエリーの唇をかすめ、わたしに対する彼女の欲望をさらに高めたい……。

寝室から足早に出たダミアンは、階段をのぼりきったところの脇に扉があるのに気づき、はたと足をとめた。まさか、エリーは胸壁のほうへ行ったのか？　いや、こんな悪天候のなか、そんなむちゃはしないだろう。

ダミアンは不安に襲われ、壁に杖を立てかけると、扉を開けた。身も凍る寒さのなか、一歩外へ出てみる。銃眼付きの胸壁は一面雪で覆われていた。波音と風音があいまって、耳障りな咆哮が響いている。次の瞬間ダミアンの目は、城壁のあいだの狭い通路の先にたたずむ、青緑色の小さな点をとらえた。

エリー。

エリーはつま先立って、銃眼の隙間から身を乗りだしているようだ。わずかではあるが、フードをかぶったエリーの頭が、石造りの建物のあいだから見えている。

ダミアンの心臓が跳ねた。あんなに前のめりになっていたら、あっという間に突風にさらわれてしまう。なすすべもなく落下して、ごつごつした岩にぶつかって命を落としかねない。血を流し、手足をだらんと伸ばして横たわるエリーの姿……。

ダミアンの脳裏に記憶が鮮やかによみがえった。

月明かりに照らされた屋根の端に、白い衣服をまとった女性がたたずんでいた。星がまたたく夜空に向かう翼の生えた天使のように、彼女は腕を大きく広げた。恐怖に駆られたダミアンは、声のかぎりに彼女の名を叫んだ。だが次の瞬間、彼女は屋根の上から転落した……。ダミアンは全速力で庭園を突っきったが……

「エリー、だめだ！」

ダミアンは胸壁に駆け寄った。凍りついた石に足を取られ、突風に襲われて呼吸もままならない。またか。またしてもたどりつけないのか。もう時間がない。エリーが死んでしまう……。

エリーが振り向き、近づいてくるダミアンを見つめた。彼女は唇を開いて大きく目をみはり、青白い顔にいぶかしげな表情を浮かべている。

ダミアンはエリーの腕を強く引っ張って抱き寄せた。心臓が早鐘を打つ。エリーの髪に夢中で顔をうずめ、ライラックの香りを思いきり吸いこんだ。エリーの体のぬくもりとやわらかな曲線をじかに感じた瞬間、ダミアンの胸に喜びが突きあげた。

「生きていてよかった！」ダミアンは低い声で言った。「無事でよかった！」

無意識のうちに、エリーに荒々しく口づけていた。エリーを救わなければ——そんな切羽詰まった思いのせいで、理性も常識も吹き飛んでしまった。今ダミアンを突き動かしているのは、エリーを全身全霊で守りたいという衝動だけだ。体の奥底からわきあがる激情をどうにも抑えきれない。

エリーは微動だにせず立ち尽くしたままだった。両手をダミアンの肩に置き、顔をあげて、ダミアンの口づけをただ受けとめている。けれども突然小さなあえぎ声をもらすと、つま先立って両腕をダミアンの首に巻きつけ、同じくらい熱をこめてキスを返しはじめた。そんなエリーの反応を目の当たりにして、ダミアンの全身はたちまち火に包まれた。永遠にも思える瞬間、ふたりはむさぼるようにキスを交わした。飢えているかのごとく、唇を求めあう。

もはやキスだけでは我慢できない。ダミアンはエリーの外套のなかに手を入れた。豊かな胸を愛撫したくてたまらない。指をボディスの深い襟ぐりにすべらせると、シルクのようになめらかな肌に触れた。胸の谷間を探りながら、ダミアンは指をきついコルセットのなかへ入れ、ようやく胸の頂にたどりついた。頂を愛撫しはじめたとたん、エリーが全身を震わせたのがわかった。顔をダミアンの肩のくぼみへうずめ、彼の首筋に向かって荒い吐息をついている。

ダミアンは生々しい欲望を感じずにはいられなかった。エリーとひとつになりたい。人生の究極の歓《よろこ》びをともに分かちあいたい。めくるめく歓喜のなか、わたしの名前を叫ぶエリーの声を聞いてみたい。ダミアンは両手をさらに下へすべらせると、エリーのヒップを包みこみ、彼女の体を引きあげた。エリーのいちばん敏感な部分へ、自分のいちばん敏感な部分をこすりつける。ふたりの興奮をさらに高めるために。エリーが息をのみ、降参したようにダミアンに体を預けて……。

エリーは突然、ダミアンの体を突き飛ばした。ダミアンは一歩あとずさったとたん、氷に足を取られた。必死で手を伸ばして硬い石につかまり、なんとかバランスを立て直す。身を切るような突風に吹かれた瞬間、ふいに現実に引き戻された。

ふたりはしばし胸壁に立ち尽くしていた。はるか下のほうから聞こえてくるのは、波が砕け散る音だ。あたりでは強風にのって粉雪が舞い踊っている。

エリーが両手で頰を包みこんだ。今や外套のフードは脱げ、鳶色の巻き毛が風にさらされている。エリーはあっけに取られた様子で、ダミアンを見つめた。あたかも、ダミアンが童話に出てくる人食い鬼であるかのように。「いったい何をしているの?」

衝撃的な現実を目の当たりにし、ダミアンは突然われに返った。いったいわたしは今、何をしたんだ? 完全に自分を見失っていた。エリーに優しく求愛し、前日の失敗を取り返そうという誓いをすっかり忘れてしまった。ダミアンは責めるようなエリーのまなざしに身動きもできなかった。「すまない」

彼は目をそらし、髪に指を差し入れた。エリーが胸壁から身を乗りだしていた姿が忘れられない。彼女が死んでしまうのではないかという恐れで頭がいっぱいだった。絶対に知られたくない。つい先ほど狂気じみた恐れにとらわれていたことも、理性を失うほどの絶望に陥っていたことも。

もし知れば、エリーは必ずこうきいてくるだろう。そんな恐怖や絶望にとらわれたのはいったいなぜなのかと。

　エリーには遠い昔の悲劇を知られたくない。もし知ったら、わたしに対して強い嫌悪感を抱くに決まっている。それこそ、荒々しく口づけられたことに対する不快感など吹き飛んでしまうくらい強烈な嫌悪感を。

「きみは外に出るべきじゃなかった」ダミアンはぶっきらぼうに言った。

「あなたこそ、わたしにキスなんてするべきじゃなかったわ。しかも、あんなキスを」

　エリーがひるむことなく、まっすぐダミアンに目を据えた。たちまちダミアンは落ち着かない気分になった。茶色の瞳で見つめられると、心の闇まで見透かされてしまいそうな気がする。これ以上エリーに胸の内を探られないように、わざと強い口調で言った。「なぜ胸壁から身を乗りだしていた？　落ちたら死んでしまうところだったんだぞ。すぐに塔のなかへ戻ろう」

　ダミアンはエリーの腰に腕を回し、狭い城壁のあいだの通路にいざなった。驚いたことに、エリーは腕を振り払おうとも、ダミアンを責めようともせず、穏やかな口調で言った。「別に危険なことはしていないわ。ただ海岸線が見えたらいいなと思って、ここに来ただけよ」

「だが、ここは危険だ。この壁は城のなかでいちばん海沿いにあるんだぞ」

「ええ、気づいていたわ。西の方角を見ていたの。海を見る以外に、胸壁から身を乗りだす理由はないでしょう？」

　ダミアンの脳裏にまたしても、青緑色の外套姿のエリーが、翼を広げた天使のように落下していく様子が思い浮かんだ。彼女の腰に回した手に力をこめ、冷たい空気を深く吸いこんで、胃のむかつきをどうにか抑えこむ。

次の瞬間、ダミアンはエリーが自分をじっと見ていることに気づいた。様子がおかしいのはなぜかと考えこむように、熱心な表情でこちらを見つめている。

ここはエリーから質問される前に、彼女の気をそらしたほうがいい。

扉にたどりつくと、ダミアンは強く押して扉を開け、エリーとともに塔のなかへ入った。「きみはベッドでおとなしく寝ているべきだったんだ」ぴしゃりと言う。「外を出歩くのは危ない。特に足首を痛めているのだからなおさらだ。またすべってけがをするかもしれないじゃないか」

「でも、足首の具合はとてもよくなったのよ」エリーはダミアンから体を離すと、階段のところで歩いてみせた。「ほらね？　もうそんなに足を引きずってはいないでしょう？」

ダミアンはむっつりとした顔で、エリーの足元を一瞥した。けれども、ドレスの裾からのぞく靴先が見えただけだ。どうにも腹立たしい。せっかく騎士道精神を発揮して胸壁で助けようとしたのに、エリーときたらそのことにはひと言も触れようとしない。しかも、胸壁から身を乗りだしたのは間違いだったと認めようともしない。もしかするとわたしが見ていないときに、また同じことをしでかすのではないだろうか？　胸壁へ出る扉には鍵がついていない。扉に打ちつける釘もないとなれば、エリーをとめる手立てはない。

ダミアンは壁に立てかけてある杖をちらりと見ると、それをエリーに差しだした。「歩くときはこれを頼りにすればいい。どうか約束してくれ。もうあんなばかなまねはしないと」

エリーは杖に目をやって眉をあげると、ダミアンへ視線を向けた。

「ええ。どうしてもというなら」

「どうしてもだ。わたしにはきみを守る責任がある。きみにけがをさせるわけにはいかないんだ！」

「そんなに怒鳴らないで。もしそれほど心配なら、二度とあそこへは行かないわ」

エリーは向きを変え、間に合わせの杖を使って扉を抜けて寝室へ入った。ベッドの足元まで進むと、大振りな収納箱の上に腰をおろした。膝の上に長い杖をのせ、よく磨きこまれた表面に指先をすべらせる。

ダミアンは部屋に入っていいものかどうかわからず、両手を腰に置いたまま、扉のところに立っていた。いったいどうしてだ？　エリーはさほど怒っているふうには見えない。文句を言われないと、かえって不安になる。いきなりあんなキスをされたのだから、怒っても当然なのに。わたしは飢えた野獣にも似た振る舞いをしてしまった。あのとき感じた欲望の炎が、まだ体のなかで残り火のように燃えている。

それに昨日、エリーの絵本についてよけいな提案をしてしまったことを、彼女はどう考えているんだ？　あの一件だけでも、エリーに冷たくあしらわれてもしかたがない。

エリーがダミアンを見あげた。「これをどこで見つけたの？」

「なんだって？」ダミアンは、エリーが膝の上で杖を大切そうに抱えているのに気づいた。

「武器庫だ。壊れた杖を見つけたんだよ」

「それなら使い古されていて、ぼろぼろだったでしょう？　それなのに、こんなにぴかぴか光っているわ。わたしのために磨いてくれたの？」

エリーの褒め言葉で、ダミアンは少し気分が軽くなった。「たいしたことはない」肩をすくめて言う。「今朝はほかにすることがなかったんだ」

「それでも、本当にありがとう」

エリーは杖を床につき、ひとりで立ちあがると、首元の紐をほどいた。外套がはらりと収納箱の上に落ちる。外套の下から現れたのは、翡翠《ひすい》色のドレスだ。深い緑色が鳶色の髪の美しさをいっそう引きたてている。

ダミアンは、部屋を横切って化粧台のほうへ歩いていくエリーから目が離せずにいた。ドレスはエリーの体にぴったり沿っていて、ほっそりした腰や豊かな胸が強調されている。ちらりと横目で見ただけなのに、ふいにやわらかな胸の感触が脳裏によみがえった。先ほど、エリーは愛撫に強く反応していた。胸の頂をつんととがらせ、欲望に体を震わせて……。

エリーが衣《きぬ》ずれの音を立てて振り返り、ダミアンと目が合った瞬間、かすかに眉をひそめた。ダミアンが何を考えていたのか、見きわめようとするかのように。そして実際、ダミアンの考えを正確に見抜いたに違いない。目を一瞬冷ややかに光らせると、肩にショールをはおり、美しい胸を覆ってしまった。厳格な家庭教師のごとく、言葉ではなく態度でダミアンを牽制《けんせい》した。

エリーは暖炉脇にある椅子に腰かけ、手の届くところに杖を置いた。スカートを直しながら、礼儀にのっとって話しかける。「ダミアン、そんな寒いところに立っている必要はないわ。どうかなかへ入って、扉を閉めて」

ダミアンはためらった。どうしてエリーに巧みに操られているように感じてしまうのだろう？　ふたりきりになれるのだから、もっと胸が躍ってもいいはずじゃないか。しかも、ようやく彼女はわたしを名前で呼んでくれたのだから。あれほどぶしつけな行為をしたにもかかわらず、エリーはわたしと会話をしたがっている様子だ。もしかすると、そんなに怒っていないのかもしれない。

突然キスをした浅はかな行動を悔やんでいたが、結局そうくよくよする必要もなかったのだろう。もしかするとあのキスで、ふたりのあいだを隔てている障壁が崩れ去ったのかもしれない。現にエリーは今、前よりも熱心にわたしと話したがっているふうに見える。それはわたしも同じだ。何より昨日の失言の埋め合わせをして、エリーとの親しさをふたたび取り戻したい。

ダミアンは扉を閉め、分厚い外套を脱いでベッドの足元へかけると、ゆっくりとした足取りで石造りの暖炉の前まで歩いた。炉棚に片肘をついて寄りかかると、ふだんより肩の力が抜け、くつろいだ気分になった。

エリーはダミアンを見あげた。「座ったらどう？　あなたと話しあいたいの。そうやって立っていられると、首が凝ってしまうわ」

話しあう？　もしエリーが紳士としての適切な振る舞いについて講義するつもりなら、ありがたく拝聴するとしよう。

反対側の椅子に腰をおろしてエリーを見つめたとたん、ダミアンは胸が締めつけられるような感覚に襲われた。こんなことははじめてだ。ハート形の顔といい、顔を覆う巻き毛といい、エリーのことがいとおしくてたまらない。クリーム色の肌をいっそう引きたてている、鼻の頭にあるそばかすも。もちろん、ピンク色の唇も。

なぜエリーのことを平凡な顔立ちだなどと考えたのだろう？

ダミアンは前かがみになり、両手を組んだ。「エリー、さっきのわたしの態度を許してほしい。きみの体面を汚すつもりはなかったんだ。だが、わたしの振る舞いは無作法きわまりない、けしからぬことだった。どうか許してほしい」

エリーは頭を傾けた。「たしかに、どう見ても放蕩者の振る舞いだったわ。でも、あなたはわたしにあんなことをするつもりで、あそこに来たわけじゃないんでしょう？」

ダミアンは不安をかきたてられた。エリーはまたしても考えこむような表情を浮かべ、熱心なまなざしでこちらを見つめている。ここは魅力たっぷりの態度を取って、エリーの気をそらさなければ。女というのは褒め言葉に弱いものだ。

ダミアンは唇をゆがめて笑い、自嘲気味の表情を浮かべた。「きみの言うとおりだ。胸壁へ行ったのは、きみにキスをするためじゃない。だが、あそこに立っているきみを見た瞬間、あまりの美しさに目を奪われてしまったんだ。純真なレディには想像もできないだろうが、男というのは劣情にとらわれると、まっとうな判断力を失ってしまうもの――」

「あなたはごまかそうとしているわ」エリーが優しい声で言った。「わたしの名前を呼んだあなたの声に、紛れもない恐怖を感じたの。それに、あなたが必死で駆け寄ってくる様子もこの目で見た。しかも、わたしの腕を取って、あなたはこう言ったのよ。〝生きていてよかった！　無事でよかった！〟って。欲望に駆られていただけなら、あんな言葉は出てこないんじゃないかしら？」

ダミアンは椅子の上で身じろぎした。そろそろこの部屋から逃げだすための言い訳をひねりだしたほうがいい。さもないとエリーに、とんでもない腰抜けだと軽蔑されるはめになる。

「さっきも言ったとおり、きみが落ちるんじゃないかと思ったんだ。きみの身の安全を考えて――」

次の瞬間ダミアンは、椅子から立ちあがったエリーが自分の前にひざまずくのを呆然と眺めた。エリーがダミアンの椅子の肘掛けに両手をかけ、彼の目をのぞきこむ。トパーズ色の美しい瞳がダミアンを射抜いた。

「もう嘘をつくのはやめて、ダミアン。正直に話して」

15

エリーはダミアンの両腕をつかんで体を揺さぶりたい衝動に駆られた。もう、なんて頑固なの！　ダミアンは口を引き結び、険しい顔で椅子に座っている。このまま無視を決めこんでいれば、わたしがあきらめるとでも思っているのだろう。もっとも、ダミアンが話したくないのなら、無理強いはできない。わたしにはそんな権利はないもの。だけど、この状況を作りだしたのは彼のほうだ。そして、突然激しいキスをしてきたのも彼のほう……。

ああ、とてもすてきなキスだった。

正直に言うと、まだ体の奥が震えている。キスがあれほど情熱を駆りたてるものだとは夢にも思わなかった。もう何年も前の話だけれど、人目につかない部屋の隅で、いきなりキスされたことがある。婚約者気取りの彼には、いくらののしってもののしり足りないくらい腹が立った。あのキスの一件で、運命の恋なんてものは所詮は夢物語にすぎないのだと思い知らされた。現実は童話のようにはうまくいかないのだと。

でも今にして思えば、目くじらを立てて怒ったわたしはあまりにも幼すぎた。ほんの一瞬、唇に触れるだけのキスだったのだから。あの頃のわたしには経験不足という言葉がぴったりだ。ダミアンに荒々しく唇を奪われたときに、はじめて本物のキスを知った気がする。ダミアンはキスだけでなく胸元にも手を差し入れてきた。あの瞬間、頭のなかが真っ白になった。指先で肌をなでられ、全身が溶けてしまいそうなほど熱くなった。あれが欲望というものなのかしら。もしそうだったとしても、体が燃えるような感覚を味わえる日は、もう二度と来ないかもしれない。

だけど、このことを思い悩むのはあとでもいい。

今は、ダミアンのことをもっとよく知りたい。目の前にいる彼の顔をじっと見つめていると、あのときの恐怖に引きつった表情がよみがえってくる。あわてて駆け寄ってきたダミアンに、気づいたときには強く抱きしめられていた。そして、激しい感情をはらんだあの声。〝生きていてよかった。無事でよかった〟ダミアンの声が今でも頭のなかでこだましている。

一瞬、ダミアンが誰に話しかけているのかわからなかった。なぜか、わたしではない誰かに話しかけている気がした。

重苦しい沈黙に押しつぶされそうだ。暖炉の薪がはぜる音がやけに大きく響く。相変わらずダミアンは、頑《かたく》なに口を閉ざしたままだ。何も話そうとしない相手の前で、ひざまずいている自分が愚かに思えてきた。

エリーはかかとの上に腰をおろして、ダミアンを見あげた。「ねえ」明るい口調で言う。「もういいわ、ダミアン。話さなくてもいい。別に、わたしたちは友人でもなんでもないんですもの。何も言いたくない気持ちもわかるわ」

口にしてしまうと、なぜか胸の奥が痛んだ。どうかしている。相手は卑劣な悪人なのに。目の前にいるのは悪魔の王子だと、エリーは自分に言い聞かせた。ダミアンに将来の計画を台なしにされたくないでしょう？　いくらキスがうまくても、彼が誘拐犯だということを忘れてはだめ。

ダミアンの心の内を知るより、自分の夢を実現させるほうがはるかに重要だ。

エリーがあきらめて立ちあがろうとしたとき、ダミアンが彼女の両肩をつかんだ。「行かないでくれ、エリー。頼む」ぶっきらぼうな口調で言う。「すべて話す。きみには真実を知る権利がある」

エリーはふたたび腰をおろし、ひどくこわばったダミアンの顔に目を向けた。そっけなさを装っていても、声には揺れ動く感情が見え隠れしている。エリーはそっと話しかけた。

「聞かせて」

一瞬、ダミアンが視線をそらした。だがすぐに、冷ややかな緑がかった灰色の目でエリーを見据え、口を開いた。「七年前のスキャンダルはきみの耳にも入っているだろう？　わたしがミス・ヴェロニカ・ヒギンズと寝室にいたという噂だよ。それは事実だ。しかし、ヴェロニカにはなんの落ち度もなかった。すべてわたしが悪かったんだ」

過去に思いを馳《は》せているのだろうか、ダミアンはどこか遠い目をしている。

「ヴェロニカは金髪で青い目をした可憐な女性で、とても内気で慎み深かった。ある屋敷のパーティでヴェロニカの姿を見かけたとたん、すぐにわたしは彼女を自分のものにしようと思ったよ。だが知ってのとおり、わたしは悪名高い男で、まったく相手にされなかった。そこでヴェロニカを誘惑できるかどうか、友人たちと賭けをしたんだ」

ダミアンは口元を皮肉っぽくゆがめた。

「どうしようもない愚かな男だよ。軽い遊びのつもりが、ふたりで一緒にいるところを見つかって、わたしだけでなくヴェロニカまで社交界から締めだされてしまったんだ。だが、ヴェロニカはそれだけではすまなかった。当時、彼女は伯母のコンパニオンをしていたんだが、その職を失い、家族にも縁を切られ、わたしと結婚するしかなくなったんだ。本当にヴェロニカには申し訳ないことをした」

衝撃の告白に、エリーは目をみはった。「あなたは結婚しているの？」

ダミアンが硬い表情で首を横に振った。「いや、今はしていない。結局、幸せな結婚生活は送れなかったよ。スキャンダルから逃れるため、わたしたちは田舎に移り住んだ。それでも、ヴェロニカは外に出ようとはしなかった。家に引きこもって、毎日泣いていたよ。人生に絶望したんだろうな……わたしも思いやりのある夫ではなかったし……ヴェロニカの泣き声を聞くのがつらくて、そのうちめったに家に寄りつかなくなっていた」いったん言葉を切り、大きく息を吸いこんだ。むっつりと暖炉の火を見つめ、ふたたび話しだす。「あの日の夜も、遅くまで友人たちと地元の酒場で飲んでいた。厩舎を出て、家に向かって歩いていたときだ。ふと顔をあげると、ヴェロニカがいた。白いナイトドレス姿で、屋根の縁に立っていた」

エリーの背筋に悪寒が走った。喉が締めつけられ、肌は粟立っている。突然その先を知るのが怖くなり、思わず口走った。「もうそれ以上言わないで」

けれどもダミアンは、抑揚のない声で淡々と話し続けた。「屋根の上に立つヴェロニカを偶然目撃したわけではなかった。わたしは今もそう思っている。ヴェロニカはわたしが帰ってくるのを待っていたんだとね。おそらく、私道に入ってきた馬の蹄《ひづめ》の音を聞いて、屋根にのぼったんだろう。あっという間の出来事だったよ。わたしがヴェロニカの名前を叫ぶと同時に、彼女は飛びおりた……。急いで駆け寄って抱きとめようとしたが……間に合わなかった」

なんてこと！　エリーは手を伸ばし、沈痛な表情を浮かべているダミアンの両手を包みこんだ。なぐさめの言葉をかけたいのに、何も見つからない。ダミアンの心から痛ましい記憶を消し去ってあげられたらいいのにと思うものの、そっと指をなでるくらいしかできなかった。ダミアンの奥さんはみずから命を絶った。それを彼は自分のせいだと感じている。ずっと後悔と罪悪感を抱えて生きてきたのだろう。わたしには想像もつかないほど苦しかったに違いない。

胸壁から身を乗りだしているわたしを見て、なぜあれほどダミアンが狼狽したのか、これでわかった。屋根の縁に立っていた奥さんの姿を思いだしたのだ。ひょっとして、ダミアンはわたしと奥さんを混同していたのではないかしら。わたしを抱きしめたとき、彼は過去に戻っていた。だから、鬼気迫る口調だったのだ。〝生きていてよかった。無事でよかった〟

ダミアンはわたしではなく、ヴェロニカに話しかけていたのかもしれない。

わたしにキスをしたときも、奥さんのことを考えていたのだろうか？　わたしはただの身代わりなのだろうか……。

エリーは喉元まで出かかった疑問をのみこんだ。今、ダミアンにきくのはあまりにも自分勝手すぎる。

「ダミアン、お気の毒に。そんなつらい出来事があったなんて知らなかったわ……」

「誰にも話していないからね。ヴェロニカが自殺したことは隠したんだよ」

いきなりダミアンは椅子から立ちあがって歩きだした。エリーに背を向けて立ちどまると、風で乱れた黒髪を指ですいた。こわばった背中が苦悩を物語っている。エリーは痛いほど胸が締めつけられた。ダミアンに駆け寄りたい衝動をこらえ、ただじっとその背中を見つめる。ダミアンは同情されたくないはずだ。落ち着きを取り戻すまで、そっとしておいたほうがいい。やがて、ダミアンの背中の緊張が和らいだ。それを見て、エリーは口を開いた。「どうして隠したの？」

ダミアンがゆっくりと振り向いた。また彼の目は遠くを見つめている。「わたしの叫び声を聞いて、フィンが駆けつけてきた。だが、ヴェロニカは即死だった。わたしたちは何もできずに、呆然と彼女の亡骸《なきがら》を見つめていたよ。そのときフィンが言ったんだ。世間の連中は、わたしがヴェロニカを屋根から突き落として殺したと思うに違いないとね。もしそんな噂が広まったら、無実の罪で監獄行きになるかもしれないと。わたしは動揺して、まったく頭が働かなかった。それでフィンがすべてを取り仕切って、自殺ではなく馬に踏み殺されたように偽装してくれたんだ」後悔のにじむ口調で先を続けた。「わたしはヴェロニカを守るためなんだと自分に言い聞かせた。それでも、やはり噂は立ったよ。わたしがヴェロニカを殺したと言うやつもいた。まあ、結婚のいきさつを考えれば当然だろうな。だが、大半の人が妻を亡くしたわたしを心から思いやってくれた。こんなわたしを悪い噂から守ってくれたんだ。妻を悲しませて、あげくの果てに自殺に追いやった男なのに」

ダミアンが自分を責める気持ちはよくわかる。ふたりの結婚はたしかに悲劇としか言いようがない。ダミアンが軽薄な振る舞いさえしなければ避けられたのだ。でも、彼もそれはじゅうぶんわかっている。今さらわたしがとやかく言う必要はない。

それにしても、なぜヴェロニカは死を考えるほど絶望したのだろう。結婚しか選択肢がなかったとしても、何もそこまで悲観しなくてもいい気がする。どうして趣味や生きがいを見つけなかったのかしら。没頭するものがあれば、ヴェロニカの人生も違っていたかもしれないのに。それとも絵を描く喜びがわたしの生きる力になっているように、彼女も刺繍や編み物を楽しんだり、慈善活動に励んだりしていたのだろうか。ヴェロニカの口からはもはや答えは聞けない。みずから死を選ぶなんて、あまりにも悲しすぎる。

慣れない座り方をしているせいで、足首が痛くなってきた。椅子の肘掛けをつかんで立ちあがろうとするエリーを見て、ダミアンが急いでそばに来て手を貸してくれた。「さあ、わたしに寄りかかるんだ。すまない、足首を捻挫しているのに、硬い床の上にいつまでも膝をつかせたままでいた。足を高くして、ベッドで少し休んだほうがいいな」

ダミアンはエリーの腰に腕をまわし、ベッドに向かって歩きだした。エリーはダミアンの顔をちらりと見あげた。真摯な表情でまっすぐ前を見据えている。もし彼が妻の殺害を企てるような冷酷な男なら、こんな表情はできるはずがない。「フィンの判断は正しかったと思うの」エリーは言った。「真実を話しても、何もいいことはなかったわ」

ダミアンはベッドの脇で足をとめ、険しい目でエリーを見おろした。「きみはわかっていない。あの夜、わたしは外出するべきではなかった。家にいたら、ヴェロニカも――」

エリーはダミアンの唇に人差し指を押し当てた。「ダミアン、これ以上自分を責めないで。起きてしまったことは変えられないわ。過去は誰にも変えられないのよ。過ちを犯さない人なんていない。そこから何を学ぶかが大切なんじゃないかしら。わたしはそう思うわ」

ダミアンは暗い表情を浮かべ、ヘッドボードに背中を預けてエリーをベッドに座らせた。「だが、わたしは何も学んでいない。ヴェロニカの人生をめちゃくちゃにし、今度はきみの人生をめちゃくちゃにしようとしている」

ダミアンは枕を手に取り、エリーの足の下に差し入れた。エリーはふと大事なことを思いだした。今なら、きっとわたしの願いを叶えてくれるはずだ。

「ねえ、ダミアン」エリーは話しはじめた。「今、わたしの人生をめちゃくちゃにしようとしていると言ったわよね。わたしにはもう帰る家がないの。一週間以上も悪名高いならず者と同じ屋根の下で過ごしているのよ。伯父たちは快くわたしを迎え入れてはくれないでしょうね」

枕の位置を調整していたダミアンの手が、ぴたりととまった。前かがみになったまま、いぶかしげな視線をエリーに投げつける。「結婚をほのめかしているのか？」

エリーは思わず目を大きく見開いた。信じられない。話が飛躍しすぎだ。まさか、ダミアンの口から結婚なんて言葉が出るとは思わなかった。「違うわ！　最後まで聞いて！　あなたはわたしを誘拐したでしょう。だから、償ってもらいたいの」

「償いか」ダミアンはエリーの顔から視線をはずさずに、ベッドの足元に腰かけた。彼の重みでマットレスが沈む。「続けてくれ」

エリーはショールのフリンジをもてあそんだ。胸に秘めていたことを話すのはやはり勇気がいる。自分を奮いたたせるように大きく息を吸いこんでから、口を開いた。「しばらく前から、伯父の家を出ようと考えていたの。童話を作っているのもそのためよ。わたしは絵本作家になりたいの。そして、ひとり暮らしをするのが夢なのよ」

「どうしてだ？　屋敷にはウォルトがいるからか？　あいつに襲われそうになったことでもあるのか？」

ふたたびエリーは目を見開いた。またしても意表を突かれた。ウォルトがそばにいると落ち着かない気分になるのはたしかだ。でも、ダミアンがそのことを知っているはずはない。

「ウォルトにはときどき……意味ありげな目つきで見られたりするわ。それに……」あの日の夜の出来事が脳裏に浮かび、エリーは言葉を切った。

「それに?」

「一度……一度だけ……わたしに触れてきたわ。だけど、ウォルトの手首にろうそくの火を押し当てて、追い払ったの」

ダミアンが小声で悪態をついた。顎の筋肉がこわばっている。まるで必死に怒りをこらえているみたいだ。

「ほかには? ウォルト以外にも、きみにいやな思いをさせるやつはいるのか?」

一瞬、エリーはためらった。あまり親族の悪口は言いたくない。「いないわ。伯父は孤児になったわたしを引きとってくれたの。わたしが一四歳のときよ。そのときから、テーブルの上にはいつも料理はあるし、自分の部屋ももらえたわ」

「そしてそのときから、きみは使用人のごとくこき使われている。しかも無給で。はぐらかそうとしても無駄だ、エリー。ペニントンのことならよく知っている。〝ど〟がつくほどけちで有名だからね。あの男にとって、きみは最高の使用人なんだろうな。一ペニーも支払わなくてもいいんだから」

エリーは唇を嚙みしめた。悔しいけれど、図星だ。「助けるのは当然よ。それに、わたしは忙しいほうが好きなの。だけど今後はひとり立ちして、自分の人生を生きるつもり」

「それで、エリー、これまできみは休む暇もなく何をさせられてきたんだ?」

ダミアンがストッキングに包まれた足をそっとマッサージしてくれている。エリーは話に集中しようとした。「わたしは、年下のいとこふたりの家庭教師だったの。セドリックがイートン校に入学してからは、ベアトリスのシャペロンをしているわ。今は社交界デビューに向けて準備をしている真っ最中よ。それからレディ・アンに毎日、本を朗読して聞かせることと、あとは伯爵夫人のちょっとした身のまわりの世話もしているわ」

「ああ、年老いたペニントン伯爵夫人だな」ダミアンが小ばかにしたように口元をゆがめた。「パーティで何度も会っているよ。ゴルゴーン（ギリシア神話に登場する醜い女の怪物）を思い起こさせる。きみの祖母なのか？」

「わたしの父は伯爵の弟なの」

「まったく信じられない。なぜ伯爵夫人はきみにまともなドレスを着せないんだ？　身分にふさわしい格好というものがあるだろうに。きみは社交界デビューはしたのか？　結婚する機会だってあったんだろう？」

エリーは首を横に振った。「なかったわ。父は賭事で莫大な借金を作ったの。それを伯父がすべて肩代わりしてくれた。でも実際は、無理やり支払わされたと言ったほうが当たっているわね。それで、伯父にはっきり言われたの。お金がないから社交界デビューは無理だと」

「あのしみったれの陰険男め」ダミアンが吐き捨てるように言った。「エリー、父親の借金はきみとはなんの関係もない。ペニントンはあり余るほど金を持っているんだぞ。姪をひとり養うくらい、痛くもかゆくもないはずだ。金がないから社交界デビューはあきらめろだと？　男の風上にも置けないやつだ」

激しい口調で話すダミアンを見ているうちに、エリーは胸が熱くなってきた。笑みを浮かべてつぶやく。「ねえ、ダミアン、そんなに真剣にマッサージしなくてもいいのよ」

ダミアンはばつが悪そうにすぐ手をとめた。「強すぎたかな？　すまない。ペニントンの首をへし折る場面を思い描いていたら、つい手に力が入ってしまった」

暴力行為を笑うなんて不謹慎だが、エリーは思わず噴きだしそうになった。ダミアンの手が足から離れてしまい、彼女は前言を撤回したくなった。「わたしは今、二六歳よ。もう遠い過去の話だから、伯父は殺さなくてもいいわ。売れ残ってしまったけれど、ひとり身もそう悪くはないのよ。それに一八歳で結婚していたら、今みたいに絵本を描いていなかったかもしれないでしょう？」

ダミアンはベッドの支柱に背を預け、片足を床につけて座っている。きらめく緑がかった灰色の瞳に見つめられて、エリーの心臓は激しく打ちはじめた。「そして、さらに言えば」ダミアンが口を開く。「本来ならきみは今、ここにいるはずではなかった。それも、よりによってこのわたしと」

突然、ダミアンと濃厚なキスをしている光景が頭に浮かんだ……胸を愛撫され、衝撃が体を駆け抜けた。たちまち体がほてってくる。エリーは、あのときのふたりの姿を頭のなかから締めだした。うっとり浸っていたら、せっかくのチャンスを逃しかねない。

「それはそうだけど、ここは快適よ」エリーは言葉を継いだ。「でも、たしかに来たくて来たわけではないわね。ああ、思いだしたわ。どこかのならず者に誘拐されて、無理やり連れてこられたのよ。そうよね、ダミアン。おかげでわたしの評判はすっかり地に落ちてしまった。どう償ってくれるのかしら？」

ダミアンは表情ひとつ変えなかった。「さっき帰る家がないと言ったが、本当にきみはペニントン・ハウスから着の身着のままで追いだされると思っているのか？　あの家に、ひとりくらいきみを助けてくれる味方もいるだろう？　それとも、全員が揃いも揃っていけ好かないやつばかりなのか？」

エリーは親族の顔を思い浮かべた。伯父、祖母、ベアトリス、ウォルト……。悲しいけれど、誰も助けてくれそうにない。「レディ・アンはいい人よ。だけど、わたしと大差ない境遇なの。レディ・アンも伯父に頼って暮らしているから、ほとんどお金を持っていないでしょうね。唯一の味方なんだけれど」

「レディ・アン？」

「伯父の義理の妹よ。亡くなった奥さんの妹。わたしとは血がつながっていないのに、いつも優しくしてくれるわ。わたしたちはとても気が合うのよ。ふたりとも独身だからかもしれないわね。レディ・アンが刺繍をするあいだ、わたしが本を読んであげるのが毎朝の日課なの」エリーはダミアンとまっすぐ視線を合わせた。「レディ・アンに援助を頼むつもりはないわ」

「そうだな。ではきくが、わたしにどうしてほしいんだ？」

こちらに向けた冷静な表情からは、ダミアンの心の内は読みとれない。きっとダミアンは駆け引きがうまいやり手の経営者なのだろう。それでもエリーは少しもたじろがなかった。自分の未来がかかっているのだ。躊躇《ちゅうちょ》している場合ではない。「わたしは田舎に住みたいの。自然の光がたっぷり入る、明るい家に住むのが夢よ。庭も欲しいわ。窓の外を見ると、きれいな花が咲き誇っているの。わたしはその家で、好きなときに花を眺めてスケッチしたり、一日じゅう本の挿し絵を描いたりするのよ。二四時間、すべて自分だけの時間。そういう時間が持てる日を長年夢見てきたわ。繕い物が山盛り入ったかごを持ってくる人も、パーティの招待状を何百通も書けと言う人もいないの」

ダミアンが片方の眉をあげた。「ひとりで住むつもりか？　メイドも雇わずに？」

「誰も雇わないわ。ひとりで暮らすのよ」エリーはきっぱりと言いきった。「自分の世話ぐらい自分でできるもの。それに、誰からも干渉されずに静かに暮らしたいのよ。そのほうが仕事に集中できそうでしょう？」

沈黙がふたりのあいだに落ちた。ダミアンにじっと見つめられたまま、時間だけが過ぎていく。エリーは不安が募り、たまらずショールのフリンジを握りしめた。やがて、ダミアンが口を開いた。「わかった、家はわたしがなんとかしよう。ロンドンに戻ったらすぐに、土地管理人にきみの希望条件に合う家を探すよう指示するよ」

肩の重荷が取れ、エリーは心のなかで大きく息をついた。第一関門は突破だ。夢に一歩近づいたけれど、喜びに浸るのはまだ早い。

「それから、この先一年間を乗りきるためのお金も少し援助してほしいの」

ダミアンがふっと笑いをもらした。「少し？　きみは交渉術を学んだほうがいいな。こういうときは、希望額より多めに要求するものだ」

「駆け引きはしたくないの。それに食料品と仕事に使うものくらいしか買わないから、少しあればじゅうぶんだわ。本が売れるまでのあいだ、しのげればそれでいいの」

「もしどこの出版社もきみの本を出してくれなかったらどうするんだ？」

「そうね、そのときは子どもたちに勉強を教えることもできるし、ほかにもできる仕事はあると思うの。なんとかなるわ。でも今は、出版社は必ず見つかると前向きに考えるようにしているの」エリーはかたわらに置いてある革表紙の帳面を手に取った。ぱらぱらとページをめくり、昨夜描いた絵を眺める。「ダミアン、昨日あなたに言われたことだけれど……」

ダミアンが身を乗りだして、エリーに真剣なまなざしを向けた。

「エリー、本当にすまない。原稿を見てもいないのに、偉そうな口をきいて悪かった」

「いいのよ、もう忘れて」エリーはそっけなく言い返した。「それより、考えてみると、あなたの提案にも一理あるわ。少し手間はかかるけれど、とりあえず物語を何冊かに分けられるかどうか検討してみようと思うの。今までなら忙しすぎて絶対に無理だったわ。でも、ひとり暮らしをはじめたら、手直しすることになっても時間はあるもの」

ダミアンが片方の眉をあげてにやりとした。

「きみもそのほうが得策のような気がしてきたのか？」

「ええ。すぐにでも正確なページ数を確認したいけれど、描き終えた原稿は伯父の屋敷のわたしの部屋に隠してあるの」

　ふと不安が心をよぎった。果たして屋敷に入れるだろうか？　伯父のことだから、すでにわたしを一歩も邸内に入れないように、使用人たちに命じているかもしれない……。

「隠してある？」ダミアンが眉をひそめて聞き返した。「きみが絵本を描いているのを誰も知らないのか？」

　エリーはうなずいた。「原稿を出版社に持ちこもうとしているのを知られたらと思うと、空恐ろしい気分になるわ。伯父は絶対に許してくれないでしょうね。挿し絵は、夜ベアトリスが寝てから描いているの。息つく暇もなく働いたあとの至福の時間よ。これはわたしだけの秘密なの」

　ダミアンは感心した顔でエリーを見ている。「きみは強いな。それだけでなく、すばらしい才能も持っている。エリー、これが本当のきみの秘密だよ。何も気づいていないきみの家の人たちは大ばか者だ」

　エリーはふたたび体がほてってきた。肌がうずき、心臓が早鐘を打っている。生まれてはじめて知った感覚――体の奥底で眠っていたこの感覚を、ダミアンが目覚めさせてくれた。昨日、ふたりで話をしていたとき、彼とは昔からの知り合いのような気がした。そう感じたのは、不幸な子ども時代を過ごしたという共通点があったからなのだろう。ダミアンは生みの親に捨てられ、わたしは孤児になって冷たい親戚に引きとられた。そして今日は、たがいの秘密を共有した。ダミアンの亡くなった妻と、わたしの絵本の秘密を。

ふいにダミアンの手が伸びてきて、エリーから帳面を取りあげた。新しく描いた絵を好奇心に満ちた目で見ている。ダミアンが絵に即興で創意あふれる物語をつけはじめた。ページをめくるたびに、ラットワース王子がどんどんすてきなヒーローに変わっていく。その話があまりにもおもしろくて、エリーは笑いがとまらなかった。彼はろくでなしだけれど、とても魅力的なろくでなしだ。

ひとしきり笑い、ふと気づくと、彼女はダミアンをじっと見つめていた。ページをめくる指を。滑稽な物語がよどみなく流れでる唇を。ときおり、こちらの反応をうかがうときのやわらかな表情を。今、わたしのなかにはふたりの自分がいる。ダミアンの一挙手一投足に見とれている自分を、愚かな女だともうひとりの理性的な自分がたしなめている。

悪魔の王子。わたしをさらった誘拐犯。それなのに、旧知の友人みたいに打ち解けた時間を分かちあっている。だけどこの城を出たら、ダミアンとわたしは二度とこうして話すことはないだろう。ふたりは別々の道を行き、それぞれの居場所に戻る。ダミアンは自身が経営するロンドンの賭博クラブに。わたしはひとり暮らしをはじめる田舎の家に。

そして、ダミアンと交わしたあの情熱的なキスも思い出になる。この体の奥に炎をともした、彼の唇や手の感触を味わう瞬間はふたたびめぐってはこない。最初で最後の経験だ。それでもダミアンが与えてくれた歓びは、これからもずっとわたしのなかに残るだろう。いつの間にか物思いに沈んでいたエリーの耳に、ダミアンの声が聞こえてきた。もうどのくらい同じベッドに座り、軽口を叩いては笑いあって過ごしているのだろう。エリーは視線をダミアンの顔に戻した。そのとき、突然思いついた。これまでは頭をかすめもしなかったことを。

16

その日の夜、エリーは入念に夕食のための身支度をした。

まずは一時間かけて、胸の谷間が大胆にのぞくように、明るい青のドレスの襟ぐりを深く縫い直した。それから化粧台の縁が黒ずんだ古い鏡の前に座り、豊かに波打つ髪にブラシをかけ、ヘアピンを使って凝ったスタイルにまとめた。そして最後に、レディ・ミルフォードから贈られた、クリスタルビーズがきらめく赤い靴に足をすべりこませた。

人生は不思議だ。何が起きるかわからない。わたしは今、それを実感している。どこか危険な香りがする全身黒ずくめの男性をはじめて見かけたのは、ほんの一〇日ほど前のことだ。彼はレディ・ミルフォードの屋敷の前の通りにとめた馬車から、ベアトリスを見つめていた。その男性を、わたしはこれから誘惑する。この成り行きには自分でも驚いている。一〇日前にはまったく想像もしていなかった。

今夜、わたしはダミアンをベッドに誘うつもりだ。ダミアンに情熱的に抱かれたいから……。不安と願望が心のなかで交錯する。体が思わず震えた。本気なの？　本当にそんな勇気がある？

突然、扉を叩く音が響き、エリーは飛びあがった。誰だろう。窓の外は夕闇が迫っている。だけど二月は日暮れが早いから、おそらくまだ五時半くらいだろう。それならミセス・マクナブだ。早めに夕食を持ってきてほしいと頼んでおいたから。エリーはミセス・マクナブに嘘をついた。〝なんだか疲れたわ。今夜は日没と同時に寝ようと思うの〟と。

エリーは自分でも驚くほど大胆な行動を思いついたあと、ダミアンにも嘘をついて、彼を部屋から追いだした。〝疲れたから少し横になるわ〟そしてもちろん、こうつけ加えることも忘れなかった。〝でも、六時に戻ってきてもらえるかしら？　そのときにペンとインクを持ってきてほしいの。ゆうべ描いたこの絵を、すべて仕上げてしまいたいのよ〟

エリーはダミアンの手製の杖をついて、扉へ向かった。心が痛む。ふたりに嘘までついてしまった。それも、自分のよこしまなたくらみを実行に移すために。ミセス・マクナブは、胸元が大きく開いたドレスを見てどう思うだろう？　何か気づくかしら？

ああ、なんて愚かなの！　うかつだったわ。今の今まで、考えもしなかった。絶対に気づかれたくない。胸の奥に隠してあるみだらな願望を他人に知られるなんて、あまりにも恥ずかしすぎる。この秘め事は、ダミアンとわたしだけの秘密にしておきたい。

ダミアンの姿が目に浮かんできた。たちまち膝から力が抜けて、転びそうになる。胸壁での強烈な出来事が片時も頭から離れず、ダミアンとのキスを何度も繰り返し思いだしている。強く重ねられた唇。頬に当たるざらざらした髭の感触。胸の先端を愛撫する刺激的な指の動き。そして、ヒップをつかまれて強く引き寄せられたとき、密着した下腹部にドレス越しにダミアンの高ぶりを感じた。あの瞬間、息がとまった。

今夜は、大人の女性らしい振る舞いをするつもりだ。二度とダミアンをとめたりはしない。こちらから彼を誘惑する。それにダミアンが悪魔の王子らしく応えてくれたら、そのときは彼にこの身を任せる。

エリーは大きく深呼吸をして、気持ちを落ち着かせた。扉を開けたとたん、冷たい空気が肌を刺す。驚いたことに、目の前にいるのはミセス・マクナブではなくダミアンだった。

彼は大きなかごを片手に持ち、外套の襟を立てて薄暗い廊下に立っている。なんてすてきなの。風で乱れた髪も、唇の端に浮かぶかすかな笑みも、惚れ惚れするほど魅力的だ。

「ミセス・マクナブの代わりに食事を持ってきたよ。わたしも六時にここへ来るつもりだったからね」深みのある低い声が廊下に響く。「ひとりで用事がすむなら、何もふたりして螺旋階段をのぼる必要はないだろう？　だから、ミセス・マクナブにそう……」

ダミアンが口をつぐんだ。視線はエリーの大きく開いたドレスの胸元に落ちている。喜びがエリーの全身を駆けめぐった。覚えている、ダミアン？　あなたはここに手を差し入れたのよ。心のなかでダミアンにそっと話しかけた。冷たい空気にさらされているというのに、じっと見つめられていると、体じゅうに熱いものが広がっていく。誘惑作戦の出足は順調だ。一時間かけて縫い直したかいがあった。でも、こんなふうにダミアンにうっとり見とれていてはだめよ。自分のほうから誘惑するんでしょう？　それを忘れないで。

エリーは一歩うしろにさがった。

「どうぞ、入って、ダミアン。驚いたわ、あなたはまだ来ないと思っていたから」

緑がかった灰色の瞳が鋭い光を放っている。だが、ふたたび話しはじめたダミアンの声は落ち着き払っていた。「すぐに失礼するよ。頼まれたものを持ってきただけだからね。ところで、よく眠れたかい？」

ダミアンは室内に入り、暖炉脇のテーブルにかごを置いた。赤々と燃える薪のはぜる音だけが静かな部屋に響いている。ダミアンはかごの蓋を開けて料理を取りだし、無言のままのエリーにいぶかしげな目を向けた。

〝すぐに失礼するよ〟のひと言に、エリーは激しく動揺していた。自分に向けられたダミアンの視線に気づいて、あわてて口を開く。「なんですって？　今、眠れたかときいた？　ええ、もちろんよ。おかげですっかり疲れが取れたわ。昼寝ってとても効果があるわね」

「それは妙だな」ダミアンが食器を並べる手をとめずに言う。「ミセス・マクナブは、きみが相当疲れているみたいだと言っていたが。今夜は早めに寝るんだろう？」

エリーは必死に言い訳を探した。「わたし、ミセス・マクナブにそんな話をしたかしら。ああ、そうね、思いだしたわ。そういえば、昼寝をする前に話したんだった。あのときは、今夜は早く寝るつもりだったの。でも今は目がさえてしまって、眠れそうにないわ」

エリーは杖を握りしめたまま扉の脇に立ち、食事の用意をしているダミアンを見つめた。けれども、ダミアンが体を起こして、こちらに向き直った。その瞬間、エリーの心臓が跳ねた。ダミアンはどこか冷めた表情を浮かべている。それに、外套も脱いでいない。その答えはひとつ――本当にすぐにここから出ていくつもりなのだ。

エリーは気を取り直して、明るく微笑んだ。

「あなたと一緒に食事をしたいわ。どうかしら、ダミアン？」

「それは無理だな。皿もフォークもひとつしかないからね」ダミアンが堅苦しい表情でエリーのほうへ歩いてきた。「今夜は早めに寝るつもりだ。フィンが、嵐がおさまってきたと言っている。このままいけば、明日の午前中に島から出られそうだ。そう聞いて、きみもうれしいだろう？」

突然の知らせに、エリーは頭を殴られたかのような衝撃を受けた。昨日までの自分なら飛びあがって喜んだだろう。だけど今は、この城にダミアンとふたりでいつまでもいたかった。それなのにダミアンの態度はよそよそしく、ふたりでベッドに座って冗談を言いあっていたときの打ち解けた雰囲気はかけらもない。数時間でどうしてこんなに変わってしまったのだろう。あのときとはまるで別人だ。

「これで本当に嵐がおさまってきたの？」エリーは言った。「まだ海はかなり荒れているわよ」

「明日の朝には波も落ち着くはずだ。フィンの予想は当たるよ。なんといっても海育ちだからね。これまでもはずれたことはない」ダミアンがエリーの目の前で立ちどまった。外套のポケットに手を入れて、羽根ペンとインク壺を取りだし、エリーに差しだす。「きみに頼まれたものだ。絵を描いて、楽しい夜を過ごしてくれ」

エリーは手を伸ばさなかった。受けとったら、ダミアンは部屋から出ていってしまう。それだけは絶対に受け入れがたかった。

なぜ微笑んでもくれないの？　これでも精いっぱいおしゃれをしたのよ。そんなにわたしは魅力がない？　ダミアンもわたしと過ごす時間を楽しんでいると思っていた。少しは好意を持たれていると思っていたのに、わたしが勝手に勘違いしていただけなのかしら。

きっとそうなのだろう。胸壁での出来事に舞いあがっていたのはわたしだけ。やはりあのときダミアンは、亡くなった奥さんのことを考えていたのだ。わたしは彼女の身代わり。たまたまそこにいた、都合のいい女にすぎない。

エリーの胸に悲しみがこみあげた。ふと、ここへ来た日にダミアンが言ったことを思いだした。〝遠くからだと、きれいに見えたのに〟わたしを見て、彼が放った言葉だ。ダミアンは金髪の可憐な女性が好みなのだろう。そう、ヴェロニカみたいな女性が。それでも……わたしを見るダミアンの瞳は熱を帯びていた……。

そんな気がしたのも、単なるわたしの思いこみだったのかもしれない。今のダミアンは冷淡で、見知らぬ他人も同然だ。心ゆくまで語りあい、笑いあった、数時間前のあのほのぼのとしたひとときが幻に思えてくる。

いいえ、幻ではない。あの時間、たしかにふたりのあいだには親密な空気が流れていた。今宵《こよい》がこの城で過ごす最後の夜になるのなら、なおさらダミアンとこのまま別れるわけにはいかない。わたしはこの一夜に賭けるつもりだ。自分も女の歓びを知りたいから。

欲望が全身を駆けめぐる感覚をぜひとも経験したいから。

エリーは杖を椅子にもたせかけ、ダミアンから羽根ペンとインク壺を受けとった。ふたりの指がかすかに触れあった瞬間、火がついたようにふたたび体が熱くなる。エリーは笑みを浮かべ、上目遣いにダミアンを見た。「まだ捻挫したほうの足に体重をかけられないの。でも、両手がふさがっているから杖を使えないわ。ダミアン、悪いけど手を貸してくれないかしら？　これをベッド脇のテーブルに置きたいの」

ダミアンは無言のままエリーを見おろしている。一秒、二秒、三秒……不安な時間が過ぎていく。やがてダミアンは、エリーの腰に腕を回して歩きだした。

エリーはダミアンにぴたりと寄り添い、夢心地で彼に体を預けて歩いた。ベッドのそばまで来たときには、演技ではなく本当に脚に力が入らず、ひとりで立っていられなくなっていた。

テーブルにのったオイルランプの灯りが、ベッドにやわらかな光を投げかけている。ダミアンの腕に抱かれて、ここに横たわりたい。ダミアンの熱いキスを、濃厚な愛撫を全身に受けたい。だけど経験不足の自分には、この切実な願望を叶えるのは至難の業だ。ダミアンのほうから誘惑してくれたらいいのに。悪名高きろくでなしなのだから、女性を誘惑するすべには長《た》けているはずだ。それなのに、腰にそっと腕を回しているだけで、抱き寄せてもくれない。

エリーは帳面の上に羽根ペンとインク壺を置き、ダミアンが腕を離す前にすばやく彼に向き直った。外套の襟に両手を添え、わざと自分の胸と硬く引きしまった胸板を触れあわせる。男らしい体を間近に感じて、たちまちエリーは鼓動が乱れた。

「少し話をする時間もないの？」エリーはすがるような目でダミアンを見あげた。

ダミアンが大きく息を吸いこむ。「ああ、ここに長居するのはよくない。失礼するよ」

まるで自分に言い聞かせているみたいな口振りだ。ふたりの体を離そうとしているのだろうか。ダミアンが両手でエリーの腰を包みこんだ。だが、そのままの姿勢でじっとエリーを見おろしている。その強い光を放つ瞳を見れば、ダミアンが心のなかで激しく葛藤しているのがわかった。

エリーはその瞬間を逃さず、手をあげてダミアンの頬に触れた。少し伸びた髭の感触が心地よい。彼に触れられたい……。

「ダミアン、行かないで。お願いだからここにいて。もう一度あなたにキスをしてほしいの」

頬に添えたてのひらを通して、ダミアンが歯を食いしばるのが伝わってきた。彼は険しい表情でエリーを見つめている。「エリー、自分が何を言っているかわかっているのか？ 今度はキスだけでは終わらない。きみは裸でこのベッドに横たわるはめになるぞ！ わたしは力ずくできみを自分のものにする。それでもいいのか？」

その荒々しい口調に、エリーは背筋がぞくぞくした。ダミアンの魂胆はわかっている。わたしをおびえさせようとしているのだ。エリーはダミアンに微笑みかけた。「自分が何を言っているのかは、ちゃんとわかっているわ。ダミアン、わたしはあなたにそうしてほしいの」

悲しすぎる。ここまではっきり口にしても、まったく手応えがない。

ダミアンは緑がかった灰色の瞳に鋭い光を宿らせ、微動だにせず立っている。「どうかしているぞ。エリー、頭を冷やせ！　わたしにはできない。きみとは関係を持ちたくない」

ふいに、ダミアンの心のなかが読めた。なぜ頑なに首を縦に振ってくれないのかわかった。ダミアンはわたしを亡くなった奥さんと同じ目に遭わせたくないのだろう。彼と一緒に寝室にいるところを見つかり、結婚するしかなくなったヴェロニカと同じ苦しみを、わたしに味わわせたくないと思っているのだ。世間でどう言われていようと、ダミアンは紳士だ。彼はわたしの体面を気遣ってくれている。

でも、今はその優しさはいらない。わたしが欲しいのはダミアンだけ。どうにかして彼の鉄の意志を打ち崩さなければ。

エリーは人差し指でダミアンの唇の輪郭をなぞった。「あなたに選択肢はないのよ」彼の目を見つめ、ささやきかける。「ダミアン、あなたに償ってもらいたいと言ったわよね。これも償いのひとつよ。ひと晩、わたしを歓ばせてほしいの」

17

まったく、エリーには驚かされる。

理性と欲望の狭間《はざま》で葛藤しながらも、なぜかダミアンは大声で笑いだしたくなった。ろくでもない人生だが、それでもひとつくらいまともな振る舞いをしようと心に決めた矢先に、エリーが体を差しだしてきた。まさかこんな大胆な女性だったとは。今すぐこの部屋から出ていったほうがいい。決心が揺らぐ前に。頭ではわかっていても、一歩も動けなかった。ただ立ち尽くしたままエリーを見おろし、ドレスから美しい胸がこぼれ落ちるさまを想像している自分が情けない。

唇をなぞるエリーの指先の感触に、心がかき乱される。たまらずダミアンはエリーの手首をつかみ、唇から指を引きはがした。エリーは、わたしがやっとの思いで自制心をつなぎとめているのがわからないのか？　いや、ひょっとしたら、わかっていてわざとしているのかもしれない。

「エリー、もう忘れたのか？　わたしは家を見つけることと、一年間の生活費を出すことを約束したはずだ」ダミアンは語気を強めた。「きみもそれで納得していただろう？　償いの話はあの時点で終わっていた。これ以上、何もつけ加えるつもりはない」

「あら、そうなの？　わたしは話が終わったとは思っていなかったわ。だって、契約書にまだ署名もしていないでしょう？」屁《へ》理屈もいいところだ。ダミアンがそう言い返す間もなく、エリーは涼しい顔で彼の外套のボタンをはずしはじめた。「ねえ、ダミアン、わたしの評判はすでに傷がついているわ。たとえあなたとのあいだに何もなくても、それを信じる人はいないでしょうね。結局、わたしは世間から白い目で見られるのよ。だから別に、わたしの体面を気遣ってくれなくてもいいわ」

　ダミアンはボタンをはずすエリーの手を振り払えずにいた。理性が欲望にのみこまれそうだ。体がやけに熱く、即座に外套を脱ぎ捨てて、今この場でエリーの奥深くに身をうずめたい衝動に駆られる。ばかなまねはよせ。おまえはいったい何を考えている？「思い直したほうがいい、エリー。いずれきみも結婚する。そのときまで、自分を大切にするんだ」

「わたしは一生結婚するつもりはないわ」

　あまりにも思いがけないひと言に、一瞬ダミアンは戸惑った。嘘だろう？　結婚するつもりはない？　なぜだ？　ヴェロニカは結婚を夢見ていた――悪党と結婚するはめになり、甘い夢はもろくも壊れてしまったが。

　エリーはボタンをはずし終え、ダミアンの肩から外套を脱がせた。ダミアンは袖から腕を引き抜き、外套を足元に落とした。戸惑いが怒りに変わり、エリーをにらみつけて声を張りあげる。「一生結婚しない？　エリー、気はたしかか？　女性なら誰だって結婚したいと思っているはずだ」

「でも、こういう女もいるのよ。わたしは夫がいなくてもいいの」エリーはクラヴァットをほどきはじめた。「一四歳で伯父に引きとられてから一二年間というもの、わたしは毎日朝から晩まであの家の人たちのために働いてきたわ。自分の時間は寝る前のほんのひとときだけだった。これからは、誰にも束縛されずに自由に生きていきたいの。いいかげん奴隷状態から解放されて、自分のために生きてもいいでしょう？」

エリーの言葉を聞いて、ダミアンの怒りがおさまっていった。まさに完璧な組み合わせだ。一瞬、不埒な考えが頭をよぎる。自分も結婚は二度とごめんだ。それなら結婚したくない者同士が、遊びと割りきって楽しむのもいいかもしれない。とはいえ、エリーにはそんな手軽な女にはなってほしくなかった。

ダミアンはエリーの手首をつかみ、彼女のてのひらを自分の胸に押し当てた。「きみが本当にこの先も独身を貫く気なら、なおさら早まったまねはしないほうがいい。身ごもるかもしれないんだぞ。きみも子どもができたら困るだろう？」

エリーは視線をそらし、唇を噛んだ。だが、すぐに顔をあげて、大きな茶色の瞳でダミアンを見つめ返してきた。「その危険は承知のうえよ。もし身ごもっても、ひとりで子どもを育てるわ。責任を取ってほしいなんて決して言わない。だから、安心して。あなたはこれからも自由よ」

聞き捨てならない言葉だった。ずいぶん見くびられたものだ。わたしが自分の子どもを見捨てるとでも？　冗談じゃない。ふたたびダミアンの怒りに火がついた。なぜエリーは、わたしを無責任な男だと勝手に決めつけているんだ？　エリーに問いただすまでもない。世間にはびこっている悪評のせいだ。だからこそ、自分に娘がいることも細心の注意を払って隠し続けている。父親の悪口を嬉々として吹きこもうとする連中から、かわいいリリーを守るためだ。当然、エリーにもリリーのことはいっさい話すつもりはない。

　ふと気づくと、エリーがかすかに眉をひそめてこちらを見あげていた。わたしの心の内を読みとろうとしているのか、食い入るようなまなざしで見つめている。だが、エリーに知られるわけにはいかない。私生活は絶対に隠し通すつもりだ。ダミアンは怒りの表情を消した。エリーがこの顔に見るのは、欲望だけでいい。

　そう、わたしをろくでなしだと思っているのなら、そう思わせておけばいいのだ。

　ダミアンはしゃれたスタイルにまとめたエリーの髪に指を差し入れ、ピンを抜いていった。つややかな鳶色の髪がふわりと肩に落ちた。唇が触れそうになるまで顔を近づけて、低い声でささやきかける。「エリー、きみの望みを叶えよう。きみはとても美しくて情熱的だ。世界中どこを探しても、きみを拒める男はいない。当然、わたしもそのひとりだ」

　なぜダミアンは怒っているの？　ふつう、どんなことがあろうと責任を取って結婚する必要はないと言われたら、彼みたいな放蕩者は喜ぶはずでしょう？　なんの気兼ねもなく一夜かぎりの情事を楽しめるはずなのに、どうして怒るのか理由がまったくわからない。だけどダミアンの胸の内で怒りが渦巻いているのは、顔を見れば一目瞭然だ……。

　突然、ダミアンの顔から怒りが消え、魅惑的な甘い笑みが広がった。戸惑う間もなく次の瞬間には、髪からピンを抜かれていた。彼の指が頭皮や首筋に触れるたびに、心地よいしびれが体に走り、気づいたら髪がほどけて肩に広がっていた。そしてわたしは今、額に、頬に、唇に、そっと降り注ぐキスの雨にうっとりと酔いしれている。ああ、夢を見ているみたい。

〝きみはとても美しくて情熱的だ〟

　彼の本心から出た言葉だといいのに。夢心地でキスを受けているうちに、膝から力が抜けて立っていられなくなり、エリーはダミアンの広い肩にしがみついた。目を閉じて、優しく触れるダミアンの唇の感触に浸る。胸壁でされた情熱的なキスとは違うけれど、じらすように唇を軽くかすめるだけのこのキスも、ぞくぞくするほどすてきだ。

〝わたしがその気になればいつでもきみを誘惑できる。そしてそのときは、きみもわたしに誘惑されたいと思っているはずだ〟

　昨日、足首を捻挫したときに、ダミアンが放った言葉だ。あのときは一笑に付したけれど、たった一日で考えが変わった。ダミアンの言うとおりだ。わたしは彼に誘惑されたいと思っている。ダミアンの腕に抱かれる瞬間を、胸を高鳴らせて待っている。

　ドレスの真珠のボタンをはずすダミアンの手が、背中をすべりおりていく。エリーが悪戦苦闘の末に一〇分かかってようやくとめたボタンを、ダミアンはいとも簡単にはずし終えた。彼は袖からエリーの腕を抜いて、ドレスを腰まで引きさげた。冷たい空気が肌をなでる。今夜はわざとコルセットをつけなかった。今、上半身を覆っているのは薄いシュミーズだけだ。

ダミアンはエリーの腰に腕をまわして、彼女の胸に目を向けた。豊かなふくらみが白い生地を押しあげ、濃く色づいた先端が透けて見える。ダミアンが顔をわずかにさげた。真顔でじっと見つめられていると、エリーは胸に恥ずかしさがこみあげてきた。

わたしとヴェロニカを比べているのかしら？

そんな考えが頭をよぎったとたん、エリーは手で胸を隠したくなった。ためらいがちにつぶやく。「ごめんなさい……きれいでなくて。ほかの女性はもっときれいなのに」

ダミアンがすばやく顔をあげた。口元にどこかおもしろがっているような笑みが浮かんでいる。「ごめんなさいだって？　エリー、よしてくれ。きみはまったくわかっていないな」シュミーズの上から豊満なふくらみをてのひらで包みこみ、親指でゆっくりと先端をなぞった。「きみは美しいよ。実にすばらしい体をしている。見てごらん、きみの胸はわたしのてのひらにぴったりおさまっている」硬さを増していく先端に愛撫を加えながら、さらに言葉を継ぐ。「ここだけじゃない。わたしたちの体は、ありとあらゆる場所がぴたりと重なりあうはずだ」

高鳴る期待で、エリーの全身に震えが走った。含みのある言葉が意味するものはただひとつだ。わたしにもそれくらいはわかっている。ついに愛の行為を経験でき、女の歓びを知るのだ。その謎に満ちた世界の扉がもうすぐ開く。ふたたび優しいキスの雨が降りだした。あたたかい唇が敏感になった肌をかすめ、指で胸の先に触れられているうちに、下腹部にほてりが広がり、痛いほどうずきはじめた。

「ダミアン」エリーは吐息まじりにささやき、彼の首に腕をからめてキスをせがんだ。けれども、ダミアンは軽いキスしか返してくれない。エリーがもっと濃厚なキスを求めているのに、彼はじらして楽しんでいる。なんて腹立たしいのかしら。彼女が心のなかで不満をくすぶらせていると、いきなりダミアンが体を引いた。

なだめるように指の関節でエリーの頬をなでる。

「足首が痛いだろう？　立っていたらだめだ」

「大丈夫よ」エリーはつま先立ちになり、ダミアンの顔を引き寄せてキスを求めた。「不思議だけれど、少しも痛くないの」

「それでも、ここに立っているより、きみをベッドに寝かせたい――一糸まとわぬ姿で」

ダミアンの手が伸びてきたかと思うと、あっという間にペチコートの紐がほどけ、腰でとまっていたドレスも床にすべり落ちた。ダミアンはエリーを抱きかかえ、ベッドの上掛けをめくって彼女を横たえた。

背中に当たるシーツがひんやりと冷たい。今、身につけているのは、薄いシュミーズとシルクのストッキング、それに赤い靴だけだ。なんだかとてもちぐはぐな格好だ。脱いだほうがいいかしら？　それとも、このまま寝ていたほうがいいの？　そんな迷いも、ベッド脇に立っているダミアンに目を向けたとたん、消え去ってしまった。

ダミアンはベストを床に脱ぎ捨てた。白いリネンのシャツの裾に手をかけて頭から引き抜こうとしている彼を、エリーはうっとりと見つめた。すてき、なんてたくましい上半身なの。鋼のような筋肉のついた肩と腕に、厚い胸板。その胸を覆う黒い毛は、細い筋になってブリーチズのなかへ続いている。ダミアンの姿がギリシア神像と重なった。彫刻のモデルになれば、最高傑作ができそうだ。

ダミアンがベッドに腰をおろした。その拍子に、マットレスが揺れる。ブーツを脱いでいる彼の背中をエリーはじっと見つめた。ダミアンが振り返り、エリーの体を包みこむようにしてベッドに片手をついた。ふたりの視線が熱くからみあう。静寂のなかで聞こえるのは、暖炉の薪がはぜる音と、自分の心臓の音だけだ。まっすぐこちらを見据える、緑がかった灰色の瞳の奥に、情熱の炎が燃えていた。そして、別の何かも。

ダミアンが顎の筋肉をこわばらせた。「エリー」そっけない声で言う。「考え直す時間はまだある。ここでやめてもいいんだ」

わたしがこの先の人生を棒に振らないよう、ダミアンは選択肢を与えようとしてくれている。一時の感情に流されて、あとで悔やんでほしくないと思っているのだろう。ぶっきらぼうな口調のなかにも、思いやりが伝わってきた。エリーは手を伸ばして、こわばった顎にそっと触れた。

「ダミアン、考え直すつもりはないわ。わたしはあなたが欲しい。とても欲しいの」

ダミアンは探るような目でエリーをしばらく見ていた。やがて表情を和らげ、にやりとした。その笑みに、これから起きることへの期待でいやがうえにも胸が高鳴る。ダミアンの顔が近づいてきて、エリーの唇をふさいだ。ふたりは徐々にキスを深めていった。

夢中で唇を重ねながら、エリーはダミアンの引きしまった上半身に手を這わせた。なめらかな部分に。体毛でざらざらした部分に。どこに触れても、熱を帯びている。ダミアンのたくましい胸が、自分のやわらかな胸と重なった。たちまち全身の神経がざわめきだし、エリーはえも言われぬ高揚感に包まれた。

ダミアンの唇が喉を伝い、胸へとすべりおりていく。シュミーズ越しに火傷《やけど》しそうなほど熱いキスを落としつつ、ダミアンはエリーの足から赤い靴を脱がせ、靴下留めをはずした。そして、ゆっくりとシルクのストッキングをおろしはじめた。ダミアンの指が肌をかすめるたびに、エリーは身震いしそうになった。一瞬一瞬を味わうかのように、すべての行為がじっくりと時間をかけてなされていく。それは心地よくもあり——責め苦でもあった。ダミアンがもう片方のストッキングをまたゆっくりとおろしはじめたときには、思わずせきたてたくなるほど彼を求める気持ちが最高潮に達していた。

ダミアンがシュミーズの裾をつかんで引きあげた。エリーは早く脱がせてほしくて、みずから頭を起こした。一糸まとわぬ姿になっても、恥ずかしいとは思わなかった。ふたたび枕に頭を沈め、エリーはダミアンに目を向けた。ダミアンは瞳に称賛の色を宿して、彼女の体をじっと見おろしている。エリーは心の底からうれしさがあふれてきた。生まれてはじめて、自分が美しくて魅力的な女性になった気がした。

ダミアンがエリーの胸のふくらみを指先でなぞり、さらに腹部へと指をすべらせていく。

「きみがいつもだぼだぼの不格好なドレスを着ていてよかった」彼の声はかすれている。「そのドレスの下にどんな体が隠れているのか、知っている男はわたしだけだからね」

エリーを見つめるダミアンの瞳は強い光を放ち、呼吸も荒く、息をするたびに胸が大きく上下している。必死に自制心を保とうとしているのだろう。でも、自分を抑えないでほしかった。胸壁で唇を奪ったときの、あの荒々しい姿を見せてほしい。

「ダミアン、お願い、今すぐあなたが欲しいの」

エリーはダミアンがまだはいているブリーチズに手を伸ばしたが、彼はその手をつかんだ。口元にこわばった笑みを浮かべている。

「エリー、ゆっくり時間をかけよう。急いで終わらせたくない」

ダミアンはエリーのかたわらに片肘をついて横になり、彼女の体にそっと指先を這わせはじめた。腕を伝いおり、腹部に円を描き、ダミアンを求めて熱くなっている場所を避けて、胸へと這いあがっていく。どうしてここには触れてくれないのかしら？　ダミアンに触れてと言いたいけれど、どう切りだしていいのかわからない。いいえ、やはり黙っていたほうがいい。女性から催促するのは、はしたないもの……。

ダミアンが胸に顔を寄せて、先端を交互に口に含んだ。軽く歯を立てられて、エリーの唇から震える吐息がもれる。ダミアンの乱れた黒髪に指を差し入れて、エリーは自分の胸に顔をうずめている彼を見おろした。ダミアンの唇が与えてくれる歓びが全身に広がり、慎み深さを奪い去っていく。

こういうことだったのだ。今、はじめてわかった。だから、放蕩者には近づくなと若いレディたちは注意されるのね。でも、こんなふうに天にものぼる気分にさせてくれる恋人を拒絶できる女性なんているのかしら。

恋人……。その言葉にエリーの胸は激しく高鳴った。そうよ、悪魔の王子はわたしの恋人。今夜かぎりの罪深い恋人。わたしの完璧な恋人。

ダミアンの手がすべりおりていく。腿のあいだに指が忍びこみ、秘めやかな部分に触れられた瞬間、エリーの頭のなかは真っ白になり、小さな悲鳴が口をついて出た。ダミアンは指で優しい愛撫を加えつつ、エリーの顔にキスを降らせた。彼女の名前をささやき、とても美しいと言ってくれている。

ダミアンの指の動きが少しずつ大胆になってきた。エリーは言いようのない快感にとらわれ、たまらず彼の首筋に顔を押し当てた。ダミアンの指が動くたびに、みだらな湿った音と、自分の口からもれる切れ切れの吐息が静かな部屋に響く。彼の指がエリーのなかに入ってきた。徐々に奥深くへと進み、気づけばエリーは無意識のうちに脚を開き、みずから動いていた。自分のなかで何が起きているのかわからない。抑えたくても、絶え間なくあえぎ声がほとばしり、体が激しく痙攣する。やがて狂おしいほどの歓喜の渦にのみこまれたエリーは、ぐったりとダミアンにもたれかかり、悦楽の世界に落ちていった。

ダミアンがベッドから起きあがり、ブリーチズを脱いだ。すぐにエリーのもとへ戻ってきて、彼女を腕のなかに包みこむ。ダミアンの大事な部分がエリーの腿に当たっている。とても大きくて……ひどく熱い。快楽の余韻のなか、麻痺《まひ》した頭の片隅でぼんやり思う――そういえば、ダミアンはまだ自分を抑えたままだ。

ふたたび彼の手が腿のあいだにすべりこんできた。エリーのなかに差し入れられた指が、深々ともぐりこんでいく。あっという間に快楽の残り火が燃えあがり、エリーは天国に向かって駆けのぼっていった。ダミアンがふたりの額を合わせてささやいた。「エリー……今きみがいる場所に、わたしも連れていってくれ」

エリーは期待に身を震わせた。「ええ」

ダミアンはすぐにエリーの上になり、ふたりの体を重ねあわせた。エリーは本能的にわずかに腰を浮かせて脚を開き、ダミアンをいざなった。ダミアンがひと息に入ってきた。強く奥まで貫かれた瞬間、鋭い痛みが走り、エリーは大きく息をのんだ。

ダミアンは動きをとめて、エリーの顔にかかった髪をそっと指先で払い、瞳をのぞきこんだ。優しく話しかけてくる低い声がエリーの耳を満たす。

「いとしい人。きみに痛い思いをさせてしまった。許してくれるかい？」

〝いとしい人〟この甘い言葉をダミアンにささやかれた女性は、きっと星の数ほどいるはずだ。彼にとっては、ただの口説き文句――それでも、心の底からうれしさがこみあげた。これまでダミアンに情事の相手が何人いたとしてもかまわない。それはすべて過去の話だ。今、彼はわたしとここにいる。欲望に輝く緑がかった灰色の瞳は、わたしだけに向けられている。

エリーは唇にやわらかな笑みを浮かべた。「ああ、ダミアン……とてもすてきよ」これは本心だ。痛みよりも、体のなかに彼を感じる歓びのほうがはるかに大きい。エリーはダミアンの体の下で腰をかすかに動かした。彼に欲望を解き放ってほしかった。一緒に至福の瞬間を味わいたい。

「ねえ、ダミアン、あなたを歓ばせたいの。教えて。わたしはどうしたらいいの?」

エリーは腰をまわしてみた。ダミアンが快感に顔をゆがめ、うめき声をもらす。

「そう、それだ、エリー。そんなふうに動かれたら、われを忘れてしまいそうになる」

ふたりはたがいの体に腕をまわしてきつく抱きあい、唇を重ねた。シーツの上で、ふたつの体が、腕が、唇がからみあっている。この世界にはふたりしかいなかった。ゆっくりと動きはじめたダミアンにしがみつき、エリーは奥まで満たされている感触を堪能した。彼の体の重みが心地よい。エリーは目を閉じて、ダミアンの背骨に沿って指をすべらせながら、恍惚の波間を漂った。

ダミアンの動きが速くなった。エリーも応え、腰を高く突きあげた。部屋に肌と肌がぶつかりあう音が響く。ダミアンが腰を激しく打ちつけてくる。突くたびに深さを増していく彼の動きに合わせているうちに、エリーは高みへと押しあげられ、体を大きくのけぞらせて絶頂の叫び声をあげた。すぐにダミアンの荒々しいうなり声が続き、彼はエリーの上に倒れこんだ。

ダミアンの体が震えている。彼の熱い吐息が、枕の上に広がった鳶色の髪を揺らす。胸に伝わってくるダミアンの鼓動が、しだいに落ち着いてきた。エリーは甘くけだるい余韻に包まれて、幸せを噛みしめた。これが愛の行為というものなのね。すばらしい経験だった。謎に満ちた世界はめくるめく歓びにあふれていた。

本当にダミアンとは一夜かぎりの関係だと割りきれるかしら……。

とたんに、エリーは現実に戻った。もちろん、割りきれる。割りきらなければならない。彼は今夜だけの恋人。一夜の情事を楽しんで、明日はロンドンに帰る。ダミアンは賭博クラブへ戻り、わたしは念願のひとり暮らしをはじめ、誰からも束縛されずに絵本を描く。それがわたしたちのこれからの人生だ。

だけど、将来のことはまだ考えたくない。ダミアンの腕のなかにいるあいだは、このひとときに浸っていたい。

暖炉の薪がはぜる音が耳に優しく響く。エリーは目を開けた。窓の外はすっかり闇に包まれている。でも、それほど遅い時間ではないはずだ。夜はまだ長い。今宵は天からの贈り物だ。この時間を大切に過ごしたい。

もう一度、天国を経験できるかしら？　ああ、ぜひ経験したい。でも、自分の口からは言えない。ダミアンにふしだらな女だと思われたくないもの。

ダミアンがエリーの上からおりて、かたわらに横たわった。エリーは顔を横に向け、彼を見つめた。ベッド脇のテーブルにのったオイルランプが、彼の乱れた黒髪と精悍《せいかん》な顔にあたたかい光を投げかけている。ダミアンは満たされた表情をしていた。

ふたたび胸にうれしさがこみあげてきた。同時に、なぜか恥ずかしくなる。究極の親密な行為を分かちあったのに、恥ずかしがるなんてばかげている。それにしても、すてきな夢が見られた。すべての行為が感動的だった。今わたしは、ダミアンのそばにいられることに幸せを感じている。今夜は人生最高の夜になった。

エリーは手を伸ばして、ダミアンの額に落ちた髪をうしろになでつけた。

「なんだか悪女になった気分よ。あなたのせいだわ」

ダミアンがにやりとした。物憂げに伸びをして、ごく自然な仕草でエリーの腰に手を置く。

「まさか、それはないな。わたしはきみの要求に応えただけだからね」

「あなたは立派に務めを果たしてくれたわ」エリーの心は浮きたち、ダミアンをからかいたくなってきた。「おかげで、すっかりわたしはとりこになってしまった。さすがは噂どおりの放蕩者ね。あなたが悪魔の王子と呼ばれるのも当然だわ」

ダミアンの表情が一変した。目を細め、あざけるような笑みを浮かべて視線をそらす。エリーは呆然とダミアンを見つめた。なぜ彼が急に態度を変えたのかわからなかった。わたしは何か気に障ることを言ってしまったのだろうか。

18

エリーが冗談めかして放ったひと言で、欲望を満たしたあとの至福の余韻が急速に冷めた。苦々しい記憶がよみがえってくる。まさに天国から地獄に突き落とされた気分だ。エリーは無邪気に微笑んで、こちらを見ている。ダミアンはたまらず目をそらした。エリーを責めてもしかたがない。なぜ悪魔の王子と呼ばれるようになったのか、彼女は理由を知らないのだから。それでも、胸に渦巻く不快感を抑えきれなかった。

思いだしたくもない過去――それをエリーにさらけだすつもりはない。

エリーがダミアンの頰にそっと手を添えた。ダミアンはエリーに視線を戻した。少し前まで恍惚の表情を浮かべていた顔が、今はどこか寂しげに曇っている。エリーの官能的な姿が目に浮かんだ。自分の体の下に横たわっていたエリー。枕の上に広がった豊かな鳶色の髪。波打つ巻き毛が美しい胸にもかかっていた。そして、絶頂を迎えたときのバラ色に染まった体。全身から色気が立ちのぼっているエリーを、かつてはあか抜けないオールドミスだと思っていた。今さらだが、人というのは見た目だけではわからないものだ。

エリーはまばたきもせず、一心にダミアンを見つめている。このあたたかな茶色の瞳に、何もかも見透かされているようで胸騒ぎを覚えた。

そろそろ終わりにしたほうがいい。じゅうぶん楽しませてもらった。エリーもこれで満足したはずだ。ベッドの相手と打ち明け話をする気はさらさらない。情事のあとで余韻に浸ることなど、今まで一度もなかった。

エリーに別れのキスをして、さっさと自分の寝室に戻ろう。すばらしいひとときだったが、これもただの情事にすぎない。ぐずぐずしていても、ろくなことはないだろう。

ダミアンはエリーを腕のなかに引き寄せて、ライラックの香りがする髪に顔をうずめた。ふたりの胸が触れあっている。まったく哀れな男だ。エリーの胸のやわらかい感触が欲情をそそる。「もう行くよ。明日は島を出るから――」

「だめよ、まだ行かないで」エリーはダミアンの肩を両手でつかみ、彼の目をひたと見据えた。「わたしはひと晩と言ったのよ。ひと晩じゅう、わたしを歓ばせてくれる約束でしょう？それはきちんと守ってもらうわ。あなたは夜明けまでここにいるのよ」

ずいぶんと厳しい声だ。エリーは自分が今どんな格好をしているかわかっているのか？ダミアンはおかしくてしかたがなかった。一糸まとわぬ姿なのに家庭教師みたいな口調でまくしたてられたら、笑うなというほうが無理だろう。ダミアンはエリーのふっくらとしたヒップを軽くぴしゃりと叩いた。「魔性の女は怖いな」

エリーが唇にかすかな笑みを浮かべた。

「ねえ、ダミアン、男女はひと晩に何度も愛を交わすの？」

その言葉でダミアンの欲望に火がつき、下腹部に急激に血液が集まった。われながら恐るべき回復力だ。「ああ、そうだな……」くそっ、こんなふうにつぶらな瞳で見つめられたら、まともに話ができなくなる。まいった、エリーから離れられそうにない。こうなったら、どうにでもなれだ。「だが、今すぐは無理だ。きみのおかげでくたくただよ。回復する時間が必要だ。もう少し休ませてくれ」

エリーが体を起こした。ヘッドボードに背中を預けて座り、上掛けを胸元まで引きあげる。

「わかったわ。それじゃあ、あなたが元気になるまで話をしましょう。なぜ悪魔の王子と呼ばれているのか教えてくれる?」

この愚か者め！　自分で墓穴を掘ってしまった。まったく、エリーときたらなんて鋭いんだ。

ダミアンはベッドから起きあがると、裸のままゆっくりと暖炉に向かいながら口を開いた。

「もう昔の話だ。よく覚えていない」

暖炉のなかを火かき棒でかきまわし、薪を放りこむ。ダミアンはしばらく燃えあがる炎を眺めていた。個人的な話はしたくない。エリーもこの沈黙を拒絶だと感じてくれたらいいのだが。ヴェロニカとの結婚が不幸な結果に終わり、それ以来、女とは軽いつきあいしかしてこなかった。自分を見せたくないからだ。それは今も変わらない。

ダミアンは食事を並べたテーブルに近づいた。チキンも、ローストポテトも、堅焼きパンもすっかり冷えてしまった。彼はローストポテトをひとつつまんで口に入れ、それから赤ワインのコルクを抜いて、ゴブレットに注いでひと口飲んだ。

ワインのボトルとゴブレットを手にベッドへ戻るダミアンを、エリーはじっと見つめている。さりげなく彼の全身に視線を走らせ、下腹部にもう一度目を向けた。たちまちエリーの頬がピンク色に染まる。エリーは全裸の男を見てうろたえているのだろうか。もしそうなら、このままうろたえ続けて、ついでに先ほどのよけいな質問も忘れてくれるといいのだが。

ダミアンはベッドに座り、ゴブレットをエリーの口元に持っていった。

「さあ、飲んでくれ。どうやら今夜は一緒に過ごすことになりそうだな」

エリーは身を乗りだして、ダミアンから視線をはずさずにワインをひと口飲んだ。ふたたびヘッドボードに背を預けて座り直し、舌先で赤みを帯びた唇をなめる。その挑発的な仕草に、ダミアンの下腹部でくすぶる残り火が燃えあがった。

とたんに迷いが吹き飛び、エリーと過ごす夜が俄然《がぜん》楽しみになる。実際、それ以外の選択肢は考えられなくなった。エリー・ストラットハムという女性は、ほかの世慣れた情事の相手とはまったく違う。清潔感があり、それでいてたまらなく男心をそそる性的魅力にあふれている。また体を重ねるときが待ちきれない。だが、夜はまだこれからだ。時間はたっぷりある。

ダミアンはゴブレットにワインを注ぎ、ベッド脇のテーブルにボトルを置いた。そのとき、革表紙の帳面の上にのった羽根ペンとインク壺が目に入った。エリーに頼まれて持ってきたものだ。そういえば、彼女は大きく胸元が開いたドレスを着ていた。その大胆な姿に驚いて言葉が出なくなり、話が途中で終わったのだ。ふいにある疑惑が頭をもたげはじめた。「エリー、きみはこの情事を前もって計画していたんだな」ダミアンは笑いを噛み殺した。「羽根ペンとインク壺を持ってこいと言ったのは口実だったんだろう？　はじめからわたしを誘惑するつもりだった……当たりだな？」

エリーは伏せたまつげの下からダミアンを上目遣いで見あげた。「そうかも」

「おいおい、エリー、〝そうかも〟という答えはないんだ。けむに巻こうとしても無駄だぞ。きみはわたしを罠にかけた。これが事実だな？　まったく、まんまとやられたよ」

口ではそう言いつつも、ダミアンは少しも気にしていなかった。自分でもかなり驚いている。もともと小細工を仕掛けて近づいてくる女は願いさげだ。それなのに、なぜかエリーには腹が立たない。

それにしても、なかなかの策略家だ。だが、罠にはまったのはエリーも同じだ。今の会話で、人の過去をほじくりまわすのは忘れただろう。案外簡単にエリーの気をそらすことができた。これで窮地を逃れられそうだ。

気をよくしたダミアンは、ゴブレットに口をつけた。ひと口飲んだところでエリーが口を開いた。「ダミアン、もうこの話はいいわ。それより早く教えて。どうして悪魔の王子と呼ばれているの？」

思わずダミアンはワインにむせそうになった。「なんだって？」

「やめてよ、ダミアン。聞こえているくせに、はぐらかさないで。言っておくけど、あなたに選択肢はないの」エリーが小首をかしげて、勝ち誇った笑みを向けてきた。「これも償いよ」

またしても腹は立たなかった。それどころか、ダミアンは笑って尋ねていた。「また追加かい？　ミス・ストラットハム、償いのリストはいったいどこまで長くなるんだ？　いっそすべて書きだした紙ををテーブルに置いておいてくれないかな」

「これ以上は増やさないわ。約束する。でも、嘘はだめよ」エリーは上掛けから手を出して、ダミアンの膝にそっと触れた。いかにもエリーらしい、なまめかしくもあり愛らしくもある仕草だ。「さあ、ダミアン、話して」

今、エリーはあたたかな笑みを浮かべている。その笑顔に、ダミアンの防御は完全に崩れた。彼らしくもなく胸が熱くなり、エリーの笑顔をいつまでも見ていたいという強い思いに駆られた。まあいい、話すことにしよう。別にエリーに知られても、どうということはない。それにロンドンに戻ったら、エリーはウォルトにきこうと思えばいつでもきける。あの男は嬉々として教えるだろう。ウォルトに暴露されるくらいなら、みずから話したほうがいい。

「しかたがないな」

ダミアンはゴブレットをテーブルに置いて、ベッドに横になった。エリーも隣に横たわり、彼の肩に頭を預けて胸に手を置いた。ダミアンはエリーを抱きしめた。腕のなかにぴたりとおさまっているエリーは、まるで自分の体の一部のようだ。それでも、エリーとの関係は体だけにとどめておくつもりだ。心まで許す気はない。

ダミアンは息を吐きだして、静かに口を開いた。「ミムジーの話をしたのを覚えているかい？　わたしを育ててくれた女性だよ。わたしがまだ幼いとき、ミムジーは毎晩寝る前に話を聞かせてくれたんだ。イングランド王やローマ皇帝、それにロシア皇帝にまつわる実話を話してくれるときもあったが、たいていはドラゴンを退治する王子の話だった。ミムジーは物語を作る天才だったよ。その王子がいつも強くてね。次々にドラゴンを倒して、邪悪な魔女から王女を救いだすんだ」

エリーが顔をあげてダミアンを見た。瞳がきらきらと輝いている。「絵本を描いているわたしを、あなたがばかにしなかった理由がわかったわ。ミセス・ミムズが作ったおとぎばなしを聞いて育ったからなのね？」

ああ、そのとおりだ。エリーの絵を見ていると、あの頃を思いだして、懐かしさがこみあげてきた。ダミアンはエリーのもつれた髪をなでた。「そうだ、ミムジーの話を聞くのが毎晩楽しみだった。よく言われたよ、物語に出てくる王子のように、勇敢で高潔な人間になりなさいと。わたしは王家の血を引いているから……」

エリーが目を大きく見開いて、ダミアンを見あげた。

「なんですって？　本当に？　あなたはイングランド王家の血を引いているの？」

ダミアンは勢いよく首を左右に振った。こういう反応をされるから、過去の話はしたくないのだ。人に弱みは見せたくなかった。そんな作り話を信じるなんて、おめでたいやつだと笑い物にされるのは耐えられない。「いや、違う。ただの作り話だ。ミムジーは物語を通して、人の道を説こうとしたんだ。王子みたいに立派な男になれとね。わたしはすり傷が絶えないやんちゃな子どもで、それに父親がいなかった。ミムジーは、わたしに目標とする人物が必要だと思ったんだろう。それが物語の王子だっただけだ」

「でも、ウォルトに取られた鍵には王冠が刻みこまれているんでしょう？　それは、あなたが王家の血を引いている証拠――」

「なんの証拠にもならないよ。王冠の模様だけでは何もわからない。もしかしたらミムジーはその模様を見て、王子の物語を思いついたのかもしれないな。王家の血を引いているなんて、子どもにしたらわくわくする話だろう？」

　エリーはかすかに眉をひそめている。納得していない顔だ。「ジョージ三世には九人の王子がいるわ。そのなかの誰かに庶子の息子がいて、それがあなたなのかもしれない――」

「そして、王子は庶子のわたしを捨てた？」ダミアンは首を横に振った。自分に王家の血が流れていたらいいのにと、あれこれ想像をふくらませていたときもあった。だが空想の世界に浸るのは、とっくの昔にやめた。「エリー、わたしの過去などたかが知れている。まあ、望まれない子どもだったのはたしかだな。それでもできるものなら、母親は捜しだしたいと思っている。やはり自分のことは知りたいからね……だから、鍵を取り戻したいんだ。もしかしたら、母親につながる手がかりが見つかるかもしれない」

　ダミアンは暖炉のなかで勢いよく燃える炎に目を向けた。リリーのためにも、母親を捜しだしたい。いつか娘に祖父母のことを尋ねられるときのために。だが、エリーにそこまで深く胸の内をさらすつもりはない。

エリーに頬をなでられ、ダミアンは物思いから覚めた。

「続きを聞かせて、ダミアン。まだ悪魔の王子が出てきていないわ」

「そのあだ名をつけたのはきみのいとこのウォルトだよ。イートン校に入学して間もない頃だ。ある日の午後、わたしは回廊の裏にひとりでいた。そこにウォルトとやつの取り巻き連中がやってきて、わたしに殴りかかってきたんだ。わたしもやり返したが、相手は三人いた。鼻血を出させるくらいの反撃しかできなかったよ」

「そのときの話はフィンから聞いたわ。ミセス・ミムズが亡くなった知らせを聞いた日だったのよね。それでひとりになりたくて、あなたは回廊の裏に行ったんでしょう？　だけど、そこにウォルトたちが来た。あなたは制服が破けるほどひどい暴力を受けたと、フィンが言っていたわ」

「ああ。体を地面に押さえつけられて、完全に動きを封じこまれてしまったからね。わたしが大きな間違いを犯したのはそのときだ。後悔先に立たずとはまさにあのことだよ。無意識のうちに、わたしの父は王で、おまえたちは首をはねられるぞと叫んでいた。その結果、どうなったかは簡単に想像がつくだろう？　やつらに大笑いされたよ」

ダミアンは自嘲気味に乾いた笑いをもらしたが、エリーは笑わなかった。「それでウォルトは、あなたを悪魔の王子と呼びはじめたのね」ダミアンの首に腕をまわして、頬に優しくキスを落とした。「ばかなウォルト。本当に意地が悪いわ。男の子ってどうしてそんな残酷なことを平気で言えるのかしらね」

エリーのいたわりの言葉が耳に心地よく響いた。ダミアンはエリーを抱いている腕に力をこめた。なんてざまだ。大の男がなぐさめられるなんて、みっともないにもほどがある。それでも遠い過去に負った心の傷を打ち明けてみると、不思議と気持ちが楽になった。

「最初はそのあだ名がいやでしかたがなかったよ」ダミアンはふたたび話しはじめた。「だが、やがてその名を利用することを思いついて、わたしは本当に悪魔になった。イートン校の不良連中を相手に、トランプをはじめたんだ。あいつらはいいカモだった。実際、大金を巻きあげたよ。その金で賭博クラブを開いた。〈悪魔の巣窟〉をね」エリーに向かってにやりとした。「そして今、悪魔の王子は女性関係の醜聞を世間にまき散らしている」

エリーがダミアンをにらんだ。「ふつう、紳士は自分に恥じない生き方をしようとするものよ。それなのに、あなたはわざと自分をおとしめている。わたしにはそう見えるわ」

ダミアンは声をあげて笑った。「なんだか厳しい家庭教師に叱られているみたいだ。これからわたしにお仕置きするつもりかな?」

エリーの胸をてのひらで包みこんだ。豊満なふくらみは驚くほどやわらかく、触れているうちに先端が硬くなってきた。エリーのあたたかくてなめらかな肌の感触に欲望が目覚め、ふたたび彼女が欲しくなる。

エリーはダミアンに寄り添い、彼の胸を指先でなぞった。「お仕置き? まさか。わたしの王子様にそんなことはしないわ。わたしが何をしたいのかは、もうわかっているでしょう？」

いたずらっぽく輝く瞳に見つめられて、たちまちダミアンは体が熱くなった。上掛けを払いのけると、枕に頭を沈めてあおむけになり、自分の体の上にエリーをのせた。エリーは愛の女神だ。彼だけの女神。エリーは笑みを浮かべ、思わせぶりに腰をまわしはじめた。

ふたりは唇を重ね、たがいの体に指を這わせた。ときにささやき、ときに吐息をもらしながら、ともにゆっくりと恍惚の世界に入っていき、やがて時間の感覚がなくなった。こんなに満たされた気分になるのはいつ以来だろう。いや、はじめてかもしれない。そんな思いがふと心をかすめる。エリーがたまらなくいとおしく思えた。快感が限界までふくれあがり、ダミアンは彼女のなかに深く身を沈めた。その瞬間、エリーの唇から歓喜の叫びがほとばしり、彼を引きつれて絶頂にのぼりつめた。

しばらく余韻に浸ったあと、ダミアンはランプの灯りを吹き消した。エリーはすでに半ば夢のなかだ。ダミアンは上掛けを引きあげ、ふたりの体を包んだ。エリーを抱き寄せて、ライラックの香りがするもつれた髪にそっと口づける。

静寂が部屋を覆っていた。薄暗がりのなかで、ダミアンはエリーを腕に抱いて消えかけた暖炉の炎を見つめた。心がざわついて眠れそうにない。いつもなら、とっくに部屋を出ていた。情事の相手と一夜を明かしたことは一度もない。欲望が満たされたら、すぐに別れの時間が来る。だが、こうしてエリーと横になっていると、ずっと一緒にいたくなる。二度と彼女を放したくない。

どうしてこんな気持ちになるのかわからなかった。まったく自分らしくない。一夜かぎりの情事のはずだ。今夜でふたりの関係は終わりにする。たとえ自分が望んだとしても、エリーを愛人にはできない。彼女も愛人になどなりたくないだろう。わたしはエリーを誘拐しただけでなく、純潔までも奪い、すでに彼女の体面をじゅうぶんすぎるほど傷つけている。これ以上、エリーに屈辱を味わわせるわけにはいかない。

それに、希望に満ちた彼女の人生の邪魔をしたくない。

エリーには夢がある。ひとり暮らしをはじめて、絵本を描くことに専念したいと思っている。長年あたためてきたその計画を妨害する権利など自分にはない。エリーに対するこの強い思いは、きっと一時的なものに違いない。ロンドンに戻れば、あっという間に熱が冷めるはずだ。

エリーに離れがたい愛着を感じるのは、孤島の城で過ごしているからだろう。仕事をはじめ、またいつもの日常に戻ったら、エリー・ストラットハムのことは忘れるはずだ。エリーはただの情事の相手。すぐに自分の人生から完全に消える。

ダミアンは心のなかで何度も自分に言い聞かせ、納得したところでようやく目を閉じた。少しくらいエリーを抱いて寝てもかまわないだろう。夜明け前に自分の寝室に戻ればいい。フィンに見つかる前に。エリーと抱きあって寝ている姿をフィンに見つかったら、槍で頭を突かれて殺されてしまう。

まあ、その心配は無用だ。体内時計の正確さには自信がある。必ず夜明け前に目が覚めるはずだ。そして最後にもう一度だけ、エリーの体を堪能しよう……。やがて、ダミアンは深い眠りに落ちた。

19

ドンドンドンドン。どこからかうるさい音が聞こえてくる。お願い、もう少し眠らせて。今、すてきな夢を見ているのに。まだ甘美な夢のなかを漂っていたい……。ドンドンドン。ふたたび音が聞こえた。エリーは目覚めたばかりのぼんやりとした意識のなかで、徐々に激しさを増していく音を聞いていた。

彼女はゆっくりと目を開けた。寝室の細長い窓から淡い日の光が差しこんでいる。朝だわと、心のなかで思う。そのとき、背中が妙にあたたかいことに気づいた。ダミアンだ。ダミアンがまだベッドのなかにいる。

突然、昨夜の出来事が頭によみがえった。官能的な時間をダミアンと過ごし、深い陶酔感を味わった。ふたりは二度、愛を交わした。いいえ、違う。三度だ。まだ部屋が暗いときに、もう一度体を重ねたもの。ダミアンは自分の寝室に戻らなかった。一緒にいるのは夜明けまでの約束だったけれど、今も彼はわたしの腰に腕をまわして眠っている。それにしても、この音はいったい……。

ああ、どうしよう。誰かが扉を叩いている。そう気づいたとたん、瞬時に目が覚めた。どうしたらいいの。ふたりが裸でベッドのなかにいるところを見つかってしまうわ！

ダミアンを起こそうと寝返りを打ったエリーを、彼は目覚めたばかりの眠たげなまなざしで見つめた。なんてハンサムなんだろう。乱れた黒髪がとても魅力的だ。ダミアンの緑がかった灰色の瞳が、みるみる大きく見開かれる。そう思ったのもつかの間、ダミアンは明るい光が差しこむ窓にすばやく視線を向けた。また扉を叩く音が大きく響いた。その瞬間、彼は片肘をついて上体を起こした。

「くそっ……」ダミアンがベッドから飛びだした。床からブリーチズを拾いあげてはき、白いシャツを頭からかぶった。

エリーも上掛けの下にもぐりこんで、大あわてでシュミーズを探した。いったいどこに行ってしまったの？　どうして見つからないのよ。

必死に上掛けをかき分けていると、ベッド脇の絨毯の上に、白い布のかたまりが落ちているのが目に入った。手を伸ばして布をつかむと同時に、寝室の扉が勢いよく開いた。

そこにはミセス・マクナブが立っていた。一歩足を踏みだしたところで、目をむいて悲鳴をあげる。「何してるんですか！　ここはレディの寝室ですよ！　まったく、旦那様ときたら。フィンの思ってたとおりになってしまった。どうして旦那様はそう考えなしなんですか！」

エリーは胸にシュミーズを押し当てて、なんとか体を隠そうとした。恥ずかしくてしかたがない。室内はひんやりしているのに、今にも顔から火が出そうだ。ああ、もう耐えられない。穴があったら入りたい気分だ。そのなかに、一週間隠れていたい。いいえ、それではまだ足りないわ。来年まで出てきたくない。

ダミアンはブリーチズのボタンを半分しかとめていなかった。「くそっ、頼むからうしろを向いてくれ！　いや、それより少しのあいだ、外で待っていてくれないか」

ミセス・マクナブは扉のところで立ち尽くしたまま、動こうとしない。肉付きのいい腰に両手を当てて、にらみをきかせている。「なんです、その言い草は。ここにいちゃいけないのは旦那様のほうですよ！　恥を知りなさい」

エリーは震える息を吸いこんだ。ダミアンは何も悪くない。一方的に責められるのはあんまりだ。ベッドに誘ったのはダミアンではなくわたしなのだから。恥ずかしさはひとまず置いて、エリーは口を開いた。「ミセス・マクナブ、そうじゃないの。あなたは――」

「いや、ミセス・マクナブの言うとおりだ」ダミアンは落ち着いた声で、エリーの言葉をさえぎった。ブーツに足を入れながら先を続ける。「ゆうべ、ミス・ストラットハムを誘惑した。わたしが無理やり彼女を誘ったんだよ。紳士的な振る舞いをしなかったわたしがすべて悪いんだ」

ダミアンが鋭い視線を投げてきた。口をつぐんでいろと言っているのかしら？　それとも、昨日の夜ベッドをともにしたことを悔やんでいるの？　もしそうなら、つらすぎる。でも、ダミアンはすぐに部屋から出ていきたがっていた。やはり後悔しているのかもしれない。あのときの彼の言葉が耳の奥でこだまする。〝エリー、頭を冷やせ！　わたしにはできない。

きみとは関係を持ちたくない〟

ダミアンはヴェロニカとの結婚が悲劇に終わってから、生娘の女性と深い仲になるのを避けてきた。それなのに、わたしは誘惑のまねごとをして、ダミアンにひと晩一緒に過ごすよう約束させた。今、彼はわたしの誘いにのったのは大きな間違いだったと思っているのだろう。こちらをいっさい見ようともせずに、床に脱ぎ捨てた衣類を拾いはじめた。

「旦那様、急いでください」ミセス・マクナブがこわばった声で言う。「船がこっちに向かってるんです。まもなく客人が到着しますよ」

ダミアンがミセス・マクナブに向き直った。「いったい誰が来るんだ?」

「知りませんよ。旦那様に伝えるようフィンに頼まれただけですからね」ミセス・マクナブはずんぐりした指をダミアンに突きつけた。「ご自分で確かめてください。貞淑なお嬢様を誘惑して、種を植えつけてる場合じゃないんですよ」

ふたりが話をしている隙に、エリーは急いでシュミーズを頭からかぶった。船が来る！　誰かが島に向かっている。でも、誰が?　ひょっとしてウォルト?　ようやく鍵を返す気になったのかしら?　わたしを連れ戻しに来てくれたの?

まさか、あり得ない。あのウォルトが、放蕩三昧できるロンドンを一秒たりとも離れるわけがない。しかも、わたしのために……。

次にペニントン伯爵の顔が頭に浮かんだ。ウォルトから話を聞いて、伯父が姪を救いに来たのだろうか。最悪だわ。伯父が来るなら、ウォルトのほうがまだましだ。

エリーは不安で胃がよじれた。船に乗っているのが伯父なら、一族の名を汚されて怒りに燃えているはずだ。警官も引き連れているかもしれない。

伯父ならそのくらいしそうだ。そして、ダミアンは誘拐罪で現行犯逮捕される。念のため、ダミアンにも伯父のことを伝えておいたほうがいい。

エリーは口を開きかけた。だが、すでにダミアンは外套を着て、扉に向かっていた。ミセス・マクナブの横を通る際、言い捨てて部屋から出ていった。

「わたしが呼びに来るまで、ミス・ストラットハムを部屋から出さないでくれ」

冗談じゃないわ！　この一大事に、監禁されてたまるものですか！　敵の手にダミアンは渡さない。絶対に。

エリーはあわててベッドから飛びおり、床からペチコートを拾いあげた。暖炉の火が消えた部屋は寒く、冷気が肌を刺す。一刻も早く海岸に向かって、伯父からダミアンを守りたいのに、指が震えてペチコートのからまった紐がほどけなかった。

ダミアンを監獄送りにするわけにはいかない。たしかに誘拐は許しがたい罪だ。けれども今は、鍵を取り戻すためだったとわかっている。しかもその鍵は、彼の人生を左右するほど大切なものだ。わたしはダミアンを恨んではいない。むしろ感謝している。田舎に家を見つけることと、一年間の生活費の援助を約束してくれた彼は、わたしの命綱だ。長年の夢がようやく実現しそうなところまできたのに、今ダミアンが監獄に入ったら、住む家もお金もなく、わたしは路頭に迷ってしまう。

伯父にも、ウォルトにも――どちらが船に乗っているのかわからないけれど、誰にもわたしのこれからの人生を台なしにされたくない。でも、ふたりともダミアンを罰することしか考えていないはずだ。どうやって彼をつかまえないよう説得したらいいだろう。

突然、目の前がぼやけた。涙が頬を伝い落ちる。いやだわ、泣き虫なんかじゃないのに。涙は嫌いなのに。

エリーはミセス・マクナブにそっと抱きしめられた。なぐさめるように背中をなでてくれている。その優しい手つきが心地よくて、母の腕に包まれているような気がした。「お嬢様に涙は似合いませんよ。旦那様に恋したんですね？　心配しなくても大丈夫です。旦那様はお嬢様を決して傷つけたりしません。さあ、涙を拭いて、支度をすませてしまいましょう」

ミセス・マクナブは完全に思い違いをしている。でも、涙の理由を説明している時間はない。自分の人生がかかっている今は、臨戦態勢を整えるほうが先決だ。ウォルトなのか、伯父なのか、それともふたりを相手にするのかはわからないものの、わたしは闘いに勝たなければならない。

エリーはさっそく身支度に取りかかった。ミセス・マクナブが深緑色のドレスの背中のボタンをとめているあいだ、エリーはもつれた巻き毛にブラシをかけてきつく編み、ヘアピンを使って後頭部でまとめた。準備完了だ。

すばやく外套をつかみ、エリーはミセス・マクナブの制止を振りきって、寝室から飛びだした。螺旋階段を駆けおりると、廊下を走り、アーチ型の出入口をくぐり抜けて庭に出た。

庭はひっそりと静まり返っていた。明るい日差しのもとだと、いっそう殺風景に見えた。おまけに雪が溶けて、至るところに泥の水たまりができている。

エリーの気持ちは急激に沈んだ。たった二日で景色は様変わりしてしまった。おとといはあたり一面が真っ白な雪に覆われ、あまりの美しさにおとぎばなしの世界に紛れこんだかのような錯覚を覚えた。足首をくじいたわたしは、ダミアンに抱きかかえられて部屋まで運んでもらい、ほんのひととき王女様気分を味わった。足首はまだ痛むけれど、今は胸の痛みのほうが何倍もつらい。

正直に言うと、この城を離れたくなかった。このままダミアンのそばにいたい。だけど今朝の彼はよそよそしくて、見知らぬ他人も同然だ。もう一度、幸せに満ちていた昨日に時間を戻せたらいいのに……。

ばかみたいだ。ダミアンは一夜かぎりの情事の相手だとわかっていたはずなのに。ロンドンに戻れば別々の道を行き、ふたりの関係は未来永劫《えいごう》に切れる。それが運命だ。そして、その日は刻々と迫っている。

ふと顔をあげた瞬間、城門の落とし格子が開いているのを視界の隅にとらえた。ダミアンが部屋を出ていってから、どのくらい経っただろう？　一〇分？　一五分？　もう船は到着したのだろうか。

知りたいなら、見に行くしかない。

そう思ったときには、すでにエリーはドレスの裾を持ちあげて、ぬかるんだ小道を駆けだしていた。城門でいったん立ちどまり、額に手をかざしてまぶしい朝日をさえぎってから、曲がりくねった道の先にある海岸へ目を向けた。

荒涼とした風景が広がっている。エリーは巨大な岩をしばらく見つめた。この島に来た初日の夜の出来事が、鮮やかによみがえる。あの夜、わたしは城を抜けだした。そしてあそこまでたどりついたとき突然現れたダミアンを見て、一瞬心臓がとまりそうになったのだ。それで無性に腹が立ってダミアンに殴りかかったけれど、あの岩と筋肉質の大きな体のあいだにはさまれて、身動きが取れなくなった……。

波打ち際にいるダミアンの姿が見え、エリーは物思いから覚めた。彼は黒い外套をはおり、冷たい風に髪をなびかせて、フィンと一緒に大きな船を浜辺につけようとしている。漕ぎ手が船から飛びおりて、ふたりを手伝いはじめた。

船の乗客はふたり。ボンネットをかぶったほっそりとした女性と、黒い外套と帽子を身につけた猫背の男性だ。ダミアンは女性を船から抱え降ろした。

エリーは目をしばたたいた。どういうこと？　あんなに不安でしかたがなかったのに、ウォルトも伯父も来ていない。

それにしても、あのふたりは誰だろう？　ダミアンの友人かしら？

嵐が過ぎ去った海はまだ波が少し高いが、遠い水平線上に陸地が見える。小さな町か村なのだろう。家が肩を寄せあうようにして立ち並び、波止場には白い帆を張った船が停泊していた。

今、船を降りた男女はダミアンと立ち話をしている。だけど、妙だ。ダミアンは今日誰かが城に来るとは思っていなかったはずなのに。

好奇心がむくむくと頭をもたげはじめ、エリーはそのまま城の入口で待つことにした。三人が海辺を離れて、こちらに向かって歩きだした。

ダミアンの腕に手を添えている女性は、どこからどう見ても正真正銘のレディだ。流行の最先端を行く白い毛皮の襟のついた藤紫色の外套をはおり、つば広のしゃれた青いボンネットをかぶっている。

ダミアンは顔をしかめて女性を見おろしていた。ボンネットのつばに隠れて女性の表情はわからないが、どうやらふたりは話しこんでいるようだ。ダミアンの堅苦しい態度を見れば、突然の訪問客を歓迎していないのは一目瞭然だ。おそらく、午前中のうちに島を出る予定が狂ってしまったからだろう。

やはり部屋に戻ったほうがいいだろうかと、エリーは今さらながらふと思った。ダミアンは、独身女性が城にいることをあのふたりにどう説明するのだろう。しかも、シャペロンは彼の使用人だ。この状況はかなり気まずい。

だが、部屋に引き返すにはもう手遅れだ。考えあぐねているうちに、三人はすでに城門近くまで来ていた。優雅なレディがダミアンに顔を向けて何か言おうとした瞬間、エリーに気づいた。女性ふたりの視線がぶつかる。

両足がぬかるんだ地面にすっぽり埋まってしまったかのように、エリーは一ミリたりとも動けなかった。年齢を重ねても衰えを知らぬ美貌。そして大きなスミレ色の瞳。幻覚だったらいいのに。今ほどエリーは現実逃避したいと思ったことはなかった。

「レディ・ミルフォード！　どうしてあなたがここにいらっしゃるんですか？」

気づいたときには、言葉が口から飛びだしていた。エリーはあわててお辞儀をした。ドレスの裾が水たまりに浸《つ》かり、目も当てられないほど悲惨な状態になっている。だが、この際そんなことにはかまっていられなかった。バラのほのかな香りが漂ってきて、体を起こすと、頬に優しいキスを受けた。

「ミス・ストラットハム、また会えてうれしいわ」レディ・ミルフォードがにこやかに言う。スコットランドの孤島にいるというのに、まるでロンドンの舞踏会で偶然出会ったみたいな口振りだ。「嵐で何日も島に閉じこめられていたんですって？　大変な思いをしたわね。今、ミスター・バークから話を聞いたところよ。元気そうでよかったわ」

「ミス・ストラットハムは二日前に氷の上で足をすべらせて、足首を捻挫したんです」ダミアンがふたりの会話に割って入った。「だからこんなふうに出歩かずに、まだ部屋で休んでいなければならないんですよ」

彼は冷たく言い放ち、エリーをにらみつけた。エリーはふたりの情熱的な秘め事は隠す必要があるとわかっていながらも、彼の冷ややかさに胸の痛みを感じた。

「わたしはもう大丈夫よ。ゆうべ早めにベッドに入って、ぐっすり眠ったおかげね」

ほんのつかの間、緑がかった灰色の瞳に炎がともった。ダミアンは昨夜の情熱的な情事を思いだしたのだろうか。わたしたちはキスを交わし、たがいに触れ、体を重ねた――一瞬にして、そんなふたりの姿がエリーの脳裏に浮かんだ。

レディ・ミルフォードがふたりを興味深そうにじっと見つめた。一歩前に出て、エリーと腕を組んだ。「ミス・ストラットハム、あなたが突然姿を消してから、ロンドンで何が起きているのか知りたいでしょう？　どこかゆっくり話ができる場所はあるかしら？」

ダミアン、レディ・ミルフォード、猫背の男性、そしてエリーの四人は、城の大広間に入っていった。ダミアンはレディ・ミルフォードを背もたれが高く、肘掛けの幅が広い重厚な木製の椅子に座らせてから、消えかけた暖炉に薪を投げ入れた。

エリーは暖炉脇の長椅子に座り、三人から離れた椅子にひっそりと腰かけている猫背の男性を盗み見た。服装は地味で、高級品を身につけているとはお世辞にも言えない。帽子を持つ手は節だらけだ。それに羽毛みたいな白髪の下から地肌が透けて見えている。誰も紹介してくれないけれど、きっとこの男性はレディ・ミルフォードの従者なのだろう。

エリーはにわかに不安になってきた。ミセス・ミルフォードは、ペニントン伯爵に姪を連れ戻してきてほしいと頼まれたのかしら？　彼女はウォルトにも会ったの？　ウォルトからダミアンの鍵のことを聞いているのかしら？

レディ・ミルフォードがボンネットを脱いで、椅子の隣にあるテーブルに置いた。エリーはその様子を落ち着かない気分で見つめた。レディ・ミルフォードの黒髪は優雅なシニョンにまとめられている。部屋が寒いので、外套ははおったままだ。背もたれの高い椅子に座っている姿は女王のようで、思わず怖じ気づいてしまいそうなほど威厳たっぷりだ。

この女性と会うのは今日で三度目だった。一度目は、ベアトリスが突然レディ・ミルフォードの屋敷に押しかけるという無謀な行動に出たとき。二度目はその翌日、エイルウィン公爵の屋敷にベアトリスを連れていくために、レディ・ミルフォードが伯父の屋敷を訪れたとき。それからレディ・ミルフォードは美しい赤い靴もくれた。けれども、彼女を知り合いと呼ぶにはあまりにも恐れ多かった。どうしてもわからない。なぜレディ・ミルフォードはここに来たの？　どうして社交界の花形がわたしなんかと話をするために、こんな遠くまでわざわざ足を運んだのかしら？

エリーは黙っていられなくなった。「レディ・ミルフィード、教えていただきたいのですが、どうしてここにいらっしゃったんですか？　それに、なぜわたしがここにいることをご存じだったんですか？」

レディ・ミルフォードが謎めいた笑みを浮かべた。「ミス・ストラットハム、そんなにあせらないでちょうだい。じきにわかるわ。でも、話をする前にひとつ言っておきたいの。この一連の出来事はわたしの責任でもあるのよ。あなたをレディ・ベアトリスの代わりに仕立屋へ行かせたでしょう？」ダミアンに厳しい一瞥を投げた。「わたしがあんなことを言いださなければ、あなたはミスター・バークに誘拐されなかった」

ダミアンは腕組みをして暖炉脇に立ったままだ。今の彼は城に連れてこられた初日に言い争ったときと同じ、冷たい雰囲気をまとっている。

ダミアンに話す気がないのなら、好きにすればいい。だけど、こちらはおとなしくしているつもりはない。エリーは口を開いた。「わたしが行方不明になった噂がもう流れているんですか？」

レディ・ミルフォードがうなずいた。「残念ながらそうなの。あなたの家の人たちは必死に騒ぎを静めようとしているわ。だけど使用人全員の口を封じるのは無理だから、噂はあっという間に広まってしまった。あなたはペニントン伯爵の姪ですもの、当然といえば当然ね。わたしがペニントン・ハウスを訪れたとき、レディ・ベアトリスはあなたが仕立屋に行ったきり帰ってこないと言って大騒ぎしていた。伯父様はご立腹の様子だったわ。あなたのことを、ろくでなしと駆け落ちするとはなんという恥さらしだと、何度も言っていたもの」いったん言葉を切り、同情をこめた目でエリーを見つめた。「はっきり言わせてもらうわ。今回のあなたの失踪事件を、伯爵はかなり不快に思っているの。それは、あなたのおばあ様も同じよ」

エリーにはその姿が簡単に想像できた。嬉々として噂話に花を咲かせているベアトリス。怒鳴り散らしている伯父。そして、いつものように辛辣な言葉で孫娘を切り捨てる祖母。別に驚きはしない。どれも日常のありふれた光景だ。けれども、ひとつだけ確かめたいことがあった。それに、レディ・ミルフォードにも誤解されたくなかった。「レディ・ミルフォード、伯父たちはわたしが誘拐されたとは言わなかったんですか？　みんな、わたしがみずから望んで、ミスター・バークと駆け落ちしたと思っているんですか？」

レディ・ミルフォードがふたたびうなずく。「ええ、そうよ。あなたのもうひとりのいとこのグリーヴズ子爵が家族にそう言ったの。子爵は、あなたが夜遅くに屋敷を抜けだすところを何度も見ているんですって。それで、あなたは誰かと密会しているに違いないと思ったみたいなの。その相手が悪魔の王子というわけよ」

エリーは啞然とした。「そんなのは嘘です！　すべてウォルトの作り話です！」

「くそっ！　あの野郎！」ダミアンは体の両脇でこぶしを握りしめ、暖炉の前に立ちはだかった。目には怒りの火花が散っている。「あいつだけは絶対に許せない。ロンドンに戻ったら、必ず殺してやる！」

「およしなさい」レディ・ミルフォードが鋭い口調で言った。「厄介事はたくさん。ただでさえ長い悪行のリストに、殺人まで加えないでちょうだい」

エリーは胸が張り裂けそうだった。それはウォルトが嘘八百を並べたてたからでも、家の人たちが彼の嘘を信じたからでもない。ダミアンとレディ・ミルフォードに家庭の内情を知られてしまったからだ。自分が家の人たちから軽んじられていることを、このふたりにはできれば隠しておきたかった。

彼女は顎をあげ、こわばった唇に無理やり笑みを浮かべた。「でも、不思議です。伯父たちは、わたしがどうやって賭博クラブの経営者と知りあったと考えたんでしょう。そもそも名うての悪人が、地味なオールドミスに興味を持つわけがないのに」

エリーはダミアンと視線を合わせた。ダミアンは口をきつく引き結び、目を細めて見返してきた。情熱を分かちあった、昨夜の彼とはまるで別人だ。わたしを腕に抱いて甘い言葉をささやいてくれた男性は、今ここにはいない。

喉が痛いほど締めつけられた。もう二度とダミアンに抱きしめられることはないのだ。情事は終わった。一夜かぎりの関係だ。自分もそれでいいと思っていたはずなのに。

「ミス・ストラットハム」レディ・ミルフォードがエリーを見つめた。「わたしにもグリーヴズ子爵の話は嘘だとすぐわかったわ。あなたはどう見ても分別ある女性ですもの。こそこそ密会なんかするはずがないわ。それでグリーヴズ子爵と個人的に話をして、真実を聞きだしたの。子爵は賭事で莫大な借金を抱えていることを白状したわ。そうなんでしょう、ミスター・バーク？　あなたは子爵から借金を回収するために、レディ・ベアトリスの誘拐を企てた」

「だが、違う女性を誘拐してしまった」ダミアンが吐き捨てるように言った。「それでも、ウォルトはミス・ストラットハムを助けようとはしませんでした。わたしが要求したものを持ってこなかったんですよ。それで借金をすべて帳消しにしてもいいとわたしが言ったにもかかわらず、あの男はミス・ストラットハムを見捨てた」

「あなたが要求したものというのは鍵ね？」レディ・ミルフォードがさらに続けた。「グリーヴズ子爵があなたの手紙を見せてくれたわ。はっきり言うと、子爵を脅して無理やり手紙を見たのよ」

レディ・ミルフォードは片方の眉をあげて、ダミアンの顔を見据えた。いくら脅されたとはいえウォルトがなぜレディ・ミルフォードに手紙を見せたのか、エリーには察しがついた。レディ・ミルフォードの全身からは何事にも動じない威風堂々とした雰囲気がにじみでている。いくら鈍感だとしても、ウォルトははなから自分に勝ち目がないことをわかっていたのだろう。だけど、ダミアンは違う。レディ・ミルフォードがなんの鍵なのか知りたがっても、彼は決して口外しないはずだ。現に今も腕を組んだまま、表情ひとつ変えずにレディ・ミルフォードを見返している。

しばらくして、レディ・ミルフォードはふたたびエリーに視線を戻した。「ミス・ストラットハム、あなたもこれを聞いたら少しは気が晴れるんじゃないかしら。わたしと話をしたあと、子爵はしぶしぶながらも自分が嘘をついていたことを父親に打ち明けたわ。だから今は、ペニントン伯爵も何があったのか真実を知っているの。でも、彼が頑固なのはあなたも知っているでしょう？　伯爵は二度とあなたに屋敷に足を踏み入れさせないと言っているのよ」

そう聞いても、エリーは動揺しなかった。伯父のことならよくわかっている。真実を知ったところで、悪魔の王子と呼ばれている男性と一週間以上も一緒にいた姪を許してくれるわけがない。それでも親族にこうも簡単に切り捨てられるのは、やはりやりきれなかった。

エリーは毅然《きぜん》としたまなざしをレディ・ミルフォードに向けた。「別にかまいません。どちらにしても、伯父の家に戻るつもりはありませんでした。ミスター・バークがわたしの評判を傷つけた償いをすると約束してくれたんです。わたしがひとりで暮らすための家を田舎に見つけてくれることと、生活費を出してくれることになっているんですよ。ですから、わたしは大丈夫です。今後はひとりでやっていきます」

そうよ、これから新しい人生がはじまる。自立した女としての第一歩を踏みだすのだ。待ち遠しくてしかたがない。家が見つかって落ち着いたら、思う存分絵本を描くことができ、充実した毎日が送れる。今、この胸に渦巻いている悲しみやむなしさもいずれは消えてくれるに違いないと、エリーは自分に言い聞かせた。

レディ・ミルフォードが椅子から立ちあがってエリーの隣に座り、キッド革の手袋をつけた手で彼女の両手を包みこんだ。「ミス・ストラットハム、あなたは何もわかっていないみたいね。世間の人たちは、駆け落ちしたあなたと悪魔の王子がすでに一緒に住んでいると思っているの。あなたには理不尽な話でしょうけれど、噂好きにとっては事の真偽なんてどうでもいいのよ。世間の目には、あなたは自堕落な女としか映らない。それはこれからも変わらないわ」

「でしたら、わたしはロンドンからはるか遠く離れた田舎に住みます。それにわたしは、人からなんと言われようと気にしません」

「でも、あなたの親族は気にするわ。この醜聞で傷を受けたのはあなただけではない。親族も顔に泥を塗られたのよ」

「ウォルトのやつめ。こうなったのはすべてウォルトのせいだ」ダミアンが吐き捨てるように言った。「あいつがエリー――ミス・ストラットハムを身持ちの悪い女に仕立てあげなければ、こんなことにはならなかったんです。彼女は病気の友人を看病するために、ロンドンを離れているとでも言っておけばよかったんだ。そうしたら、ミス・ストラットハムがいなくても誰も疑問に思わなかったはずです。わたしの要求を無視して――」

「よくお聞きなさい、ミスター・バーク」レディ・ミルフォードが強い口調でダミアンの言葉をさえぎった。「あなたが怒るのは筋違いですよ。胸に手を当ててよく考えてごらんなさい。この一連の不幸な出来事の原因を作ったのは誰？　あなたよ、ミスター・バーク。あなたのくだらない企てのせいで、ミス・ストラットハムは信用を失い、家の人たちもまた面目をつぶされたの」

ダミアンは何も言い返さなかった。不服そうにレディ・ミルフォードをにらみつける。

レディ・ミルフォードはエリーに向き直った。「社交界でも、ペニントン伯爵の姪であるあなたが悪名高い放蕩者と暮らしていると、みんな口々に噂しているわ。それで、伯爵はレディ・ベアトリスのデビューを一年延期しようと考えているの」

ああ、なんてこと。かわいそうなベアトリス。きっとがっかりしているに違いない。起きてから寝るまでの時間を社交界デビューの準備に充て、ドレスを揃え、未来の夫になる男性を惹きつけるためにあれこれ作戦を練っていたのに、無駄になってしまった。「ベアトリスの気持ちを思うと残念です。社交界デビューをとても楽しみにしていましたから。だけど、わたしにはどうすることもできません」

「あら、解決策はあるのよ、ミス・ストラットハム」レディ・ミルフォードが取り澄まして言った。「唯一無二の策が」

彼女は椅子から立ちあがり、猫背の男性を手招きした。男性は足を引きずりながらゆっくり近づいてくると、エリーの前で立ちどまり、うやうやしくうなずいた。

レディ・ミルフォードが口を開いた。「ミス・ストラットハム、こちらはファーガソン牧師よ。あなたとミスター・バークの結婚式を執り行うために来てくださったの」

20

エリーは長椅子に腰かけたまま、目の前にいる年配の男性を呆然と見あげた。淡い青の温厚な目が、彼女を見つめている。男性が節くれだった手を差しだした。

だが、エリーはその手を握り返すことができなかった。手を伸ばそうにも、金縛りに遭ったかのように全身がぴくりとも動かない。頭はパニック状態で、心臓は激しく打っている。

ああ、どうしよう。今にも気を失ってしまいそうだ。

きっと聞き間違えたのよ。そうに決まっている。〝ファーガソン牧師よ……結婚式を執り行うために来てくださったの……〟

エリーはちらりとダミアンに目を向けた。厳しい表情を浮かべ、口を引き結んでいる。大広間に腰を落ち着ける前にすでに話を聞いていたのだろう。レディ・ミルフォードの衝撃のひと言にも驚いているふうには見えない。この部屋でショックを受けているのはわたしだけだ。

エリーはレディ・ミルフォードに視線を移し、またすぐに年配の男性を見あげた。彼は外套のポケットに手を入れて、黒い表紙の小さな祈禱書《きとうしょ》を取りだした。なんてことなの。この人は本当に牧師なんだわ！

その事実に愕然として、エリーはまた気を失いそうになった。ここはスコットランドだ。結婚予告も、結婚特別許可証も必要ない。

つまり、すぐに結婚式が挙げられるということだ。今、この場で。どうしたらいいの。結婚が唯一無二の解決策だなんて、常軌を逸している。だけどこのままでは、レディ・ミルフォードの思惑どおりに結婚させられてしまう。

いきなり恐怖がこみあげてきた。はじかれたように長椅子から立ちあがったエリーの体がぐらりと揺れる。「いやよ」ささやき声しか出ない。エリーは声を振り絞った。「絶対に、いや！」

大広間にエリーの叫び声がこだました。

ダミアンがすばやくレディ・ミルフォードに近づいた。「今の声が聞こえましたよね、レディ・ミルフォード。これが答えです。もう干渉しないでください。ミス・ストラットハムはロンドンから遠く離れた田舎に引っ越すので、噂話に悩まされることはないでしょう。彼女の親族はどうなろうとかまいません。たっぷり苦しめばいいんです。長年、ミス・ストラットハムを不当に扱ってきたんだから、自業自得ですよ」

「それなら、あなたの家族はどうなの？」レディ・ミルフォードが小声で言い返した。「リリーは？　あの子も苦しめばいいというの？」

とたんに、ダミアンが全身をこわばらせた。硬い表情を崩さず、静かな声で言う。「リリーの話を持ちだすのはやめてください。あなたにはなんの関係もないでしょう」

エリーは小声で繰り広げられているふたりの会話に耳を澄ました。まったく話が見えない。

「リリー？　誰なの？」

レディ・ミルフォードもダミアンもエリーに見向きもしなかった。ふたりはにらみあいを続けている。たがいに一歩も引かない様子だ。

「リリーはすでにこの問題に巻きこまれているのよ」レディ・ミルフォードが口を開いた。「あの子の人生をもっと真剣に考えなさい。賭博クラブの経営も、次々と浮き名を流すことも、あの子の将来にいい影響は与えないわ。今回の醜聞は、もっとたちが悪い。あなたはまた同じ過ちを繰り返したのよ。結婚前の清純なお嬢さんを誘惑するなんて言語道断だわ。しかも、これで二度目よ。世間がこの話題を放っておくわけがないでしょう」

「噂したいやつにはさせておけばいいんです」ダミアンが吐き捨てるように言った。「じきに飽きますよ。世間なんてそんなものです」

「そんなたわ言を本気で言っているの？　自分の娘の将来を台なしにするつもり？」

エリーはふたりの会話をあっけに取られて聞いていた。一瞬、自分の耳を疑ったが、これは聞き違いではない。「ダミアン……あなたには娘さんがいるの？」

ダミアンが冷ややかな視線を投げつけてきた。「ああ。だが、娘はまだ六歳だ。今回のこの騒動で、あの子の将来が台なしになると考えるのはばかげている」

エリーは妙に冷めた気分で、ダミアンの彫りの深い端整な顔を見つめた。この数日のあいだに、彼の人となりをよく知るようになったと思っていた。軽口を叩いて笑いあい、たがいの人生について語った。それに何も身につけていない姿で抱きあい、親密な時間も過ごした。だけどダミアンは、ずっと隠し事をしていたのだ。娘がいることを話そうとはしなかった。

この人はほかにどんな秘密を抱えているのだろう？

わたしが知ったつもりになっていただけで、ダミアンは心の内を何も見せていなかったのかもしれない。また彼が見知らぬ人に見えた。

レディ・ミルフォードがエリーに向き直り、彼女の腕に手をかけた。「あなたが今回の一連の出来事にショックを受けているのはよくわかるわ。でもね、ミス・ストラットハム、みんなにとって最善の道を考えましょう。いったん広まった噂はどうしようもないけれど、あなたがミスター・バークと駆け落ちしたことにすれば、噂の質が大きく違ってくるの。駆け落ちしてまで愛を貫こうとしたなんてロマンチックでしょう？　人はそういう話に弱いのよ。ふたりが愛しあっているのならしかたがないと、寛大な気持ちになるものだわ。だからこの騒動を鎮めるには、結婚するしかない――」

ダミアンとエリーが同時に声をあげた。

「いいや、それは違う」これはダミアン。

「絶対にいや」

エリーはドレスの裾を持ちあげて駆けだした。これ以上一秒たりともこの場にいたくなかった。勢いよく扉を開けた瞬間、大きなトレイを持ったフィンにぶつかりそうになる。トレイから食器が落ちる寸前のところで、フィンが急いで姿勢を立て直した。焼きたてのスコーンの香ばしいにおいと、フルーツジャムの甘いにおいが鼻腔を満たす。

エリーを見るフィンの青い目が輝いている。その目が、昨夜のことはすべて聞いたと語っている気がした。「お嬢様、お茶を持ってきましたよ。なんで出ていく――」

エリーは最後まで聞かず、フィンを押しのけて外へ飛びだした。歩をゆるめることなく、まぶしい光が降り注ぐ庭を走り抜ける。水たまりの泥や溶けた雪がはねるのも気にしなかった。

アーチ型の出入口をくぐり、薄暗い廊下に入ったところで、ようやくエリーは足をとめた。無我夢中でここまで逃げてきたが、寝室には戻りたくない。誰かが来て、大広間に連れ戻されるのも時間の問題だ。

エリーはもう一方の廊下に目を向けた。きっとこの先に隠れる場所があるはずだ。レディ・ミルフォードも、牧師も、ダミアンも、それにマクナブ夫妻も、みんないなくなるまでそこに身を潜めていよう。飢え死にしようが、凍死しようがかまわない。結婚のために夢をあきらめるよりはずっとましだ。

そういえばダミアンと結婚したら、わたしは継母になるのだ。ふと、彼の娘のことが頭をかすめた。リリーという名前の女の子。ダミアンは、自分に子どもがいるのをずっと隠し続けていた。ひょっとしたら、話す機会がなかっただけかもしれないけれど。

でも、あえて話さなかった可能性もある。

ふいにダミアンとの会話を思いだした。ふたりでわたしが描いた童話の話をしていたときだ。〝小さな子どもというのは、短い物語が好きだからね〟と言ったダミアンを、〝日がな一日カードやサイコロのゲームに興じているあなたに、子どもの何がわかるというの？〟と、わたしは一笑に付した。

　するとダミアンは唇をゆがめ、視線をそらした。あのとき彼は、〝自分には子どもがいるからわかる〟と言えたはずだ……。だけど、何も言わなかった。

　急に牢獄に閉じこめられているような気分に襲われ、エリーは息苦しさを覚えた。この城から離れたくてたまらない。一刻も早くこの島を出たい。

　船があるわ！

　そうよ、海岸に行けば船が待機している。漕ぎ手には、レディ・ミルフォードに急用を頼まれたと言えばいい。きっとすぐに船を出してくれるだろう。われながらいい思いつきだ。みんなが紅茶を飲み終わる頃には、わたしは船を降りて町にいる。今度はそこで、ロンドンに戻る手段を見つける……。

　脱出計画がまとまったところで、エリーは体の向きを変えた。その瞬間、会いたくない人物が目に飛びこんできた。ダミアンが外套の裾をはためかせ、さっそうとこちらに向かって歩いてくる。ぼんやりしていたせいで、今の今まで足音に気づかなかった。ダミアンは毅然とした厳しい表情を浮かべている。憎らしいほどハンサムだ。

　エリーはとっさに廊下の奥へ向かって駆けだした。だが無駄な抵抗で、すぐに追いつかれて腕をつかまれた。「エリー、逃げないでくれ」

エリーはダミアンに向き直り、両手で思いきり彼の胸を突き飛ばした。

「あっちに行って！　あなたとは結婚しないわ！」

ダミアンが一歩さがって、肩をすくめた。「おいおい、エリー、少し落ち着いてくれ。わたしも結婚はしたくない。ひどい夫になるのは目に見えているからね。これで安心しただろう？」

「それじゃあ、なぜここに来たのよ？」

「レディ・ミルフォードと一緒にいたくないからだ。まったくあの干渉好きはどうにかならないものかな。いつもそうなんだ」

「いつも？」

「レディ・ミルフォードがわたしの人生に首を突っこんできたのは、今回がはじめてじゃない。昔、ヴェロニカには近づくなと釘を刺されたんだよ」

その話はエリーの好奇心を刺激した。

「そのときも、レディ・ミルフォードに結婚しなさいと言われたの？」

「いいや、釘を刺されたのは、ヴェロニカを誘惑する前だった」文句があるなら言ってみろとばかりの挑戦的な目で、ダミアンがエリーを見た。「わたしは当然、忠告を無視した。だが、まったく後悔していない。過ちを犯さなければ、リリーは存在していなかったからね」

エリーはダミアンの挑戦を受けて立ち、彼をにらみ返した。「ああ、あなたの子どものこ

いるじゃないの」とね。でも、そう言うわりにあなたときたら、一週間以上も娘さんをほったらかしにしてい

ダミアンが怒りを爆発させた。「それは嫌みか？　あいにくだが、リリーには優秀な家庭教師と子守がついている。ついでに言わせてもらえば、使用人たちも全員有能だ」

「あら、そうなの。だけど、今日船で来たのが伯父だったら――伯父が警官も連れていたら、あなたは誘拐罪で逮捕されていたかもしれないのよ。ねえ、ダミアン、父親が監獄に入った場合、誰がその人の子どもを育てるのかしら？」

ダミアンは視線をそらした。髪をかきあげると、ふたたびエリーに向き直り、鋭いまなざしで見据えた。「もしわたしが計画どおりにレディ・ベアトリスを誘拐していたら、ペニントンはどんな手を使ってでも誘拐の事実を隠しただろう。警察を介入させるような危険なまねは決してしなかったはずだ。だが……そうだな、きみの言うとおりだ。わたしは、あらゆる可能性を想定しておくべきだった」

エリーは、さらにたたみかけた。「リリーは親戚の人と一緒に暮らしたほうがいいわ。母方に身内は誰もいないの？」

「みんな結婚に反対だったからね。ヴェロニカの両親も孫娘を引きとって育てる気などまったくなかったよ。リリーにはわたししかいないんだ」ダミアンは狭い廊下を行ったり来たりしはじめた。足音が石造りの壁に反響する。「娘がいることを隠していて悪かった。これは……習慣になっているんだ。世間の噂からリリーを守るためだ。娘はケンジントンの屋敷に

住んでいる。わたしはその屋敷には決して客は招待しない。だから、あの子の存在を知っている人はほとんどいないんだ」

「でも、レディ・ミルフォードは知っていたわ」

「ああ。まったくいまいましい女性だよ。あの人の耳は、どんなくだらない噂話も聞きもらさないんだ。だが、わたしの人生に口出しはさせない。それに、わたしの首を縦に振らせるために、リリーを利用するのは絶対に許さない。なんでも自分の思いどおりに他人が動くと思ったら大間違いだ」

熱をこめて話すダミアンを見ていると、エリーの気持ちは和らいできた。ダミアンがリリーを心の底から愛していることが、口調からひしひしと伝わってきた。

悪名高きろくでなしでも、人を愛する心は持っているのだ。

エリーはダミアンと並んで歩きだした。「レディ・ミルフォードは不幸を運んでくる地獄の使者なんじゃないかしら。きっとそうだわ。彼女の目にとまったら最後、その人には悲惨な人生しか待っていないのよ。ほら、わたしにも罪悪感を植えつけようとしたでしょう？レディ・ミルフォードは、この醜聞でわたしの家の人たちも面目をつぶされたと言ったのよ！」

「きみのところに来た地獄の死者はウォルトだ。あいつの嘘のせいで、きみは苦境に追いやられたんだから。あの卑怯者には鞭《むち》打ちの刑を受けさせないとだめだな」ダミアンが乾いた笑いをもらした。「それをいうなら、きみをこの騒動に巻きこんだわたしも同罪だ。誘拐なんて愚かなことを考えた自分が情けないよ。本当に後悔している」

ふいにダミアンがレディ・ミルフォードの屋敷の前の通りにとめた馬車から、ベアトリスを見ていた光景がよみがえった。ローランド卿と話すベアトリスの表情は輝いていた。だけど今後当分のあいだ、あの子はハンサムな若い紳士と会えなくなってしまう。それを思うと胸が痛んだ。

エリーはいとこに対する同情心を抑えた。「ベアトリスがデビューをもう一年待つことになっても、わたしのせいではないわ。この騒動がおさまるまで、あの子が家族と田舎の屋敷に住むことになったとしても、それだってわたしのせいじゃない」

「そのとおりだ。きみには何ひとつ責任はない」いつしかふたりはアーチ型の出入口まで来ていた。無言のまま同時にきびすを返し、並んでまた廊下を引き返す。ダミアンが先を続けた。「思うんだが、一年で噂が静まるなら、リリーにはなんの影響もないはずだ。娘は六歳で、社交界にデビューするまでにまだ一〇年以上もある」

ダミアンに歩調を合わせて歩いていたエリーは、その言葉に驚いて彼を見あげた。「あなたは娘さんをロンドン社交界に入れようと考えているの？　貴族と結婚させるため？」

ダミアンがちらりとエリーを見てうなずいた。「わたしのクラブの会員に、友人づきあいをしている貴族が何人かいる。彼らからはパーティにもときどき招待されるんだ。ゆくゆくは、完全でなくてもある程度は上流社会に受け入れられたいと思っている。わたしのためにではなく、リリーのためにね」いったん言葉を切って、ぼそりとつぶやいた。「今でも可能ならだが」

ペニントン伯爵の姪を誘拐した今となっては、それは無理かもしれない。エリーは落ち着かない気分になった。あの伯父がこのまま黙っているだろうか？ ダミアンの人生を——リリーの人生までも破滅させようとたくらんでいるんじゃないかしら。

エリーは不安を振り払った。「一〇年後には、みんな忘れているはずよ」明るい口調で言う。「あなたが誘惑したシャペロンの名前を覚えている人なんて、きっと誰もいないでしょうね」

ダミアンがいきなり立ちどまった。エリーも彼に合わせて足をとめた。ダミアンは眉をひそめ、考えこんだ表情を浮かべてエリーを見た。「だが、エリー、誰もきみの名前を覚えていないとしたら……きみは有名作家になっていないということだぞ」

エリーは思わず噴きだしそうになった。「ええ、そうね。有名にはなっていないかもしれない。でも、わたしが考えた童話を少しでも楽しんでくれる子どもがいたら、それだけでうれしいわ」

ダミアンがエリーの肩に両手を置いた。「気になることがあるんだ。わたしはきみの評判をひどく傷つけてしまった。もしきみの絵本を出してくれる出版社が見つからなかったらどうする気だ？」

エリーの背筋に冷たいものが走った。彼女自身もそれをもっとも恐れていた。

「そのときはペンネームを使って、正体を隠すわ」

「だが、出版社に本名を知らせないわけにはいかないだろう。契約書の作成、手紙のやりとり、報酬を受けとるための銀行口座の開設。どれも名前が必要だ」ダミアンが心配そうな表情をエリーに向けた。「それに、売れる見込みのない本に金をかける出版社は、イングランドじゅうどこを探しても見つからないはずだ。まともな親が、世間で自堕落な女と呼ばれている作家が描いた絵本を買うと思うかい？」

エリーの胸に突然、吐き気がこみあげた。

「考えすぎよ。そこまでひどい事態にはならないわ。一年もあれば、噂は消えるわよ」

「もし消えなかったら？　どうするつもりだ？」緑がかった灰色の目がエリーの目をのぞきこんだ。ダミアンは唐突に背を向け、また髪をかきあげた。「すまない、エリー。わたしはきみの名誉を傷つけただけでなく、一生をかけた仕事まで台なしにしてしまった。おそらく、リリーの将来もめちゃくちゃにしてしまったに違いない」

エリーは壁に頭をもたせかけて目を閉じた。厳しい現実を突きつけられ、全身から血の気が引いていく。ダミアンの言ったことが、近い将来自分の身に降りかかるかもしれないと思うと、怖くてしかたがない。これまでの努力は無駄になり、夢も希望もすべて消えてしまうのだ。それでも描き続けるわと、エリーは心のなかでつぶやいた。だけど、それを見るのは自分だけ。子どもたちが楽しんでくれるかどうか知ることはできない。印刷された絵本をこの手に取ることも、自立の喜びを味わうこともできない。

エリーは壁にてのひらを押し当てた。石の冷たさに心まで凍えそうになる。あの日、ベアトリスの代わりに仕立屋へ行かなければ、こんな窮地に立たされずにすんだ。究極の選択を迫られずにすんだのだ。でも、いくら嘆いたところで現実は変わらない。これが自分に与えられた運命だ。絵本作家になる夢をあきらめるか、あきらめないか。自堕落な女だと世間から白い目で見られて、出版する当てもないまま、自分の楽しみのためだけに絵本を描くか、ダミアンと結婚して彼の妻になり、多くの子どもたちに楽しんでもらうために絵本を描くか……。選択肢はふたつだ。いよいよ完全に追いつめられた。

彼女が目を開けると、ダミアンが唇をきつく結んで、じっとこちらを見つめていた。何もかも見透かすようなまなざしだ。ダミアンは知っている。わたしがどちらを選択したかわかっている。そんな気がした。

エリーはダミアンをにらみつけた。「夫なんていらないわ」

ダミアンも負けじとにらみ返してきた。「わたしも妻などいらない」

それきりふたりは黙りこみ、無言のままにらみあった。どこからか、水滴が落ちるくぐもった音が聞こえてくる。ダミアンはいつにもまして威圧的な存在感を放っている。わたしはこの人の何を知っているだろう。父と同じ賭博師。ダミアンも賭事に全財産を注ぎこむのだろうか。現実から逃げるために酒に溺れるのだろうか。考えただけで、不安に胸が押しつぶされそうになる。

ダミアンの生きる世界には関わらないようにしよう。わたしはわたしで自分の世界に没頭する。口にもしたくない言葉だけれど、結婚するしかないのなら、ダミアンにはこちらの条件をすべてのんでもらう。これだけは絶対に譲れない。

エリーは腕組みをして顎をあげた。「これは便宜結婚よ。わたしはひとりで暮らすわ。一刻も早く約束どおり家を見つけてもらえるかしら」

ダミアンが片方の眉をあげた。「新婚早々、別居生活かい？ いいだろう。わたしもそのほうが都合がいい。だが、ひとつだけ条件がある。ときにはわたしとベッドをともにすることだ」

腹立たしいことに、そのひと言でエリーは膝から力が抜けそうになった。体の奥深くが熱をはらんで脈打ちはじめ、昨夜ダミアンに触れられた場所がうずきだした。三度、体を重ねた——至福の歓びに酔いしれたのだ。

ダミアンは唇の端にかすかに笑みを浮かべている。今でもわたしが彼を求めているのを知っているような表情だ。なんてうぬぼれ屋なんだろう。エリーは胸にたちまち怒りがこみあげた。同時に不安も。どんどんダミアンに惹かれていきそうで、それがたまらなく怖い。こんなはずではなかった。ダミアンの条件を受け入れたら、きっと彼と離れがたくなる。いずれ自分が苦しむことになるのは目に見えている。それでもダミアンと親密な関係を続けるつもり？

つらい結末しか待っていないのはわかっているのに、エリーはどうしても拒絶の言葉を口にできなかった。

「それについては、わたしが主導権を握らせてもらうわ」彼女は冷たく言い放った。「決して無理強いはしないでちょうだい。今のところ、あなたとベッドをともにするつもりはないわ」

ダミアンの目つきがかすかに険しくなった。一瞬間を置いて、彼はうなずいた。

「いいだろう、交渉成立だ」

21

ダミアンの手を借りて二輪の有蓋馬車から降りたエリーは、石造りの屋敷をしばらく声もなく見あげていた。彼女の新しい家——一時的なすみか——は、石塀で囲まれた広大な敷地に立つ大邸宅だった。左右対称《シンメトリー》の気品ある外観をしている。細長い大きな窓、柱廊式玄関《ポルチコ》、午後の日差しを受けて輝いている赤瓦屋根に立つ何本もの煙突——どこに目を向けても、ため息が出るほど魅力的だ。春浅い三月初旬の空気はまだ冷たいが、花壇一面に黄色と白のクロッカスが咲き誇り、木々は芽吹きはじめている。緑がまぶしい夏も、ここから見る風景はきっと美しいだろう。

屋敷はケンジントン地区にあり、ここからハイドパークは目と鼻の先だ。屋敷が立てこんでいるメイフェアとは違い、ここケンジントン地区は敷地が広い屋敷が多い。そのため、ロンドンの中心部にあるにもかかわらず、田舎に住んでいる錯覚を起こしてしまいそうなほど静かだ。

馬車に数分揺られただけで、しゃれた店や劇場や博物館が立ち並ぶにぎやかな通りに出られるとはいえ、エリーにはどこかへ出かける気はまったくなかった。ダミアンが田舎に家を見つけてくれるまで、この屋敷で絵本の挿し絵を描くのに専念するつもりでいた。ダミアンには、邸内の仕事は使用人に任せて、自分の好きなことをしていいと言われている。

徐々に緊張感が増してきた。たとえ短期間でも、ここに住むのが不安でしかたがない。今、気がかりなのは、自分と対面したときのリリーの反応だ。リリーはほとんどいつも子守と一緒にいるらしい。ダミアンには、娘のことに口出しは無用だと釘を刺された。

あの子には優秀な家庭教師と子守がついている。わたしの出る幕ではない。よけいなことに首を突っこまずに、絵本作りに没頭しよう。

エリーはあれこれと考えをめぐらせながら、ダミアンが貸し馬車の御者に支払いをすませるのを待った。ふたりは港からまっすぐ帰途についた。潮風にずっと当たっていたせいで、髪は乱れ、肌もべたついて気持ちが悪い。それなのに、夫ときたら頭のてっぺんからつま先まで一分の乱れもなく、精悍な顔立ちと黒髪によく映える糊《のり》をきかせた純白のクラヴァットを巻き、あつらえの灰色の外套をすっきりと着こなしている。

夫……落ち着かない響きだ。ダミアンが自分の夫になったのだと考えるたびに、まだ気持ちが大きく揺れる。四日前、わたしたちは城の礼拝堂で結婚式を挙げた。出席者は、レディ・ミルフォードとマクナブ夫妻の三人。すべてがあまりにも非現実的に思えて、ステンドグラスから差しこむ明るい光のなかで、ファーガソン牧師が言う誓いの言葉を復唱するときも、新婦役を演じているかのような気分だった。

誓いのキスは、ダミアンの唇が軽く唇に触れたぐらいしか覚えていない。ダミアンが夫婦間の取り決めを無視して、ベッドをともにすることを強要するのではないかと不安で、キスどころではなかったのだ。けれども何事もなく一夜を終え、この四日間はキスさえしていない。夜は船の穏やかな揺れに身をゆだねてひとりで眠り、日中は外套をはおって甲板に座り、絵を描いたり、船員たちの働く姿を観察したり、青い海をぼんやりと眺めたりして過ごした。ロンドンへ一緒に戻ってきたマクナブ夫妻ともよく話をした。

ダミアンはよそよそしいほど礼儀正しかった。船上では、船員たちに指示を出したり、帳簿を調べたりといつも忙しそうだった。それでもダミアンは、船に関するわたしの矢継ぎ早の質問に、辛抱強く答えてくれた。その会話のなかで、新しい発見もあった。彼は地中海などから品物を運ぶために船を所有していたのだ。これには正直言って驚いた。

貸し馬車が走り去り、ダミアンがエリーの隣に来た。彼は口元にかすかな笑みを浮かべているが、緑がかった灰色の瞳は笑っていない。結婚してからはいつもこんな感じだ。表情を見ても、何を考えているのかわからない。それなのに日を重ねるごとに、わたしはダミアンに惹かれつつある。でも、これは便宜上の結婚だ。またきつく抱きしめてほしい、甘い言葉をささやいてほしいなんて、愚かな夢は見ないほうがいい。これから、わたしは自立した女として生きていくのだ。深みにはまりこまないうちに、ダミアンへの思いは断ちきらなければならない。

なぜかエリーは急に、マクナブ夫妻の顔が見たくてたまらなくなった。

「フィンたちはどこ？」

「馬車置き場へ行ったんだろう」ダミアンがエリーに腕を差しだした。「では、なかに入ろうか」

緊張のあまり、ダミアンの腕に添えた指に思わず力が入った。従僕が直立不動の姿勢で正面玄関の扉を押さえて待っている。ふたりは幅の広い階段をのぼって邸内に入った。広々とした玄関広間に足を踏み入れたとたん、エリーの頭のなかには美しいのひと言しか思い浮かばなくなった。壁は明るいクリーム色で、優美な曲線を描く階段が二階へと続いている。エリーは高い天井を見あげた。シャンデリアにちりばめられたクリスタルが、細長い大きな窓から差しこむ太陽の光を受けて燦然《さんぜん》と輝いている。

茶色の髪をきちんと整えた威厳のある執事と、家政婦らしき痩せた中年の女性が並んで立っている。女性が膝を曲げてお辞儀をした。その拍子に、腰につけた鍵束が小さな音を立てた。

次に、執事がお辞儀をした。「おかえりなさいませ」そう言って、ダミアンから外套を受けとった。エリーは外套とボンネットを痩せた女性に渡した。「ご旅行を楽しまれましたか?」

「ああ、すばらしい旅だった。結婚したんだよ」

ダミアンはエリーの腰に手を添え、ふたりに妻を紹介した。その親密な仕草に、なぜかエリーの気持ちが安らいだ。執事はケンブルといい、女性のほうは予想どおり家政婦で、名前はミセス・トムキンズだった。使用人の態度は非の打ちどころがなく、満面に笑みを浮かべて祝福の言葉をかけてくれた。

エリーは笑顔でふたりに礼を言っている自分が、詐欺師と同類の気がした。彼らはこの結婚が便宜的なものだということを知らない。わたしはすぐに屋敷からいなくなり、二度とここへは戻ってこない。そのときが来たら、この人たちはどう思うだろう。ダミアンはなんと説明するのだろう。妻が自分との生活に耐えられなくなったとか？　その言い訳はどんなふうに世間に流れるだろう。

きっと人々はこぞって噂話に花を咲かせるはずだ。最初の妻は亡くなり、二番目の妻は家を出ていった。やはり悪魔の王子と一緒に暮らせる女は、世界中どこを探してもいないなどと噂している声が、今にも聞こえてきそうだ。

ダミアンは留守中に届いた手紙について執事と話をしている。ふと気づくと、何やら二階がざわめいていた。エリーはそちらに目を向けた。

淡い青のドレスの上に白いエプロンドレスを着た小さな女の子が階段を駆けおりてきた。

「パパ！　パパの姿が部屋の窓から見えたの！　おかえりなさい！」

ダミアンの顔が即座に輝いた。嘘偽りのない本物の笑顔だ。彼は階段に向かって歩いていき、金髪の女の子を腕に抱きあげた。

「きみは誰かな？　家のなかを走りまわっている、お行儀の悪いこのおちびさんは誰だ？」

女の子はうれしそうにくすくす笑い、小さな手でダミアンの頬をなでた。

「わたしよ、パパ。リリー！　忘れちゃった？」

ダミアンは顔をうしろに引いて、娘を見つめた。「どれどれ、本当にリリーかな？　ああ、本当だ。わたしのかわいいリリーだ！　ちょっと見ないあいだに、ずいぶん背が伸びたな。すぐにはわからなかったよ」

「嘘ばっかり。ミス・アップルゲイトはそんなこと言ってない。伸びたのはたったこれだけよ」リリーは人差し指と親指を少しだけ離してダミアンに見せた。

「そうか。それじゃあ、わたしの目がおかしいのかな。リリー、会わせたい人がいるんだ」

リリーを腕に抱いたまま、ダミアンはエリーに近づいてきた。あたたかい笑みは顔から消えている。ダミアンの笑顔が見られないのは寂しい。あまり笑わない人だけれど、くつろいでいるときに見せる笑顔はまぶしいほどすてきだ。ラットワース王子をすてきなヒーローに変えた物語を作ったときのように、またダミアンと一緒に笑いたい。

あの日、わたしたちははじめて体を重ねた。親密なときを過ごした。

だけど、今のダミアンはすっかり心を閉ざしている。歩を進めるごとに、顔が険しくなっていくみたいだ。できるなら、この対面を避けたいと思っているのかもしれない。

「リリー、この女の人は……」ダミアンはいったん口をつぐみ、エリーに鋭いまなざしを向けた。「きみの新しい母親になる人だよ」

みるみるうちにリリーの目が大きく見開かれる。ちらりとエリーを見るとすぐに、ダミアンの首筋に顔を押しつけた。そしてもう一度恥ずかしそうに、顔にかかった金色の髪の隙間から大きな青い瞳をエリーに向けた。陶磁器の人形みたいにかわいらしい女の子だ。口の端にジャムをつけているところが、またなんとも言えず愛くるしい。

エリーの心はとろけそうになった。ダミアンがこの屋敷には客を招待しないと言っていたのは本当だったのだ。リリーのはにかんでいる様子を見れば一目瞭然だ。突然、父親が女性を連れてきたことだけでも戸惑うはずなのに、いきなり新しい母親だと言われて、今この子の頭はどれだけ混乱しているだろう。ましてやリリーは母親というものを知らないのに、新しい母親がどういうものか、なおさらわかるわけがない。

「はじめまして、リリー。あなたとお友だちになれたらうれしいわ。あら、リボンが取れそうよ。直してもいいかしら？」

リリーは小さくうなずいて、ダミアンの首にしがみついた。エリーはほどけたリボンを金色の髪からそっと抜きとった。やわらかな巻き毛を手櫛でとかし、もつれていたところをきれいにしてから、またひとつにまとめ、リボンを結び直して背中に垂らす。

「できたわ。すっかりライト・アズ・レインになったわよ」

リリーがおかしそうに笑った。「パパ、ライト・アズ・レインって何？」

「おてんば娘から、またお姫様みたいにかわいくなったという意味だよ」ダミアンはリリーの口についているジャムを親指でぬぐいとった。「決まり文句なんだ」

リリーは眉根を寄せて考えこんでいる。「じゃあ、ニート・アズ・ア・ピン（整理整頓）と同じようなもの？　ミス・アップルゲイトにいつもそう言われるの」

「そう、同じようなものだよ。リリー、そろそろ階上《うえ》に戻ろうか。ミス・アップルゲイトに部屋を抜けだしたのが見つかってしまうぞ」

そのとき、レースの帽子をかぶった白髪まじりの年配の女性が階段の最上段に現れた。この女性がリリーの家庭教師なのだろう。彼女はしきりに詫《わ》びながら階段をおりはじめた。

「わたしとしたことが、本当に申し訳ございません、旦那様。本を読んでいたお嬢様を部屋にひとり残して、図書室に行っていました。ほんのわずかな時間でしたが、戻ったときには、お嬢様は部屋にいなかったんです」

「気にしなくていい、ミス・アップルゲイト。すぐに娘を部屋に連れていく」

ダミアンはリリーを抱いたまま階段へ向かった。ふと思いついたように途中で振り返る。

「ミセス・トムキンズ、妻を部屋に案内してくれないか。それから、風呂とお茶の用意も頼む」

家政婦に指示を与え、ダミアンは玄関広間にエリーを残して階段をのぼっていった。エリーは妙な孤独感に襲われた。できれば自分も一緒に行って、ダミアンが留守にしていたこの二週間の、リリーの勉強の進み具合を聞きたかった。

それに、ぜひ勉強部屋も見てみたい。エリー自身も長年、家庭教師をしてきたので、リリーの授業内容に興味があったのだ。会ったばかりなのに、すでにエリーはリリーがいとおしくてしかたがなかった。あの子をひと目見れば、誰もが心を奪われるはずだ。

けれども、ダミアンは一緒に部屋へ行こうとは言ってくれなかった。きっとわたしをリリーに近づけたくないのだろう。ダミアンはわたしからも娘を守りたいのだ。そう思う気持ちもよくわかる。彼にとって、リリーはこの世でもっとも大切な存在だ。じきにわたしはこの屋敷から永遠にいなくなる。そのとき娘の心が傷つかないために、わたしたちを離しておこうと考えていたとしても不思議ではない。

エリーはミセス・トムキンズのあとについて二階へあがった。廊下に敷かれた厚い絨毯に足音が吸いこまれていく。突き当たりの手前で、家政婦は足をとめて扉を開けた。「こちらです、ミセス・バーク。気に入っていただけるといいのですが。奥様がご一緒だとは事前に知らされていなかったので、何も準備をしておりませんでした。今すぐ、ご用意いたします」

「急がなくても大丈夫よ」エリーはあわてて言った。「すてきな部屋ね」

エリーは薄暗い寝室に足を踏み入れた。ペニントン・ハウスのどの寝室よりも広い。伯父の寝室でさえこれほど大きくはなかった。かすかに差しこむ陽光を受けて、優美な形の家具がうっすらと浮かびあがっている。四柱式ベッド、書き物机、そして埃よけの布がかけられた椅子。ミセス・トムキンズが一列に並んだ窓に向かい、カーテンを開けた。一瞬にして、部屋のなかがまばゆい光に包まれ、白黒の世界に突然鮮やかな色がついた。

エリーはゆっくりと回転して室内を眺めた。目に映るすべてがすばらしい。白大理石の暖炉脇にある、座り心地のよさそうな肘掛け椅子。黄色のバラ模様を細かく編みこんだ上品な絨毯。高い天井にあしらわれた華やかなデザインの回り縁。こんなすてきな部屋に住まわせてもらえるなんて思ってもいなかった。

とはいっても、ロンドンへの帰路につくあいだ、ダミアンの屋敷についてあれこれ思いをめぐらせていなかったわけではない。すでにイメージはできあがっていたのだ。今思えば恥ずかしいが、暗い色調の家具が並べられ、壁には金色の房飾りがついた深紅のタペストリーがかけられている、娼館のような屋敷に違いないと思いこんでいた。

ところが、想像とはまったく正反対だった。これまで見たかぎり、この屋敷はすべてが優雅で品よくまとめられ、それでいてとても住み心地がよさそうだ。

「この窓からは広い庭が一望できるんですよ」緑のシルクのカーテンをタッセルで束ねている、ミセス・トムキンズが話しかけてきた。「そろそろチューリップとラッパズイセンが咲きはじめます。毎年、みごとな花を咲かせてくれるんですよ。やはり春はいいですね」

その頃わたしはここにいないわ。エリーは心のなかでつぶやきながら、窓に近づいた。

「まあ！　すてき！」

窓の外には幾何学的デザインの一般的な庭ではなく、森を彷彿《ほうふつ》とさせる壮大な風景が広がっていた。曲がりくねった石畳の小道がどこまでも続き、花壇の土のなかからはかわいい緑の芽が顔をのぞかせ、あちこちにベンチが配置されている。夏の昼さがりにベンチに座って、のんびり庭を眺めて過ごすのも楽しいだろう。あそこで絵を描いてみたい……。

心の奥底から切なる願望がわきあがってきた。だが、エリーはすぐにその思いを抑えこんだ。夏には自分の庭が持てる。田舎の一軒家の小さな庭だ。いつでも好きなときに、そこで絵を描ける。

ミセス・トムキンズが室内を忙しく動きまわっていた。窓の脇にある長椅子から埃よけの布を取り去り、ベッドへ向かった。「ミセス・バーク、差し出がましいことを言うようですが、この寝室を使う方がようやく現れて、とてもうれしいです」舌打ちして、先を続ける。「わたしは……わたしたち使用人全員が、あの悲劇的な出来事のあと、旦那様は二度と結婚なさらないだろうと思っていました」

エリーは柔和な茶色の目をした家政婦に向き直った。

「あの、もしかして、ここは彼女の寝室だったの？　彼の最初の奥さんの」

「まさか。いいえ、違います。旦那様がこのお屋敷を購入されたのは、前の奥様が亡くなれたあとです。それに、上から下までくまなく改装しました」ミセス・トムキンズは口元に優しい笑みを浮かべた。「あの頃、ミス・リリーはまだ赤ちゃんで、旦那様はお嬢様が幸せに暮らせる家にされたかったんです」

ここはまさに、娘の幸せを願う父親の思いが詰まった家だ。伯父の屋敷では感じられなかった、平穏な時間が流れている。エリーの脳裏に自分の部屋が浮かんだ。暖炉のない小さな寝室。冬は凍えるほど寒く、夏は息苦しいほど蒸し暑い。そして、使用人同然の生活。いつもベアトリスに振りまわされ、祖母には顎でこき使われた……。

フリルのついた白い帽子をかぶった若いメイドが寝室に入ってきた。リネン類を腕いっぱいに抱えている。メイドはエリーを見てお辞儀をすると、すぐにベッドを整えはじめ、羽毛枕を並べて刺繍が施されたベッドカバーを広げた。

「ミセス・バーク、これはハリエットです」家政婦が言った。「正式な侍女が決まるまで、しばらくのあいだハリエットが奥様の身のまわりの世話をします」

侍女を雇っても、自分がこの屋敷を出ていったら、その女性は解雇される。そう思うと、エリーはいたたまれなくなった。

「新しい使用人は雇わなくてもいいわ。ハリエットがいればじゅうぶんよ」

一瞬、ミセス・トムキンズはけげんな顔をしたが、何も言わずにタオルを抱えて着替え室に入っていった。まもなく寝室に戻ってきて、口を開いた。「長旅のあとですから、早くさっぱりされたいですよね。お風呂の準備はすぐにできますが、それよりも先にお茶になさいますか？」

「先にお風呂に入りたいわ」

何もしないで使用人が働くのを見ているのは妙な気分だ。伯父の屋敷では、自分で厨房に行って紅茶を淹《い》れていた。でも、この屋敷では、わたしは仕える側ではなく仕えられる側だ。自分にそんな価値はないのに。

エリーは気持ちが落ち着かず、部屋のなかをうろうろした。ベッド脇のテーブルにのった陶器の人形を、炉棚の上の置き時計を、優美な書き物机をゆっくり見てまわる。どれもこれも自分の所有物ではない。なんとなく、不法侵入者になった気分だ。ここにあるのはすべて、女主人のために選び抜かれたものだ。そう、ダミアンの妻のために。

それなら、わたしのためにということになる。

だけど、本当にわたしはダミアンの妻なのだろうか？

ダミアンとは醜聞を封じるために結婚しただけで、ふたりは形だけの夫婦だ。まもなくわたしたちは別居生活に入り、同じ屋根の下で一緒に暮らす日は永遠に来ない。

どう考えても、ダミアンとは本物の夫婦になれるとは思えない。彼は賭博師で、放蕩者で、浮気者。それに、悪名高き悪魔の王子だ。

その半面、ダミアンは目に入れても痛くないほどリリーを愛している。使用人たちに尊敬されている。そして、わたしに一夜の夢を見させてくれた。

エリーの体の奥で熱い思いがくすぶりはじめた。ダミアンの腕に抱かれて、同じベッドで眠りたい。でも、この四日間、彼は指一本触れてこない。こちらが設けたルールを守り続けている。

〝それについては、わたしが主導権を握らせてもらうわ。決して無理強いはしないで。今のところ、あなたとベッドをともにするつもりはないわ〟

おそらく、これからもダミアンはわたしと距離を置くつもりなのだろう。でも、それでいい。いいえ、そのほうがいい。ダミアンとベッドをともにしたら最後、わたしは完全に彼のとりこになってしまう。ダミアンから離れられなくなってしまう。

それなら、ダミアンはどこか別のところに歓びを求めるのかしら？　別の女性と密会を重ねるの？　そう思ったとたん、いらだちがこみあげてきた。エリーは深呼吸を繰り返し、心を静めようとした。ダミアンが何人愛人を作ろうと、わたしは気にしない。エリーは何度も自分に言い聞かせた。

気持ちが固まったところで、風呂に入るために着替え室へ向かった。ダミアンには自分の好きなように生きる権利がある――それはわたしも同じだ。わたしたちは便宜的に結婚しただけ。嫉妬するなんてばかげている。

隣の部屋から水が跳ねる音が聞こえた。

ダミアンは上半身裸になって洗面台の前に立ち、髭剃り用石鹸をかきまぜていた。リリーが元気でよかった。まずはひと安心だ。残るはクラブの問題で、今夜じゅうに片づけてしまおう。留守中に厄介事が起きているのはまず間違いない。それに、帳簿にも目を通す必要がある。

頭のなかで今夜の予定を立てながらも、ダミアンは鏡に映る扉から目が離せなかった。扉の向こうはエリーの着替え室だ。

風呂の湯が跳ねる音に、ダミアンの血は騒いだ。真鍮《しんちゅう》の浴槽に身を横たえているエリーの姿が脳裏にちらつく。あの美しい胸を洗っているところなのだろうか。ほどいた髪は濡れ、唇はしっとりと潤みを帯び、頬はバラ色に上気している。両手で石鹸を泡立て、腿のあいだにその手をすべりこませて……。

ダミアンは小声で悪態をついた。ブラシをつかみとり、泡立てた石鹸を顔に塗って、長い剃刀《かみそり》で髭を剃りはじめた。鏡に映る自分の顔だけを見据え、隣室から聞こえてくる誘惑的な水音をなんとか頭から締めだそうとする。

無駄な抵抗だ。

この屋敷を買ってから、隣の部屋に誰かがいるのははじめてだ。いや、誰かではない。エリーだ。わたしの妻のエリー。

形だけの妻。エリーには夫はいらないとはっきり言われた。彼女は結婚を望んでいなかった。それでも結婚を承諾したのは、絵本作家になる夢を実現するためには、それしか選ぶ道がなかったからだ。そして自分にとっても、リリーの将来を台なしにしないためには、その道を選ぶしかなかった。

わたしたちは便宜結婚をし、ルールを決めた。〝それについては、わたしが主導権を握らせてもらうわ。決して無理強いはしないで。今のところ、あなたとベッドをともにするつもりはないわ〟

歌を口ずさむ声も聞こえてきた。どうやらエリーはくつろいでいるようだ。くそっ。こちらの気持ちも知らないで、いい気なものだ。エリーにはベッドをともにする気はさらさらなさそうだ。条件をあんなにあっさりのまなければよかった。自立心旺盛なエリーのことだ、そう簡単に自分の考えを曲げるわけがない。大失敗だ。

あの日、一夜を一緒に過ごして以来、エリーに対する思いは強まるばかりだ。それは体の相性がよかったからだけではない。ふたりで分かちあった親密な時間が忘れられないのだ。

ふたりで笑いあい、語りあった。秘密を打ち明けた女性はエリーがはじめてだ。彼女に愛されたい。ろくでもない人生を歩いてきた男だが、それでもエリーに愛されたい。

まったく、自分らしくもない。こんなことを考えるのは、欲望が満たされないからだ。今夜は仕事が片づいたら、情事を楽しもう。女と激しくベッドで戯れれば、この感傷的な気分も吹き飛んでしまうに違いない。だが、ひとつ問題がある。女なら誰でもいいわけではない。もっとはっきり言えば、エリー以外の女には魅力を感じない。欲しいのはエリーだけだ。

扉を開けてみようか？　すかさず石鹸をつかみ、エリーの体を余すところなく洗う。彼女は情熱的に応えてくれるだろうか？　あのくだらないルールを撤回し、わたしをベッドに誘ってくれるだろうか……。

「完璧な仕上がりですよ」

顎に鋭い痛みが走った。フィンめ。ダミアンは、がに股で寝室から着替え室に入ってきた使用人をにらみつけた。フィンが磨きあげられた黒いブーツをダミアンに掲げてみせた。

「くそっ！」ダミアンは首を傾けて鏡をのぞきこみ、わずかに切れた顎を眺めた。「おまえがおどかすからだぞ」

フィンがダミアンにタオルを手渡す。「座ってくれたら、わしが剃ってあげますよ」

ダミアンはにじんだ血をぬぐいとった。「死んでもおまえには髭を剃らせない」

フィンはにやりとしてブーツを床に置くと、衣装簞笥に向かって歩いていった。髭剃りを終えたダミアンは、顔に残った泡をタオルで拭きとった。

いつの間にやら、扉の向こうは静まり返っていた。こちらの話し声が聞こえたのだろうか？　そうに違いない。きっと、ふたりの着替え室が隣りあわせになっているのにも気づいたはずだ。ダミアンはひとりほくそ笑んだ。今頃、エリーはすっかり冷めてしまった風呂に浸かったまま、息を殺し、目を大きく見開いて、扉をじっと見つめているかもしれない。わたしが入ってくるのではないかとびくびくしているかもしれない。

閉じられた扉越しにかすかな音が聞こえてきた。どうやら、こっそり逃げだそうとしているようだ。浴槽に肌がこすれる音がする。今、立ちあがった。片足を床につけた。そして、もう一方の足も。

ダミアンはタオルに手を伸ばしたエリーの姿を思い浮かべた。彼女はそのタオルを官能的な曲線を描く濡れた体に巻きつけている。ダミアンの分身は痛いほど張りつめていた。隣室に飛びこんでいかないよう、自制心を総動員して必死に耐える。フィンさえここにいなければ……。

今度は話し声が聞こえた。エリーとメイドだろう。ちくしょう！　こんなふうに使用人たちがまわりをうろちょろしていたら、妻のそばに行けないじゃないか。ひとつ、はっきりわかったことがある。便宜結婚なんてくそくらえだ。

ひとり寝はまっぴらごめんだ。

エリーははっきり拒絶はしなかった。ただ、主導権は自分が握ると言っただけだ。それなら、まだ脈はある。こちらから誘惑を仕掛けよう。エリーをその気にさせ、ベッドをともにしたいと彼女のほうからせがませるのだ。

さっそく実行に移したいところだが、今夜はクラブに行かなければならない。帰りは遅くなるだろう。だが、のんびり構えているつもりはない。すぐにも誘惑作戦を決行してやる。

22

翌朝、ついに決戦の日が来た。今日の装いは、城から何個もの旅行鞄《かばん》に詰めこんで持ってきた、大量の衣類のなかから選んだ。ハリエットとあれこれ悩んだ末に、最終的に藤紫色のタフタドレスに決め、それにレースの三角形のスカーフ《フィシュー》、つば広のボンネット、そしてメリノウールの濃金色のマントを合わせることにした。ハリエットはエリーの髪をしゃれたシニヨンにまとめてくれた。

エリーは姿見の前に立ち、見違えるほどすてきに変身した自分を満足げに見つめた。今日はこれから親族に会いに行く。だからこそ、おさがりばかり着ていたみじめな姿ではなく、最高に美しく装った自分を見せたかった。

今、エリーは馬車に揺られ、ハイドパークのすっかり葉を落とした木々を眺めていた。これまで、こんなふうにひとりで自由に出かけたことはほとんどない。緊張が高まり、胃が痛くなってきた。ダミアンにはペニントン・ハウスに行くことを話していない。もし教えていたら、一緒に行くと言っただろうか。でもダミアンとは昨日、玄関広間で別れて以来、顔を合わせていなかった。

声は聞いたけれど。

昨日の出来事が急速によみがえった。あたたかいお湯にのんびりと浸かり、至福の時間を過ごしていたときだった。突然、扉の向こうから男性のくぐもった話し声が聞こえてきた。その瞬間、心臓がとまった。体が固まり、ライラックの香りのする石鹸は手からすべり落ち、目は閉じられた扉に釘づけになった。

まさかふたりの着替え室が隣りあっているなんてことは、頭をかすめもしなかった。扉の向こうは使用人用の階段だとばかり思っていたのだ。けれども大邸宅では、夜人目につかずに行き来できるように、夫婦の寝室は扉一枚で仕切られた続き部屋になっているのがふつうだ。それを忘れていたとは、うかつだったとしか言いようがない。

しばらくして、ダミアンにもわたしが立てる音が聞こえているはずだとようやく気づき、とたんにパニックに陥った。今にも彼が扉を開けて入ってきそうで、気が気でなかった。わたしはできるだけ音を立てずに浴槽から抜けだして、急いで体にタオルを巻きつけ、下着をつかんで寝室に逃げこんだ。

そのときちょうど、ハリエットが紅茶をのせたトレイを持って部屋に入ってきた。きっと、わたしの必死の形相を見て驚いたに違いない。ハリエットはそんな様子はおくびにも出さなかったけれど。結局、いつまでも裸同然の格好でいるわけにもいかず、また着替え室に引き返した。ハリエットの手を借りてドレスに着替えるあいだもずっと、扉を隔てた向こう側にいるダミアンの存在を痛いほど意識していた。

鼓動が乱れた。ダミアンに誘惑されたら毅然とはねつけられるかどうか、自分でもわからなかった。

ダミアンはいつでも自由にわたしの部屋に入ってくることができる——そう考えただけで、

着替えをすませて紅茶を飲んでいると、ミセス・トムキンズがダミアンはクラブに出かけたと伝えに来た。それで食堂にはおりていかないで自室で夕食をとり、食後は絵を描いて過ごした。

夜は、遅くまで起きてダミアンの帰りを待っていた。やがてあきらめてベッドに入り、まどろみかけた頃、彼の足音が聞こえた。わたしは耳を澄まし、着替え室の扉が開くのをじっと待った。ダミアンが来てくれますようにと心のなかで祈りながら。彼と一緒にいたかった。けれども、朝になっても扉が開くことはなかった。そのとき、はっきりわかった。ダミアンはルールを守るつもりなのだと。これからもわたしたちは形だけの夫婦を続けていくのだと。

これでよかったのだ。仲が深くなれば別れがつらくなるだけだと、何度も繰り返し自分に言い聞かせているのに、ダミアンの熱い唇やたくましい体の感触が忘れられない……。

ふいに馬車の揺れがとまった。エリーはハノーヴァー・スクエアのペニントン・ハウスの前に降り立った。いよいよ対決の幕があがる。伯父は家にいるだろうか。

エリーは煉瓦《れんが》造りの正面玄関《ファサード》を見つめた。二階の居間の青いカーテンが開いている。ということは、まだリンカンシャーにある田舎の屋敷には行っていないのだ。ひょっとしたら社交シーズン中も、田舎に引きこもらずにロンドンにとどまるのかもしれない。

今になって急に怖じ気づき、馬車に引き返したくなった。非難の言葉を浴びせられるとわかっていて、何もわざわざ伯父に会いに行く必要はない。だけど、部屋に隠してある童話の原稿だけは取りに行きたい……。

大きく深呼吸をしてえび茶色の扉を見据え、エリーは玄関に向かって歩きだした。見慣れた玄関——数えきれないほど何度もここを出入りした。さまざまな場面がよみがえってくる。ベアトリスの買い物に付き添ったこと。祖母の使い走りをさせられたこと。でも今日は客としてあの扉を通り、屋敷のなかに入る。

招かれざる客だけれど。

エリーは磨きあげられた真鍮のノッカーを強く叩いた。扉を開けた若い従僕の目が一瞬にして丸くなり、頬がみるみるうちに赤く染まる。彼の顔を見れば、わたしが名うての悪党と駆け落ちした噂が、使用人たちのあいだでも広まっているのは明らかだ。

「ミス・ストラットハム！」

「こんにちは、ジョセフ」エリーは従僕の脇を通って、玄関広間に入った。床は白黒のタイル張りで、黄褐色の壁には古びて黒ずんだ風景画がかかっている。「伯父様とおばあ様に会いに来たの。ふたりはいるかしら？」

ジョセフがつばを飲みこみ、ちらりと階段に目を向けた。

「ええと……いらっしゃるかどうかわかりません」

エリーは唇を引き結んだ。この狼狽ぶりからすると、ふたりがいるのはたしかだ。使用人たちは、わたしを屋敷に入れるなと言われているのだろうか。言いようのない怒りが胸にこみあげた。こうなったら意地でもふたりに会ってみせる。

エリーはボンネットとマントを脱いで、ジョセフに突きだした。「そう。じゃあ、自分で見てくるわ。ジョセフ、みんなにはわたしがあなたの制止を振りきって、無理やりあがりこんだとでも言えばいいわよ」

エリーは両手でドレスをつまみ、大理石の中央階段を駆けのぼった。はじめから訪問する時間は一一時に決めていた。この家の人たちの習慣ならよくわかっている。毎日この時間帯は、レディ・アンと伯爵夫人のふたりは小さな庭に面した居間で刺繍をしているし、伯父も会員制の紳士クラブに昼食をとりに出かける前、そこでよくふたりと話をしている。ベアトリスはまだ寝室にいるはずだ。今日もいつもと同じようにそこにいてほしい。

階段をのぼりきり、エリーは派手な装飾が施された廊下を進んだ。ダミアンの屋敷の広々とした明るい廊下と違い、ここは息が詰まりそうだ。そう感じるのは、いよいよ伯父たちと対峙する瞬間が近づいてきて、心臓が口から飛びだしそうなほど激しく打っているからかもしれない。これまで一度も、伯父や祖母に逆らったことはなかった。命令どおりに動いていたほうが、面倒を起こさずにすむからだ。つらいときは、空想の世界に逃げこめばいいと思っていた。

廊下の奥へと進むにつれ、足取りが重くなっていく。決して無傷では終わらないだろう。非難の集中攻撃を受けるはずだ。でも、もう泣き寝入りはしない。わたしにも言い分は山ほどある。今日はそのすべてを吐きだしてしまおう。

ついに居間の前まで来た。扉は開いている。室内の緑のカーテンは色あせ、家具は時代遅れの代物ばかりだ。何十年も買い換えないなんて、いかにも締まり屋の伯父らしい。

誰も入口のところに立っているエリーに気づいていない。祖母と伯父は暖炉脇の長椅子に並んで腰かけ、レディ・アンはふたりの向かい側に座っている。肉付きのいい体を赤褐色のシルクのドレスに包んだ伯爵夫人は、刺繍枠を手にせっせと針を運んでいる。刺繍しているのは、悪趣味なデザインのクリスマスプレゼント用のクッションカバーだろう。ペニントン伯爵はいらだたしげに折りたたんだ新聞で腿を叩いている。ふたりは口論の真っ最中だ。レディ・アンだけはひっそりと座り、膝の上にのせた刺繍糸が入っているかごに覆いかぶさるようにして手を動かしている。祖母と伯父が言い争っているときは、ふたりに関わらないよう、いつもレディ・アンはこうしてうまく自分の殻に閉じこもる。長年のあいだに身につけた処世術だ。

「リンカンシャーの屋敷に行くつもりはありません」伯爵が声を荒らげた。「なぜ田舎に逃げなければならないんです？　恥ずべき振る舞いをしたのは、わたしではありませんよ！　それに、議会もありますし――」

エリーは一歩踏みだした。「伯父様、ロンドンにいても大丈夫ですよ。誘拐事件は無事解決しましたから。そう聞いて、伯父様もうれしいでしょう？」

三人の視線がいっせいにエリーに注がれた。全員が驚きに目を見開いている。レディ・アンが椅子から立ちあがりかけた。その拍子に膝からかごがすべり落ちて、すりきれた花模様の絨毯の上に中身がこぼれてしまった。「エリー、ああ、よかった。無事だったのね！」

エリーはレディ・アンに微笑みかけ、すでに立ちあがっている伯父に目を向けた。その赤みがかった顔は嫌悪感にゆがみ、鼻孔は大きく広がっている。「なぜおまえがここにいるんだ、エロイーズ？　屋敷に入れないよう、使用人たちにきつく言いつけておいたはずなのに！」

伯父の冷たい態度に、エリーは胸が引き裂かれた。悲しみを押し殺して、お辞儀をする。「伯父様、ジョセフを叱らないでください。あの子は必死にわたしを屋敷へ入れまいとしたけれど、わたしが無理やりあがりこんだんです。伯父様に……みんなに話したいことがあるので」

「なんて無作法な娘なんでしょう」伯爵夫人が長椅子に座ったまま、話に割りこんできた。値踏みするような目つきでエリーの全身を眺める。「悪魔の王子はずいぶんと羽振りがいいこと。エロイーズ、あの男の愛人になった気分はどうなの？　まったく、あの父にしてこの娘ありだわ。あなたは恥知らずの父親そっくりですよ！」

エリーは怒りを抑えこんだ。怒鳴り返したところで、無駄な体力を使うだけだ。「おばあ様、悪魔の王子の本名はミスター・ダミアン・バークです。それに、わたしは愛人ではなく、彼の妻です。わたしたちは数日前に結婚式を挙げました」

ふたたび三人は揃って驚きの表情を浮かべた。祖母と伯父は目を丸くして顔を見あわせている。そんなふたりを見て、エリーは心のなかで拍手喝采した。

「まあ、すてき！」レディ・アンが華奢な指でカメオのペンダントトップに触れながら、うれしそうな声をあげた。「エリー、おめでとう！」

「ばかばかしい」ペニントン伯爵がレディ・アンに向かって吐き捨てるように言った。「言語道断だ！」身をかがめて散らばった刺繍糸を集めはじめた彼女に向かってたたみかける。「よけいな口出しはしないでくれ。そんなものは放っておいて、ここから出ていけ！」

レディ・アンは消え入りそうな声で謝罪の言葉を口にして、急いで居間から出ていった。エリーはレディ・アンが気の毒でならなかった。どうして伯父は、こんな高飛車な言い方しかできないのだろう。でも、これでよかったのかもしれない。これからはじまる激しい言葉の応酬を、心の優しいレディ・アンには聞かせたくなかった。

ペニントン伯爵がエリーに向き直った。ただでさえ赤い顔がさらに赤くなっている。憤懣やる方ない表情だ。「エロイーズ、わたしがおまえたちの結婚を手放しで喜ぶとでも思っていたのか？　愚かしいにもほどがあるぞ。バークは賭博師のごろつきだ。あんなどこの馬の骨ともわからぬ男と結婚しただと？　よくもわたしの許可なしに、そんな勝手なまねができたな！」

「まったくそのとおりですよ」祖母が口をはさんだ。「たしかにイートン校で教育を受けたんでしょうけれど、生まれの卑しい男に変わりはないわ。高貴な血が一滴も流れていない、ただの庶民なんですからね」

それは違うわと、エリーは心のなかで言い返した。ダミアンは名門貴族の生まれかもしれないのよ。王族の一員である可能性も大いにある。ダミアンは一笑に付したけれど、わたしはミセス・ミムズの話は本当なのではないかと思っている。だけど、それを証明する手立てがない。あの鍵さえ見つかれば……。

ペニントン伯爵が折りたたんだ新聞をてのひらに強く叩きつけた音に、エリーは物思いから覚めた。伯父は暖炉の前をせわしなく行ったり来たりしている。「エロイーズ、バークはわたしから結婚の同意をもらうためにおまえをここへよこしたんだな。わたしに会う度胸もないとは、とんだ腰抜けだ。バークに伝えろ。持参金は渡さんとな！　あいつは貧乏人の花嫁をもらったわけだ」

「わたしはそんな話をするために来たのではありません」エリーは毅然と言った。「それに、彼はわたしがここに来たことは知らないんですよ」

「持参金はいらないというのなら、社交界に戻ろうとしておまえと結婚したんだろう。だが、わたしはあいつの後ろ盾になるつもりはない。どんな手を使ってでも、あいつの社交界入りを阻止してやる」

「そもそも正式な結婚なの？」伯爵夫人が意地の悪い目をエリーに向けた。「エロイーズ、あなたはあの男にだまされているんですよ」

エリーは礼儀正しく接しようと心に決めて、今日この場に来た。だが、我慢にも限界がある。ふたたびこのふたりに爆弾を落としてやりたくなり、わざと明るい口調で言い返した。

「あら、おばあ様、正式な結婚です。式にはレディ・ミルフォードが出席してくださったんですよ。実際、何から何まで取り仕切ってもらいました。今度レディ・ミルフォードに会ったら、おばあ様からもお礼を言っておいてくださいね」

伯爵夫人の手から刺繡針が落ちた。「レディ・ミルフォードですって！」声が一オクターブ高くなっている。「彼女があなたのためにわざわざスコットランドまで行ったというの？」

「ええ、おばあ様」

伯爵夫人はまばたきをするのも忘れている。いい気味だわ。おばあ様はわたしがスコットランドにいることをウォルトから聞いて知っていた。スコットランドのどこにいるかも、何を持ってくればいいかもすべて知っていた。それなのに、誰ひとりわたしを迎えに来てはくれなかった。思う存分屈辱を味わえばいい。自業自得だ。自分たちがすぐに行動を起こしていたら、社交界の重鎮がこの騒動に介入することはなかったのだ。

祖母は顔をしかめている。伯父は今にも怒りを爆発させそうだ。エリーは勝利を嚙みしめた。

伯爵が新聞を暖炉に投げ入れた。一瞬で新聞は炎に包まれ、燃えあがった。「くそっ、あのいまいましい女め！　なぜわたしにひと言もないんだ？　勝手に首を突っこんで――」

「バジル！　そんな口のきき方はやめなさい。後悔するはめになりますよ」伯爵夫人が立ちあがり、焦げ茶色の上着の上からなだめるように息子の腕を軽く叩いた。「この状況をうまく利用しましょう。いいこと、バジル、レディ・ミルフォードはとても影響力のある女性だから、味方につけておいたほうがいいわ。ベアトリスにいい縁談を持ってきてくれるかもしれない。エロイーズは結婚したのだし、恐れていたほどペニントン家の名前に傷はつかないわ」

「ですが、母上、一家の長はわたしですよ！　決定権を持っているのはこのわたしだ！」ペニントン伯爵がいらだたしげに返した。「まあ、あの女が厚かましいのにはとっくに気づいていましたがね。ここに突然来たときも、ウォルトにしつこく質問して、無理やり……」伯父はぴたりと口をつぐみ、エリーに険しい目を向けた。

「レディ・ミルフォードから話は聞いています」エリーも負けじと見返した。「ウォルトがすべて白状したんですよね。わたしが夜な夜な悪魔の王子と密会を重ね、あげくの果てに駆け落ちしたと言ったのは嘘だったことを。それに、賭事で莫大な借金を抱えていることも。そうでしょう、伯父様？」

伯父が苦虫を嚙みつぶしたような顔でエリーをにらみつけた。伯爵家の跡取りである息子が嘘つきで、おまけに賭博に溺れていると知ったときは、さぞはらわたが煮えくり返ったに違いない。

「ウォルトにはわたしなりのやり方で罰を与えた」こわばった声で言う。「これ以上、レディ・ミルフォードにはわが家の問題に干渉しないでもらいたいものだ」

エリーは手袋をはめた手を体の両脇で握りしめた。意を決して、一歩踏みだす。「でも、わたしはレディ・ミルフォードに救われました。伯父様たちはわたしがどうなろうと気にもかけていなかったんですよね。もしレディ・ミルフォードがここに来なければ、みんな今でもわたしがミスター・バークと駆け落ちしたというウォルトの嘘を信じていたはずです」

柄にもなく伯父が顔を赤らめた。「それについては悪かったと思っている」

「伯父様よりもウォルトから謝罪の言葉を聞きたいものです」ふいにエリーはひらめいた。ひょっとしたら、鍵がどこにあるのかわかるかもしれない。「ウォルトは部屋にいるんですか？　いるのなら、従僕に呼んできてもらおうかしら」

「ずいぶんずけずけとものを言うようになったじゃないの。エロイーズ、あなたはすっかり悪魔の王子に毒されてしまったみたいね」伯爵夫人が皮肉たっぷりに言い放ち、眉をつりあげた。「ウォルトはいませんよ。よそにやったから」

「どこに行ったんです？」

「田舎だ」伯爵が言った。「金を湯水のごとくくだらないことに使われたらたまったものではないからな。おまえの夫が喜ぶだけだ」

エリーはダミアンの肩を持とうと口を開きかけたが、すぐには言葉が見つからなかった。ダミアンが賭博クラブを経営しているのは事実だし、そこでウォルトが大金を失ったのも事実だ。「伯父様はそうおっしゃいますけれど、夫はウォルトのお金にはなんの興味もありません。ただ、イートン校時代にウォルトが盗んだ鍵を返してほしいだけなんです。伯父様は鍵の話をウォルトから聞いていませんか？」

伯爵が目を細めた。また行ったり来たりしだし、エリーに冷たい視線を投げつけた。「ああ、聞いたかもしれないな。だが、もう一〇年以上も前だ。とっくの昔にウォルトもなくしている」

伯父の目つきや声の調子がやたらとエリーの神経に障った。ダミアンはウォルトが鍵を持っているのは間違いないと見ていた。エリーには伯父やいとこよりも、ダミアンのほうがはるかに信頼できた。「鍵は絶対にあります。もしウォルトがなくしたとか捨てたとか言っているとしたら、またお得意の嘘をついているんです。伯父様はこの問題を軽く考えすぎているわ。一歩間違えれば兄のせいで、ベアトリスは誘拐されていたんですよ」

ペニントン伯爵は何も言い返してこなかったが、相変わらず鋭い視線をエリーに向けていた。

「エロイーズの言うとおり、まさに紙一重だったんですよ」伯爵夫人が口を開いた。「もしベアトリスが誘拐されていたら、あの子の人生は台なしになっていた。あんなならず者と結婚していたかもしれないと思うとぞっとするわ」

祖母はしばらくのあいだ伯父と目を見あわせていた。エリーには、ふたりのあいだを無言の言葉が行き交っているように見えた。

「母上、本当にそうですね」伯父がエリーに視線を戻した。「エロイーズ、わたしはずっとおまえの幸せを願っていた。こんな不幸な結果になって残念だ。だが、どうしようもない。わたしがおまえにしてやれることは何もないんだ」

それで終わり？　ずいぶん簡単ね。エリーの喉に苦いものがこみあげた。このふたりにとって大切なのはベアトリスだけだ。浪費家の次男の娘のことは、評判に傷がつこうが気にもしない。伯父も祖母もエリーの父を嫌っていた。そして今は、その娘を嫌っている。この人たちに愛情を求めた自分が愚かだった。ロンドンへ無事に帰ってきたことを喜んでくれるかもしれないと、淡い期待を抱いていた自分があまりにも情けない。

なぜか突然、ダミアンの屋敷に戻りたくなった。やわらかな光が差しこむ、あの居心地のいい自分の部屋が無性に恋しい。スケッチブックを持って長椅子の上で丸くなり、空想の世界に逃げこみたい……。

「あの、荷物をまとめたいので、部屋に行ってもかまわないでしょうか？」こわばった声で言う。「伯父様もおばあ様もわたしの顔など見たくもないでしょう。安心してください。もう二度とおふたりをわずらわせません」

エリーはきびすを返し、居間をあとにした。一刻も早くこの屋敷から出ていきたくて、部屋へと続く階段に向かって廊下を急いだ。そのとき、角を曲がって走ってきたレモン色のドレスを着たベアトリスと危うくぶつかりかけた。

ふたりはあわてて足をとめた。

ベアトリスは口と青い目を大きく見開き、驚きの表情をきれいな顔に張りつけている。

「エリー！　あなたが帰ってきたって、メイドが教えてくれたの。だから、急いで来たのよ。ああ、よかった！　もう会えないんじゃないかと思っていたわ」

気がつくと、ベアトリスに抱きしめられていた。懐かしい香水の香りが鼻腔をくすぐる。

エリーは胸がいっぱいになり、まばたきして涙を押しとどめた。レディ・アン以外にも再会を喜んでくれる人がいたことが、たまらなくうれしい。頑固で、自己中心的で、思いきり甘やかされて育ったわがままな少女。いつも振りまわされてばかりいたけれど、それでもベアトリスはかわいいいとこだった。

エリーは体を離して一歩さがった。

「あまりゆっくりしていられないの。荷物を取りに来ただけだから」

ベアトリスは好奇心もあらわに瞳を輝かせている。「お父様から聞いたわ。あなたは体面を傷つけられたから、もうここには住めないって。相手はあの悪名高き悪魔の王子なのよね。ねえ、エリー、教えて！　彼って噂どおりのハンサムなの？」

「ええ、ダミアン・バークはハンサムよ。とてもハンサム。それに彼は……」エリーは言葉が続かなかった。誘拐犯。賭博クラブを経営する名うての悪人。愛情あふれる父親。ダミアンにはたくさんの顔がある。だけど彼の内面は、まだほんの一端しか見ていない。「優しいわ。本物の紳士よ。彼は今、わたしの夫なの」

ベアトリスが胸に手を当て、息をのんだ。「エリー、結婚したの？　誘拐犯と？」エリーの全身に視線を走らせる。「だからおしゃれなドレスを着ているのね。だって、彼はお金持ちなんでしょう？　いろいろ聞かせて、エリー。ひと目惚れだったの？　それとも、あなたの評判を傷つけたから？　それで結婚したの？」

「ふたりで話しあって決めたのよ」これ以上は何も言いたくなかったので、エリーは話題を変えた。「ところで、ベアトリス、エイルウィン公爵とはどうなったの？　公爵に振り向いてもらえた？」

「エイルウィン公爵ですって！」ベアトリスがかわいらしい鼻にしわを寄せた。「わたし、気が変わったの。公爵とは結婚しないわ。全然好みの男性じゃなかったのよ。家のなかは散らかり放題で、エジプトの遺物がごろごろ転がっているの。それでわたし、言ったのよ。片づけたほうが部屋がきれいに見えますよって。そうしたら公爵はいきなり怒りだして、レディ・ミルフォードにわたしを連れてさっさと屋敷から出ていけって叫んだのよ。なんて野蛮な人なのかしら」

エリーは笑いをこらえた。「それじゃあ、あなたの社交界デビューのときに、舞踏室をエジプト風に模様替えするのはやめたのね？」

ベアトリスの表情が曇った。「社交界デビューは延期になりそうなの。お父様が今年は中止するって……あの騒動があったから……」言葉がとぎれたが、すぐにベアトリスは明るい笑顔を見せた。「でも、エリー、あなたが戻ってきてうれしいわ。それも結婚して！　あっ！だったら、もう騒動は終わりね。じゃあ、わたしは今年デビューできるかしら？」

「伯父様にお願いしてみるといいわ。まだ居間にいると思うわよ。少し前までわたしと話をしていたから」

ベアトリスがエリーの手を握りしめた。「ありがとう、エリー。居間に行ってみるわ。それじゃあ、ここでお別れね。会えてよかった。今度ミスター・バークに会わせてね」

ベアトリスは居間に向かって廊下を駆けだしていった。

レモン色のドレスの裾をはためかせて、いとこが遠ざかっていく。エリーはベアトリスが角を曲がるまで後ろ姿を見送った。あの子が社交界にデビューする晴れ姿を見られないのだと思うと、目に涙があふれそうになった。一二年間の思い出が頭のなかを駆けめぐる。読み書きを教え、傷に包帯を巻き、毎晩おやすみのキスをした。

ベアトリスに会うのはこれが最後かもしれない。この家にいるほかの人たちとも、もう会うことはないかもしれない。愛されなかったけれど、自分にとっては大事な親族だった。

そして、この屋敷とも今日でお別れだ。ここを離れ、ダミアンの屋敷で少しのあいだ過ごし、まもなくひとりきりの生活がはじまる。それが夢だったんでしょう？　エリーは心のなかでつぶやき、また廊下を歩きだした。

23

ダミアンの屋敷に戻ったエリーは、ベッドの上一面に絵本の原稿を広げて眺めていた。そのとき突然、扉を叩く音が鳴り響いた。

いったい誰かしら。ひとりにしてほしいと頼んでおいたのに。今日の午後は、物語をどこで区切れば一冊の絵本を数冊に分けられるか考えるつもりだった。それでハリエットに部屋には来ないようにと伝えて、伯父の屋敷から持ってきた描き終えた原稿を見ていたのだ。

エリーは広げた原稿をかき集めようと伸ばしかけた手を途中でとめた。もうあわてて隠す必要はないのだ。この屋敷には、仕事をさぼって何をしているのだと怒鳴りつける人はいない。

今のわたしは、ペニントン伯爵のみじめな姪ではなく、ここの主《あるじ》であるダミアンの妻だ。たとえ部屋じゅうに原稿をまき散らしていようと、誰にも文句は言われない。

ベッドから離れて扉へ向かおうとしたところ、扉が少しだけ開いて、金髪の小さな頭が見えた。すぐに扉の隙間から愛くるしい顔がのぞき、エリーを見あげた。

「入ってもいい？」

たちまちエリーは頬をゆるめた。「まあ、リリー！　もちろんよ、どうぞ入って」

リリーは室内に足を踏み入れたが、まだ扉の前に立ち、大きな青い瞳でエリーをじっと見つめている。今日は淡いピンク色のドレスの上に、フリルのついたエプロンドレスを重ねて着て、ドレスの色に合わせたピンクのリボンで金色の髪を結んでいる。思わず抱きしめてキスをしたくなるほどかわいらしい。

でも、ダミアンはいい顔をしないはずだ。この屋敷からすぐにいなくなる継母に娘を近づけたくないに違いない。エリーは後ろ髪を引かれる思いで、ベッド脇に立っていた。

「ミス・アップルゲイトは、あなたがここに来たことを知っているの？」

「ミス・アップルゲイトは今日の午後はお休みなの。子守は揺り椅子でお昼寝してるわ。それにわたし、字の練習が終わっちゃったの」

不安そうなリリーを安心させようと、エリーは明るく話しかけた。「頑張ったのね。それじゃあ、一緒に勉強部屋へ行きましょうか。わたしに字の練習帳を見せてくれる？　ねえ、リリー、字を読む練習もしているの？」

「してるわ。いっぱい読めるのよ。文章だって読めるの」リリーが好奇心に目を輝かせて、ベッドに数歩近づいた。「どうしてベッドの上に紙が散らばってるの？」

「わたしは絵描きなの。これはわたしが描いたのよ。今、描き終えた絵を広げて見ていたところなの」

リリーが四柱式ベッドの足元までやってきた。他人のものを勝手に触ってはいけないと教えられているのだろうか。手をうしろで組み、アリアナ王女が自分に魔法をかけようとしている魔女から逃げているときに、森の生き物たちと出会った場面を食い入るように眺めている。

やがてリリーは首を伸ばし、別の絵に視線を移した。戸惑いがちにエリーを見あげる。

「でも……これは絵本のページよ！」

「そうなの、リリー。わたしは絵本を作っているのよ」エリーは言葉を継いだ。「この絵にお話をつけて、絵本に仕上げるの」

リリーはぽかんと口を開けている。その表情がまたかわいらしい。

「どんなお話か知りたい？」気づいたら、エリーの口から言葉が飛びだしていた。「絵本はまだ途中までしかできていないの。でも、はじめの部分を少し読みましょうか？」

「ほんと？　お願い、聞かせて！」

エリーは絵本の原稿を集めてページ順に重ねると、暖炉脇の淡緑色の肘掛け椅子に腰を落ち着けた。ベアトリスとセドリックにも、よくこうして絵本を読み聞かせた。そのときのふたりと同じように、リリーも絨毯の上に座らせようと思っていた。ところが、エリーが椅子に座るとすぐに、リリーが膝の上にのってきた。

小さなお尻をもぞもぞと動かし、居心地のいい場所を見つけたリリーを、エリーは腕のなかに抱き寄せた。なぜか、この体勢がとても自然に思えた。リリーはエリーの胸に頭を預けて、満足そうにため息をついた。原稿を見つめる目がきらきらしている。物語がはじまるのを今か今かと待っているのだろう。

その様子に胸が熱くなり、エリーは声が出せなくなった。しばし自分の膝の上に子どもが座っている喜びに浸る。こんなふうに安心しきって体を預けられていると、リリーとも離れがたくなってしまいそうだ。

エリーは震える息を吸いこんだ。リリーを今すぐ子守のもとに連れていったほうがいい。この子とは距離を置かなければ。でも、本を読んであげると言いだしたのはわたしだ。わくわくした表情を浮かべているリリーをがっかりさせたくはない。

エリーは一ページ目をリリーの視線の高さに合わせた。そこには、おしゃれな青いドレスを着て、赤褐色の長い髪に冠をつけた少女と、満面に笑みをたたえて自分たちの娘を誇らしげに見つめている王様と女王様が描かれていた。

「昔々、アリアナという名前の王女がいました。アリアナ王女はおてんばで、大変甘やかされて育ちました。アリアナ王女の一五歳の誕生日に、王様はとても大きなパーティを開きました。招かれた人たちはみんな、ダンスをしたり、ゲームをしたり、ごちそうを食べたりしてパーティを楽しみました。ところが、かくれんぼをして遊んでいるときに、恐ろしい出来事が起きたのです。アリアナ王女は誰にも見つからない場所に隠れようと、暗い森へ入っていきました。森は木が生い茂っていて、すぐに王女は迷子になってしまいました……」

エリーはページをめくりながら、リリーの反応をうかがった。その顔に浮かぶうっとりとした表情を見て、うれしさがこみあげてきた。自分が描いた童話を子どもに読み聞かせるのは今日がはじめてだ。絵本作家になろうと思いたって創作活動に入ったときには、すでにベアトリスとセドリックは大きくなっていた。だから家の人たちには秘密にして、夜寝る前にこっそり描きためていたのだ。ダミアンだけはこの秘密を知っているけれど、物語の後半部分の場面をいくつか見ただけで、物語のはじまりは彼も知らない。

エリーはページをめくる前に必ず時間を取って、リリーが絵をじっくり見られるようにした。そして、そのたびにかわいらしい顔を眺めた。リリーの笑顔はどことなくダミアンに似ている。高い頬骨は父親譲りだ。髪と瞳の色は明らかに母親から受け継いだものだろう。

母親を知らないこの子が不憫《ふびん》だった。家庭教師や子守がどんなに優秀で親切で思いやりがあるとしても、あくまでも母親の代わりでしかない。エリー自身も母を亡くしているが、六歳になっていたから、母の記憶ははっきり残っている。美しい黒髪。あたたかい笑顔。額に触れるやわらかな手の感触。抱きしめられると安心したことも、歌声がきれいだったことも覚えている。

それでも、リリーには優しい父親がいる。ダミアンは娘をとても愛している。わたしとリリーがひとつの椅子に一緒に座っている姿を見たら、彼はどう思うだろう。絶対に腹を立てるに決まっている。ダミアンは娘の人生にわたしが関わるのを好ましく思っていない。それもこれも、リリーが傷つかないようにするためだ。当然だろう。わたしはこの屋敷からすぐにいなくなるのだから。仲よくなれば、別れるときにこの子を悲しませてしまう。わたしだってリリーにつらい思いはさせたくない。

原稿もついに最後の一ページを残すだけとなった。「……アリアナ王女は魔女から逃げることができましたが、広い森のなかでまた迷子になってしまいました」エリーは名残惜しげに、椅子の横にあるテーブルに置いた原稿の上に最後の一枚をのせた。

リリーが心配そうな顔で見あげてきた。「王女様はパパとママのところへ帰れる？」

エリーはにっこりして、リリーの頬にかかったほつれ毛をうしろになでつけた。「帰れるわよ。約束するわ。でも、その前にアリアナ王女はたくさん冒険をするの。王女はいたずら好きでおてんばだったでしょう？　だけど冒険をするうちに、だんだん強くて勇敢な少女になっていくの。そうしたら森の出口が見つかって、アリアナ王女はパパとママのところへ帰れるのよ」リリーは真剣な表情で聞いている。エリーはリリーの頭のてっぺんにキスを落とし、先を続けた。「そろそろ部屋に戻ったほうがいいわ。子守も昼寝から目覚めたかもしれない。さあ、行きましょうか」

ところがリリーは膝の上からおりずに、伸びあがってエリーの首に両手を巻きつけてきた。「子守が言ってたの。あなたは新しいお母様だって。ねえ、ママって呼んでもいい？　お願い、いいでしょう？」

エリーはいとおしさで胸がいっぱいになった。この子にママと呼ばれたいという思いが、ふつふつとわきあがってくる。ママ――なんてすてきな響きだろう。あふれでる幸福感を抑えきれず、思わずエリーはきつくリリーを抱きしめた。「ええ、もちろん……」

だが、すぐに自分のうかつさに気づき、口をつぐんだ。ばかね、いったい何を言っているの。この子と距離を置かなければならないのはわかっているでしょう。リリーが満面に笑みを浮かべた。こんな笑顔を見せられたら、もはや前言を撤回するのは無理だ。

リリーが膝の上から元気よくおりた。エリーも椅子から立ちあがり、暖炉の前を行きつ戻りつしはじめた。どうしたらいいの？　リリーがわたしをママと呼ぶのを聞いたら、ダミアンの表情はたちまち険しくなるはずだ。彼が激怒する姿が目に浮かぶ。でも、この子にどう説明したらいいの？　何かいい方法はないかしら？　リリーを二度とこの部屋に来させないためにはどうすれば――。

「パパ、おかえりなさい！」

リリーのうれしそうな叫び声が部屋に響き、エリーは振り返った。ダミアンが戸枠に寄りかかり、腕組みをして立っている。ああ、なんてこと。リリーは扉を閉めなかったのね。

ダミアンはにこりともしない。

最悪だわ。いつからあそこにいたのかしら。

リリーが父親のもとへ駆けだした。だが、すぐにきびすを返し、エリーのところに戻ってきて彼女の手を握った。エリーはリリーに引っ張られるようにしてダミアンに近づいていった。「パパ！　聞いて！　ママがね、お話を読んでくれたのよ！」

「そうか」

ダミアンの声はかすかにこわばり、目は鋭くエリーを見据えている。この場から逃げだしたいと、エリーは心の内で叫んだ。けれども、なすすべもなくずるずるとリリーに引っ張られていった。

ダミアンが膝をついて娘を抱きしめた。顔から厳しさが消え、笑みを浮かべている。彼はリリーの髪をなでてくしゃくしゃにした。「ここに隠れていたんだな。子守が捜していたぞ。心配しているよ。王女様は暗い森へ入っていって、もう帰ってこないんじゃないかってね」

エリーは口のなかがからからになった。話を聞かれていたんだわ。それもはじめから。

リリーはくすくす笑っている。「違うわ、ママとずっとここにいたの」

「ああ、そうだったんだな」ダミアンは片方の眉をあげ、とがめるようにエリーを見てから、リリーに視線を戻した。「さあ、部屋に戻ろう。お茶が冷めてしまう。今日のおやつは大好物のジャムのタルトだ」

「ママも一緒よ。いいでしょう、パパ？　お願い」

ダミアンがエリーに目を向けた。ふたりの視線がからみあう。ダミアンはとてもハンサムだ。恐ろしいほど。深緑色の外套が、冷たく光る瞳の色をいっそう引きたたせている。あからさまに不機嫌な顔を向けられているにもかかわらず、エリーはうっとりとダミアンに見とれた。なぜ怒った顔にも魅力を感じてしまうのだろう。

「ごめんなさい、今日は忙しいの」エリーはリリーに話しかけた。「お話は途中で終わっていたでしょう？　だから、残りの絵を全部描いてしまわなければならないの」

リリーが悲しげな表情を浮かべた。「でも、少しだけならいいでしょう？」

エリーがもう一度断ろうと口を開きかけた瞬間、ダミアンが一歩踏みだして彼女の腰に手を添えた。「リリー、少しならママも時間を取ってくれる。それでは、行こうか？」

ダミアンに促されるままに部屋を出て廊下を歩き、気づくと階段の下まで来ていた。ダミアンが内心快く思っていないのは一目瞭然だ。うれしそうにはしゃいでいる娘を見るときだけしか、彼の表情は和らがない。

リリーは先頭を切って、弾む足取りで階段を駆けあがっていく。エリーは腰に添えられたダミアンの手を痛いほど意識していた。彼がすぐそばにいるせいで、気まずくてしかたがない。

階段をのぼりながら、エリーはダミアンを横目でちらりと見あげた。

「ダミアン……説明させて」

「何を？」彼の声にはとげがあり、目は怒りに燃えている。「エリー、いったいどういうつもりだ。わたしの考えはきみもわかっているだろう。こんなことをしていたら、きみがここを出ていくとき、リリーはどうなるんだ？」

エリーは顔を伏せた。涙がこみあげてくる。「ごめんなさい」そうつぶやき、唇を噛んだ。

「ママと呼ばせるつもりはなかったの。本当よ……でも、リリーにママと呼んでもいいかときかれて……あまりにもかわいらしくて、自分でも知らないうちに……」

ダミアンは無言のままだ。重苦しい沈黙が続いた。エリーは喉がこわばり、胃がきりきりと痛んだ。非難されてもやむを得ない。ダミアンが激怒するのも当然だ。わたしがこの屋敷を出ていくとき、リリーの心を傷つけてしまうことを、わたしたちはふたりともわかっていた。そして悲しみに沈むリリーを、ダミアンがなぐさめることになる。

ふたりは階段をのぼりきった。驚いたことに、ダミアンが背中をそっとなでてくれた。エリーの耳元に顔を寄せてささやく。「実は、わたしもあのおてんば娘には逆らえないんだ。ほら、見てごらん、あの格好を」

すでにリリーは扉の前に立ち、両手を腰に当てて怖い顔をしている。まるで家庭教師の子ども版だ。「パパ、早く来て。もう、歩くのが遅いんだから」

「誰かさんと違って、家のなかを野生の馬みたいに駆けまわるのは好きじゃないんだよ」ダミアンが真顔で言い返す。

ふたりはリリーのほうに向かって歩きだした。エリーはこっそりダミアンを盗み見た。それほど怒っているふうには見えない。許してくれたのかしら？　それは希望的観測にすぎない。おそらく、リリーのために一時休戦するといったところだろう。

扉のすぐ内側で、白髪まじりのふっくらとした女性がうろうろしていた。フリルのついた白い帽子をかぶり、エプロンをつけている。彼女はダミアンを見てお辞儀をした。「旦那様、ありがとうございます！　お嬢様が見つかってほっとしました。三〇秒ほど目をつぶって、開けたときにはもうお嬢様はいなかったんです」

「娘は妻の部屋にいたよ」ダミアンは子守にエリーを紹介した。続けて彼が、ティーカップをもう一客、厨房から持ってくるよう子守に指示を出していると、リリーが小さな手をエリーの手にすべりこませてきた。

「ママ、わたしね、揺り木馬を持ってるの」きっと父親が野生の馬と言ったときに、揺り木馬のことを思いだしたのだろう。「見せてあげる」

またしてもエリーはリリーに引っ張られていった。勉強部屋のなかは、午後の日差しが窓からたっぷり差しこんでいた。小さなテーブルと揃いの椅子が並び、背の低い本棚には本がびっしり詰まっている。台座の上には地球儀。壁には額に入れられたアルファベット表。すべての文字にかわいい動物の絵が描かれている。チョークと本の懐かしいにおいに、エリーは胸が詰まって泣きそうになった。これまでの人生の大半を勉強部屋で過ごしてきた。子どものときも、大人になってからも、勉強部屋にいるといつも心が安らいだ。

リリーが隅にある揺り木馬にまたがり、前後に揺らしはじめた。元気いっぱいの威勢のいい動きだ。「見て、ママ！　これは練習用よ。今度、パパが本物のポニーを買ってくれるの。七歳になったら買ってほしいな」

「一〇歳だ」ダミアンがエリーのうしろに来た。リリーに向かって厳しい声で言う。「それも、お行儀よくできないようなら買うのをやめるぞ」

彼は進みでてリリーを揺り木馬から抱きあげ、床の上に立たせた。娘の前に膝をつき、小さな肩に両手を置く。

「リリー、せっかく楽しんでいたのに、邪魔をしてすまない。だが、きみに話がある。二日続けて、きみは勉強部屋から無断で抜けだした。子守もミス・アップルゲイトもひどく心配したんだよ」

リリーがうつむいた。みるみるうちに唇が震えだす。

「ごめんなさい、パパ。わかってたの……部屋から出たらだめだって」

「約束してくれるかい？　もう抜けださないと」

リリーは消え入りそうな声で応えた。「うん」

「いい子だ。きみが約束を守るかどうか、パパはちゃんと見ているからね」

ダミアンは大きな手でリリーの頬を包みこんで、親指で優しくなでた。巧みな飴《あめ》と鞭作戦だ。わたしも同じことをされたわと、エリーは心のなかでつぶやいた。彼に背中をそっとなでてくれたとき、罪悪感がいくぶん和らいだ。

それでも、わたしを許してくれたと思うのは虫がよすぎる。リリーを苦しませるようなことをした罪は消えない。とはいえ、今後リリーは突然部屋には来ないはずだ。この子は父親との約束を守るだろう。ひょっとしてダミアンはわたしたちを離しておくために、勝手に部屋から出ないようリリーに約束させたのだろうか。

よかった、これでひと安心だ。だけど、それは本心ではない。本当はまたリリーに部屋へ遊びに来てほしい。この子といると、レディ・アンたちを失った寂しさが紛れた。ぽっかり空いた心の穴を埋めることができた。

ダミアンが立ちあがった。笑みを浮かべて娘を見おろす。

「さあ、タルトを食べよう。パパは腹ぺこだよ。今日もドーラは一緒かい？」

「ドーラ？」

リリーは勉強部屋から飛びだしていった。ダミアンが警戒するような目をエリーに向けた。

「わたしは娘に甘すぎるかな？　こういうときは、柳の鞭で尻を叩く父親も多いだろう？」

エリーはダミアンの表情を探った。わたしに意見を求めているの？

「もっと自信を持って。今のリリーに対する態度はみごとだったわよ」

「わがままな子に育ってほしくないんだ」ダミアンは唇の端に自嘲気味な笑みを浮かべた。

「だが、わたしには父親がいなかったから、しつけの仕方がわからない。そもそも父親とはどういうものなのか、まったくわかっていないと思うときもある」

使用人がいるにしても、男手ひとつで娘を育てるのは大変に違いない。けれども、ダミアンに結婚する気はない。彼は妻などいらないと明言していた。

エリーはダミアンに一歩近づき、彼の腕に手を置いた。なめらかな生地越しに、盛りあがった筋肉の感触が指先に伝わってくる。「ダミアン、あなたは今のままでじゅうぶん立派な父親よ。リリーを見て。とても幸せそうだわ。それに食べてしまいたくなるほど愛くるしい。リリーは完璧な女の子よ。ええと、これは大げさね。まあ、とにかくほぼ完璧な女の子だわ」

最後のひと言に、ふたりで声をあげて笑った。ダミアンとのあいだに流れていた張りつめた空気がほぐれはじめた。彼の瞳はあたたかみを帯び、優しいまなざしを投げかけてくる。

リリーがぼろぼろの人形を胸に抱きかかえて、走って戻ってきた。髪は黄色の毛糸でできており、目に黒いボタンを、口は笑みの形に赤い毛糸を縫いつけた手作りの人形だ。「この子がドーラよ」リリーがエリーを見あげた。「ドーラは毎日、パパとわたしと一緒にお茶を飲むの」

毎日？

エリーは人形の手袋のような手を握った。「はじめまして、ドーラ」

リリーの笑顔がはじけた。人形を抱いたまま元気よくスキップして、テーブルに向かう。そこには、紅茶のセットと焼き菓子がのった銀製のトレイが置かれていた。リリーは椅子に本を適当に積みあげ、その上にドーラを座らせた。子守がティーカップを持ってきて、すぐに部屋から出ていった。

三人はドーラを囲んで腰を落ち着けた。大柄なダミアンが子ども用の椅子に座っている姿がおかしくてしかたがなく、エリーは噴きだしそうになるのをこらえた。ダミアンは至ってまじめな顔で、ティーポットから手編みの保温カバーをはずすと、慣れた手つきで紅茶を注ぎはじめた。

驚きだわ。これが悪名高き悪魔の王子の本当の姿なのね。ダミアンが娘とこんなふうに午後のひとときを過ごしていることを、いったい誰が想像できるだろう。それも毎日だ。

二週間前なら、わたしも想像できなかった。名うての悪人と呼ばれている、彼の素顔を知る人はほとんどいないに違いない。

リリーは背筋を伸ばして行儀よく座り、磁器のティーカップに入ったミルクティーを上品に飲んでいた。ときおりドーラに話しかけ、ラズベリージャムのタルトのかけらを人形の口に運んで、食べさせるふりをしている。

「ママは絵を描いてるの」リリーが父親に話しかけた。「森で迷子になった王女様の絵本を作ってるのよ」

「そうだね」ダミアンが口の端に笑みを浮かべてエリーを見た。「リリー、いいことを教えてあげよう。物語の終わりのほうで、アリアナ王女はラットワースという名前の王子と出会うんだ。ラットワース王子はとても勇敢なヒーローなんだよ」

「ヒーローじゃなくて、悪者よ」エリーは言った。

「ヒーローだ。王子は剣の達人で、王女を人食い鬼から救うんだからね。まさに真のヒーローだよ」

「じゃあ、王女様は王子様と結婚するしかないね」リリーが澄ました顔で言う。

エリーは声をあげて笑った。

「さあ、どうなるかしら。本ができあがるのを楽しみにしていて」

「ああ」ダミアンが言った。「楽しみにしているよ」

彼の口調には意味深長な響きがあった。謎めいた目でエリーを見つめ、それからふたたびリリーに視線を戻した。ほんの一瞬ではあるものの、ダミアンに熱いまなざしを向けられたとたん、エリーは欲求をかきたてられた。あの視線は何を語っていたのだろう。ダミアンは親密な関係を築きたいと思っているのかしら？　正式な結婚を望んでいるの？

エリーはその疑問を頭から追い払った。わたしたちの未来が交わることは決してない。そもそもダミアンは、わたしが夫を必要としていないのと同じように、妻を必要としていない。

これは便宜結婚だ。わたしたちは別居するという条件で結婚した。同居中は夫婦間に距離を置くという条件もつけ加えた。

〝それについては、わたしが主導権を握らせてもらうわ。決して無理強いはしないで。今のところ、あなたとベッドをともにするつもりはないわ〟

冷たい言葉だ。だけどあのときは、誘拐犯と結婚しなければならない状況に追いこまれ、腹が立ってしかたがなかった。それがなぜかこの数日間で、怒りは消えてしまった。正直言って今は、ダミアンとリリーと一緒にずっとこの屋敷に住みたいと思っている。自分の居場所はここ以外に考えられない。

エリーはこの小さな家族の輪のなかにいる幸せに浸った。けれども、胸の内には不安もくすぶっていた。賭博で生計を立てている男性と暮らすのは、無謀としか言いようがない。父の人生は賭事で破滅した。酒に溺れる父の姿はまぶたの裏に焼きついている。あのときのつらさやみじめさは二度と経験したくない。

それなのに思いとは裏腹に、エリーは娘と楽しそうに笑っているダミアンを見ているうちにある事実に気づき、愕然とした。わたしは夫を愛している。

24

　エリーをどこにも行かせない。ダミアンはそう腹を決めた。まったく見さげ果てた男だ。誘拐して体面を傷つけ、望まぬ結婚に追いこんだというのに、それだけでは飽き足らず、さらに夢までもエリーから奪おうとしている。〝一四歳で伯父に引きとられてから一二年間というもの、わたしは毎日朝から晩まであの家の人たちのために働いてきたわ。これからは、誰にも束縛されずに自由に生きていきたいの〟エリーの言葉が頭のなかでこだまする。

　薄暗い寝室のなかで、ダミアンはほどいたクラヴァットを力任せに引き抜き、椅子の上に放り投げた。本気でエリーの夢をぶち壊すつもりなのか？　田舎でひとり暮らしをするのが彼女の長年の夢だったことは百も承知のはずだ。だが愛する女性が永遠に自分のもとから去ろうとしているのに、紳士ぶってなどいられない。卑劣な男だとののしられようが、この屋敷からエリーを黙って送りだすつもりはない。

　ダミアンは顔をしかめて上着を脱いだ。愛する女性だと？　わたしはエリーを愛しているのだろうか？　正直、愛とはどういうものかもよくわからない。だが、ともに笑い、触れ、語り、一生そばにいたいと思った女性はエリーがはじめてだった。

同じベッドで眠りたいと思った女性もエリーだけだ。そう、今夜こそ誘惑作戦を決行する。問題は、エリーがどう出るかだ。

ダミアンはベストを脱ぎ、それも椅子の上に放り投げた。その拍子に、椅子の上から衣類がすべて床にすべり落ちた。明日の朝、この散らばった服の山を見たら、フィンは怒り狂うに違いない。

このまま放っておこうかと思ったが考え直し、服を拾い集めて着替え室に向かい、フックにかけた。一本だけともったろうそくの灯りに照らされて、続き部屋の扉に自分の長い影が映っている。隣の部屋からは物音ひとつ聞こえてこない。ダミアンはブリーチズのポケットから懐中時計を取りだし、時刻を確認した。一〇時一分前。エリーはもう寝たのだろうか。

予定では、今夜はもっと早く〈悪魔の巣窟〉から帰ってくるつもりだった。だが、いつものようにクラブの会員たちに誘われて一杯つきあったり、つい話しこんだりしているうちにこんな時間になってしまった。今はもう会員たちは、ダミアンがペニントン伯爵の姪と結婚したことを知っている。ほとんど全員が、ペニントンに反対されて駆け落ち結婚したというダミアンの言葉を額面どおりに受けとったが、なかにはエリーの名誉を傷つける噂を蒸し返す者もいた。

だが、そういうやつらを見過ごすつもりはさらさらなかった。にらみをきかせて黙らせ、間髪を入れずに、妻を中傷する言葉をひと言でも口にしたら殺してやると脅してやった。ありがたいことに、ふたりの出会いのきっかけが誘拐事件で、それも人違いだったとは誰も気づいていない。しかしこの人違いが、結果的に自分の人生に最高の幸運をもたらしてくれた。もちろん、リリーを授かったことを除いてだが。

ダミアンは椅子に腰かけてブーツを脱ぎはじめた。心はすでに隣の部屋に飛んでいた。素肌にガウンをはおろうかどうしようかと悩んだ。いや、ガウン姿ではこちらの魂胆を見抜かれて、早々に部屋から追いだされてしまうだろう。なんといっても、主導権はエリーが握っているのだ。彼女にベッドへ来てと懇願させなければ、今夜もまたひとり寝をするはめになる。

あせらずじっくり攻めよう。特に今日はエリーにつらく当たったから、優しさを前面に出して誘惑したほうがいい。

エリーの部屋からリリーの声が聞こえた瞬間を思いだすと、いまだに頭に一撃を食らった気分になる。すぐに足音を忍ばせて少し開いた扉に近づき、隙間からなかをのぞいた。とたんに体が固まった。娘が椅子に座っているエリーの膝の上にのり、ふたりが金色と鳶色の髪の頭を寄せあっている光景は目に焼きついている。

頭のなかでは、エリーにぶつける怒りの言葉が渦巻いていたが、声が出なかった。やがて、ふたりの会話が聞こえてきた。

〝ママって呼んでもいい？〟

〝ええ、もちろん〟

そのひと言に、胸をえぐられた。なぜだ、なぜだめだと言わなかったんだと、心のなかで叫んでいた。どれだけ危険な言葉を口にしたのか、どうして気づかない？　それどころか、エリーはリリーをきつく抱きしめた。あのときの娘の満面に広がった笑み。母親ができてうれしくてたまらないという顔だった。よくもエリーは平気で罪作りな振る舞いができるものだ。数週間後には、娘のもとから去っていくというのに。

怒りが爆発寸前にまでふくれあがったが、なんとかこらえ、リリーが先に階段を駆けのぼっていったのを見届けてから、エリーを厳しく責めたてた。彼女は心から悔やんでいた。本音を言えば、予想外だった。エリーはうつむき、目に涙を浮かべて、つかえながら話しだした。それではじめて、リリーの喜ぶ顔が見たい一心で、とっさに出た言葉だったことがわかった。

エリーもまたリリーの魔法にみごとにかかってしまったのだ。娘はいつもそうだ。あの愛くるしいつぶらな瞳で、たちまちまわりにいる人たちをとりこにしてしまう。話を聞き終わったときには、エリーに対する怒りは消えていた。リリーをいとおしく感じているエリーに、いつまでも腹を立てていられるわけがない。

だが、問題はまったく解決していなかった。リリーにとって、エリーは完全にママになっていた。エリーをママと呼ぶときの娘のあの得意げな声。いくらそう呼んではいけないと言い聞かせたところで、すでに手遅れに思えた。解決策が何も浮かばないまま時間だけが過ぎていった。ところが小さなテーブルを囲んで紅茶を飲んでいるときだった。突然、これ以上のものはないという名案がひらめいたのだ。

三人は本物の家族みたいだった。まさに、子どもの頃からあこがれ続けてきた家族の姿だ。小さな家族の輪ができあがり、エリーもその輪のなかにすっかり溶けこみ、リリーの話に耳を傾けて笑っていた。

三人で笑いあっていたあの瞬間、決意を固めた。エリーの心を射止めるためならなんでもしようと。彼女を決して手放しはしないと。リリーのために。もちろん、自分のためにも。

ダミアンは椅子から立ちあがり、ろうそくの炎を吹き消した。まずはリリーに絵本を読み聞かせていたことで少し話がしたいと切りだそう。よし、準備は万端だ。これでエリーの寝室へ行くまっとうな理由ができた。

そしてその件が片づいたら、計画どおりに誘惑作戦を実行する。優しく慎重に事を運び、結婚も悪くないとエリーに思わせるのだ。だが最終的には、この勝負はわたしが勝つだろう。エリーは情熱的な女性で、いったん火がついたら欲望を抑えられなくなるはずだ。ああ、これからの人生を彼女と一緒にずっとベッドのなかで過ごしたい。

ダミアンはふたりの部屋をつなぐ扉へ向かい、静かに取っ手を回した。エリーはもう寝ているだろうか？　それならなおさら都合がいい。回りくどい話をする手間が省ける。

薄暗い寝室のなかを、エリーは意味もなく歩きまわっていた。暖炉の火は赤々と燃えているし、白いローン地のナイトドレスの上から、明るい青のショールも肩にかけているのに、なぜか寒けがした。考え事にふけりながら、豪華な絨毯の上を何度も行ったり来たりするのを繰り返しているうちに、ふとわれに返り、ようやく素足だったことに気づく。

隣の部屋は夕方からずっと静まり返っている。ダミアンは賭博クラブへ出かけたきり、まだ戻っていないのだろう。きっと帰りは深夜になるに違いない。今はもうダミアンの一日の予定を知っている。さりげなくメイドから聞きだしたのだ。彼の日常生活は時計のように規則正しい。朝、家を出て、リリーと紅茶を飲むために夕方近くに一度戻ってくる。それからクラブへ出かけていき、夜中まで帰ってこない。

炉棚の上の時計が、静かに一〇時を告げた。今夜は夫の帰りを起きて待っているつもりだ。それなのに、ひとりきりの夜は果てしなく長く退屈で、おまけに睡魔も襲ってきた。まったく集中できなくて、絵を描くのはとっくにやめていた。ベッドの上に座り、本でも読もうかと思ったが、すぐにうとうとしはじめ、朝までぐっすり眠ってしまいそうだった。

あくびを嚙み殺して、暗い着替え室に目をやった。こうなったら、思いきってダミアンの寝室へ行こうかしら？　彼のベッドに入って、帰りを待つのはどう？　そうよ！　それならうっかり寝てしまっても大丈夫だわ。ダミアンは上掛けの下にいるわたしに必ず気づくもの。

そう、ダミアンのベッドにいることが大事なのだ。そして、主導権は自分が握るだなんて言ってしまったことを後悔していると彼に伝えよう。わたしがこの屋敷にいるわずかな期間だけでも、夫婦らしい生活を楽しみたいと。

ダミアンはすぐにわたしを腕のなかに引き寄せて、またすてきな世界に連れていってくれるはずだ。キスの雨が降りだし、全身を愛撫され、やがて体のなかに彼を感じる。そのときのふたりの姿を頭に思い描いただけで、胸が高鳴った。

エリーはベッド脇のテーブルの上にある燭台をつかみ、小さな炎を手で囲んで、着替え室へ向かって歩きだした。ふたりの部屋をつなぐ扉に近づき、取っ手に手を伸ばしかけたところ、いきなり扉が開いた。

驚く間もなく、次の瞬間には背の高い男性が着替え室に入ってきた。

エリーはとっさにショールを胸の前でかきあわせた。

「ダミアン！　なぜここにいるの？　まだクラブにいるんじゃなかったの？」

ふと気づくと、ダミアンは上着もクラヴァットも身につけていない。白いシャツにブリーチズ姿で、自分と同じく裸足だ。エリーはダミアンがすぐそばにいることを痛いほど意識した。暗い部屋にふたりきりだということも。そして、自分がナイトドレスしか着ていないことも。

にわかに心臓が早鐘を打ちはじめた。ひょっとして……ダミアンはわたしをベッドに誘おうとして来たのかしら……。

「早めに帰ってきたんだ。きみに話があるから」ダミアンが言った。「今、いいかな？」

ダミアンがエリーの腕を取って寝室に入り、暖炉脇の椅子に座るよう促した。エリーが持っていた燭台を炉棚の上に置き、彼女の向かいの椅子に腰をおろした。

エリーの心はしぼんだ。誘惑する気があるのなら、離れては座らない。暖炉の灯りを受けたダミアンのしかつめらしい顔を見ていると、どんどん気が滅入《めい》ってきた。ふたりきりなら、いくらでも大声で怒鳴ることができる。またダミアンに責めたてられるに違いない。

エリーは胸の前でかきあわせたショールを握りしめ、身を乗りだして口を開いた。「ダミアン、今日は本当にごめんなさい。あなたの言うとおりよ。わたしはリリーにママと呼ばせるべきではなかった。どうかしていたわ――」

「気にしなくていい。リリーはいつもそうなんだ。まわりにいる人たちを自分の意のままに操るのがうまいんだよ」ダミアンが口の端に笑みを浮かべた。「だが、その話がしたくてここに来たわけではない」

「違うの?」

「ああ。でもまあ、関連してはいるかな」そう言って、緑がかった灰色の目を細めた。「リリーがきみの膝の上に座っているのを見たとき、わたしは腹が立ってしかたがなかった。なぜかというと、きみが自分の描いた童話を読み聞かせていたからだ。すぐにぴんときた。今日、原稿をペニントン・ハウスに取りに行ったんだとね」

エリーはおずおずとうなずいた。「そうよ、今朝行ってきたの。伯父と祖母に無事だと伝えようと思って。それに結婚したことも」

ダミアンが片方の眉をあげた。「わたしも一緒に行くべきだということは頭をかすめもしなかったのか? それとも、わたしに尋ねる気もなかったと? ひとりであのふたりに会わないほうがいいとは思わなかったのか?」

「あなたはもう出かけていたもの」エリーは言い返した。「いずれにしろ、伯父と祖母には会いたくないでしょう。とにかく、わたしはふたりに会えたし、言いたいことは伝えてきたわ」

彼女はダミアンをにらみつけた。やがてダミアンが表情を和らげ、苦笑いをもらした。

「もっともな言い分だ。わたしはいなかったんだから、しかたがないな。それで、ペニントンはなんと言っていた?」エリーがためらっているのがわかったのか、彼はさらに言葉を添えた。「一言一句正確に知りたい。もちろん、伯爵夫人の話もだ。何ひとつ省略しないでくれ」

エリーは話しはじめた。訪問はまったく歓迎されず、結婚も祝福してもらえなかったこと。あいつは社交界に戻るためにおまえと結婚したのだと、伯父に言われたこと。また、レディ・ミルフォードがわざわざエリーのためにスコットランドまで来たと聞いて、ふたりともショックを受けていたことも話した。エリーはすべてダミアンに教えた。伯父と祖母が目を見あわせて交わしていた無言の会話以外は。どんな内容がこめられていたかは、だいたい想像がつく。どうせ偏見に満ちた悪口に決まっている。知ったところで落胆するだけだ。

ダミアンは口を引き結んで、エリーをじっと見つめていた。

「それで、ウォルトは? あいつとも話をしたのか?」

「しなかったわ。伯父はウォルトを田舎にやったの。しばらくはロンドンに戻ってこられないみたい。ウォルトがあなたのクラブに通いつめて莫大な借金を作ったことを、伯父はひどく怒っていたもの」

「借金よりも、きみの評判を傷つける嘘をついたことのほうを怒るべきだ」

ダミアンの憤慨した口調に、エリーはかすかに笑みをもらした。「そういえば、ウォルトで思いだしたわ。伯父に鍵の話をしてみたの。でも、鍵はないと言われたわ。それで、またウォルトは伯父に嘘をついたんだと思ったの」

「そうかもしれないな。まあ、いずれわかる。あいつがロンドンに戻ってきたら……おそらく社交シーズンがはじまったら帰ってくるだろう。そのときに直接会って、問いつめるつもりだ」

「ウォルトの部屋に忍びこんで、鍵を捜すことができればよかったんだけれど、伯父たちと話をしているうちになんだかがっかりしてしまって……一刻も早くあの屋敷から出たくなったの。そのうちにまた戻って――」

「だめだ」ダミアンが語気鋭く言った。「わたしと一緒でなければ、二度とペニントン・ハウスには行くな。エリー、きみはわたしの妻だ。今後はひとりで行かせるつもりはない」

ダミアンの尊大な態度に、エリーは腹が立つどころかうれしくてたまらなかった。味方がそばにいるのは心強い。エリーは思いきって打ち明けた。「もしベアトリスが誘拐されていたら、あの子の人生は台なしになっていたと祖母が言ったの。あんなならず者と結婚していたかもしれないと思うとぞっとするって。でも、祖母はちっともわかっていないわ。あの家から出られて、どんなにわたしが喜んでいるか。きっと祖母は、帰る家がなくなったわたしが悲しんでいると思っているんでしょうね」

ダミアンは身を乗りだして膝に肘をつき、エリーに目を向けた。「まったくあきれるな。たったふたりしかいない孫娘だろう？　それなのにひとりは溺愛し、もうひとりは毛嫌いするとはね。エリー、きみを嫌う理由がさっぱりわからない。なぜだ？　なぜきみを愛さないんだ？　あの老女は見る目のない大ばか者だよ」

エリーはしばらく声が出なかった。さまざまな感情——願望や渇望や不安がこみあげてきて、喉が詰まった。今のは社交辞令？　それとも本心からの言葉？　ダミアンはわたしを愛してくれるかしら？　それ以前に、わたしはダミアンに愛されたいの？

心がざわついて、じっと座っていられなくなった。エリーはいきなり立ちあがると、行ったり来たりしはじめた。「それは、わたしが父の娘だからだと思うわ」小声で言う。「父は賭博に溺れていた。これは前に話したわよね。伯父も祖母も、父のことを一族の厄介者と呼んでいたわ。父は賭博台から片時も離れられなかったみたい。わたしはまだ子どもだったけれど、父が何日も帰ってこなかったのは覚えているわ」

ダミアンは椅子に座ったまま、歩きまわるエリーをじっと見ていた。

「きみのお母さんはどうしていたんだ？」

「母はわたしが六歳のときに亡くなったわ。今のリリーと同じ年ね」エリーはショールを肩にきつく巻きつけた。「使用人たちがわたしの面倒を見てくれたの。物語を作るようになったのはこの頃からよ。わたしはいつも空想の世界に逃げこんでいたわ」

「きみたち父娘《おやこ》はペニントン・ハウスに住んでいたのかい？」

エリーは首を横に振った。「まさか。父は屋敷のなかに一歩も入れてもらえなかったわ。それはわたしも同じだけれど。わたしたちは住む場所を転々としたの。どこもあばら家ばかりだった。そのうち父は、お酒で悲しみを紛らすようになったわ。そしてコヴェント・ガーデン劇場に出かけた夜、劇場の前の大通りにふらふらと出ていって……馬車に轢《ひ》かれた。即死だったわ」体に震えが走り、エリーは腕をさすった。深呼吸をしてから先を続ける。「そのときわたしはまだ一四歳だったから、伯父に引きとられたの。一緒に住みはじめてまもなくすると、年下のいとこたちの勉強を見るよう言われたわ。わたしはいつも……父の莫大な借金を払ってくれた伯父に負い目を感じていた」

ダミアンは横を通ろうとしたエリーの手をつかんで止まらせた。「どうせペニントンはいやというほどねちねちときみに言ったに違いない。あの父にしてこの娘ありだと。そうやって、きみに罪悪感を植えつけたんだろう？」

「そうよ。祖母にはいつも、わたしには悪い血が流れているとけなされたわ」エリーは胸が詰まり、きつく握りしめた手を見おろした。「でも、父は悪い人ではなかった。優しくてハンサムで、とてもわたしを愛してくれたの。父はよく、愛しているって言ってくれたのよ。家にいるときは、いつも一緒に本を読んだり、何時間も話をしたり、公園に散歩に出かけたりした。ただ……意志が弱かったんだと思う。わたしは、父がそばにいてくれたらそれだけでよかった。だけど、父は賭事をやめられなかったの」

涙が頬を流れ落ちた。エリーはダミアンの手から自分の手を引き抜いた。つらい記憶はふたたび胸の奥底に封じこめて、今はただ体を丸めてひたすら眠り続けたい。

それなのにダミアンに両手でウエストをつかまれ、彼の膝の上に座らされた。その拍子に、ショールが肩からすべり落ちる。ダミアンの腕のなかにすっぽり包まれると、彼の体の熱が伝わってきた。

エリーはダミアンの胸に背中を預けた。今日の午後のリリーと同じ格好だわと、心のなかでひっそりつぶやく。ダミアンの肩に頭を寄せて、すがすがしくも刺激的な彼独特の香りを吸いこんだ。ある意味、わたしも父と同じだ。ダミアンといると、意志の弱い女になってしまう。

ダミアンが頬に残る涙を親指でそっとぬぐいとってくれた。

「今日は二度もきみを泣かせてしまったな」

「違うわ。そうじゃないの。ただ……今日は伯父たちに会いに行ったから、気分が少し落ちこんでいるだけよ。あなたに泣かされたわけじゃないわ」

「そうかな？」ダミアンはエリーの顎を持ちあげた。ふたりは視線を合わせた。ダミアンの表情はどこか悲しげだ。「きみは賭博クラブの経営者と結婚するはめになった。きっとわたしが賭博漬けの男たちを食い物にしていると思っているんだろう。いや、それどころか、わたし自身も賭事で身を滅ぼして、リリーを孤児にさせてしまうかもしれないと思っているのかな。わたしを見ていると、きみは自分のつらい過去を思いだして不安になるんじゃないのか？」

そのとおりだ。ダミアンが父と重なり、どうしてもいやな予感がぬぐいきれない。

「ええ、そうよ」

「それなら、こう言ったら少しは安心してもらえるかな。わたしはクラブの会員に厳しい条件を設定し、細心の注意を払っている。もし借金を期日どおりに支払えなければ、その時点で〈悪魔の巣窟〉には出入り禁止になる。賭博で人生を破滅させないためだ。わたし自身は昔と違って、今は会員たちとつきあい程度の賭けしかしていない」ダミアンはエリーの頬を片手で包んだ。「エリー、これだけは覚えておいてくれ。わたしはトランプやサイコロで人生を棒に振る気はさらさらない。そんなことには絶対にならないと断言できる」

その声は力強く、揺るぎない響きがあった。ダミアンの言葉を心から信じられたらいいのに。でも、父もそうだった。いつもダミアンと同じように約束してくれたけれど、結局守れなかった。「ねえ、ダミアン」エリーは明るい口調で返した。「わたしは何も文句を言うつもりはないわ。あなたがクラブ経営に成功したおかげで、わたしはその恩恵にあずかれるんですもの」

一瞬、ダミアンがけげんそうな表情を浮かべた。「ああ、そうか。きみが住む家のことを言っているんだな。わたしも話そうと思っていたんだよ」

ダミアンと離れるなんて考えたくない。彼の膝の上に座り、あたたかい体に心地よく包まれている今だけは。だけど、家の話をほのめかしたのは自分のほうだ。

「それじゃあ、あなたの土地管理人はもう家を探しはじめているのね？」

「いや、実はまだなんだ。まずはきみの希望を聞いてからと思ってね。どこに住みたいんだ？　ハンプシャーかい？　それともコーンウォール？　湖水地方がいいかな？　希望する場所があるなら、土地管理人に伝えておくよ。そのほうが早く見つかると思うんだ」

なぜか、どの場所にも心が惹かれなかった。どうしてなのか考えようとしても、ダミアンにナイトドレスの上から背中をなでられているせいで集中できない。ぼんやりした頭で理由を探しているうちに、ふと思いついた。かなり危険な賭けだ。にべもなくダミアンにはねつけられるかもしれない。けれども、相手の反応が怖くて口にするのをあきらめてしまったら、きっと後悔する。

エリーは思いきって話しだした。「できればロンドンの近くに住みたいわ。そうしたら、あなたがよければだけれど……ときどきリリーに会えるから」心のなかで大きく息を吐きだした。幸せな未来が待っているかどうかは、ダミアンの返事次第だ。エリーはすがる思いで彼の頬に触れた。「ダミアン、それでもいいかしら？　あなたがリリーを守ろうとしているのはよくわかっているわ。でも……これからもリリーに会わせてくれる？」

ダミアンは押し黙ったままだった。その表情からは何も読みとれないが、目は強い光を放っている。「こちらの条件をのむのなら、リリーに会わせよう」

「どんな条件？」

「わたしにも会うこと」

そのひと言で、ふたりを包む空間にたちまちなまめかしい空気が流れはじめた。背中をなでていたダミアンの手が前に回り、胸のふくらみに触れた。ナイトドレスの薄い生地越しに親指で先端を転がされて、体が震え、唇から熱を帯びた吐息がもれた。エリーは目を閉じてダミアンの愛撫に身を任せ、快感に浸った。

ダミアンがエリーの唇に唇を近づけてささやいた。「条件をのめるかい？」

「ええ」エリーは反射的にささやき返した。でも、いいのかしら？　この屋敷を離れてからも、本当にダミアンと親密な関係を続けたいの？　彼の子どもを身ごもる可能性が高くなるのよ。

赤ちゃん。リリーに弟か妹ができる未来を思い描いてみた。とたんに、ほのぼのとした優しい気持ちがわき起こった。だけど子どもができたら、なおさら別々に暮らすのは難しくなる。やはり怖い。父の人生を破滅に追いこんだ賭事で生計を立てている男性と密接なつながりを持つのは、不安でしかたがなかった。

「それじゃあ、これで決まりだな？」ダミアンは指先で胸のふくらみをなぞっている。「きみがリリーと会うときは、わたしにも会う。そして、ベッドをともにする」

「もう、ダミアンったら。またその話？　それは約束できるかどうかわからないわ」エリーは急いで言い添えた。「その件については……どうしようかしら。そうね……検討してみるわ」

ダミアンがかすかに落胆した表情を見せた。彼の手が胸から離れ、首筋へと這いあがり、頬を包んで額にキスを落とす。

「なるほど。この点に関しては、結婚当初からきみの気持ちはまったく変わらないんだな」

エリーはダミアンを見つめた。心のなかは動揺していた。まさか、嘘でしょう。わたしを誘惑するのはもうやめたのかしら。今夜はこれで終わり？　きっぱり拒絶したわけではないのに、ダミアンはわたしの言葉を文字どおりに受けとってしまったの？　一緒にいられる時間を楽しく笑って過ごしたいから、ちょっとからかっただけなのに。でも、どうやら冗談が通じなかったみたいだ。

「ダミアン、あなたは誤解しているわ」エリーはダミアンの手をつかんで、ふたたび自分の胸に戻した。「この屋敷にいるあいだ、わたしはあなたと一緒にいたいの……妻として。正直に言うと、さっきはあなたの寝室に行こうとしていたの。まだあなたがクラブから戻ってきていないと思ったから、ベッドに入って帰りを待つつもりだったのよ。そこへちょうど、あなたが入ってきたの」

ダミアンは鋭いまなざしをエリーに投げかけていたが、やがてゆっくりと官能的な笑みを浮かべた。「そうなのか？　おい、エリー、勘弁してくれ。それならそうと、最初から言ってくれたらよかったのに。よけいな話をして時間を無駄にしてしまったじゃないか」

エリーは声をあげて笑いだした。不安や恐れや戸惑いが一瞬にして消え去り、期待に胸がときめいた。ふたりの唇が重なりあい、じっくりとキスを深めていく。城で一緒に朝まで過ごしたあの夜を最後に、ふたりはベッドをともにしていない。あのときは浅はかにも、愛の行為を一度経験するだけで満足できると思っていた。

わたしはこれからもずっとダミアンを求め続けるのだろうか。だけど、今は先のことは考えずにこの瞬間だけを、彼の肌やたくましい筋肉の感触を、彼の香りを味わいたい。そう、今ダミアンはわたしだけのもの。ダミアンの唇が喉を伝いおりていく。彼の手がナイトドレスの下にすべりこみ、指先がそっと胸の先端をなでた。この唇も、この手も、この指も、すべてわたしだけのものだ。

時間の感覚はすでになくなっていた。ふたりは服を脱ぎ捨てて暖炉のそばを離れ、ベッドに横たわった。エリーはダミアンの広い肩を指先でなぞり、引きしまった背中や厚い胸板に手をすべらせた。ダミアンも同じようにエリーの体に手を這わせている。彼は巧みな指使いで、徐々にエリーの欲情を高めていった。

エリーはふたりの体のあいだに手を忍びこませて、ダミアンの硬く張りつめたものを握りしめると、上下にゆっくりと動かしはじめた。ダミアンが喉の奥で低いうめき声をもらし、体を震わせる。すぐにエリーをあおむけにさせて目をじっとのぞきこんだまま、なかに入ってきた。

エリーは身も心もダミアンとひとつになった感覚にとらわれた。愛の行為が前とは比べものにならないほど、濃厚で深みのあるものに思える。やがて強烈な快楽の波が押し寄せてきて、頭はいっさいの思考を止めた。エリーは腰を高く突きあげ、彼をさらに奥へといざない、至福のきわみにのぼりつめていった。

ふたりは上掛けにくるまって抱きあったまま、けだるい余韻に浸った。寝室はひっそりと静まり返り、暖炉の火は消えようとしている。今夜、わたしたちは神聖な結婚の誓いを立てて、正式な夫婦となった。そんなことをぼんやりと考えながら、エリーは深い眠りに落ちていった。

25

気がつけばいつの間にか、エリーはダミアンの屋敷での生活にすっかり慣れていた。それでも最初のうちは、次々に用事を言いつけてくるベアトリスや祖母の声が聞こえてこないのが、不思議でしかたがなかった。きっと一二年ものあいだ、使用人のごとく朝から晩まで伯父や祖母たちのために働きづめだったからだろう。だから、今の自由な生活に罪悪感を覚えてしまうときもある。

ある日の午後、エリー宛に大きな荷物が届いた。中身は原稿用紙やペン、それに水彩絵の具などの画材道具で、すべて高品質なものばかりだった。なかにはダミアンからのメッセージカードも入っており、必要なものはなんでも遠慮なく注文して、請求書は自分に回すようにと書かれていた。エリーの胸は感動に震えた。これほど完璧で心のこもった贈り物をもらったのははじめてだった。

さっそくエリーは新品の道具を使って、長い物語を短く区切る作業に入った。これがことのほか大変で、特に頭を悩ませるのは各巻の終わり方だった。エリーは毎日、ときに机の前に座り、ときに窓際にある長椅子に座って、何時間も物語や挿し絵の手直しに没頭した。

けれども、いくら好きな仕事をしているとはいえ、たまには休憩もしたくなる。そんなときは気分転換に、広い邸内を歩きまわった。

そして自分がこの瀟洒《しょうしゃ》な屋敷の女主人なのだと思うたびに、いつも奇妙な気分に襲われた。とはいえ、ここの女主人でいられるのもほんの少しのあいだだけれど。

邸内で特に好きな場所は、ガラス屋根の温室だった。扉を開けるとすぐに熱帯地方の木々や花に迎えられ、緑の香りのするあたたかい湿った空気に包まれる。温室のなかにはベンチが置かれていて、そこに座ってスケッチすることもよくあった。また、図書室もお気に入りの場所のひとつだ。天井の高い室内は落ち着いた雰囲気が漂い、本を読んだり絵を描いたりしながら静かなひとときを過ごせる空間になっている。本棚は半分ほどしか埋まっていないが、おそらくダミアンはゆっくり時間をかけて揃えていくつもりなのだろう。ダミアンと書店に行く日が待ち遠しい。ふたりで相談して選んだ本を持ち帰って、一緒に本棚に並べるのだ……。

でも、そんな日は来ない。

ときには、ミセス・マクナブに会いに地下へおりていくこともあった。自分の立場を考えれば使用人部屋を訪れてはいけないのかもしれないが、ミセス・マクナブと厨房の長いテーブルに座り、噂話や料理の話をしながら過ごす時間はいつも楽しい。しかし、そこでは城の話は禁句となっている。テーブルのそばにはたいていほかにも使用人がいるし、マクナブ夫妻以外に誘拐事件を知っている者は誰もいないからだ。

不思議なもので、城で過ごした時間を思いだすたびに、懐かしい気持ちになる。最初の頃のダミアンはひどく無愛想だった。だが、いったん打ち解けると、わたしたちは旧知の友人みたいに話すようになった。いろいろな出来事が脳裏によみがえってくる。足首を捻挫したときに、ダミアンに軽々と抱きあげられて寝室まで運ばれたこと。彼が火かき棒を使って、正しい剣の構え方を披露してくれたこともあった。それに、はじめてのキス。胸壁のところでダミアンに激しく唇を奪われたあのキスは一生忘れないだろう。そして、最初にふたりで過ごした夢のような夜も決して忘れない。

今、わたしたちは毎晩同じベッドで寝ている。ダミアンはしょっちゅう仕事で帰りが遅くなるけれど、そういうときはキスでわたしを起こしてくれる。愛の行為はいつも歓びに満ちあふれていた。わたしたちは情熱的に体を重ね、甘い余韻に包まれて、たがいの腕のなかで眠りにつく。

午後のお茶の時間は三人で過ごすようになった。ふたりでリリーが待つ子ども部屋へ向かう前に、毎日必ずダミアンはわたしの部屋に来て、深く長いキスをしてくれる。日曜日には、三人で教会に行った。礼拝が終わると、ハイドパークでのんびりと散歩を楽しんだ。アヒルに餌をやりに、小道をスキップして軽やかに進んでいくリリーのうしろを、わたしたちは腕を組んで話をしながらついていく。話の内容は、絵本制作の進行状況や、家のこと、リリーの教育についてなど多岐にわたった——だけど、わたしがいつ屋敷を出ていくかは一度も話題にのぼっていない。

このところ、わたしたちはいい関係が続いている。だからこそ、これから住む家の話を持ちだして、ダミアンとのあいだに溝を作りたくない。彼は以前、そう簡単には理想の家が見つからないかもしれないと言っていた。だからしばらくのあいだは先のことは考えずに、この幸せに浸っていたいと思う。

ある日、思いがけない人が訪ねてきた。レディ・アンだった。白髪まじりの黒髪を白いレースの帽子の下にまとめ、地味な灰色のドレスを着たレディ・アンが、明るい日差しが差しこむ〈黄色の間〉でエリーを待っていた。レディ・アンは部屋に入ってきたエリーを見て、おずおずと笑みを浮かべた。

エリーはレディ・アンに駆け寄り、きつく抱きしめた。

「伯父様は、あなたがここに来たことを知っているの？」

「まさか！　もちろん内緒よ。伯爵はあなたとは縁を切ったと言っているんだから、ここに来るなんて口が裂けても話せないわ。でも……あなたに会いたかったの。あなたが幸せに暮らしているのかどうか、どうしてもこの目で確かめたかったのよ」

エリーは胸がいっぱいになった。ペニントン家で、レディ・アンはたったひとりの味方だった。彼女だけはいつも優しくしてくれた。この女性には心配をかけたくない。エリーは、かわいい娘と思いやりのある夫に囲まれて、絵に描いたような完璧な結婚生活を送っているふうを装った。

「エリー、彼に……会えるかしら？」レディ・アンが言った。声には期待がこもっていた。

「レディ・アン、ごめんなさい。ダミアンはクラブに出かけているの。でも……」

エリーは続けて言おうとした言葉をのみこんだ。レディ・アンを夕食に招待したかったが、引っ越しの時期がまだはっきりしていない今は、この先数週間の具体的な計画は立てられない。でも考えてみると、まもなくこの屋敷からいなくなるのに、また遊びに来てくれというのもおかしな話だ。エリーは帰途につこうとするレディ・アンを抱きしめて、別れの挨拶をした。この心優しい女性ともう会えなくなるのかもしれない。そう思うと、深い悲しみがこみあげてきた。

ダミアンとリリーに毅然とした態度で別れを告げられるだろうか。とてもではないが、自信がない。まだ考えるのはやめておこう……。

翌日、エリーは背中から腰にかけて鈍い痛みを感じて目が覚めた。なじみのある痛み――月のものがはじまったのだ。

なぜか、大切なものを失った気がした。この前、月のものが来たのは、島からロンドンへ戻る船に乗っているときだった。ということは、この屋敷に住みはじめてから一カ月が過ぎたのだ。まさに光陰矢のごとし。あっという間の一カ月だった。

エリーは窓の外に目を向けた。庭の黄色いラッパズイセンと赤いチューリップが満開だ。花が咲く頃には、もうここにはいないと思っていたのに……。季節は春を迎え、庭は新しい命であふれている。

でも、わたしに新しい命は生まれなかった。

だからこんなに沈んだ気分になるの？　わたしは心のどこかでダミアンの子どもを欲しいと思っていたのかしら？　どうかしている。わたしたちは便宜的に結婚しただけなのに。平穏で幸せな日々に身をゆだねているうちに、いつの間にかそれを忘れてしまっていたみたいだ。もうすぐ別居生活がはじまるのだから、子どもはいないほうがいいに決まっている。それに今はダミアンと充実した毎日を送っているとはいえ、彼に愛されているわけではない。

その日は一日じゅうあれこれ思い悩み、仕事に集中できなかった。けれども、頭の片隅ではすでにわかっていた。ダミアンとはじゅうぶん楽しい時間を過ごした。わたしたちの蜜月もそろそろ終わりに近づいてきた……。

その日の夕方近くになって、ダミアンがいつものように部屋へ入ってきた。エリーは窓際の長椅子に座り、スケッチブックを膝の上にのせたまま、ぼんやりと庭を眺めていた。エリーは顔をあげてダミアンのキスを受けた。今日のキスは甘く切ない味がした。エリーはすばやく立ちあがり、ダミアンにぎこちない笑みを向けた。彼の目は見られなかった。

ダミアンはエリーの腰に腕を回し、顔をのぞきこんだ。

「エリー、顔色が悪いな。どうしたんだ？」

「今日は……あまり気分がよくないの。でも、大丈夫よ」

「いや、寝ていたほうがいい。すまない、気がつかなくて」

ダミアンは心配そうな表情を浮かべている。エリーはダミアンの胸に顔をうずめたい衝動に駆られた。彼にきつく抱きしめてもらいたかった。

「本当になんでもないの。いつものことよ」エリーは頬を赤らめた。親しい関係でも、やはり口にするのは恥ずかしい。「あれなの……月のものがはじまったから……」

ダミアンの顔から心配そうな表情が消えた。「ああ、そうなのか。だが、それでも休んでいたほうがいいな。リリーのことは気にしなくていい。いや、訂正だ。リリーはがっかりするだろうが、わたしがなんとか機嫌を取るから」ダミアンはエリーを連れてベッドへ向かい、上掛けをめくった。「ミセス・トムキンズに湯たんぽを持ってこさせよう。それで痛みが和らぐかもしれない。きっと、二日もすればよくなるだろう」

ダミアンの事務的な口調がエリーの神経を逆なでした。特に今は未解決の問題が心に重くのしかかっているせいで、なおさら彼の言い方に無性に腹が立った。

エリーはダミアンから一歩離れ、腕組みした。すでにいらだちは爆発寸前だった。「大丈夫だと言ったでしょう。病人じゃないんだから、昼間から寝てなんかいられないわ。それより、わたしの家の件はどうなっているのかしら。すぐにここから出ていきたいの。今がここを出るいちばんいいときなのよ！」

炉棚の上の時計が秒数を刻む音だけが静寂のなかに響いた。ダミアンはエリーを見据えたまま、視線をはずそうとしなかった。

「それはつまり、子どもを身ごもっていないからだな」

「そうよ。これほど理想的なタイミングはないわ。それで、どうなの？　いい家は見つかった？」

ダミアンはふたりの距離を詰め、緑がかった灰色の瞳でエリーを見つめた。「エリー」名前をささやき、彼女の両手をきつく握りしめる。「なぜ出ていかなければならないんだ？わたしのそばにいてくれ。わたしとリリーと一緒にここで暮らそう。あの子はきみを愛している。きみをママだと思っているんだ。それに、絵本作りはここでもできるだろう？　仕事中はきみをひとりにするよう、使用人たち全員に指示を出す。ひとり暮らしをする家と変わらない環境を整えるよ」

ダミアンの言葉に、エリーは心を揺さぶられた。できるものなら、わたしもダミアンのそばにいたい。だけど、ダミアンはわたしを愛しているの？　リリーはわたしを愛しているかもしれないけれど、彼に愛しているとは言われていない。

それなのに、わたしはダミアンを愛してしまった。それも狂おしいほどに。わたしは全身全霊で彼を愛している。今思うと、城にいるときからダミアンに恋していたのかもしれない。でもダミアンは賭博師で、放蕩者で、浮気者だ。ダミアンがわたしをリリーの母親兼彼の愛人としか見ていないのなら、じきにわたしは捨てられ、彼は新しい女性のもとへ行くに違いない。

そして、わたしは絶望の淵に追いやられる。父が亡くなったときと同じように。

エリーはダミアンの手から自分の手を引き抜いた。「それでは自立したことにならないわ」なんとか声を絞りだした。「わたしはひとり暮らしをしたいの。長年の夢だったのは、あなたも知っているでしょう？　ダミアン、わたしの家はどこに決まったの？」

一瞬、ダミアンが目をそらした。「いくつか候補はあったが、どれもあまりよくないものばかりで、すべて却下した。家が決まるまで、おそらくあと数週間はかかるだろう」

エリーは呆然とした。ひどくいやな予感がする。「まさか嘘をついているんじゃないでしょうね？　土地管理人に家を探すよう本当に言ったの？」

「ああ、嘘じゃない。ちゃんと指示した。だが……」

「だが、何？」

ダミアンは髪をかきあげ、あいまいな笑みを浮かべた。「彼はわたしの仕事も並行してやっているんだ。それで……きみの家探しは急がなくてもいいと、つい言ってしまった。すまない、そのとおりになってしまったな。明日必ず彼に会って、家探しを最優先にするよう伝えるよ。約束する」

エリーは身をこわばらせて立っていた。やはり裏切られた。ダミアンに頼った自分が愚かだったのだ。エリーは涙がこぼれそうになり、背を向けて窓のほうを見た。

「ダミアン、守れない約束はしないで。あなたの言うことなんてもう二度と信じないわ」

「エリー……」

ダミアンが背後に近づいてきたのがわかった。彼には指一本触れられたくない。エリーは語気鋭く言い放った。「行って！　もう出ていって！　お茶の時間に遅れるわ。リリーが待っているわよ」

エリーは自分の体に腕を回してその場に立ち尽くしていた。やがて、ダミアンの足音が扉の向こうに消えると、ベッドで丸くなり、枕に顔をうずめて涙が涸《か》れるまで泣き続けた。

翌朝、エリーは自分を取り戻していた。昨夜はひと晩じゅう泣きながら、考えて、考えて、考え抜いた。そして、決意を新たにした。ダミアンには家を見つける約束を必ず守ってもらうつもりだ。

その日の午後、エリーはレディ・ミルフォードの屋敷の前で馬車から降り立った。マリンブルーのシルクのドレスの上に濃金色のマントをはおり、青いベルベットの手提げ袋を手にしている。今日はぜひともレディ・ミルフォードにききたいことがあった。

白いかつらをつけた従僕のうしろについて優美な階段を一段のぼるごとに、気分が落ちこんでいく。心の整理をつけたはずなのに、昨日のダミアンとの会話を思いだすと、胸が失望感でいっぱいになる。リリーはわたしをママと呼んで慕い、ダミアンはわたしと毎晩ベッドをともにしている。ダミアンにとって、これ以上都合のいい結婚はないだろう。娘には母親ができて、おまけに自分はいつでもベッドの相手をしてくれる女を手に入れたのだから。ダミアンにしてみれば、わたしのために急いで家を見つける必要などどこにもない。

これはあまりにも不誠実すぎる。人として間違っている。もし……このままわたしをあの屋敷にとどめておこうとするのが愛ゆえの行為だとしたら、ダミアンを許してあげてもいい。だけど、そうではない。わたしを愛しているからではなく、利用しているだけだ。それなら、こちらにも考えがある。ダミアンには絶対に約束を守ってもらう。必ずわたしの家を見つけてもらうつもりだ。

従僕は扉を開けると、お辞儀をして歩み去った。

エリーは居間に足を踏み入れた。ベアトリスとこの屋敷を訪れたのは、一カ月半ほど前のことだった。あのときもこの部屋に通された。ダミアンをはじめて見かけたのもあの日だった。彼は全身黒ずくめの姿で、通りにとめたフェートンからベアトリスを見ていた。

レディ・ミルフォードは居間の隅にある書き物机の前に座っていた。彼女は羽根ペンを置いて立ちあがった。上品な紫色のシルクのドレスが、美しい顔とアップにした黒髪にとてもよく合っている。猫を思わせる優雅な足取りで、レディ・ミルフォードがこちらに向かって歩いてきた。

エリーはお辞儀をしながら笑いを嚙み殺した。童話に出てくる、つややかな毛並みの優美な猫は、この女性がモデルなのだ。今日突然、レディ・ミルフォードを訪ねようと思いたったのも、今朝その猫の絵を描いていたときだった。自分が知りたいことに答えられるのは、この女性しかいない。

レディ・ミルフォードはエリーを笑顔で迎えてくれた。「まあ、エリー！　あなたをそう呼んでもいいかしら？　もうわたしたちは友人同士ですもの。会いに来てくれてうれしいわ。積もる話をしましょう」

ふたりは暖炉脇の長椅子に並んで座った。エリーは必死に幸せなふりをして、ダミアンの立派な屋敷のことやリリーのことをレディ・ミルフォードに話した。一方、レディ・ミルフォードは世間をにぎわせた醜聞がみごとにおさまったことを教えてくれた。すべては彼女の思惑どおりに運び、人々は伯父のペニントン伯爵に結婚を反対されて駆け落ちしたふたりの行動を受け入れ、伯爵も醜聞の火の粉がベアトリスに降りかかるのを防ぐために、その話は真実だと断言した。そういうわけで、晴れてベアトリスは社交界デビューを飾り、未来の夫探しに励んでいる。

エリーは笑みを浮かべた。「いとこが今年デビューできてうれしいです。あの子の新しいシャペロンも毎日忙しいでしょうね。舞踏会やパーティに付き添わなければならないですから。ああ、そうだわ。今日はこれを持ってきたんです。どうかお気を悪くなさらないでください。でも……わたしはもういとこのシャペロンではないので、これはお返しします」エリーは赤い靴が入った青いベルベットの手提げ袋を差しだした。

家を出る前に強迫観念にも似た思いに駆られたことを、エリーはふと思いだした。着替え室に入っていくと、メイドがしまい忘れたかのように、この赤い靴が衣装簞笥の上にぽつんと置かれていた。それを見たとき、なぜかとっさに靴を持って出かけなければならない気がしたのだ。

レディ・ミルフォードの唇が謎めいた笑みを刻んだ。「エリー、わたしはまったく気にしないわ。本当よ。では、この靴は別のレディに渡しましょう。それはそうと、何か悩み事があるみたいね。どうしたの？」

いよいよ本来の訪問の目的を話すときが来た。「実は、夫のことなんです。彼が悪魔の王子と呼ばれているのはご存じですよね。このあだ名は、ダミアンがまだ子どもの頃につけられたんです」

　エリーはダミアンの生い立ちをかいつまんで説明した。両親を知らないこと。ミセス・ミムズという女性に育てられたこと。その女性に、王家の血を引いていると言われたこと。イートン校に入学して間もない頃、うっかり自分の父親は王だと口走ってしまい、ウォルトに悪魔の王子と名づけられたこと。

「ダミアンは今はもう、ミセス・ミムズから聞かされた話を信じてはいません。でもわたしは、彼女の作り話ではない気がするんです」エリーはいったん言葉を切り、息を吸いこんだ。「レディ・ミルフォード、ぶしつけな質問をすることをお許しください。あなたがかつてジョージ三世の王子と愛しあっていたという噂は耳にしています。王子の兄弟の誰かが庶子をもうけて、その子を里子に出したという話を聞いたことはありますか？」

　レディ・ミルフォードは唇を引き結び、かすかに眉をひそめてエリーの話を聞いていた。美しいスミレ色の瞳はじっとエリーに向けられている。「ダミアン・バークが王家の血を引いているなら、当然わたしはそのことを知っているでしょうね。でも、彼は王家の血を引いてはいない。そういった事実はないわ」

「だけど、誰かがイートン校の学費を支払っていたのはたしかなんです。そもそも身寄りのないダミアンが、なぜ上流階級の子息が通うイートン校に入学できたのでしょう？　とても影響力のある後援者がいたとしか思えません」

「ああ、エリー、この件についてもっと話ができたらいいのだけれど、わたしはこれ以上は何も知らないの。もし何かわかったら、必ずあなたに伝えるわ」

レディ・ミルフォードの口調には、この話はこれで終わりだという有無を言わさぬ響きがあった。レディ・ミルフォードは絶対に何か隠している。エリーは強い疑念を振り払うことができなかった。

レディ・ミルフォードにいとまを告げたあと、エリーは階段をおりながら、どうして急にこの女性を訪ねる気になったのか考えた。かつてレディ・ミルフォードは王子の愛人だった。ひょっとして、彼女がダミアンの母親である可能性もあるんじゃないかしら？

だから、レディ・ミルフォードはわざわざスコットランドまで来たのではないだろうか。わたしのためというより、ダミアンのために来たのかもしれない。あのとき、ダミアンは言っていた。レディ・ミルフォードが彼の人生に首を突っこんできたのは、今回がはじめてではないと……。ふたりが親子だとしてもおかしくはない……。

レディ・ミルフォードから何も聞きだせなかった今、ダミアンの出生の秘密を解き明かすには、あの鍵を捜すしかない。どうやらまた、ペニントン・ハウスを訪れるはめになりそうだ。

26

春のうららかな日差しが降り注ぐ午後、乗馬用道路《ロットン・ロウ》へ向かう馬車や馬が公園の門のなかへ次々と吸いこまれていく。これから上流階級の連中が、日が暮れるまでのひとときを楽しむのだろう。だがダミアンは賭博クラブでの仕事をいったん終えて、リリーとお茶の時間を過ごすために屋敷へ戻るところだった。

エリーのことを考えながら栗毛《くりげ》の愛馬にまたがり、ハイドパーク・コーナーに差しかかったときだった。突然、渋滞しているナイツブリッジ通りを野良犬が横切った。

瞬時にあたりは騒然となり、馬は暴れ、御者は必死に手綱を引き、女性はあらんかぎりの声で悲鳴をあげだした。けれども、なんの被害もなくすぐに騒ぎはおさまり、ふたたび馬車が動きだした。そのとき、なじみの顔を見かけた。

グリーヴズ子爵ウォルト・ストラットハム。

深緑色の上着と黄褐色のブリーチズを粋に着こなしたウォルトが、大きな鹿毛《かげ》の馬にまたがり、無蓋の四輪馬車と並走していた。馬車に乗っているのは四人だった。黒いシルクハットをかぶり、濃紺の上着を着たペニントン伯爵。なんとも気味の悪い暗緑黄色のドレスに、でっぷり太った体を無理やり押しこんだ伯爵の母親。淡い青のドレスとつば広のボンネットを身につけたレディ・ベアトリス。そして紫がかった灰色のドレスを着た華奢な女性――おそらく伯爵の義妹のレディ・アンだろう。エリーが唯一の味方だと言っていた女性だ。

彼らは誰ひとりダミアンに気づいていなかった。お仕着せを着た御者が手綱を握る四輪馬車は、渋滞のなかをハイドパークの門に向かってゆっくりと進んでいく。きっと園内をひと回りしてから、ハノーヴァー・スクエアの屋敷に戻るのだろう。

ダミアンはきつく口を引き結んだ。ウォルトときたら、もうロンドンに舞い戻ってきた。田舎には一カ月もいなかったではないか。エリーを傷つけたあんな嘘つき野郎は、永久に国外へ追放するべきだ。今すぐあいつを馬から引きずりおろして、叩きのめしてやりたい。

しかし公衆の面前で騒動を起こしても、格好の噂の種を提供するだけだ。ようやくふたりの結婚にまつわる騒動がおさまったというのに、またエリーを醜聞の標的にするわけにはいかない。

エリーにはすでにじゅうぶんすぎるほどつらい思いをさせてしまった。これ以上は苦しめたくない。

ここはこらえて、おとなしく家路につくことにしよう。ウォルトにはまたすぐ会える。あの男を殴りつけるのはあとでもいい。今は何よりもまず、エリーに会いたくてたまらない。

ダミアンは自宅へと馬を進ませた。

昨日の午後からエリーとは口をきいていない。夜も自室でひとりで寝た。エリーを腕に抱いて眠るのが当たり前になっていたので、彼女が隣にいない夜は長く、ベッドは寒々としていた。

エリーの心を射止める作戦は無残な結果に終わった。ダミアンは彼女の望みはすべて叶えようと心がけた。日中は絵本作りに専念できるようにしたし、画材道具も用意した。夜はたっぷり歓びを与えたつもりだ。それなのに、まだエリーは頑なに別居生活にこだわっている。なんて強情なんだろう。

〝わたしの家の件はどうなっているのかしら。すぐにここから出ていきたいの。今がここを出るいちばんいいときなのよ！〟

あの言葉は胸に突き刺さった。だがそれ以上にこたえたのは、ダミアンが家探しに真剣に取り組んでいないと知ったときに、エリーが放った言葉だ。

〝ダミアン、守れない約束はしないで。あなたの言うことなんてもう二度と信じないわ〟

エリーの顔に浮かんでいた、失望の表情が脳裏に焼きついて離れない。今朝は賭博クラブへ行く前に土地管理人に会い、場所をロンドン近郊に絞ってエリーの希望に添う家をただちに探すよう指示を出した。離れて暮らしたくはないが、ときどき会ってもらえるなら、一生会えなくなるよりはるかにましだ。

屋敷の裏にまわって廏舎に向かっていると、公園の北側から自分の馬車が近づいてくるのが見えた。エリーが乗っているのか？　そうとしか考えられない。まれにミス・アップルゲイトが店や公園へリリーを連れていくときにあの馬車を使うが、必ず事前に許可を求めてくるし、彼女以外の使用人は決して利用しない。

馬車がそばまで来たところで、ダミアンは御者を呼びとめ、窓からなかをのぞいた。恰幅《かっぷく》のいい御者が帽子を取って挨拶した。「こんにちは、旦那様」

馬車のなかは空っぽだった。ダミアンは御者をにらみつけた。

「ミセス・バークをどこかへ乗せていったのか？」

「はい、旦那様、ハノーヴァー・スクエアです。二時間後に迎えに来るよう言われました」

ハノーヴァー・スクエアだと？　ペニントンの屋敷に行ったのか。なぜだ？　エリーはペニントン・ハウスに戻りたいと伯爵に頼みに行ったのか？　あんな伯父にすがりつきたくなるほど、わたしとは一日たりとも同じ屋根の下で暮らしたくないと思われてしまったのだろうか。そこまでエリーに憎まれてしまったのか。ダミアンの体から血の気が引いていった。

パニック寸前になり、気持ちを落ち着かせようとしていると、ふと帰り道でペニントン家の人々を見かけたことを思いだした。渋滞に巻きこまれて馬車はのろのろとしか進んでいなかったから、彼らは今も公園にいるはずだ。たぶんまだ屋敷には戻っていないだろう。

主人の表情を見て、御者が突然あせりだした。「旦那様、お連れしたのはまずかったですか？」

ダミアンは平静を装った。

「いや、気にするな。だが、子守に今日はお茶の時間は取れないと伝えてくれ」

くそっ。いったいエリーは何を考えているんだ。あの屋敷に戻っても、また嫌みを言われながらこき使われるだけだ。ダミアンは馬を方向転換させて、ペニントン・ハウスへ急いで向かった。

エリーはペニントン・ハウスにいた。

運よく伯父たちがハイドパークへ出かけていたので、彼女は拍子抜けするほど簡単に屋敷のなかへ入ることができた。それでもエリーを見るなり、従僕のジョセフは不安そうな目を向けてきた。最初のうちは、こちらがかわいそうに思うほどうろたえていたが、部屋に忘れ物を取りに来ただけだとわかったとたん、ほっとした表情を浮かべた。どうやら伯父が帰ってくるまで待つと言われるのを恐れていたようだ。

けれどもエリーは自分の部屋へは向かわずに、二階のウォルトの部屋へ直行した。

そっと扉を押し開けてなかへ入り、静かに扉を閉めた。なぜかカーテンが開いていた。窓から太陽の光が差しこんでいる。田舎に行って留守のはずなのに、どうしてカーテンが開いているのかしら。きっと掃除に入ったメイドが閉め忘れたのだろう。

これまで一度もウォルトの部屋に入る機会はなかった。エリーは広い室内を見渡した。マホガニー材の四柱式ベッド。形も大きさも違ういくつものテーブルと椅子。暖炉の前には緑のチンツ張りの長椅子があった。壁はえび茶色で、床には暗い色のペルシア絨毯が敷かれている。そのせいか、部屋の雰囲気は重苦しく、圧迫感があった。

それとも重苦しいと感じるのは、この憂鬱な気分のせいなのだろうか。昨日のダミアンとの会話が頭にこびりついて離れない。昨夜あれだけ泣いたのに、また泣きだしてしまいそうだ。

集中するのよと、エリーは心のなかで自分を叱りつけた。ウォルトならどこに鍵を隠すだろう。

まず書き物机に向かい、上から順番に引き出しを開けていった。便箋や羽根ペン、封蝋《ふうろう》にインク壺、ペンナイフといった文房具しか入っていない。今度は、かがんで机の下をのぞきこんだ。隅にごく小さな引き出しがついている。そのなかに鍵が隠されていた。思いのほか簡単だった。

エリーは歓喜のあまり叫びたい気分だった。けれども引き出しから取りだしてみると、ごくふつうの鍵だった。歯が三つあって王冠が刻みこまれている、ダミアンの鍵ではなかった。試しに、いちばん上の引き出しの鍵穴に差しこんでみた。鍵はぴたりとはまった。

エリーは一気に落ちこんだ。立ちあがり、もう一度室内を見まわす。どこかに隠し金庫があるのだろう。壁にずらりと並んだ、狩りの場面を描いた絵画の裏をのぞいていった。何もない。壁に金庫は埋めこまれていなかった。あきらめずに、ベッド脇の散らかったテーブルの上もいちおう見てみる。こんなところにあるわけがないと思いながら。

次に、扉が開いたままになっている着替え室へ向かった。高い場所にある窓から光が差しこんでいる。その下には、ブーツ棚とマホガニーの背の高い衣装箪笥。壁には金縁の額に入った馬の絵が何点もかかっている。部屋のなかは、かすかにウォルトがつけているオーデコロンの香りがした。たちまち全身の肌が粟立つ。まさか、気のせいだ。ウォルトはロンドンにはいない。そう自分に言い聞かせながら、エリーは衣装箪笥の引き出しを開けた。なんだか泥棒になった気分だ。というより、のぞき魔のほうが合っている。ウォルトのものなんか触りたくもないのに。嫌悪を覚えつつも、引き出しのなかを探った。キッド革の手袋、糊のきいたクラヴァット、下着、ナイトシャツ……。田舎に長期間滞在しているはずなのに、どうしてこんなに衣類が残っているのだろう。

引き出しにびっしり詰まったシルクの靴下をかきまわしているとき、部屋の扉が開く音が聞こえた。エリーは凍りついた。心臓が激しく打つ。使用人が入ってきたに違いない。どうしよう。ここにいることを、なんて言い訳したらいいだろう。

重い足音が近づいてきた。引き出しを閉めようとしたが、靴下が引っかかってしまった。エリーはあきらめて立ちあがると、隠れる場所を探した。すでに手遅れだった。

乗馬服に身を包んだ、赤毛の男性が着替え室に入ってきた。下を向いて、深緑色の上着のボタンをはずしている。

エリーは思わず驚きの声をあげた。「ウォルト！」

いとこがはじかれたように顔をあげた。目を大きく見開いている。

「おい！　なんでここにいるんだ？」

エリーはすばやく考えをめぐらせた。この危機をなんとか乗りきらなければならない。

「あなたこそどうしてここにいるの？　ロンドンにはいないと思っていたわ。だから、あなたがわたしの夫から盗んだ鍵を捜しに来たのよ」

「おまえの夫だと？　おまえも哀れなやつだな。あんなろくでなしと結婚するはめになって。どうせあの男に言われてここへ来たんだろう？」

「違うわよ！　ダミアンは何も知らないわ」

ウォルトの顔に野卑な笑みがゆっくりと広がった。威嚇するように一歩足を踏みだす。

「そうなのか。じゃあ、ぼくらふたりっきりだな」

エリーの鼓動が跳ねあがった。おぞましいあの夜の出来事が脳裏によみがえる。露骨に胸を触ってきた、この男のことは一生許さない。

エリーは毅然と顎をあげた。使用人たちは彼女が叫べば聞こえるところにいる。今ならウォルトも何もできないだろう。「ウォルト、わたしを怖がらせようとしても無駄よ。鍵をどこに隠しているの？　早く教えて」

ウォルトが目をぎらぎらさせて、いやらしい笑みを浮かべた。「知りたいか？　それなら、相当の見返りがあって当然だな」そう言うなり、いきなりエリーに飛びかかってきた。


ダミアンは扉を開けた従僕を無視して、陰気臭い黄褐色の壁に囲まれた玄関広間に勝手に入りこんだ。「ミセス・バークに会いに来た」

「恐れ入りますが、お名前をうかがっても――」

「ダミアン・バーク。ペニントン伯爵の姪の夫だ。妻はどこにいる？」

悪魔の王子にまつわる身の毛もよだつ逸話の数々を聞いているのか、若い従僕の目が不安そうに泳いだ。「あ、あの……申し訳ないのですが、ここにはいらっしゃいません」ダミアンに鋭くにらみつけられて言い直す。「ええと……正確に言うと、いらっしゃいました。部屋に忘れ物を取りに来られたんです。でも、三〇分くらい前にお帰りになったと思います。すぐ終わるとおっしゃってましたから」

そんなはずはない。エリーは自分がここで歓迎されないことをわかっている。これは屋敷に入るための言い訳だろう。きっとどこかに隠れて、伯爵の帰りを待ち構えているはずだ。

「きみは、ミセス・バークが出ていくところをその目で見たのか？」

「いいえ、見てません。でも――」

「それでは、妻の部屋に案内してくれ」従僕が言葉を返そうと口を開きかけたが、すかさずダミアンは言い添えた。「屋敷のなかを自由に歩きまわっていいなら、わたしひとりで行ってもかまわないが」

従僕の顔がみるみるうちに蒼白になる。どうやら脅されていることにようやく気づいたらしく、唇が震えている。「そ、それはちょっと……ぼ、ぼぼぼ、ぼくが案内します」

ダミアンは従僕のうしろにぴたりとついて階段をのぼっていった。頭のなかでは、エリーにどう話そうかと考えていた。エリーは本当にこの屋敷に戻りたいとペニントンに頼むつもりなのだろうか。使用人同然の扱いしか受けていなかったのに、それでもここのほうが自分と暮らすよりましだと思っているのだろうか。もしそうだとしたら、一緒に家へ帰ろうとエリーを説得するのは時間がかかるかもしれない。

前途多難だ。だが、絶望的というわけではない。ペニントン家の人々よりここに早く着いたのは不幸中の幸いだ。まだ自分にもチャンスはある……。

ところが、ちょうど二階に着いたそのとき、玄関の扉が開いた。階下を見おろすと、レディ・ベアトリスを先頭に彼女の祖母が続き、それからレディ・アンとエリーの伯父が玄関広間に入ってきた。

シルクハットを脱いだペニントン伯爵が、階段の上のほうに目を向けた。伯爵が二階にいるダミアンに気づき、男ふたりはほんの一瞬視線を合わせた。たちまち伯爵の顔が怒りで赤く染まる。「貴様!」足音も荒く階段に近づいてきた。「わたしの屋敷で何をしているのだ!」

ダミアンは歯を食いしばった。くそっ。せめてあと数分、遅く帰ってくればいいものを。そうしたら、エリーとふたりで話せたはずなのに。

突然くぐもった悲鳴が耳に届き、ダミアンは振り向いた。声は二階から聞こえた。エリー? 妻の名前が頭をよぎったとき、すでにダミアンは廊下を駆けだしていた。

エリーはウォルトの胸を突き飛ばそうとした。しかし、いとこはまったくひるまず、ヘビのようにエリーの体に腕を巻きつけたまま、しつこく唇にキスしようとしてくる。衣装簞笥に押しつけられているせいで、背中に取っ手が食いこんだ。できるなら、ウォルトの顔を思いきり引っかいてやりたかった。

「あきらめろ。キスぐらい、いいじゃないか」ウォルトがべとべとに濡れた唇を頬に押し当ててきた。「あの生まれの卑しいならず者には、ドレスの中身を見せるんだろう？　それなら、ぼくにもちょっとくらい見せてもかまわないじゃないか」

ウォルトのが片方の手を不自然に動かした瞬間、エリーは力のかぎり叫んだ。間髪を入れずに、かかとでいとこの足の甲を踏みつける。ウォルトはうめき声をあげたが、エリーの体にまわしている手はゆるめなかった。顔をゆがめ、湿った手でエリーの鼻と口をふさいだ。

「静かにしろ、この尻軽女め」

エリーはなんとか息をしようとした。必死にもがくものの、ウォルトのべとついた手から逃れられない。もう一度、声を張りあげようとしたけれども、くぐもった音しか出なかった。やがて、目の前に黒い点が飛びはじめた。

ずうずうしくも、ウォルトが下腹部を密着させてきた。「荒々しくされるのが好きなのか？　喜んでやってやるよ。言っておくが、父上に告げ口しようなんて考えるなよ。まあどうせ、おまえの言葉なんか信じない――」

「わたしは信じる」出し抜けにウォルトの背後から低い声がした。

一瞬、エリーは何が起きたのかわからなかった。今まで不快な熱い息を頬に吹きかけていたウォルトが突然、視界から消えた。エリーは衣装箪笥にもたれかかり、空気を求めてあえいだ。ぼんやりと助けてくれた人物を見つめる。

ダミアン？

ダミアンがウォルトの襟首をつかんで引っ張り、体の向きを変えさせて、電光石火の速さでいとこの顎にこぶしをめりこませた。ぞっとする鈍い音が響いた。ウォルトはバランスを崩し、よろよろと後退して洗面台に体をぶつけた。その拍子に、白磁の髭剃り用の器がすべり落ち、床に破片が飛び散った。ウォルトは両手を顔の前にあげて、次の一撃をかわそうとしている。無駄な抵抗だった。すぐにもう一発見舞われ、鼻から血が滴りはじめた。

「そこまでだ！」扉のところに立っている伯爵の怒鳴り声が、着替え室にとどろいた。

エリーはわれに返り、急いで夫といとこのあいだに割って入った。ダミアンがウォルトを殴れば殴るほど、事態は悪化してしまう。エリーはダミアンの腕をつかんだ。

「やめて、お願い、もうやめて！」

エリーを見て、ダミアンが怒りの形相をわずかに和らげた。エリーの腰に腕をまわして抱き寄せ、彼女の顔をのぞきこむ。「大丈夫か？　けがはしていないか？」

「ええ、大丈夫」エリーはダミアンの赤く腫れたこぶしをなでた。「ねえ……どうしてここにいるの？」

ダミアンが口を引き結んだ。「エリー、いても立ってもいられなかった。ここへ来て、どうしてもきみに言わなければならないと――」

「厚かましいにもほどがあるぞ！　ここはわたしの屋敷だ。おまえみたいな卑しい男が来るところではない」頭をうしろにそらして鼻血を止めようとしているウォルトに、伯爵がたたんだハンカチを放り投げた。「この無礼者が！　よくもわたしの息子に危害を加えたな！

警察に突きだしてやる。覚悟しておけ！」

「それはやめておいたほうがいいでしょうね」エリーは伯父に向き直った。「そんなことをしたら、あなたの息子が今わたしにした不適切な行為をすべて世間に公表しますよ」

ウォルトが血のにじんだハンカチを鼻に押し当てたまま言い返した。「父上、この女は嘘をついてます。こいつは泥棒だ！　ぼくの箪笥のなかをのぞいてたんですよ」背の高い衣装箪笥を指さす。「ほら、見てください。引き出しが開いてるでしょう！」

ダミアンは眉をひそめてウォルトを見やり、それからエリーに視線を移した。エリーはダミアンとウォルトを無視した。腕組みして、伯父に冷たいまなざしを投げかける。「鍵を捜していたんです。ウォルトがわたしの夫から盗んだ鍵です。いいかげん、本来の持ち主に返したらどうですか？」

「なんの鍵なの？」着替え室の入口にいたベアトリスが口をはさんだ。

「まともに相手をする必要なんてないわ。たわ言を言っているだけなんだから」ベアトリスの隣にいる祖母がいつものごとく、にべもなく切り捨てた。「バジル、従僕たちを呼んで、この不法侵入者たちをここから追いださせなさい」

「母上、それはすばらしい考えです」伯爵が笑みを見せた。

「いや、結構だ」ダミアンが語気鋭くはねつける。「妻を連れてわたしのほうから喜んで出ていく。根性がねじ曲がったやつらしか住んでいない屋敷に、これ以上妻をとどまらせたくない」

ダミアンがエリーの腰に手を添え、着替え室の扉に向かって歩きだした。麦藁《むぎわら》のかわいらしいボンネットをかぶったベアトリスが、青い目を丸くしてあとずさった。続いて伯爵夫人とレディ・アンもあとずさり、ふたりのために道を空けた。レディ・アンはカメオのペンダントトップを指で触りながら、食い入るようにダミアンを見つめている。

エリーはいきなり立ちどまって、伯父をにらみつけた。「まだ出ていきません」決然と言い放った。「捜しているものを見つけるまで、わたしはあきらめませんよ」

「エリー」ダミアンが小声で諭す。「この件はわたしひとりで対処する。きみには関係ない話だ」

「なぜ？」エリーはダミアンに鋭い視線を向けた。「あなたはその鍵を取り戻すためにわたしを誘拐したのよ。当然、わたしにも大いに関係あるわ！」

「おまえたちは揃いも揃って愚か者だな」伯爵がせせら笑った。「息子はそんな鍵など持っていない。学生のときも持っていなかった。そうだな？　ウォルト」

ウォルトは深々と椅子に沈みこみ、ハンカチで鼻を押さえている。

「鍵なんて持ってない。神に誓って真実だ！」

「ほら、これでわかっただろう？」ペニントン伯爵は勝ち誇った顔をしている。「捜すだけ無駄だ。おまえたちのせいで、わたしたちの時間まで無駄にしてしまった。この屋敷に鍵などない。一生捜し続けても見つからないぞ！」

エリーは伯父からウォルトへと視線を移した。ふたりは真実を言っているのかもしれない。

たとえ嘘だとしても、それを証明するすべがなかった。

「さあ、行こう」ダミアンはふたたびエリーの腰に手を添えた。「これ以上ここにいても、罵声を浴びせられるだけだ」

エリーは最後にもう一度、そこにいる人々を見まわした。赤ら顔に人を小ばかにした表情を浮かべている伯父と、全身から傲慢さがにじみでている祖母——そっくりな親子だ。この母にしてこの息子ありだ。ベアトリスはダミアンにうっとり見とれている。手を口に当ててこちらを見ているレディ・アンは、今にも泣きだしそうだ。そして鼻をけがしたウォルトは、椅子にだらしなく座りこんでいる。

エリーは無言でダミアンにうなずいた。別れの挨拶をする気力はもうない。ふたりは扉に向かって歩きはじめた。

「待って」レディ・アンが口を開いた。声には苦悩がありありと表れていた。「お願い、行かないで。ダミアン……ミスター・バーク……あなたの鍵はわたしが持っているの」

予想もしないひと言に、エリーは呆然として振り向いた。レディ・アンがふたりに向かって歩いてくる。彼女は繊細な金の鎖に通したカメオを握りしめていた。エリーとダミアンが驚いて目を見交わしていると、いきなり伯父がレディ・アンの前に立ちはだかった。

「黙れ！　くだらないことを言うな！」伯父が凄んだ。「そもそも、なぜおまえがこの場にいるんだ。よけいな口をはさむな！」

レディ・アンがためらいがちに話しだした。

「でも、わたしは鍵を持っているんです。あなたの書斎で見つけました」

嘘でしょう？　エリーは自分の耳を疑った。伯父様が鍵を持っていたの？　だけど、どうして？

伯爵がレディ・アンの腕を乱暴につかみ、扉へと引っ張っていった。「ばかばかしい。いいかげんにしろ！　わたしは何十本も家の鍵を持っている。おまえが見つけたのも、そのなかのひとつだ」

「いいえ、違います。王冠が刻みこまれていますから」レディ・アンが静かな声で言い返した。

「口を閉じろ！　このこそ泥が！　これまで住まわせてやったのに、よくもそんな恩を仇《あだ》で返すまねができたものだ！」

ダミアンが、扉へ向かう伯爵とレディ・アンの前に立ち、行く手をさえぎった。

「どこにも行かせない。彼女にはここにとどまってもらう」

伯爵の赤ら顔がさらに赤くなった。「おい、貴様！　そこをどけ！」

ダミアンは目を細め、体の両脇でこぶしを握りしめている。ダミアンと伯父はたがいに殴りかからんばかりだ。エリーは不安に思いながらふたりを見つめるうち、扉の前にいる女性に気づいた。

ダチョウの羽根をあしらったしゃれたボンネットをかぶり、紫色のあでやかなシルクのドレスに身を包んだレディ・ミルフォードが、扉のところに立っている。彼女は伯父に向かって眉をつりあげた。「ペニントン、茶番はおしまいにしましょう。何十年も前に、この秘密は決して口外しないとあなたに約束したわね。だけど、そろそろ真実を話してもいいのではないかしら」

27

ウォルトの部屋に沈黙が広がった。エリーの頭のなかは目まぐるしく回転していた。レディ・ミルフォードと伯父は、どんな秘密を共有しているのだろう。ダミアンの鍵と彼女はどう関わっているのだろう。やはり、レディ・ミルフォードはダミアンの母親なのだろうか。謎だらけなのに、レディ・ミルフォードの登場で、パズルの最後のピースがはまったような気がするのはなぜだろう。

突然、ベアトリスが沈黙を破った。「真実って？」好奇心に満ちた声で言う。「レディ・ミルフォード、真実ってなんのことですか？」

「遠い昔の話よ。あなたの興味を引くものではないわ」祖母があわてて口をはさんだ。「ウォルト、ベアトリスを連れて、今すぐこの部屋から出ていきなさい」

ウォルトが鼻からハンカチをはずし、むっとした口調で言い返した。「お言葉ですが、おばあ様、ここはぼくの部屋ですよ」

「お父様、わたしもここにいていいでしょう？」ベアトリスが甘えた声を出した。

「だめだ」ペニントン伯爵はぴしゃりとはねつけた。「出ていきなさい。ウォルト、おまえもだ。さあ、早く行け」

伯爵夫人はしかめっ面のウォルトとふくれっ面のベアトリスを部屋から追いだして扉を閉めると、レディ・ミルフォードに向き直った。伯爵夫人のしわだらけの顔は不快感もあらわにゆがんでいる。「クラリッサ、またあなたはわが家の問題に口出しするつもりなのね。何度かきまわしたら気がすむの？　そんなに他人の家庭を壊したいの？」

レディ・ミルフォードが眉をつりあげた。「壊すですって？　聞き捨てならないわね。もとはといえば、あなたたちが壊したのよ。それをわたしは修復しようとしているの。感謝こそされても、非難されるいわれはないわ！」

伯爵夫人は咳払《せきばら》いをし、扉の脇の椅子に乱暴に腰をおろした。レディ・ミルフォードは背筋をまっすぐ伸ばして立ったまま、その姿をにらみつけた。

「そろそろ本題に入ろう」ダミアンが決然とした口調で言った。「まずは、レディ・アンが持っている鍵について知りたい」

全員の目がいっせいに、伯父の隣に立っているほっそりとした女性に向けられた。注目を一身に集めたせいで、レディ・アンの体が小刻みに震えだした。エリーは急いで駆け寄り、レディ・アンを暖炉の前にある緑のチンツ張りの長椅子に座らせた。「レディ・アン、大丈夫よ、怖がらないで。わたしもここに座っているわ」エリーはレディ・アンの冷たい手を包みこみ、そっとなでた。「さっき、伯父様の書斎で鍵を見つけたと言ったでしょう？　王冠が刻みこまれている鍵だと。どうして鍵のことを知っていたの？」

「この前……あなたが誘拐されたとき、レディ・ミルフォードがここに来たの。わたしはすぐに部屋から追いだされたわ。でも……伯爵とレディ・ミルフォードが言い争っている声が聞こえて……ふたりは悪魔の王子の話をしていたわ。それに鍵の話も」レディ・アンが悲しげな目をダミアンに向けた。ダミアンは顔をしかめてレディ・アンを見ている。「そのとき、もしかしたらと思ったの……ひょっとしたら……」

「アン、盗み聞きしていたのか！」伯爵が声をあげた。「なんと恥知らずな！　これまで情けをかけてやったのに――」

「ペニントン、静かにしてもらえないかしら」レディ・ミルフォードがペニントン伯爵の話をさえぎり、レディ・アンの隣に座った。「今は、レディ・アンが話をしているの。もっとも、あなたにとってはすでに知っている内容でしょうけれど、人が話をしているときは黙って聞くのが礼儀というものよ」

「いったい何がどうなっているんです？　さっぱり話が見えない。誰かわかるように説明してくれませんか？」ダミアンのいらだたしげな声が部屋に響いた。彼は腰に両手を当て、暖炉の脇に立っている。

「では、わたしの口から事の次第を説明しましょう」レディ・ミルフォードが言った。「今から三〇年ほど前の話よ。一六歳の少女がある屋敷のパーティに出席したの。すべてはそこからはじまったのよ。パーティには王家の人々やロシアの外交官も姿を見せていたわ。招待客のなかには、ロシア皇帝のいとこのローベルト王子もいたの」レディ・ミルフォードはいったん言葉を切り、うつむいているレディ・アンに目をやった。「そのとき、ローベルト王子は二一歳だった。とてもハンサムでさっそうとした青年だったわ。そんな王子に少女は恋をしたの。やがてローベルト王子は英国を離れ、帰国の途についた。その直後に、少女は身ごもっていることに気づいたの」

レディ・アンが顔をあげた。「ローベルトはわたしを愛していたわ」そう言って、ダミアンを見つめる。「わたしは彼に愛されていたの」

エリーは震えているレディ・アンの手を握りしめながら、ダミアンに目を向けた。ダミアンは微動だにせず立ったまま、こわばった表情でレディ・アンを見つめ返している。

「ふん、何が愛だ。くだらない」伯爵は部屋のなかを行ったり来たりしだした。「あの王子は下劣な男だった」

「いいかげん黙りなさい！」レディ・ミルフォードは伯爵を一喝してから、ダミアンに視線を移した。「ある日わたしは街なかで、ペニントンがレディ・アンを脅しているところを見かけたの。恐ろしい剣幕で、屋敷から追いだしてやると凄んでいたわ。それでわたしは、レディ・アンを信頼できる友人に預けたの。その女性がミセス・ミムズよ。彼女は牧師の未亡人だったの。レディ・アンは男の子を産んだけれど、ペニントンは決してその子の存在を認めようとしなかった。わたしは生まれた赤ちゃんをミセス・ミムズに託して、その子が幸せな人生を歩めますようにと祈ることしかできなかったわ」

ダミアンはじっとレディ・アンを見つめている。レディ・ミルフォードが話しはじめてから、彼はひと言も口をきいていない。どれほどショックを受けているだろう。エリーはダミアンに同情せずにはいられなかったし、彼女自身も衝撃の事実に頭がついていけなかった。

レディ・アンが……ダミアンの母親だった。本当にそうなの？　まだ信じられない。

「そしてクラリッサ、あなたはそれからもずっと干渉し続けた」エリーの祖母が憎々しげに吐き捨てるように言った。「その男の子をイートン校に入学させたのもあなたよ。よけいなことはしないで、放っておけばよかったのに！」

「なんだって？」ダミアンがレディ・ミルフォードを見た。「授業料を支払ってくれたのはあなただったんですか？　知らなかった。授業料は全額、国から支給されていると聞かされていました」

レディ・ミルフォードがダミアンに優しい笑顔を見せた。「知らなくて当然よ。あなたがイートン校に入学するときに、授業料のことはあなたには口外しないよう校長と取り決めを交わしたから。わたしは、高貴な生まれの男の子が――もっと正確に言うと、王家の生まれの男の子が、しかるべき教育を受けられないなんて耐えられなかった」

ダミアンはふたたび黙りこんだ。口はきつく引き結ばれ、まなざしは険しかった。

エリーはすべての断片をつなぎあわせようとした。「伯父様はダミアンがイートン校に通っているのを知っていたんですよね？　伯父様なんですか？　ウォルトにダミアンから鍵を盗めと言ったのは」

伯爵が目を丸くした。「違う！　わたしは、ウォルトが持ち帰ってくるまで、そんないまいましい鍵のことなど何も知らなかった。だいたいアンの汚らわしい子どもが、イートン校に通っていることさえ知らなかったんだ。だがある日、ウォルトが自分は王子だと言っているばかなやつが学校にいると話してくれた。ぴんときたよ。アンの息子に違いないと。ウォルトが持っている鍵はそいつのものなのだと。当然、わたしはウォルトから鍵を取りあげた。それのどこが悪い！」

レディ・アンが震える息を吸いこんだ。「バジルお義兄様、わたしはあなたに気づかれないように、赤ちゃんのおくるみのなかに鍵と手紙をこっそり忍ばせたんです」

エリーはレディ・アンの華奢な指を握りしめた。血のつながりはないけれど、ずっとレディ・アンのことは大好きだった。このいつも穏やかで優しい女性は、三〇年ものあいだ、こんなに大きな秘密を心のなかに隠し続けて生きてきたのだ。どんなに苦しかっただろう。それなのに、今また悲しい記憶を思い起こさなければならないのは、想像を絶するほどつらいに違いない。

「おくるみのなかに手紙も入っていたのは、ミセス・ミムズから聞いていました」ダミアンが口を開いた。「わたしが大人になったら、手紙をもらうことになっていたんです。でも、約束は果たされませんでした」彼は伯爵にゆっくり近づいていった。「結局、手紙は見つからなかった。ミセス・ミムズが亡くなり、手紙に何が書かれていたのかはいまだに謎のままだ。あんたが盗んだんだな？」

ペニントン伯爵がダミアンをにらみつけた。「あの女はわたしの命令にそむいたんだぞ。

出自については何も話すなと固く言いつけておいたのに、おまえにべらべらしゃべってしまった。おまえが王子だとな！　あの女が死んだと聞いて、おまえに関するものを隠していないかどうか捜しに行った。そして手紙を見つけたよ。ああ、そのとおりだ。おまえに見つけられるわけがない。すぐに燃やしたからな」

「なんて書いてあった？」ダミアンはたたみかけた。「その手紙と鍵がどうつながるんだ？」

「バークシャーにある古い狩猟小屋をおまえに譲り渡すと書いてあった」ペニントン伯爵が尊大な口調で言った。「狭い土地に立つあばら屋だ。ふん、あんながらくた、わざわざ手紙に書くほどのものではない」

「祖父から相続した狩猟小屋なの」感きわまっているのか、レディ・アンの声は上ずっていた。「わたしが息子に与えられるものはその小屋しかないの。だけど、これは狩猟小屋の鍵ではないのよ」

レディ・アンはエリーの手から自分の手を引き抜いた。首からさげたペンダントのカメオを開けて鍵を取りだし、そっと握りしめる。

「バジルお義兄様が鍵は悪魔の王子のものだと話しているのを聞いたとき、とっさに見つけなければならないと思ったの。わたしが赤ちゃんのおくるみのなかに忍ばせた鍵なのかどうか確かめたかった。何週間も捜したわ。そして、三日前にようやく見つけたの。鍵は書斎の本棚にのった箱のなかに隠されていた」

「三日前！」エリーは思わず叫んだ。「あなたがわたしを訪ねてきてくれた日だわ！　息子をひと目見たかったのね」

「そうよ」レディ・アンがいとおしそうにダミアンを見あげた。「どうしても会いたかったの。でも、今日やっと会えた。本当にローベルトそっくり。特に、目はまったく同じよ。とても美しくて、ローベルトの目を見ているみたいだわ」

ダミアンがレディ・アンのほうへ足を踏みだした。まなざしはレディ・アンにまっすぐ向けられている。「そのローベルトという放蕩者は今どこにいるんですか？　彼にわたしのことを書いた手紙を出しましたか？」

「出したわ。でも……ローベルトの秘書の手紙が添えられて戻ってきた」レディ・アンは目をそらし、唇を嚙んだ。「ローベルトは帰国する船上で高熱を出して……亡くなったの。あっという間だったそうよ」

ダミアンは暖炉の前を行ったり来たりしていたが、やがて話しはじめた。「では、その卑怯者がわたしの父親なんですね？　ローベルトは年若い少女を誘惑して身ごもらせた。あげくの果てにあなたを捨てて、自分はさっさと国へ帰ったわけだ。くそっ、できることなら一発殴りつけてやりたい」

「違うわ、わたしは捨てられたのではないのよ」レディ・アンは力をこめて言い返した。「ローベルトがロシアへ戻ったのは、両親から結婚の承諾を得るためだったの。彼が英国を離れる前に、わたしたちはふたりだけでひそかに結婚式を挙げたのよ」

「なんだと！」伯爵が話に割りこんできた。「そんな結婚は無効だ。アン、わたしはおまえの後見人だぞ。わたしの許可なしで挙げた結婚など認めないからな」

「いいえ、バジルお義兄様。あなたの許可は必要ありません」エリーは、レディ・アンが伯父に逆らうのをはじめて見た。「ローベルトがカンタベリー大主教を訪れて、結婚特別許可証を出してもらいました。それで、わたしたちは教区牧師の前で結婚の誓いを立てたんです」レディ・アンはダミアンに向き直った。「結婚証明書は狩猟小屋の暖炉に隠してあるわ。これは、証明書が入っている宝石箱の鍵なの」そう言って、鍵をダミアンに差しだした。「あなたは間違いなく王子の息子なのよ。宝石箱のなかに、その証拠がすべて揃っているわ」

ダミアンはしばらく身じろぎもせず静かにたたずんでいた。やがてゆっくりと歩を進め、レディ・アンから鍵を受けとった。彼はその鍵を光にかざした。王冠が刻みこんであるのが、エリーにもはっきりと見えた。

ダミアンは鍵をきつく握りしめた。「ずっと思い続けてきました。この鍵が、わたしを両親のもとへ導いてくれると」信じられないといった表情で母親を見おろしている。「両親に会えることを長年夢見てきました。それが今日、実現したんですね」

レディ・アンの目から涙があふれた。「ダミアン、本当にごめんなさい。わたしがあなたの母親だったのはほんの一瞬だった。出産後、すぐにわたしたちは引き離されたの。あなたのことを考えなかった日は一日たりともないわ。どこにいるのか、何をしているのか、いつも案じていたの。ミセス・ミムズがあなたを育ててくれていると知っていたら訪ねたのに。ごめんなさい。こんな母親でも許してもらえるかしら？」

ダミアンの顔から険しさが消え、笑みが広がった。彼は片膝をつき、母親を腕のなかに引き寄せると、きつく抱きしめた。ダミアンの手は、レディ・アンの細い背中をそっとなでている。まぶたを閉じる瞬間、ダミアンの目にも涙が光った。彼は母の頬にキスをした。「どうか謝らないでください。あなたは何も悪くない……母上、悪いのはまわりの連中です」

ふたりを見つめながら、エリーも涙を流した。ダミアンはあきらめずにずっと両親を捜し続けていた。誘拐事件を起こしてまで鍵を取り返そうとした。それが今やっと報われ、ようやく出自が明らかになった。パズルのピースがすべてはまり、謎が解けたのだ。完璧な母親と息子の姿がここにある。心優しいレディ・アン以上にダミアンの母親にふさわしい女性は想像がつかない。

レディ・ミルフォードは満足そうな笑みを浮かべ、抱きあう親子を見ていた。「親子の再会が遅すぎたとはいえ、幸せな結末を迎えられてよかったわ。ところで、ペニントン、エリーがわたしを訪ねてきてくれて、踏ん切りがついたの。それで、あなたと交わした約束はもう守るつもりはないと言いに来たのよ」

「それなら、さぞ満足だろうな」伯爵が吐き捨てるように言った。「見ていろ、この男はペニントン家の悪口を吹聴《ふいちょう》してまわるはずだ」

ダミアンは母を抱きしめたまま、ペニントン伯爵に目を向けた。「あんたが鍵を隠したのは、わたしに金をゆすられるんじゃないかと思ったからだな。せっかくだから、受ける権利があるものは受けとらせてもらおう。わたしは母を連れていく。母はここを出て、わたしの屋敷で暮らす」レディ・アンの手にキスをした。「母上がそれでいいならですが」

レディ・アンが色白の顔を輝かせた。「まあ！　ええ、喜んで――」

「そんな勝手は認めませんよ！」伯爵夫人が椅子から立ちあがった。「アン、ここにとどまりなさい。あなたはベアトリスのシャペロンでしょう。今はシーズン中ですよ。あなたがシャペロンを務めないで誰がするというの？」

エリーは自分本位な祖母たちに何年も黙って耐えてきた。けれども、ダミアンの幸せを邪魔することは許せなかった。エリーは立ちあがり、怒りをみなぎらせて祖母をにらみつけた。「これからは誰かを雇ってください」辛辣に言い放つ。「おばあ様、どうやら無給でこき使える身内がひとりもいなくなってしまったようですね」

28

二日後、ダミアンが手綱を握るフェートンはエリーとレディ・アンを乗せて、なだらかな起伏が続く田園地帯を走り、バークシャーへ向かった。あたり一面に広がる牧歌的な風景に、春の花が彩りを添えている。四月の空気はかぐわしく、空は青く澄み渡り、馬車で出かけるには絶好の日だ。鳥の鳴き声や馬の蹄の音、そしてさわやかに吹く風の音がひとつに溶けあい、心地よいハーモニーを奏でている。

だがエリーは馬車に揺られながら、物思いに沈んでいた。いまだにダミアンとのあいだには厚い壁が立ちはだかっていて、それが心に暗い影を落としていた。家のことで気まずい思いをしたあの日から、ダミアンとはほとんど口をきいていない。それでも、こちらに向けられる彼の視線は強く感じていた。

エリーとダミアンにはさまれて座っているレディ・アンは、青灰色の瞳を輝かせて、うれしそうに息子と話をしている。三〇年近くものあいだ、隠し続けてきた秘密を解き放ったレディ・アンは今、幸せに満ちあふれている。彼女が息子と孫娘を心から愛しているのは一目瞭然だ。リリーは自分に祖母がいることを知って、大はしゃぎした。あの子の狂喜乱舞した姿を思いだすたび、エリーは自然と頬がゆるんだ。

昨日も三人は、にぎやかにお茶の時間を楽しんでいた。エリーは傍観者のごとく、その様子をあこがれのまなざしで眺めていた。ついにダミアンは長年求め続けてきた家族を手に入れた。エリーは自分もそのなかに入り、一緒に笑いたかった。でも、みずから家族の輪を抜けておきながら、また戻りたいなんて都合がよすぎる。傷つくのが怖くて、ひとり暮らしをする夢にずっとしがみついていた。本当は、この世界で誰よりも愛する三人と、これからも同じ屋根の下で暮らしたくてしかたがないのに。

「あそこを曲がるのよ」レディ・アンの声で、エリーは物思いから覚めた。「石柱が二本立っているでしょう？　そのあいだを通っていくの」

ダミアンは巧みに馬を操り、狭い道を進んでいく。道の両脇に立ち並ぶブナとオークの木が、涼しい緑のトンネルを作っている。前方に、彩り豊かな春の野花に囲まれた、二階建ての美しい石造りの家が見えてきた。

その光景にエリーの目は釘づけになった。想像とはまったく違っていた。シカの頭の剥製が飾られているといった、いかにも男の隠れ家といった頑丈な丸太造りの小屋を思い描いていた。けれども目の前にある藁ぶき屋根で白い玄関扉がついた建物は、狩猟小屋というより別荘のようだ。

ダミアンが綱を引いて馬をとめた。後部座席に座っていた馬番が馬車から降りて、馬を押さえた。ダミアンはまず母親を、それからエリーを馬車から降ろした。大きな手で腰をつかまれた瞬間、エリーは息がとまりそうになった。

しかしダミアンはすでに優美な家のほうを向いて、女性ふたりに腕を差しだしている。三人が並んで歩きはじめるとすぐに、突然、家の白い扉が開いた。驚いたことに、戸口にはマクナブ夫妻が立っている。フィンは手に塗装用の刷毛《はけ》を持ち、ミセス・マクナブはたくましい腰に巻いたエプロンで手を拭きながら外に出てきた。

燦々と降り注ぐ太陽の光を浴びて、フィンの禿げ頭がぴかぴか輝いている。フィンがダミアンに向かってにやりとした。「言われたとおりにやっておきましたよ」

エリーとレディ・アンは、同時にいぶかしげな目でダミアンを見あげた。ダミアンは母親の手を取り、優しく叩いた。「二〇年分の埃やクモの巣を掃除するために、ふたりは昨日の朝からここに来ていたんですよ」

三人は家のなかへ入った。室内は明るく広々としていて、開け放たれた窓から春の穏やかな風が流れこんでいる。ミセス・マクナブがスコーンを焼いているのか、奥からおいしそうなにおいが漂ってきた。ペンキと蜜蠟のにおいもかすかにする

なんてすてきな部屋なの。エリーは心のなかでつぶやいた。ボンネットを玄関脇の机の上に置いて、室内をもう一度ゆっくりと見まわした。前面がガラス張りの書棚があり、暖炉の横には明るい青の椅子が置いてある。窓辺には、紅茶を飲みながら渓谷を眺められるようにテーブルが配置されている。こういう家に住むのが夢だった……。

「昔とまったく同じだわ」レディ・アンが驚きの声をあげた。「ローベルトとと過ごした場

所よ」暖炉に向かい、ゆるんだ大きな石をキッド革の手袋をはめた手でつかんだ。

「わたしがしましょう」ダミアンが言った。

彼は石をはずし、なかから宝石箱を取りだすと、窓辺のテーブルに置いた。濃灰色の上着のポケットから王冠が刻みこまれた鍵を出し、鍵穴に差しこんで蓋を開けた。

「この宝石箱は、ローベルトからの結婚の贈り物だったのよ」レディ・アンの目は涙で潤んでいる。彼女は古ぼけた書類の束を手に取った。「ダミアン、見て。これがローベルトの署名よ。プリンス・ローベルト・オヴ・サンクトペテルブルク。あなたのお父様よ。ああ、ダミアン、あなたをローベルトに会わせたかったわ」

「ふたりが愛しあっていたことがわかっただけでじゅうぶんです。真実の愛を見つけるのは奇跡に近いことですから」

ダミアンは話しながら、エリーに視線を向けた。ふたりの目が合った瞬間、エリーは心臓が口から飛びでそうになった。わたしは彼を、ダミアンを全身全霊で愛している。ダミアンとともに残りの人生を歩んでいきたい。

わたしたちはやり直せるだろうか。それとも、関係を修復するには遅すぎるだろうか……。

レディ・アンがふたりに微笑みかけた。「少し、家のなかをひとりで見てまわるわ。いいかしら？　ローベルトとの思い出に浸りたいの」

エリーはダミアンと並んで白い扉へ向かって歩きだした。ダミアンの手がそっとエリーの腰に添えられる。ふたりは春の優しい光のなかへ出ていった。馬番が私道脇の芝生の上で馬にブラシをかけている。ダミアンはゆるやかなのぼり坂になっている森の小道へ、エリーをいざなった。ふたりは無言で歩き続けた。鳥の鳴き声と風に揺れる葉の音以外は何も聞こえない、静寂の世界がふたりを包みこんだ。やがて、渓谷が見渡せる場所にたどりついた。

エリーは振り返って石造りの家を眺めた。まるで緑の額に入れられた美しい絵画のようだ。思わずため息がもれた。「ずっと、こういうところに住むのが夢だったの。でも――」

「きみの家だ」ダミアンが言葉をはさんだ。エリーに向き直り、彼女の肩に手をのせて、じっと瞳をのぞきこむ。「母がわたしにこの家を譲り渡してくれただろう？　ということは、当然きみのものでもある」

「なんですって？」

「母がこの家の話をしてくれたときに、まさにきみの希望どおりの家だと思ったんだ。エリー、ここならロンドンにも近い。わたしたちとも会いやすいんじゃないかな。リリーはきっときみに会いたがる――」

エリーは勇気を振り絞ってきいた。「あなたは？　ダミアン、あなたもわたしに会いたい？」

ダミアンが真剣な表情で、エリーの頬をそっとなでた。「ああ、会いたい。きみを恋しく思わない瞬間は一秒たりともないよ。エリー、愛している。心の底からきみを愛している。わたしは間違ってきみを誘拐してしまったが、おかげで人生最大の幸運をつかんだんだ」

今、ダミアンはわたしを愛していると言った。エリーの胸は喜びに震えた。彼女はためらうことなくふたりの距離を詰めた。「ああ、ダミアン、わたし――」

ダミアンが人差し指をエリーの唇に軽く押し当てた。「エリー、聞いてほしい。わたしはきみに信頼される男になりたい。クラブは売るつもりだ。すでに買い手もついているんだよ。賭博の世界には二度と足を踏み入れないと約束する」

わたしのためだけにそう決めたの？　エリーはあわてて唇を押さえているダミアンの指を引きはがした。「でも、ダミアン……そんなつもりじゃなかった。わたしはクラブの経営をやめてほしいなんて、ひと言も言っていないわ。クラブを売り払ったら、これからあなたはどうやって暮らしていくの！」

「わたしは船団を所有している。貿易の仕事もしているからね。それに、クラブの売却金を不動産投資に充てようと思っている。ロンドンはこれからますます発展するはずだ。必ず建設ラッシュが起きる。街なかに次から次へと建物が建っていくだろう」ダミアンは口の端に笑みを浮かべた。「すぐにまた、悪党と呼ばれるようになるんだろうな」

エリーは微笑み返した。「悪党で思いだしたわ。わたし、もう言ったかしら？　ラットワース王子はヒーローになったの。悪役返上よ」

「そうなのか？　いや、初耳だ」ダミアンがにやりとした。エリーの大好きな官能的な笑みだ。「だが、はじめからそうなるとわかっていたよ」

「ラットワース王子は魔法をかけられていたの。もとのハンサムな王子の姿に戻るには、王女の真実の愛を勝ちとらなければならないという物語に変更したのよ」

「それで、どうなったんだ？　王子は王女の愛を勝ちとることができたのかな？」

ダミアンの不安げな表情がエリーの胸を突き刺した。エリーは彼の腰に腕をまわして、顔を見あげた。「もちろんよ。王子は愛を勝ちとったわ。ダミアン、あなたを愛している。心の底から愛しているわ。あなたはわたしの王子よ。別居したいと頑固に言い張ったわたしを許して――」

ダミアンがエリーの言葉を唇で封じた。二度と放さないとばかりにエリーをきつく抱きしめ、激しく唇を重ねてキスを深めていく。エリーもありったけの愛をこめてキスを返した。やがて長いキスを終えて唇を離したふたりは、息を弾ませて微笑みあい、幸せに酔いしれた。

ダミアンが両手でエリーの頬を包みこんだ。

「エリー、いとしい人、わたしはきみを幸せにしたい。家はきみのものだ」

エリーはふたたび振り返って、美しい石造りの家を見つめた。ダミアンに向き直り、満面に笑みをたたえて彼を見あげる。「本当に夢が叶ったのね。わたしが長年思い描いてきた家そのものだわ。でも、ダミアン、ここにはふたりで一緒に来ましょう。今のわたしの夢は、あなたのそばにずっといることだから」

訳者あとがき

この作品は『舞踏会のさめない夢に』『午前零時のとけない魔法に』に続く、オリヴィア・ドレイクの《シンデレラの赤い靴》シリーズの三作目です。このシリーズは〝不幸な境遇にあるヒロインが困難を乗り越え、赤い靴の導きにより、王子様のようなヒーローと結ばれる〟という典型的なシンデレラ・ストーリー。ヴィクトリア女王の即位を目前に控えた、当時の英国の雰囲気が色濃く反映されています。

英国ロンドンのペニントン伯爵家で、伯爵の姪でありながら、使用人同然の暮らしを送るエリー・ストラットハム。亡き父の借金を伯父に肩代わりしてもらった負い目から、いとこたちの家庭教師兼付き添い役《シャペロン》として不遇な毎日を送っています。そんなエリーの夢は、田舎のこぢんまりとした家で、絵の才能を活かして絵本を作りながら、自立した生活を送ること。伯爵家から出ていく日を夢見ながら、今日もわがままないとこのベアトリスの面倒を見ています。ところが、そんなエリーの身に思いがけない災難が降りかかります。なんとベアトリスに間違われ、誘拐されてしまったのです。しかも誘拐犯は、悪名高きダミアン・バーク。七年前に醜聞が原因で社交界を追放され、悪魔の王子と呼ばれている危険きわまりない男性です。おまけに、幽閉されたのはスコットランドの孤島。助けを呼んでも誰も来てくれるはずがありません。まさに絶体絶命の状況のなか、それでもエリーは自分がベアトリスではないと言い張り、ダミアンへ解放を訴え続けるのですが……。

前作、前々作と同じく、この作品も華麗なロマンスとともに、秘められた過去がスリリングに描かれています。注目すべきは本作のヒーロー、ダミアン・バークでしょう。シリーズのなかでも、もっとも危険で野性味あふれる男性に描かれています。また彼の出生に隠された、あっと驚く秘密も見逃せません。またヒロインであるエリーの、どんなときでも夢をあきらめない明るさは、この小説にいきいきとした躍動感を与えています。さらに本作では、ついにレディ・ミルフォードが赤い靴を手に入れたいきさつも明かされます。レディ・ミルフォードはいったいどうやってあの不思議な赤い靴を手に入れたのでしょうか……？

ロンドン社交界から切り離された、嵐に見舞われたスコットランドの孤島という設定も旅情をかきたて、想像するだけで胸が躍ります。さすがはＲＩＴＡ賞受賞歴のある実力派作家オリヴィア・ドレイクです。

さあ、携帯電話もパソコンも、自動車やテレビ、ラジオさえなかったあのロマンチックな時代へのタイムトラベルを、思う存分お楽しみください。

二〇一五年六月

ライムブックス

赤《あか》い靴《くつ》に導《みちび》かれて

著　者　オリヴィア・ドレイク
訳　者　宮前《みやまえ》やよい

2015年7月20日　初版第一刷発行

発行人　成瀬雅人
発行所　株式会社原書房
〒160-0022東京都新宿区新宿1-25-13
電話・代表03-3354-0685　http://www.harashobo.co.jp
振替・00150-6-151594
カバーデザイン　松山はるみ
印刷所　図書印刷株式会社

落丁・乱丁本はお取替えいたします。
定価は、カバーに表示してあります。
 ISBN978-4-562-04472-6 Printed in Japan